Bibliothèque publique de la Municipalité de la Nation
Succursale ST ISIDORE Branch
Nation Municipality Public Library

Les Couleurs de la peur

Hélène Amalric présente

Anne de Pasquale

Les Couleurs de la peur

Traduit de l'anglais (États-Unis)
par Hélène Amalric

MARABOUT

Marabout (Hachette Livre), 2012.

Aucune partie de ce livre ne peut être reproduite sous quelque forme que ce soit ou par quelque moyen électronique ou mécanique que ce soit, y compris des systèmes de stockage d'information ou de recherche documentaire, sans autorisation écrite de l'éditeur.

À Tina, Allan et Nine.

Chapitre 1

Eleanor Wilder avait huit ans lorsque l'événement se produisit. Elle jouait à la marelle pendant la récréation dans la cour de l'école avec sa meilleure amie, Morgan, quand sa maîtresse de cours élémentaire vint la chercher. Eleanor comprit tout de suite qu'il était arrivé quelque chose d'affreux, parce que les yeux inquiets de miss Robbins débordaient de vagues ondulantes couleur violet foncé. Eleanor demeura immobile, serrant entre ses doigts le morceau de craie vert pâle, tandis que la maîtresse se dirigeait vers elle. Même Morgan comprit qu'il se passait quelque chose ; elle atterrit jambes écartées dans les deux carrés de la marelle et demeura pétrifiée.

Miss Robbins, une très grande femme mince aux cheveux orange coiffés en chignon serré, arborait en général un large sourire, mais à cet instant ses lèvres disparaissaient à l'intérieur de sa bouche, comme si elle allait les avaler. Elle se pencha, prit gentiment Eleanor par les épaules et lui dit, d'une voix tellement douce : « Eleanor, ta mère a eu un accident. »

Deux heures et quart plus tôt, Abby Wilder rentrait chez elle à pied, toute seule, après avoir joué au tennis avec sa meilleure amie Daphné Andrews. Même en ce mois de mars, en cette fin d'hiver, le célèbre soleil de Californie se montrait fidèle à son rendez-vous quotidien, lui réchauffant bras et jambes dont le bronzage était souligné par le T-shirt et le short blancs.

Le club de tennis se situait à cinq pâtés de maisons de la résidence des Wilder, dans un quartier résidentiel tranquille au milieu des collines de Berkeley. À mi-chemin, Abby prit sur la gauche, en direction d'un virage en épingle à cheveux que bordaient de chaque côté des propriétés à vendre, vides. À l'approche de l'unique maison située dans la courbe en U, balançant son sac de tennis, elle s'arrêta pour dénouer le sweat-shirt qu'elle portait autour de la taille. L'enfilant par-dessus sa tête, elle n'entendit pas le crissement des pneus s'engageant dans le virage, ni n'eut le temps de voir, le sweat-shirt une fois tiré sur ses yeux, l'éclair sombre du véhicule qui se rapprochait à toute vitesse, le pneu avant gauche montant sur le trottoir. Elle n'eut pas le temps de réaliser l'impact de l'acier sur sa chair, ni de la trajectoire de son propre corps projeté dans les airs. La première et la dernière chose qu'enregistra son cerveau avant de sombrer, ce fut son sac de tennis rouge qui s'envolait comme un cerf-volant pris dans une tornade, tourbillonnant à toute vitesse et pulvérisant une fenêtre de l'étage du 29 Crescent Drive.

À l'instant même où son corps atterrissait puis roulait au centre d'une pelouse fraîchement tondue et bordée de rosiers couleur pêche, une vieille dame à l'expression effarée apparut à la vitre brisée du premier étage.

Les yeux grands ouverts dans le noir, Eleanor attendait patiemment, le dessus-de-lit remonté jusque sous le menton, par-dessus le jean, le pull et la paire de Nike déjà éraflée que sa mère lui avait offerte pour son anniversaire, à peine deux semaines auparavant. Le réveil électronique d'adulte sur la table de chevet affichait 8 h 37 pm. Huit est un chiffre bleu, se dit-elle comme par automatisme. Le trois est rouge, et le sept jaune. Elle passa la main sous son oreiller, et en retira un bonbon qu'elle enfourna dans sa bouche.

Les trois coups brefs sur les portes-fenêtres situées juste en dessous de sa propre fenêtre, laissée entrouverte, résonnèrent enfin. Le courant d'air vif qui gonflait les rideaux ornés de motifs représentant Chewbacca – la température s'était rafraîchie ces derniers jours – lui refroidissait la joue. Elle se força à patienter un bon quart d'heure, jusqu'à ce que les gloussements familiers augmentent d'intensité, que leur écho s'élève le long de l'escalier recouvert de moquette, et s'insinue sous la porte de sa chambre. Certains soirs, elle ne faisait plus la distinction entre le son de la télévision et le bavardage stupide de Rebecca. Les gens passaient leur temps à bavasser sur cette idiotie de télévision, pensait-elle, et Rebecca, la baby-sitter (Eleanor détestait ce mot), passait son temps à essayer de les imiter. Elle s'entraînait probablement à devenir actrice.

Eleanor repoussa le dessus-de-lit d'un coup de pied, attrapa le réveil, sortit rapidement de la chambre et remonta d'un pas alerte le couloir de l'étage jusqu'à son extrémité, où elle ouvrit une porte en noyer aux reflets patinés. Elle se dirigea sans hésiter dans l'obscurité jusqu'au milieu de la bibliothèque, et s'arrêta devant le bureau Louis-Philippe. Elle alluma la lampe à l'abat-jour vert foncé posée sur le plateau de cuir de même couleur encadré d'arabesques gravées à l'or.

Le sanctuaire de sa mère baignait dans une lumière douce et chaleureuse. Dans un coin de la pièce, un violoncelle reposant sur son support attira le regard d'Eleanor. Une des larges hanches de l'instrument effleurait d'un côté les bibliothèques en chêne, tandis que l'archet reposait fièrement de l'autre. Légèrement en retrait se dressait un pupitre avec une partition.

Se dirigeant vers la bibliothèque, Eleanor, pinça au passage, la basse de son pouce. La vibration riche et grave la poussa à fredonner à l'unisson. Elle alla tout droit à un Atlas si lourd et si grand qu'il avait été posé sur le flanc au-dessus d'une rangée de livres. C'était une ancienne édition française que sa maman et elle avaient dénichée dans un marché aux puces dans le centre de Berkeley. Elle sortit le volume et le posa par terre. Il s'ouvrit presque comme par enchantement à la carte de France. Une liasse de billets et un mince bloc-notes étaient glissés près de la côte nord de la Bretagne. Elle prit un billet de cinq dollars qu'elle fourra dans la poche arrière de son pantalon, et se pencha pour déchiffrer : *Finistère Nord*. Maman lui avait dit que cela signifiait : « le nord de la fin du monde ». Comme si le nord du monde avait explosé, ou quelque chose dans ce genre. Sa maman lui avait alors expliqué que, dans ce contexte-là, le monde était la *terre*, au sens physique, et que *finis* pouvait également signifier « extrémité ».

« L'extrémité nord de la terre ». Eleanor préférait cette définition-là, plus magique. Elle aimait la sensation de ces mots français résonnant dans son esprit. Du noir, du brun et du rouge mêlés.

Elle s'empara du bloc-notes, et lut à voix haute les mots tracés sur la dernière page : « Mon petit canard, je t'aime plus que n'importe quoi d'autre, plus que le soleil, plus que le ciel ou la plus haute des montagnes, et plus profond que l'océan ! Maman. »

Eleanor emporta le bloc sur le bureau, attrapa un crayon et écrivit sous le message de sa mère : « Ma maman, je t'aime aussi, plus haut que le soleil, et plus loin que l'extrémité nord de la terre, où tu as promis que tu m'emmènerais un jour. J'ai pris cinq dollars pour pouvoir aller te voir tout de suite, et tu auras ce message quand tu iras mieux et que tu rentreras à la maison ! »

Elle replaça le bloc-notes dans le gros volume, qu'elle remit dans sa niche sur l'étagère. Elle ramassa le réveil, éteignit la lampe et ressortit sans refermer complètement la porte derrière elle. Sur la pointe des pieds, elle atteignit le haut de l'escalier puis, retenant son souffle, entreprit de descendre avec précaution, agrippant à chaque marche la rampe noire cirée. En passant à toute vitesse devant la porte ouverte du salon de télé, elle jeta un œil à l'intérieur. Le cuir du canapé grinçait. Rebecca et sa copine, la bouche pleine de pop-corn, rigolaient en bondissant dessus. Elles ne la virent pas passer ; les lumières du hall étaient éteintes.

Eleanor se retrouva devant la porte d'entrée, impressionnante à la fois par sa taille et par sa splendeur, une arche sculptée de chérubins et de grappes de raisin ornant l'élégant linteau d'un blanc laiteux. Les deux serrures du bas ne présentaient pas de difficulté, mais lorsqu'elle leva la tête, elle se souvint qu'elle n'atteignait pas tout à fait celle du haut, qui était munie, en plus, d'un verrou en cuivre et d'une chaîne de sûreté.

Elle se retourna, et son regard aux reflets cuivrés se fixa sur l'épais annuaire téléphonique, posé comme un Bouddha suffisant sur le coffre en camphrier chinois incrusté d'argent à l'autre bout du hall dallé de marbre.

Puis, à cet instant, la chose se produisit, la prenant de court, comme toujours. Elle l'appelait son « cauchemar de jour ». Cela avait commencé quand elle avait six ans, toujours au hasard, mais presque toujours dans la journée. C'était affreux : d'un seul coup, tout paraissait très loin et minuscule, comme quand on regardait du mauvais côté d'un télescope. Elle sentait ses pouces devenir lourds et enflés, tirant ses mains vers le sol ; sa tête devenait comme une pastèque, lourde et fondante. Le moindre bruit devenait intolérable. Maman l'avait emmenée voir Onc' Harry, mais il n'avait rien trouvé qui cloche chez elle. Il avait juste dit que c'était une chose rare mais normale qui se produisait quelquefois quand on a le cerveau trop plein de trucs. Du genre de la télé, des jeux vidéo, et tout ça. Il avait conseillé à Eleanor d'inspirer profondément et de se dire que ce n'était pas réel, et les « épisodes » finiraient par disparaître, généralement à la puberté. Le mot « puberté » évoquait chez elle des endroits secrets du corps, elle n'aimait pas trop ce mot-là. Mais « épisode », elle aimait bien ; cela lui donnait un côté scientifique et intelligent.

Mais à cet instant précis, respirer profondément n'aurait servi à rien, et puis, de toute façon, elle n'avait pas le temps. Rebecca éclata de rire, et l'écho du rire de l'autre fille monta à l'unisson. Leurs braillements ajoutés aux épanchements bruyants de la télévision transpercèrent les tympans d'Eleanor comme des bombes cramoisies. Bravant sa panique naissante, elle se força à redescendre en courant le hall interminable, les jambes aussi lourdes que du béton, les bras tendus comme des tentacules en direction de l'annuaire oublié, à des kilomètres et des kilomètres de distance.

— Maman, aujourd'hui, jeudi, c'était un jour vert ! On est presque demain, et demain aussi est vert, sauf qu'il est vert foncé. Les jours verts sont ceux que je préfère.

Eleanor se tenait devant le lit blanc. Elle avait oublié ses moufles, et ses mains étaient rougies par le froid. Elle avait également oublié sa veste, celle avec la capuche en laine ; ses oreilles lui piquaient dans la chambre trop chauffée.

— Maman, chuchota-t-elle de nouveau. Il fait vraiment froid dehors ce soir, d'un seul coup, il fait un froid mordant, juste comme tu l'aimes ! Je vais rester ici toute la nuit avec toi. Je vais rester tout le temps avec toi. Je ne rentrerai plus jamais à la maison, pas avant que tu ailles mieux et que tu puisses revenir avec moi. Et après, je prendrai soin de toi.

Eleanor était grande pour ses huit ans. Elle se pencha sur le haut lit d'hôpital, prenant soin de ne pas déranger la multitude de tubes transparents qui dégringolaient du haut pour se glisser comme des serpents entremêlés sous les draps empesés. Des mèches de cheveux brillants couleur noisette effleurèrent le visage de sa mère. Elle s'installa de façon à pouvoir regarder droit dans les yeux bleu ciel d'Abby Wilder, qui se plissèrent d'amour. L'ombre infinitésimale d'un tendre sourire se dessina au coin des lèvres de la femme. La blancheur de la coque de plastique qui lui enserrait le cou répondait à la blancheur des pansements qui lui emmaillotaient la tête. Un autre tube, maintenu en place par une bande adhésive, lui envahissait les narines. Eleanor déposa un baiser sur une joue chaude, puis tout aussi doucement, sur l'autre joue, enflée et violette, paralysée par la mâchoire ligaturée.

— J'ai failli rater le dernier bus, Maman ! Je me suis débrouillée toute seule, annonça-t-elle fièrement. Rebecca ne s'apercevra même pas que je suis partie, et de toute façon, elle s'en fiche. Si Papa était là, je sais qu'il m'aurait accompagnée, mais...

Deux coups discrets à la porte interrompirent Eleanor, qui disparut en un éclair dans la salle de bains. Elle se pencha, maintenant la porte fermée, l'œil fixé au trou dans le battant où aurait dû se trouver la poignée.

Un uniforme d'hôpital vert, enveloppant une silhouette massive, dissimulait le lit. Des mains gantées vérifièrent la perfusion. L'infirmière déclara d'un ton jovial :

— Tout va bien, Mrs. Wilder ? Je quitte mon service, mais Egbert, notre interne, passera vous voir toutes les deux heures. Si vous avez besoin de quoi que ce soit, vous n'avez qu'à appuyer sur le bouton d'appel. Tenez, je vais vous le rapprocher !

L'infirmière disparut du champ de vision d'Eleanor.

— Et maintenant, on va passer une bonne nuit, n'est-ce pas ! claironna-t-elle avant de refermer la porte en la claquant.

Comme si Maman pouvait répondre ! songea Eleanor. Les gens sont vraiment bêtes. Comme chez le dentiste, quand il vous pose des questions idiotes et qu'on ne peut pas répondre parce qu'il a les mains dans votre bouche. Et puis, pourquoi parle-t-elle aussi fort ? Elle va réveiller tout le monde !

— Ne t'inquiète pas, Maman. La prochaine fois que j'entends quelqu'un arriver, je me cacherai de nouveau. Tu sais que j'ai de sacrées bonnes oreilles ! Et j'ai apporté mon réveil, je vais le régler à dix minutes avant toutes les deux heures, chuchota Eleanor en relevant la mince couverture grise pliée à l'extrémité du lit pour la tirer sur le versant qui faisait face à la porte, laissant pendre un coin sur le côté.

Ensuite, elle contourna le lit et grimpa dessus, déplaçant le bouton d'appel pour se pelotonner plus près de sa mère.

Elle traficota le réveil, le plaça sur la table à roulettes à côté d'un vase de roses couleur pêche, puis, prenant soin de ne pas bousculer le plâtre de son bras, serra la main de sa mère dans ses deux petits poings. Abby Wilder les pressa en retour. Eleanor soupira de satisfaction et ferma les yeux.

Elle était sur le point de sombrer dans le sommeil lorsqu'elle perçut le grincement quasiment imperceptible du caoutchouc sur le linoléum. Le pas traînant s'arrêta devant la porte de la chambre de sa mère. En l'espace de quelques secondes, elle attrapa le réveil, se réfugia sous le lit et tira le rebord de la couverture jusqu'à ce que le rectangle gris la dissimule, juste avant que la porte ne s'ouvre tout doucement, puis se referme. La veilleuse de nuit répandait une faible lueur dans la pièce. Recroquevillée sur le sol, qui dégageait une drôle d'odeur, mélange de pin et de la piscine de l'école, Eleanor vit se rapprocher lentement deux jambes recouvertes d'un pantalon d'hôpital vert flottant, dont les extrémités étaient fourrées dans des bottes en caoutchouc. Un peu trop lentement, enregistra son cerveau endormi. D'habitude, les médecins et les infirmières se déplaçaient et agissaient rapidement, comme s'ils étaient toujours pressés. Elle jeta un œil au réveil ; il ne s'était même pas écoulé une demi-heure depuis la visite de la dernière infirmière.

Elle avait tellement sommeil. Si seulement Egbert (le nom était si idiot qu'elle s'en souvenait) pouvait se dépêcher. Pourquoi traînait-il tellement ? Et pourquoi était-il venu si vite après l'autre infirmière ?

Quelque chose rebondit sur le sol et vint rouler jusque sous le nez d'Eleanor. Puis deux autres, qui atterrirent un peu plus loin. Elle focalisa son regard sur un petit objet rond, louchant l'espace d'un instant avant de se retenir, se souvenant de ce que disait Papa, qu'on pouvait rester comme ça si on louchait plus de trois secondes. Son odorat très sensible avait repéré une noix.

Egbert se baissa pour tâtonner par terre. Une chevelure blonde raide tombant jusqu'aux épaules encadrait des traits indistincts. Eleanor se demanda si Egbert pouvait être un nom de fille. Ou bien c'était peut-être miss Egbert, comme à l'école, où le prof de basket appelait tout le monde par son nom de famille.

Cinq doigts revêtus de ces drôles de gants jaunâtres transparents balayèrent l'espace, trouvèrent deux des noix, s'interrompirent, puis l'autre main les rejoignit, relevant légèrement la manche blanche pour frotter énergiquement la peau juste au-dessus du poignet pâle, comme si celle-ci la démangeait. Eleanor se dit que la dame devait avoir de l'eczéma. Eleanor connaissait bien l'eczéma, parce qu'elle en avait aux coudes et aux genoux.

Une des mains se remit à tâtonner. Eleanor recula sur le sol et renvoya la noix – il lui sembla reconnaître une noix de macadamia – dans sa direction. Elle n'éprouvait aucune peur, parce que même si l'infirmière la découvrait, elle avait le droit d'être là, et personne n'irait jeter dehors une petite fille en plein milieu de la nuit.

Enfin, la main retrouva la dernière noix, et les trois furent immédiatement avalées, car Eleanor perçut des craquements de mastication. Les pieds en caoutchouc pivotèrent. Sur l'une des bottes, Eleanor distingua un triangle de cuir avec un drôle de nom dessus : AIGLE. Elle se demanda ce que cela signifiait. Elle se dit qu'avec leur couleur de feuilles mortes, elles ressemblaient à celles que portaient les hommes pour aller chasser ou pêcher. Elle remarqua à l'arrière ces petits anneaux de métal qui servaient probablement à les enfiler plus facilement.

L'infirmière Egbert acheva ce qu'elle était en train de faire, éteignit la lumière puis sortit. Eleanor était contente qu'elle n'ait pas réveillé sa maman avec un bavardage stupide. Elle sortit à quatre pattes de sous le lit, remonta et s'allongea de nouveau sur les couvertures.

Abby Wilder gémit.

— Je suis là, Maman. Je ne te quitterai jamais. Je t'aime, Maman, chuchota-t-elle, enlaçant de nouveau la main tiède de sa mère dans la sienne au moment où la sonnerie du réveil se déclenchait. Eleanor crut qu'elle plongeait dans un nouveau « cauchemar de jour », car l'effroi s'insinuait dans tout son être, exactement comme à chaque fois que se déclenchait un de ces rêves. Le bip métallique continuait de résonner. Elle tendit la main qu'elle avait de libre, éteignit le réveil et le consulta : elle avait dû se tromper en le réglant.

Elle murmura : « Maman ? » serrant plus fort la main maintenant fraîche, qui ne répondit pas à son geste d'affection.

— Maman ?

La main se contracta violemment. La gorge de la femme blessée émit un gémissement aigu.

Eleanor s'assit et tâtonna le long du mur. La lumière du plafonnier jaillit. Abby Wilder fixait celle-ci, le front perlé de sueur. Le sinistre gémissement s'éleva *crescendo* de sa bouche entrouverte. Puis elle ferma les yeux et demeura figée. Trop figée.

— Maman ? Tu as froid ? Tu as mal ? articula doucement Eleanor.

Sans réponse, elle hurla de toutes ses forces, à deux centimètres du visage de sa mère : « MAMAN ! » Le corps d'Abby eut un soubresaut, ses yeux s'ouvrirent, exorbités. Un nouveau gémissement rauque et affreux qui ressemblait à celui d'un monstre nocturne se fraya un chemin hors de sa mâchoire ligaturée.

Eleanor enfonça le bouton d'appel, encore et encore. Dans sa panique, elle se rua par-dessus le corps de sa mère, de l'autre côté du lit, et s'emmêla dans les tuyaux. Elle perdit l'équilibre et glissa, se raccrochant instinctivement à la première chose qui lui tombait sous la main.

Les câbles du moniteur de contrôle et de la perfusion résistèrent l'espace d'une seconde à son faible poids, elle demeura suspendue dans les airs comme un adieu, puis ils cédèrent. Eleanor s'écrasa violemment par terre. Le pied de la perfusion se renversa. Elle le regarda vaciller un instant avant de basculer et chuter au ralenti, atterrissant sur son front. Elle ne ressentit aucune douleur. Le bras d'Amy Wilder pendait vers le sol, les aiguilles arrachées de leurs embases.

Eleanor demeura abasourdie dans le brusque silence, fixant avec terreur les perles de sang qui bouillonnèrent instantanément, puis se formèrent pleinement sur la peau blême de l'avant-bras de sa mère. Elle écarta le pied de perfusion, et se mit lentement debout. Sa tête lui faisait très mal et lui tournait.

— Maman ? chuchota la petite fille en se penchant sur les traits défigurés.

Eleanor savait qu'elle avait parlé, et pourtant, aucun son ne franchit ses lèvres. Elle tenta de fixer les yeux vides et figés, que l'amour ne plissait plus. « MAMAN ! » hurla-t-elle devant les lèvres violettes de sa mère, tordues en un effrayant sourire.

Mais rien ne s'éleva de la bouche d'Eleanor.

Chapitre 2

Lorsqu'il apprit que sa femme avait été victime d'un chauffard, Neal Wilder se trouvait en voyage d'affaires à Bangkok. Il prit immédiatement le premier avion pour rentrer. Il resta quatre jours, jusqu'à ce qu'Abby sorte des soins intensifs, puis la fit transférer dans la meilleure clinique de Piedmont avec l'aide de son frère Harold, éminent psychiatre local. Il était à peine de retour en Thaïlande, depuis une journée, lorsqu'il reçut le coup de téléphone l'informant du décès de sa femme. Laissant à un collègue le soin de négocier l'acquisition d'une usine de vêtements en difficulté, il reprit l'avion pour la Californie pour la seconde fois de la semaine.

« Arrêt cardiaque », portait le certificat de décès d'Abby Wilder. Son chirurgien présumait qu'elle avait succombé à une réaction différée au choc de l'accident, aux opérations compliquées qui avaient suivi pour réduire ses multiples fractures et ligaturer sa mâchoire brisée, et à la longue anesthésie nécessaire. Les hautes doses de morphine prescrites pour soulager la douleur étaient également susceptibles d'avoir contribué à diminuer sa résistance déjà bien entamée.

L'interne de garde cette nuit-là jura qu'il avait répondu à l'appel lumineux, et que lorsqu'il était arrivé dans la chambre, la patiente était déjà morte. Sa perfusion avait été arrachée. Il supposait que la fille de Mrs. Wilder avait involontairement provoqué l'accident en tombant du lit. Il raconta qu'il avait trouvé la petite fille inconsciente par terre. Il s'était d'abord préoccupé d'elle, s'était assuré que son état était stable, l'avait transportée jusqu'au lit disponible le plus proche, et avait immédiatement bipé le médecin de garde.

Seule Eleanor savait que l'interne mentait, qu'il se trouvait avec une infirmière, probablement la blonde qui était venue dans la chambre quand Eleanor se cachait sous le lit. Elle les avait vus forniquer dans la douche pendant que sa mère était en train de mourir. Elle connaissait ce mot parce qu'un des garçons à l'école l'avait un jour employé, et qu'elle avait cherché sa signification dans le dictionnaire.

Lorsqu'on interrogea Eleanor, elle demeura muette. Terrorisée par l'épreuve qu'elle venait de vivre, son insupportable sentiment de culpabilité enfermé au plus profond d'elle-même, elle était devenue silencieuse comme la neige dans une nuit noire.

Je cours. Je n'arrive pas à crier. Un bourdonnement se répercute contre les murs, il me fait mal aux oreilles... Ma tête me fait mal... J'atteins une sorte de porte ouverte, que j'ouvre un peu plus grand. Au-dessus d'un bureau, un numéro 4 clignote en rouge, avec un bourdonnement très fort. Je hurle, mais aucun son ne sort de ma gorge. En titubant, je franchis une autre porte, et pénètre dans une pièce dont le sol est jonché de vêtements. Il y a une baie vitrée pleine de buée... J'entends des gloussements de rire, des grognements, et la douche fait beaucoup de bruit. Je trébuche sur une tennis et tombe sur un sweater rouge. Je me relève et marche sur un très grand slip blanc tout mou... Je martèle la vitre embuée. À l'intérieur, deux personnes cessent de remuer dans tous les sens.

« J'ai tué ma maman, j'ai tué ma maman ! » Je crie, mais je n'entends rien sortir de mes lèvres.

Neal Wilder annula tous les voyages qu'il avait prévus dans le mois qui suivait. Doté de sens pratique, il mit de côté son propre chagrin, et tint de façon catégorique à faire mener une existence normale à sa fille. Il était convaincu que c'était pour elle la meilleure solution. Eleanor allait à l'école tous les matins. Elle s'habillait, faisait ses devoirs, prenait ses repas, son bain du soir, se brossait les dents, et disait docilement bonsoir à son père lorsqu'il venait la border. Neal attendait toujours qu'elle soit endormie avant de sortir, ce qui lui arrivait souvent. La nouvelle baby-sitter n'avait guère matière à se plaindre ; Eleanor était la perfection faite petite fille.

Dans un premier temps, le fait qu'elle refuse de parler ne préoccupa pas Neal ; il considérait son mutisme comme un problème mineur qui finirait par disparaître avec le temps. Il s'efforçait souvent de la réconforter. Il la serrait dans ses bras ou l'attirait sur ses genoux, lui murmurant des choses comme : « Tout ira bien, ton papa est là », mais ne recevait en retour que le silence, et aucune étreinte. Pas même de larmes. Rien.

Il commença toutefois à s'inquiéter. Le jour où il fut convoqué à un rendez-vous avec la maîtresse d'Eleanor, il n'en fut pas surpris. Miss Robbins se montra plus que préoccupée, et convaincue, de même que la conseillère d'éducation, que la petite fille avait besoin d'une aide professionnelle. Eleanor ne se refusait pas seulement à parler, elle s'abstenait de toute activité sociale, et s'était aliénée tous les autres enfants. À l'exception de son amie Morgan, tous les gamins s'étaient mis à la taquiner, la traitant de bécasse, d'imbécile et de tête de pioche, avec cette cruauté innocente dont font preuve les enfants.

Eleanor ne répondait jamais aux moqueries. En classe, elle passait ses journées à regarder par la fenêtre. Lorsqu'on lui posait une question, elle contemplait poliment la maîtresse, mais ne répondait pas, les yeux perdus dans le vide. En récréation, elle allait se placer dans un coin de la cour et s'appuyait contre le mur. Elle picorait son repas toute seule, mangeant à peine, et finit par cesser de faire ses devoirs.

— Neal, elle est en train de régresser dans son monde intérieur. Si nous n'intervenons pas, elle pourrait finir par perdre tout contact avec la réalité. Assieds-toi, dit Harold Wilder en enserrant brièvement d'un bras réconfortant les épaules de son frère. Je voudrais te parler franchement.

« Onc'Harry », le surnom dont Eleanor avait baptisé son oncle Harold, était un pédopsychiatre de renommée nationale. Son établissement privé destiné aux enfants handicapés mentaux, le « Golden Dawn Institute », à vingt minutes de voiture de la maison de Neal à Berkeley, était situé au bout d'une rue calme et entouré d'un vaste jardin composé d'arbres et de pelouses, dans le quartier nord de Piedmont.

Tandis que les deux hommes s'asseyaient de part et d'autre du bureau de Harold, Neal étudiait son aîné de dix ans. Personne n'aurait pu deviner qu'ils étaient frères. Neal, plus grand que la moyenne, les épaules larges, la chevelure épaisse et bouclée d'un noir de jais, avait un teint foncé en harmonie avec ses cheveux. Des paupières lourdes ombraient ses yeux bruns écartés, dont les extrémités tombaient légèrement. Une profonde fossette lui ornait le menton. C'était un très bel homme.

À quarante-six ans, Harold, bien qu'aussi grand, avait la peau pâle et une charpente plus fragile. Ses cheveux clairsemés couleur blond pâle se refusaient à pousser en avant sur le sommet de son crâne en forme d'œuf. Ainsi dégarni, son haut front lisse surplombait un regard gris empli d'intelligence, étonnamment doté de sourcils généreusement fournis, sans doute le seul trait qu'il partageait avec son frère. La bonté se lisait sur son visage, et il avait une voix calme et rauque.

— Je crois qu'Eleanor subit une réaction schizophrénique à cet événement extrêmement — et je répète extrêmement — traumatisant, assena-t-il.

— Schizophrénique ? Qu'est-ce que tu racontes ? Ça ne veut pas dire un dédoublement de personnalité, ou quelque chose dans ce genre-là ? Elle n'a pas changé, elle a juste cessé de s'exprimer, pour l'instant...

— La schizophrénie n'implique pas nécessairement un changement de personnalité, elle peut se manifester de façons très diverses : isolement social, détérioration des émotions, des capacités intellectuelles... Tu te souviens quand Abby me l'a amenée l'année dernière ? Ellie avait des hallucinations, des illusions d'optique qui lui flanquaient une trouille bleue.

— Oui, Abby m'en avait parlé. Mais elle m'a rapporté que tu avais dit qu'il n'y avait pas matière à s'inquiéter, et que ces visions disparaîtraient. Alors ? Tu crois maintenant qu'elle est folle ? Ellie a toujours été une petite fille parfaitement normale !

— Elle n'est pas folle. Mais ces épisodes indiquent que c'est une enfant à la sensibilité exacerbée. Voyons, Neal, n'importe quel enfant, et même un adulte d'ailleurs, peut sombrer dans un trou noir après un tel choc psychologique. Et Ellie a subi un choc colossal.

— Beaucoup d'enfants perdent leur mère ! Cela ne les empêche pas de survivre.

— Elle a vu mourir sa mère. Elle l'a vue morte. Neal, moi aussi j'ai vu Abby après sa mort, et je n'oublierai jamais l'état de son visage. Imagine qu'Ellie a été témoin de cela. C'est un sacré poids, pour une petite fille.

— Mon Dieu ! Je... je suppose que j'étais dans le déni. Ma pauvre petite... Ma pauvre Abby... Seigneur, j'ai l'impression de vivre un cauchemar... (Neal se leva, et fit quelques pas.) Qu'est-ce que tu proposes ?

Harold se leva à son tour et, passant devant son frère, alla se poster face à la fenêtre qui donnait sur le parc. Quelques-uns des plus jeunes enfants jouaient sur les balançoires et dans le bac à sable, surveillés par une infirmière qui se promenait. Une des petites filles attrapa l'infirmière par la manche et lui désigna du doigt quelque chose dans les airs. Harold suivit le regard de la femme, et découvrit Eleanor perchée sur la branche d'un érable touffu, les jambes pendantes.

— Laisse-la ici avec moi quelques jours.

Neal le rejoignit. Un garçon plus âgé, presque entièrement dépourvu de cheveux, assis près du bac à sable, les jambes écartées, attira son regard. Il se balançait d'avant en arrière.

— Tu ne vas pas la mettre dans la même chambre qu'un de ces... ces gamins, n'est-ce pas ?

— Elle aura sa chambre individuelle. Je prendrai personnellement soin d'elle. Moi aussi, je l'aime, Neal.

— Tu ne crois pas qu'elle fait simplement semblant de ne pas pouvoir parler ?

— Non, je ne crois pas. Mais juste pour m'assurer qu'il ne s'agit pas d'un problème physiologique, je vais demander à notre oto-rhino de l'examiner. C'est la meilleure spécialiste à la ronde.

— Merci, Harry.

Les deux frères demeurèrent un long moment sans parler devant la fenêtre. Neal finit par rompre le silence avec une autre question :

— Se pourrait-il qu'Ellie soit autiste ?

— Impossible. À son âge, un enfant ne devient pas brusquement autiste. Eleanor était très attachée à sa mère, comme je te l'ai déjà dit. Un enfant autiste est détaché de sa mère, et sa maladie se manifeste d'ordinaire très tôt.

— C'est-à-dire ? Donne-moi un exemple.

— Eh bien, voyons... L'enfant se désintéresse totalement de son environnement. Il demeure passif, mou, ne change pas de position lorsqu'on le prend dans ses bras. À deux ans, il ne montre rien du doigt, ne tente même pas de communiquer. Les enfants autistes adorent passionnément les objets. Si on change de place leur objet favori, cela provoque chez eux une extrême anxiété. Tu vois ce garçon là-bas ? Ils se balancent comme ça d'avant en arrière, ou d'un côté sur l'autre, pendant des heures. Tu veux que je continue ?

— Non. Ellie n'a jamais présenté aucun de ces symptômes. Sauf peut-être la passivité, mais uniquement depuis l'accident. Elle a perdu l'appétit, ça c'est vrai... Harold, elle était tellement pleine de vitalité, tout l'intéressait. Tu crois qu'elle va aller mieux ?

— Je crois qu'elle finira par s'en sortir. Mais elle a besoin d'aide.

— En tout cas, je sais qu'elle se sentira en sécurité avec toi. Elle dit toujours que tu es son oncle favori, même si elle n'en a qu'un. Je...

La voix de Neal se brisa. Il baissa la tête, enfouit son visage dans ses mains, et tenta en vain d'étouffer ses sanglots. Harold posa une main sur l'épaule de son frère, ce qui déclencha des paroles hésitantes :

— Je… je suis désolé. Je… je n'ai pas encore accepté tout ça. C'est tout simplement trop dur. Je ne peux pas croire qu'Abby ne soit plus là. C'est trop dur. Et maintenant, ça…

Harold conserva la main sur l'épaule de son frère, jusqu'à ce que la vague de chagrin soit passée. Neal s'essuya les yeux d'un revers de main.

— Pourquoi est-elle morte ? Elle était censément hors de danger ! Pourquoi son cœur a-t-il lâché ?

— Il semble qu'elle ait été affligée d'un problème cardiaque très rare, le syndrome de Luciani-Wenckebach. En a-t-elle jamais parlé ?

— Non ! Elle ne parlait jamais de sa santé. Elle était tellement active ; elle jouait tout le temps au tennis… Qu'est-ce que c'est ? La cause de sa mort ?

— Il s'agit d'une arythmie sévère, un rythme cardiaque perturbé. Elle n'en avait peut-être même pas connaissance elle-même. Il peut se manifester d'un seul coup, à n'importe quel âge, disparaître tout aussi rapidement, ou bien rester toute la vie. Il n'est pas dangereux en lui-même, mais il a pu contribuer à son arrêt cardiaque.

— Quand tu dis : « Il semble qu'elle ait eu… » ce truc… qu'est-ce que tu veux dire ?

— Eh bien, quand ils ont pratiqué les examens préliminaires, son cœur battait de façon très erratique. Et tous les examens postopératoires montraient les mêmes résultats. Le syndrome de Luciani-Wenckebach est difficile à diagnostiquer. Il se peut que ça ait été cela, ou bien une fibrillation cardiaque due au stress du traumatisme.

– Mon Dieu. Seigneur, comme je regrette d'être retourné à Bangkok au lieu de rester ici ! (Son humeur vira brutalement à la colère.) Et bon sang, pourquoi personne n'a encore retrouvé trace de la voiture qui l'a percutée ? La police n'a pas déniché un seul foutu truc ! Personne ne l'a vue, même pas la vieille dame qui vit dans l'unique maison du virage… Elle n'a fait qu'entrevoir une voiture sombre… Une voiture sombre ! Ce cinglé doit être retrouvé et flanqué en prison à perpétuité ! Quand on est quelqu'un de bien, on s'arrête, on s'arrête et on appelle les secours ! Mon Dieu, je serais capable de le tuer de mes propres mains !

– L'enquête se poursuit ?

– Et comment ! J'ai chargé un des avocats de ma boîte de harceler la police et de me tenir informé tous les jours. Et de poursuivre Mr. X, si jamais ils mettent la main sur ce salopard. Les flics ont vérifié tous les garages à des kilomètres à la ronde, essayé de dénicher une voiture sombre avec des dégâts à l'aile gauche ou au pare-chocs avant… Ils ont déjà interrogé jusqu'au dernier résident du quartier où s'est déroulé l'accident. Personne n'a rien vu ! C'est incroyable ! Cette voiture existe bien quelque part !

Neal fit quelques pas puis reprit son sang-froid.

– Combien de temps penses-tu garder Ellie ici ?

– Pour l'instant, accorde-moi quelques jours. Tu peux la laisser maintenant, et apporter ses affaires plus tard dans l'après-midi. Qu'en penses-tu ?

— OK. Tu ne vas pas lui faire un de ces trucs, comment vous appelez ça, des électrochocs, des choses comme ça, n'est-ce pas ?

Harold eut un petit rire :

— On ne pratique plus ce genre de traitement, Neal. Je vais me contenter de l'observer, essayer de la faire réagir. Je te tiens au courant le plus possible. Et je t'encourage à venir la voir souvent. Tous les jours, si tu peux.

— C'est ce que je ferai. Merci, Harry.

Tandis que les deux frères traversaient la pelouse en direction de l'érable, Harold souffla d'une voix douce :

— Je suis aussi là pour toi, Neal. À n'importe quelle heure du jour et de la nuit.

Son frère se contenta de hocher la tête. Il leva les yeux sur sa fille, maintenant couchée à plat ventre sur la branche, qu'elle entourait de ses bras et jambes comme un koala.

— Ellie, ma chérie, Onc'Harry va te garder avec lui ici un moment... D'accord ? Je reviens cet après-midi avec tes affaires. Tu veux que je te rapporte quelque chose de spécial ?

Eleanor ne répondit pas.

— Je t'aime, Ellie, je t'aime tellement. À tout à l'heure, d'accord ?

Eleanor ne lui adressa même pas un regard. Lorsqu'il se retourna pour partir, Neal se sentit déchiré, mais il dut reconnaître qu'il acceptait cette solution avec un soupir de soulagement. Écartant les quelques accès de culpabilité qui remontaient de temps en temps à sa conscience, il se replongea avec énergie dans sa vie professionnelle et sociale.

Chapitre 3

— Un café ? un cognac ? proposa Neal, contemplant les lumières scintillantes de San Francisco de l'autre côté de la baie, qui paraissaient aspirées dans le halo luminescent du ciel étoilé.

Il se détourna de la porte-fenêtre et se dirigea vers la cheminée, où il jeta deux bûches dans le joyeux brasier.

— J'adorerais un cognac. J'ai besoin de me réchauffer. Bon sang... quand j'ai déménagé sur la côte ouest, je ne pensais pas avoir besoin de plus qu'un short et un T-shirt. On gèle, dehors !

Neal sourit à la jeune femme pelotonnée sur le canapé. Elle lui rendit son sourire, ajusta ses lunettes et plongea le nez dans un dossier qu'elle tenait en équilibre sur ses genoux. Passant derrière elle, Neal ne distingua plus que sa nuque, sous des cheveux couleur de miel fraîchement coupés.

— Qu'est-il arrivé à tes cheveux ?

— Je les ai coupés.

— Très seyant.

Daphné Andrews travaillait depuis plusieurs années pour l'entreprise de Neal. À peine sortie de la Harvard Business School, elle avait rapidement grimpé les échelons, et son énergie, son ambition et son honnêteté lui avaient gagné l'admiration de son patron. Elle parlait couramment l'espagnol, se débrouillait plutôt bien en français, et connaissait le marché européen.

Daphné referma le dossier, et accepta le verre tendu.

— Impossible de me concentrer, je n'ai rien d'intelligent à te dire ce soir. Mon cerveau refuse de réfléchir en pourcentages et décimales. Je ne peux pas m'empêcher de penser… (Elle se leva du canapé.) Désolée, Neal, mais elle me manque. Je n'arrive toujours pas à croire à sa disparition. Je ne cesse de visualiser son accident ; ça a dû être tellement monstrueux… Si j'avais insisté pour la raccompagner en voiture après notre match de tennis, elle serait aujourd'hui en vie… (Daphné fit quelques pas au hasard, et finit par se mettre dos au feu.) Pardonne-moi encore une fois, mais le simple fait d'être là évoque tant de souvenirs. À chaque instant, j'ai l'impression qu'elle va surgir de la cuisine avec une immense tarte à la framboise, n'importe quoi… Elle est tellement présente !

— Daphné, je n'ai vraiment pas envie d'en parler.

— Moi si, Neal ! Combien de temps vas-tu garder tout cela enfermé à l'intérieur de toi-même ? Ne souffres-tu donc pas ? Moi, si, dit-elle en articulant ces derniers mots d'une voix plus douce.

Neal engloutit son cognac en une gorgée.

— Je souffre le martyre, mais ce soir, je refuse tout simplement d'en parler. D'accord ? Alors, que se passe-t-il avec Arnold ? Je croyais que vous étiez à deux pas de convoler en justes noces.

— Ne détourne pas la conversation.

— Je vous attendais tous les deux, ce soir. Tu ne veux pas en discuter ?

— Touché. D'accord. Non, je ne veux pas. Disons que nous avons fini par découvrir que nous n'étions pas faits l'un pour l'autre. Pour changer de sujet, poursuivit-elle en lui lançant un regard teinté d'humour, parle-moi d'Ellie. Comment va-t-elle ? Quand penses-tu que je puisse la voir ? A-t-elle enfin prononcé un mot ? Combien de temps vas-tu la laisser là-bas ?

— Hé, du calme ! N'y aurait-il pas un soupçon d'accusation dans ce ton ? Où est passée la collaboratrice professionnelle pleine de tact que je connaissais ?

— Bon sang, Neal, tu pousses le bouchon un peu loin ! protesta Daphné, dont l'irritation commençait à se faire sentir. Ne suis-je donc qu'« une collaboratrice professionnelle » ? Abby était ma meilleure amie, et toi et moi sommes également devenus amis, si je ne m'abuse !

— Je crois bien que c'est la première fois que je te vois agacée.

— C'est ta faute. Tu me rends furieuse. J'ai l'impression, réellement, que tu n'es rien d'autre qu'un attaché-case ambulant ! Tu es tellement renfermé, posé, suffisant ! Et oui, mes questions avaient un ton accusateur. Comment peux-tu vivre en sachant que ta fille se trouve dans un asile de fous ?

— Ce n'est pas un asile, et elle ne va pas y rester longtemps. Mon frère s'occupe d'elle personnellement, et tu sais que c'est un des meilleurs pédopsychiatres du pays. Et quand je dis pays, je ne parle pas seulement de la Californie. Il est connu dans le monde entier.

— Je sais, Neal. C'est un médecin connu et un type merveilleux, je le sais bien. Je l'ai rencontré une fois, et il m'a fait très bonne impression. Mais je persiste à penser que tu aurais dû garder Ellie ici avec toi.

— Daphné, c'est totalement déraisonnable. Je suis absent toute la journée ! Comment puis-je m'occuper d'elle ? Je ne peux pas m'arrêter de travailler.

— Tu pourrais prendre un congé. Je peux me charger de ton travail.

— Oui, je pourrais, et oui, tu pourrais. Mais je ne saurais toujours pas comment m'occuper d'elle. Elle a besoin d'une aide professionnelle.

— Tu n'as pas répondu à ma question ? Elle s'est remise à parler ?

— Pas encore. Il y a à peine une semaine qu'elle est là-bas !

— Et tu ne t'inquiètes pas ?

— Bien sûr que si, Daphné ! J'ai le sentiment qu'on m'a arraché le cœur de la poitrine... Pourquoi crois-tu que j'aie accepté de l'envoyer là ?

— Je crois que tu voulais te laver les mains du problème, rétorqua Daphné en ramassant ses documents d'un seul geste rageur. Tu auras un rapport sur ton bureau demain matin. Inutile d'aller me chercher mon manteau, je vais le faire moi-même. Merci pour le dîner. Tu ne sais peut-être pas t'occuper de ta fille, mais tu sais cuisiner.

Elle quitta d'un pas vif la pièce éclairée par la lueur du feu. Elle récupéra son manteau dans le placard de l'entrée, et sortit pour affronter la neige fondue et glaciale.

Neal demeura planté là, sans voix.

Neal rendait visite à sa fille tous les jours, mais lorsqu'il tentait de communiquer avec elle, il éprouvait le sentiment de s'adresser à une pierre. Eleanor semblait inconsciente de sa présence, et lorsqu'il tentait de la prendre dans ses bras, elle se raidissait immanquablement et se détournait.

Pourtant, Harold y vit un signe positif.

— Elle réagit. Elle sait fichtrement bien qu'elle te blesse. Le fait qu'elle te rejette constitue une étape encourageante.

— Une étape encourageante ?

Bien entendu, Neal était touché par la réaction de sa fille.

— Seigneur, Harold, pourquoi ? Pourquoi me repousse-t-elle ? Je suis son père ! Je ne comprends pas.

Harold disposait de son propre appartement dans la résidence, qu'il avait baptisé en riant « sa garçonnière ». Situé à une petite centaine de mètres du bâtiment principal, il combinait bureau, espace d'habitation et cuisine. Il avait été conçu par l'un de ses amis architectes, qui avait tenu compte de la passion de Harold pour la lumière. Grâce aux immenses baies vitrées coulissantes sur les quatre côtés et les trois grandes verrières dans le long toit en pente de bardeaux, la structure en pin naturel, bien que petite, donnait une illusion d'espace.

Assis dans la kitchenette, les deux frères partageaient un repas rapide de sandwichs avec une bière que Neal avait achetés en vitesse dans une épicerie sur le chemin depuis son bureau dans le centre d'Oakland. Encadrés dans le puits de lumière au-dessus de leurs têtes, des cumulus roulaient pesamment sur de rares bribes du ciel bleu de cette mi-journée.

— Écoute, Neal, je vais être franc. Et cela ne va pas te plaire, marmonna Harold la bouche pleine de pain de seigle au salami, qu'il fit descendre à l'aide d'une gorgée de bière, avant de poursuivre : Je pense que les troubles d'Eleanor ont commencé bien avant cet incident. Toute sa vie, elle a vécu dans un environnement avec un père fuyant...

— Fuyant ? Qu'est-ce que tu racontes ?

La bouche à moitié pleine, Neal faillit en cracher son sandwich.

— Essaye de m'écouter sans m'interrompre, tu hurleras après. Tu es un bon père, mais un père fuyant. Combiné à une mère omniprésente et surprotectrice, cela a pu avoir sur Eleanor un effet très profond. As-tu jamais véritablement prêté attention à elle, Neal ? L'as-tu jamais vraiment écoutée ? Tiré de mes observations personnelles ces dernières années, et de ce que tu m'as dit, ce que je sais, en revanche, c'est qu'Abby et toi aviez des problèmes. Sans aucun doute, Eleanor a subi le stress inhérent au fait de représenter l'élément stabilisateur, l'arbitre entre vous deux. Je vais te donner un exemple : s'il y avait conflit, tu éludais les problèmes sans avoir la patience de les affronter et de les résoudre. Tu disparaissais, en retournant travailler par exemple. Eleanor restait avec Abby, et partageait avec sa mère l'essentiel de toutes les vibrations négatives.

– Bon Dieu, Harry, tu tires des conclusions trop hâtives ! Abby et moi, nous avions les problèmes normaux de tous les couples mariés. Qu'est-ce qui te fait croire que c'était aussi grave ?

– Ils n'étaient probablement pas graves, mais il n'empêche qu'Abby était venue me voir il n'y pas si longtemps que ça.

– Quoi ?

– Après une de vos disputes. Elle était très angoissée.

– Que t'a-t-elle raconté ?

– C'est confidentiel, Neal.

– Confidentiel ? Bon Dieu, Harry, c'était ma femme, tu es mon frère, et elle est morte, alors qu'est-ce que ça peut bien faire ?

— D'accord. Elle ne m'a pas confié grand-chose. Uniquement qu'elle était inquiète à propos d'Ellie, parce qu'à la suite d'une dispute particulièrement violente entre vous dont elle avait été témoin, Ellie a disparu pendant plus de deux heures.

— Oui, je me souviens. On l'a retrouvée dans son antre habituel, sa cabane dans les arbres.

— « On » ? Abby l'a retrouvée, souligna-t-il. Toi, tu étais déjà parti travailler.

— OK, OK, je le reconnais, la querelle a été très violente, mais je te jure, Harry, nous ne nous disputions pas souvent.

— Tu peux me dire quel en était l'objet ?

— Oui. Cela va te faire plaisir : Abby voulait que je passe plus de temps à la maison, que je voyage moins. Elle pensait qu'Ellie avait besoin d'un père... plus présent. J'ai dit d'accord, mais je lui ai dit que cela prendrait un an ou deux. Elle me demandait littéralement d'interrompre tous mes déplacements ! D'annuler parmi les plus importants projets en Asie, sur lesquels je travaillais depuis des mois, pour certains. J'ai refusé, nous nous sommes mis en colère, et c'est un euphémisme. En plein milieu de la dispute, nous avons découvert Ellie dans l'entrée – nous étions tous les deux convaincus qu'elle se trouvait dans sa chambre. Elle a remonté les escaliers à toute vitesse. Je suppose qu'elle était descendue par la fenêtre de sa chambre... Elle adore grimper et descendre des trucs ; nous avons découvert une corde... une des cordes de sa cabane dans les arbres... Bon sang ! fit-il en prenant une profonde inspiration. Harry, tu n'as pas d'enfants. Tu ne sais pas à quel point c'est dur de les élever.

– Neal, j'ai environ vingt-cinq enfants, dont certains particulièrement difficiles. Je te rappelle que c'est ma spécialité.

– D'accord. Harold, je me suis vraiment, vraiment, efforcé d'être un bon père. Que veux-tu me dire ? Pourquoi ma fille me repousse-t-elle ?

– Pour parler crûment, elle peut inconsciemment te rendre responsable de la mort de sa mère, parce que, encore une fois, tu étais absent. Tu étais absent quand l'accident s'est produit, absent quand elle est morte. Cela pourrait expliquer le rejet d'Ellie. Elle porte tout le poids de la mort de sa mère sur ses épaules de huit ans, et c'est un sacré poids.

– Mon Dieu, tu parles d'un complexe de culpabilité ! Que puis-je faire ?

– Lui parler. Je veux dire, véritablement, pas juste lui faire la conversation. Donne-lui toute ton attention. Regarde-la dans les yeux. Montre-lui que tu es là pour elle. Dis-lui que tu l'aimes. Dis-lui que tu sais que sa mère lui manque, et que tu vas essayer de lui donner une double dose d'amour. Ne cherche pas le contact physique tant que tu ne la sens pas réceptive.

– D'accord, je vais essayer, promit Neal en se levant de l'épais plateau de chêne verni qui faisait office de table de petit déjeuner. Daphné Andrews — tu sais, la meilleure amie d'Abby — peut-elle lui rendre visite ?

— Ce serait une bonne chose. Eleanor l'apprécie ?

— Je crois. Je veux dire, je crois qu'elle voyait très souvent Daphné. Elle allait avec elles au tennis, ce genre de choses, et Daphné venait très souvent chez nous le week-end.

— Ma question était : est-ce qu'Eleanor l'apprécie ?

— Le contraire serait impossible. Daphné est quelqu'un de merveilleux.

Les deux hommes franchirent la baie vitrée ouverte et descendirent d'un pas tranquille l'allée de briques qui menait à l'entrée principale. Harold Wilder jeta un regard furtif à son frère. Il se souvenait d'avoir rencontré Daphné Andrews lors d'un dîner organisé par Abby.

— C'est la fille qui travaille dans ta boîte ?

— Oui. Sacrément intelligente. Et toi, Harry, quand vas-tu rencontrer la femme de ta vie ?

— C'est fait, dit une voix féminine en les faisant sursauter.

Ils se retournèrent tous les deux et se retrouvèrent quasiment nez à nez avec une femme dont le sourire espiègle illuminait le moindre trait.

— Harold me gardait au secret, mais j'ai décidé qu'il était temps de sortir du placard. Rosemary, se présenta-t-elle en tendant la main.

Neal lui rendit sa poignée de main, remarquant que Harold s'était instantanément troublé, les joues écarlates.

— Et d'où sors-tu, mon canard ?

La voix de Harold avait grimpé d'une octave, et la métamorphose de son frère prit Neal par surprise.

— Bonjour, Rosemary, fit-il avant que celle-ci ait pu répondre. Enchanté. Savez-vous que vous êtes la première femme que j'aie jamais rencontrée capable de transformer instantanément mon frère en un idiot balbutiant ? On dirait une poule sur le point de pondre un œuf.

Rosemary éclata de rire, de même que Harold.

— Et comment se fait-il que je n'aie pas encore fait votre connaissance ?

— J'allais vous la faire rencontrer, Abby et toi, intervint Harold. Tu te souviens de ce dîner que j'ai annulé après la mort d'Abby ? Ce n'était pas pour mon anniversaire, nos anniversaires, d'ailleurs, car aussi incroyable que cela puisse paraître, Rosemary et moi sommes nés exactement le même jour, il y a quarante-six ans, ce devait être l'occasion que j'annonce... que nous annoncions, précisa-t-il radieux en entourant Rosemary de son bras, nos fiançailles.

Neal mit une seconde à absorber la nouvelle.

— Mais... cela signifie que vous êtes ensemble depuis un moment ! Pourquoi garder le secret ?

— Je voulais Rosemary pour moi tout seul, il faut croire. Je refusais de la partager. Je voulais te révéler la chose moi-même, mais maintenant, c'est fait !

Harold fixa de nouveau sur Rosemary un regard amoureux.

Neal contempla la femme qu'enlaçait son frère. Aussi dodue qu'il était mince, aussi petite que lui était grand, elle paraissait également aussi joyeuse que lui était sérieux. Elle avait laissé l'âge teinter naturellement de poivre et sel sa chevelure brune frisée, coiffée en un carré un peu long et sans laque. Son prénom lui allait comme un gant : elle avait les joues roses, et nul besoin de blush pour les aviver. Un grain de beauté très seyant ornait une de ses pommettes, qui s'étirait un peu sur le côté chaque fois qu'elle souriait.

Rosemary retourna à Neal son regard, maintenant sérieux.

– Quand Harold m'a appris que vous veniez pour le déjeuner, je me suis dit que j'allais en profiter pour vous voir avant votre départ. Comment tenez-vous le choc ? demanda-t-elle en prenant ses deux mains dans les siennes.

La spontanéité de son geste toucha Neal.

– Ça va, compte tenu des circonstances. Ce n'est pas facile.

– Je suis tellement désolée, Neal. Ce doit être tellement pénible. J'ai des nouvelles de l'état d'Eleanor tous les jours ; je veux dire, ajouta-t-elle en jetant un coup d'œil rapide à Harold, d'un point de vue professionnel. Je ne l'ai vue que deux fois, mais j'ai déjà décelé des améliorations. Ce qui est sûr, c'est qu'elle aime mes cookies !

— Merci, Rosemary. Je suis sûr que votre présence féminine lui sera très bénéfique. Elle adore les gâteaux. Abby avait l'habitude de faire des cookies au chocolat tous les dimanches.

Rosemary eut un sourire, relâcha ses mains et se tourna enfin vers son futur mari.

— À toi, l'Olibrius, dit-elle en levant son visage rebondi pour recevoir son baiser. Comment vas-tu ? Il y a une éternité que je ne t'ai vu. Tu me manques.

Harold consulta sa montre.

— Une éternité, ça oui. Très exactement, trois heures et un shpouic de secondes.

— Un « shpouic » ? répéta Neal.

— Harold invente une nouvelle langue, mais uniquement avec moi, Neal. Celle-là, je ne l'avais pas encore entendue, mais je suppose que cela signifie une poignée de secondes.

— D'accord. Un shpouic. Bon, je dois vous laisser.

— Une seconde, Neal..., le retint Harold tout en se retournant vers sa fiancée. Mon canard, j'ai réfléchi. Je ne suis pas sûr que ce soit une bonne chose pour Eleanor de se trouver au contact quotidien des autres enfants perturbés. Je pense qu'elle a besoin d'une atmosphère plus... disons plus normale. Familiale. Pourquoi ne la prenons-nous pas à la maison jusqu'à ce qu'elle soit suffisamment d'aplomb pour rentrer chez elle ?

Avant qu'il ait pu poursuivre, Rosemary annonça :

— Oui, Neal, je vis dans un merveilleux état de péché depuis un mois avec Harold.

Neal sourit :

— Je me demandais pourquoi j'avais remarqué sur cette bouille si sérieuse un rayonnement inhabituel. Maintenant, je comprends.

— Si tu es d'accord, bien sûr, continua Harold.

— Si je suis d'accord ? Ce serait formidable ! J'ai toujours pensé que cet endroit... Je veux dire, je sais bien que tu prends bien soin d'elle, mais... Et vous, Rosemary ? demanda Neal en se tournant vers elle. Je ne voudrais pas vous imposer quoi que ce soit.

Il remarqua son hésitation.

— Je ne sais pas. Je vous parle franchement. Bien entendu, Ellie ne me gênerait pas du tout, mais je crains qu'un nouveau changement ne soit pas facile pour elle.

— Elle connaît ma – notre – maison dans les moindres recoins, mon canard, intervint Harold. Au fond de moi, j'ai le sentiment qu'elle serait bien plus heureuse avec nous. Et je pourrais passer du temps avec elle à la maison tous les soirs, au lieu d'un shpouic de moments ici, où j'ai tant à faire, ou un sphouic de moments à la mairie, où je suis débordé. Je t'ai dit que je songeais à me présenter à la mairie ? dit-il en s'adressant à son frère.

— À la mairie ? Et où diable vas-tu trouver le temps ?

— Le personnel de l'institution est excellent. Je trouverai le temps. Et puis, ajouta-t-il à l'adresse de Rosemary, je n'ai plus à faire la cuisine.

— Harry, c'est fantastique, vraiment ! Mais tu me promets que tu trouveras du temps à consacrer à Ellie ?

— Je te le promets. Je ne suis qu'au début de la route pour la mairie... Hé, voilà un excellent slogan, dit-il à Rosemary : « En route pour la mairie... », essaye de t'en souvenir, mon canard. (Revenant à Neal :) La campagne ne commencera pas avant l'année prochaine. Et puis, il faut que je lève des fonds ! Mais je serai là pour Ellie, Neal. Elle est numéro un sur ma liste de préoccupations. Alors, c'est réglé, dit-il à Rosemary. Pourquoi ne prépares-tu pas pour elle la chambre d'amis juste à côté de la nôtre ?

— Tu as raison ! acquiesça Rosemary, qui se faisait à l'idée. Ce sera comme si j'avais ma propre fille à la maison. J'ai toujours voulu avoir une fille. Dites-moi ce qu'elle aime, demanda-t-elle à Neal. Je veux lui faire une surprise pour son arrivée. Elle aime les poupées ?

— Oh non, c'est un garçon manqué ! Mais elle adore les livres, et les ordinateurs la fascinent. Ce qu'elle préfère à l'école, c'est ça – ils ont quelques-uns de ces nouveaux Mac, et apprennent les rudiments aux gamins – Ellie adore ça.

— Très bien. Des trucs de garçon manqué et des ordinateurs. Harry, la chambre sera prête ce soir. Tu peux l'amener quand tu veux. J'y vais !

— Rosemary, une seconde ! la héla Neal tandis qu'elle s'éloignait.

Elle se retourna.

— Je vais lui trouver un ordinateur. Je l'apporterai moi-même.

— Génial. Quand vous viendrez, vous me direz quels sont ses plats favoris, à quelle heure elle doit se coucher, toutes ces sortes de choses. Je vais rentrer vous préparer une liste de questions. Et une fournée de cookies au chocolat ! ajouta-t-elle en leur adressant un au revoir joyeux.

— Harry, tu as touché le gros lot, dit Neal à son frère.

— Et comment !

Chapitre 4

Q*uand je serai grande, je vais retrouver cet interne appelé Egbert, quel nom idiot, et je vais le tuer. Et je tuerai peut-être aussi l'infirmière qui était dans la douche avec lui.*

– Qu'est-ce que tu fais, Eleanor ?

Et si je veux faire ça, il faut que je fasse croire aux gens que je ne suis pas malade.

– Eleanor ? Qu'est-ce que tu fais ?

La voix de Harold Wilder, douce et rauque, vibrait d'une telle affection que la petite fille se retourna.

Eleanor était assise par terre dans le salon de la maison de Harold, sur la moquette bleu foncé, les plantes de pieds collées l'une contre l'autre, sa brillante chevelure châtain effleurant ce qu'elle tenait au creux du losange formé par ses genoux écartés. *Je suis contente de voir Onc'Harry. Harry est de la couleur de la neige, avec un peu de jaune pâle dedans. Onc'Harry me fait aussi penser au pop-corn. Je l'aime bien. Je crois que je l'aime plus que mon papa. Enfin, d'une certaine façon. J'aime mon papa, mais d'une certaine façon, je n'ai pas envie d'être avec lui en ce moment.*

— Qu'est-ce que tu as là ?

C'est un dictionnaire que Tatie Rosemary m'a donné. Mais aucun son ne franchit ses lèvres. Elle le lui tendit pour qu'il puisse voir.

— Le nouveau dictionnaire Webster ! En voilà une bonne lecture. J'adorais feuilleter les dictionnaires, quand j'étais petit… toujours, d'ailleurs. Tu tiens peut-être ça de moi ! C'est ahurissant, le nombre de mots qui existent. Je peux ? demanda-t-il en s'agenouillant à côté de sa nièce et en plissant les yeux sur la page ouverte. Mince, j'ai oublié mes lunettes. Tu peux me lire un des mots que tu aimes ?

Eleanor pointa du doigt, et rapprocha le livre du nez de Harold.

— Je ne vois rien, ma puce, c'est écrit trop petit. Je vais aller chercher mes lunettes.

Eleanor bondit sur ses pieds, l'attrapa par la manche et le tira vers la fenêtre. Elle inspira, puis embua la vitre, sa petite bouche formant un ovale. De l'index, elle inscrivit rapidement en majuscules maladroites : EMBRASSE-MENT.

— Ah, j'ai juste eu le temps de lire avant qu'il ne disparaisse. Quelle petite fille intelligente. « Embrassement »… Pourquoi aimes-tu ce mot ?

Eleanor fit un petit pas en arrière, et tâtonna derrière elle jusqu'à saisir une des mains de son oncle.

Sans perdre une seconde, Harold Wilder fit tourner sa nièce sur elle-même, et l'entoura de ses bras. Au bout d'un long moment, elle se dégagea, le reprit par la main et le conduisit jusqu'au dictionnaire, qu'elle feuilleta jusqu'à trouver le mot qu'elle cherchait. Elle guida l'index de son oncle à l'endroit voulu, puis le regarda, l'air d'attendre quelque chose.

— Je reviens tout de suite, ma puce, lui dit-il.

Le dictionnaire à la main, le doigt rivé au mot désigné, Harold se rendit dans son bureau, et dénicha ses lunettes. Il déchiffra le mot : « bonbon ».

C'était dimanche, mais Harold connaissait une petite épicerie ouverte toute la semaine. Il regagna le salon, et annonça, avec un sourire complice :

— Allons nous chercher des bonbons !

Harold patienta un mois avant d'emmener Eleanor chez l'oto-rhino-laryngologiste, accompagné de Neal.

À l'issue d'un examen approfondi, le Dr Amanda Grooves ne découvrit aucun problème organique chez la petite fille. Lorsqu'elle joua un enregistrement de chansons enfantines, et demanda à Eleanor de fredonner en même temps, celle-ci fit de véritables efforts. Elle ouvrit la bouche, ferma les yeux, se concentra ; dans sa tête, elle percevait sa voix, s'entendait chanter parfaitement à la tierce, car elle était très musicienne, mais aucun son ne sortait. La seule chose qui jaillit, ce furent des larmes, qui se mirent à couler de ses yeux, suivies de sanglots silencieux si violents qu'elle s'en étouffa.

Cette fois-ci, ce fut Neal qui serra sa fille contre lui de toutes ses forces. Et cette fois-ci, elle ne le repoussa pas. Elle s'agrippa à lui tellement fort que le tremblement irrépressible de son corps se répercuta à celui de son père, et que leurs sanglots se mêlèrent. Même le Dr Grooves, qui avait eu affaire à d'innombrables cas difficiles, en fut elle aussi émue aux larmes.

Lorsque les sanglots d'Eleanor s'apaisèrent, le médecin l'accompagna dans la salle d'attente, où elle l'installa à une table basse débordant de jouets et de livres, près de deux enfants dont les mères patientaient, assises.

Amanda Grooves rejoignit ensuite les deux hommes et annonça en s'adressant à Neal :

— Je pense que votre fille souffre d'une aphonie psychogène. Aphonie signifie « perte de la voix », cela vient du grec ancien, comme nombre de termes médicaux. L'Antiquité grecque, quelle époque incroyable, quelle langue et quels gens...

Neal l'interrompit :

— Pourriez-vous avoir la gentillesse d'expliquer un peu plus en détail cette... infirmité ?

— Bien entendu. En général, elle est provoquée par un problème physique, des perturbations bilatérales — un dommage — au nerf laryngé récurrent. L'aphonie est en général le résultat d'une blessure, d'une opération chirurgicale, dans certains cas d'une maladie provoquant la paralysie, ou bien due à une tumeur cérébrale. Aucune de ces hypothèses ne s'applique à Eleanor. Dans son cas, on peut sans aucun doute l'attribuer à ce qui lui est arrivé. Elle a souffert d'un traumatisme psychologique très profond, qui a provoqué l'extinction des cordes vocales. Celles-ci sont incapables de se rencontrer, ou de vibrer, ce qui entraîne l'incapacité à produire des sons. La peur est un des facteurs qui contribuent à la maladie. La peur et le choc expérimentés par Eleanor étaient tellement énormes qu'elle ne peut tout simplement plus parler.

— Seigneur ! souffla Neal. Combien de temps cela va-t-il durer ? Sera-t-elle de nouveau capable de parler un jour ?

— Oui ou non. Sa voix peut revenir toute seule... demain, dans une semaine, des mois, des années, ou bien plus jamais. Si elle ne recouvre pas la voix dans... disons quelques mois, elle aura besoin d'un suivi psychologique. Ma secrétaire peut vous fournir les noms de deux excellents orthophonistes, qui sont également psychologues diplômés. Et si vous percevez un souffle de voix lorsqu'elle tousse, ne formez pas trop d'espoirs. Quand on tousse, les cordes vocales se joignent et vibrent, car l'afflux d'air des poumons provoque un son. Cela ne signifie pas qu'elle pourra parler.

C'était la première fois qu'Eleanor s'était laissée aller à exprimer son chagrin, et Harold était extatique. De ce jour-là, la petite fille fit des progrès colossaux. Elle apprit à communiquer en tapant sur le clavier de son ordinateur – le cadeau promis par Neal –, écrivit qu'elle voulait retourner à l'école même si elle ne pouvait toujours pas parler, et finit par « dire » qu'elle voulait rentrer à la maison, chez son papa.

Neal réorganisa ses horaires de travail pour pouvoir passer davantage de temps avec sa fille. Il confia à Daphné Andrews la direction de la branche chargée de rechercher les entreprises européennes en difficulté afin qu'elle effectue les déplacements à sa place.

Et Rosemary convainquit sa propre gouvernante de s'installer chez Neal. Nelly était une Noire originaire de La Nouvelle-Orléans, les pieds sur terre et d'une fiabilité à toute épreuve. Elle avait élevé quatre enfants, avait perdu son mari, et chantait le blues comme personne.

Nelly ne prêtait aucune attention au handicap d'Eleanor, et le chant de sa voix profonde et presque masculine s'élevait au-dessus du vacarme de l'aspirateur, qu'elle passait en traînant la petite fille dans son sillage. Il y avait toujours un bonbon au fond d'une de ses poches. Quelquefois, elle interrompait ce qu'elle était en train de faire, gonflait la voix, remontait sa jupe et dansait. La première fois qu'Eleanor la surprit à chalouper le long du couloir de l'étage, chantant à perdre haleine, elle se sentit rire aux éclats à l'intérieur d'elle-même. Nelly dut le percevoir, car elle se retourna, revint sur ses pas vers la petite fille en dansant le hootchy-kootchy, l'attrapa par la main et l'entraîna dans une sarabande infernale. C'est ainsi qu'Eleanor apprit à danser, et à aimer tous ces airs de La Nouvelle-Orléans. Elle chantait en même temps que Nelly, ses lèvres articulant les paroles, et à chaque fois, Nelly disait : « Tu en as une sacrée voix, pour une si petite fille ! » Eleanor avait même fini par répéter cette phrase en phase avec elle, et elles riaient toutes les deux, Nelly avec de gros éclats de rire chaleureux, et Eleanor en silence, bien entendu.

Eleanor tomba amoureuse de Nelly. Neal tomba amoureux de Nelly. La maison tout entière tomba amoureuse de Nelly. Et Nelly s'installa aussi aisément qu'une brise d'été flottant par une fenêtre ouverte.

Tout le monde, y compris Harold, était convaincu qu'Eleanor finirait un jour par retrouver sa voix, à l'improviste, et que la meilleure solution pour elle consistait à retourner à l'école, comme elle le souhaitait. Tout le monde pensait, ou en tout cas espérait, que le contact quotidien avec ses camarades de classe débloquerait les cordes vocales oubliées. Après tout, il ne s'était écoulé que quatre mois depuis que, au cours de cette terrible nuit à la clinique, Eleanor avait perdu sa voix. En l'absence de toute altération organique, tout le monde se disait qu'elle reviendrait simplement un jour.

Tout le monde, sauf Eleanor. *Je veux parler. Je le voudrais vraiment. Mais à chaque tentative, je vois l'effrayant visage de Maman, morte, et rien ne sort.*

L'expérience s'avéra désastreuse. L'enfant muette sema le chaos dans la salle de classe. Eleanor redevint la cible de moqueries incessantes, et même de maltraitances physiques. Comme si les autres enfants, en lui tirant les cheveux ou en la bousculant quand miss Robbins détournait le regard, tentaient de lui faire recouvrer la parole par leur cruauté.

Les plus méchants ne représentaient pourtant qu'une minorité. La plupart de ses amis essayèrent de se montrer gentils, mais son silence les mettait mal à l'aise, et ils finirent par la laisser toute seule. Morgan lui dit qu'elle était désolée pour sa maman, qu'elle voulait de nouveau être sa meilleure amie, et défendit Eleanor quand un autre enfant la narguait, mais au bout d'un moment Morgan se lassa d'être la seule à parler sans obtenir aucune réponse, et elle aussi s'éloigna. Les moqueries finirent par cesser, remplacées par quelque chose d'encore pire, l'indifférence. Eleanor fut ignorée, traitée comme une étrangère.

Mais elle n'était ni bête ni fragile. À l'issue d'une journée particulièrement difficile, où Miss Robbins avait commis l'erreur d'insister pour qu'Eleanor tente de répondre à une question, et où tout le monde avait ri lorsqu'elle avait ouvert la bouche et sorti ces bruits étranglés bizarres, elle rentra chez elle et écrivit une véritable lettre manuscrite à son père :

Cher Papa, je ne veux plus aller à l'école. Je veux que tu trouves quelqu'un qui puisse me donner des cours ici à la maison. Cela s'appelle un précepteur. On dit aussi un professeur particulier. Il m'en faudra sûrement plus d'un, par exemple un pour les maths, un pour l'anglais et les autres sujets. Merci beaucoup, ta fille, Eleanor.

Elle lui remit la missive en main propre à l'instant où il franchit la porte d'entrée. Il posa son attaché-case et la lut sur place. Eleanor fut bien contente, car il ne discuta pas. Il la contempla avec sérieux et déclara :

— OK. Bien. Je m'en occupe. C'est une excellente idée. Demain matin à la première heure, je vais voir Miss Robbins, pour savoir de quels précepteurs, ou... (il fronça les sourcils en jetant un œil à la lettre :) professeurs particuliers tu auras besoin. D'accord ?

Eleanor lui prit le papier des mains, écrivit quelque chose avec le stylo à bille qu'elle portait toujours accroché à son jean et lui fourra sous le nez : **D'accord. Est-ce que je suis obligée d'aller à l'école demain ?**

— Bien sûr que non, répondit Neal, à l'instant où Nelly passait la tête par la porte de la cuisine à l'extrémité du hall en marbre.

— Bonsoir, Mr. Wilder. Des spareribs sauce barbecue, ça vous va ?

Neal planta un baiser sur le sommet de la tête d'Eleanor, et se dirigea à grands pas vers Nelly.

— Ça me paraît parfait ! Nelly ?

Celle-ci avait déjà disparu, mais sa tête réapparut, suivie de son corps généreux.

— Oui ?

— Ellie ne retournera pas à l'école. Elle... (Il s'interrompit devant l'expression radieuse de Nelly :) Quoi ?

— C'est drôlement bien ! Elle n'est pas heureuse à l'école.

— Et comment se fait-il que vous sachiez ça, et pas moi ?

— Elle ne me l'a jamais dit, je le sais, c'est tout. Alors, vous allez lui trouver des profs ?

– Oui.

– Génial !

Nelly scruta au-delà du veston bien coupé de Neal pour croiser le regard d'Eleanor :

– Ma petite puce d'Ellie... Une tarte à la crème de banane, ça te dit ?

Eleanor articula un long « Géniaaal », et ferma les yeux de bonheur.

Chapitre 5

Un an plus tard.

Avant, je l'aimais bien, mais je ne l'aime plus. Je vois bien qu'elle a envie d'embrasser Papa tout le temps ; je le vois dans ses yeux à chaque fois qu'ils sont ensemble. Je vois bien que Papa aussi, et qu'ils sont juste polis devant moi. Je parie qu'ils copulent dans le lit de Maman. Pourquoi est-ce qu'elle fait le dîner dans la cuisine de Maman ? Elle ouvre tous les tiroirs, comme si elle était chez elle. Au moins, elle a apporté son propre tablier, elle n'a pas mis un de ceux de Maman.

On était samedi, jour de congé de Nelly. Celle-ci avait demandé un long week-end pour aller voir un de ses grands enfants à Bakersfield. Elle ne rentrerait pas avant mardi, et elle manquait déjà à Eleanor.

— Ellie, j'ai fait du poulet au curry et une tarte à la myrtille. Neal m'a dit que c'était ton dessert préféré !

Daphné pénétra dans le salon où Eleanor était assise par terre sur la moquette bordeaux, jambes croisées comme d'habitude, ses livres de classe soigneusement disposés autour d'elle en arc de cercle.

— Il m'a dit aussi que tu appréciais le curry très épicé. Ce n'est pas banal ! D'habitude, les enfants n'aiment pas les plats épicés. Ça me fait plaisir, parce que moi aussi, j'adore, mais alors, j'adore, le curry épicé.

Daphné s'affala sur le canapé en cuir, et alluma une cigarette.

— Je me déteste, mais j'ai recommencé à fumer. Je sais que je m'arrêterai un jour, mais pas maintenant. Tu m'as dit que la fumée ne te gênait pas, tu es sûre ?

Elle attendit qu'Eleanor ait terminé de griffonner une réponse sur son carnet à couverture vert sapin, celui qui était exclusivement réservé aux « conversations ». La petite fille le poussa ensuite par terre, jusqu'à toucher la chaussure de Daphné.

La fumée ne me gêne pas. Mais je n'aime pas quand tu m'appelles Ellie. Il n'y a que mon papa et ma maman à m'appeler comme ça.

Daphné garda son calme.

— Excuse-moi. Je comprends.

Elle inhala profondément avant d'écraser sa cigarette.

— Je comprends également ce que tu ressens, Eleanor. Ma présence ici te déplaît probablement. Je ne veux en aucune façon prendre la place de ta mère. En aucune façon, je le répète. Je veux simplement être ton amie, comme j'étais l'amie d'Abby. C'était ma meilleure amie. Et crois-moi, en ce monde, une meilleure amie, c'est inappréciable. À moi aussi, elle me manque.

Daphné se leva vivement et regagna la cuisine. Eleanor plongea le nez dans son manuel d'histoire. Elle aimait l'histoire, parce que c'était comme un livre de contes avec des choses et des gens qu'elle ne connaissait pas, sauf que c'était vrai. Et rien que le mot « histoire » avait une résonance jaune chaleureuse. En ce moment, son précepteur (« précepteur » était bleu foncé), Mr. Janeck (le nom lui évoquait une orange), lui enseignait l'histoire des Amérindiens. Elle aimait les images de guerriers sur leurs chevaux pinto. Mais ce qu'elle aimait le mieux, vraiment le plus super, c'était l'anglais. Chaque semaine, Mr. Janeck lui amenait un nouveau livre à lire. Elle notait sur un carnet ses mots favoris. Un jour, elle l'avait entendu dire à son père qu'il avait rarement rencontré une enfant avec un tel don pour la langue. Papa lui avait répondu : « Quelle ironie, n'est-ce pas ? ». Mais elle avait été vraiment contente, parce qu'il avait ajouté : « Je suis tellement fier d'elle. C'est l'amour de ma vie, Mr. Janeck. »

Après cela, Papa l'avait emmenée à la bibliothèque municipale, où on lui avait établi une carte personnelle. Elle adorait flâner entre les rangées, choisir tous les livres qu'elle voulait. Elle avait le droit d'en prendre trois en même temps. Une fois qu'elle les avait lus, son papa la ramenait en voiture là-bas, et elle en prenait trois autres.

Quelquefois, elle regrettait de ne pas avoir d'amie. Morgan lui manquait. Papa avait appelé la mère de Morgan pour inviter celle-ci un samedi après-midi, mais cela ne s'était pas passé comme l'avait souhaité Eleanor. Morgan était restée comme qui dirait raide, tout le temps. Elle n'avait pas réussi à se comporter juste normalement, et en plus, elle avait apporté sa poupée Barbie, avec des tas de vêtements, et des trucs comme ça, et elle avait joué avec presque tout le temps, pendant qu'Eleanor lisait son livre. Eleanor avait essayé de la faire jouer aux billes avec elle, mais ça n'intéressait pas Morgan. Quand sa mère était venue la chercher, elle avait paru vraiment soulagée.

Eleanor se souvenait qu'au centre d'Onc'Harry, avant qu'elle n'aille chez lui, elle avait sympathisé avec une fille un peu plus âgée qu'elle de quelques années, du nom de Justine, beaucoup plus extravertie que les autres enfants, qui étaient vraiment bizarres. Contrairement à ses amis de l'école, Justine ne se moquait pas du fait qu'elle ne parlait pas. La seule chose qui effrayait un peu Eleanor, c'est que Justine se faisait du mal. Par exemple, elle se mordait les bras, ou essayait de s'enfoncer une cuillère dans le genou, des choses de ce genre. Ses bras et ses jambes étaient couverts de cicatrices. Mais elle riait beaucoup, et faisait glousser Eleanor, même si c'était en silence, ce qui les faisait toutes les deux redoubler de rire.

Eleanor avait demandé à son papa si elle pouvait inviter Justine à venir jouer, mais Onc'Harry avait dit que ce n'était pas une bonne idée. Alors, Eleanor jouait avec la personne qu'elle préférait : Nelly. Quand elle ne travaillait pas, Nelly était toujours prête à jouer à n'importe quoi. Même au Scrabble, le jeu favori d'Eleanor. La petite fille gagnait toujours, mais Nelly lui disait qu'elle était ravie parce que cela faisait travailler ses cellules grises.

Quand elle jouait avec Papa, c'était en général lui qui gagnait. Eleanor était contente qu'il ne triche pas pour la laisser gagner. Un jour, il était rentré à la maison avec la dernière édition du dictionnaire Webster, magnifiquement emballée avec des tonnes de boucles de ruban bleu étincelant, alors que ce n'était même pas l'anniversaire d'Eleanor.

La petite fille cessa de rêvasser et revint à son livre d'histoire. Elle découvrait la façon cruelle et injuste dont les Indiens avaient été traités par les hommes blancs lorsque la monumentale porte d'entrée s'ouvrit. Bondissant sur ses pieds, elle se précipita dans le couloir, mais Daphné était là avant elle. Eleanor s'arrêta net, et regarda Neal Wilder embrasser passionnément Daphné. Une multitude de cercles rouge vif tourbillonnait autour de leurs corps enlacés.

Eleanor tourna les talons, repartit dans le couloir et remonta l'escalier jusqu'à la bibliothèque. Elle alla droit au violoncelle de sa mère, brillant et dépourvu du moindre grain de poussière – Nelly l'essuyait tous les jours. D'une certaine manière, les contours chaleureux et arrondis de l'instrument l'apaisèrent.

Elle redescendit à temps pour voir son père s'arracher à l'étreinte de Daphné. Elle détala dans le salon, griffonna quelque chose dans son carnet, et tendit celui-ci à son père à l'instant où il entra. Neal la souleva pour l'embrasser en riant : « Hou là, ma petite fille devient si lourde que son vieux père va attraper un sacré mal de dos ! » Il la reposa et accepta le carnet. D'habitude, lorsqu'il rentrait, ses messages étaient des marques d'affection, ou bien des petites nouvelles du jour. Celui-ci était totalement inattendu.

Papa, je veux prendre des leçons de violoncelle. Et je veux commencer demain.

Chapitre 6

San Francisco, seize ans plus tard.

— El, j'y vais ! Rendez-vous pour déjeuner chez Joe à midi ! jeta Georgia en passant avec un signe devant Eleanor.

Celle-ci saisit d'une main la jeune femme par le poignet, tout en tapant frénétiquement de l'autre sur son clavier d'ordinateur.

— Hé, je suis en retard ! Le patron va me tuer si je rate ça ! gloussa Georgia en se penchant pour scruter l'écran.

La drôlerie se cachait derrière le moindre mot prononcé par Georgia Simonet. Ses yeux en amande, dorés comme du whisky, parcoururent les lettres au fur et à mesure de leur apparition : **Impossible de déjeuner avec toi. J'ai**... Sa joue sculpturale couleur ébène frôlait presque celle d'Eleanor, **une chose importante à faire. Tu peux venir dîner à la maison ce soir ?**

— D'accord, beauté. J'apporte le vin. Mais je ne pourrai pas être chez toi avant sept heures.

Georgia planta un baiser spontané sur la joue de son amie, et sortit en toute hâte de la salle de rédaction bruissant d'activité, laissant flotter derrière elle des effluves de ce subtil parfum épicé au citron avec des pointes de boutons de roses qu'Eleanor aimait tellement, et qui provoquait en elle la vision de nuages rose pâle chaque fois qu'une bouffée lui parvenait aux narines.

— Hé, Wilder ! Où est cet article sur Doris Jennacker ? Il doit être prêt avant…, hurla Mike Angelo, le rédacteur en chef, tout en fonçant sur elle.

Eleanor, sans même lever les yeux, brandit un portfolio qui arrêta l'homme en plein estomac avant qu'il ait pu achever sa phrase.

— Wilder, je peux toujours compter sur toi, commenta-t-il en tentant de retenir la main de la jeune femme avant que celle-ci ne rejoigne l'autre sur le clavier, mais ses doigts serrés n'agrippèrent que l'air. Tu es libre à dîner ce soir ? poursuivit-il, imperturbable, il y a un super-nouveau steak house où ils ont un orchestre de Nouvelle-Orléans, rue machin-chose… Je sais que tu aimes le jazz Nouvelle-Orléans.

Par-dessus son épaule, Eleanor lui fit signe de son index de s'approcher. Mike Angelo se pencha, le cœur battant. Chaque fois qu'il se penchait pour lire sur le poste de cette fille, son cœur s'emballait. Il l'avait invitée à sortir avec lui un nombre incalculable de fois, et chaque fois il espérait déchiffrer sur l'écran une réponse qui le remplirait de joie.

Désolée, Angelo, pas libre ce soir.

— Wilder, je ne te crois pas.

Il mourait d'envie de l'embrasser, ou même simplement d'effleurer de ses lèvres sa chevelure brillante qui sentait si bon. Mais la première (et la dernière) fois qu'il avait essayé, Eleanor lui avait balancé son poing droit serré dans l'estomac avec une telle puissance et une telle rapidité qu'il en avait eu le souffle coupé. Sans parler de son amour-propre piétiné. Et tout ça sans qu'elle ait même levé les yeux, ou daigné s'interrompre de taper sur son clavier de l'autre main quand elle l'avait frappé.

Eleanor aspira nonchalamment la paille plongée dans son Thermos de thé. Mike Angelo trouva que c'était la chose la plus sexy qu'il ait jamais vue. Il sentit sa gorge se contracter. Sans même s'en donner la peine, cette fille lui faisait de l'effet. Elle ne se rendait sans doute même pas compte du désir perpétuel qu'elle entretenait chez quatre-vingt-dix pour cent du personnel masculin.

Elle poursuivit sa frappe. Le regard rivé au petit écran, Angelo attendit. Ce qu'il lut ne lui fit pas plaisir, mais il ne put s'empêcher d'admirer son culot, et le message ne fit qu'accroître son érection naissante.

Il redressa lentement sa silhouette efflanquée et murmura :

— Attention, Wilder, ne dépasse pas les bornes.

Il recula d'un pas et tourna les talons :

— J'attends toujours cette histoire sur ton oncle. Ne me fais pas attendre trop longtemps.

Il se fraya un chemin à travers la salle de rédaction affairée, où la vingtaine de journalistes qui travaillaient pour la revue *HOMINIDES* se préparait à partir. Eleanor l'observa qui s'arrêtait pour bavarder avec une de ses collègues, une femme mariée d'une trentaine d'années, attendant qu'Angelo pose sa main quelque part sur le corps de la femme, ce qu'il fit. Cette fois-ci, ce fut sur son épaule, mais Eleanor imagina qu'elle voyait ses longs doigts se diriger vers son sein comme des vers grouillants. La femme leva les yeux sur lui et sourit. Eleanor regretta que tout le monde fasse de la lèche à ce type. Georgia et elle étaient pratiquement les deux seules femmes à conserver leur amour-propre, dans cette boîte.

Elle raviva à l'écran ses dernières conversations. Jetant un œil à sa dernière phrase, elle se demanda si cette fois-ci, elle n'avait pas *vraiment* dépassé les bornes. Après tout, sa carrière était en jeu : **Casse-toi, Angelo, et ne viens plus jamais me baver dessus.**

Elle enfonça la touche « Suppr » avec infiniment de plaisir, effaçant une nouvelle journée de bavardage, sortit un bonbon de la réserve qu'elle conservait dans son tiroir, et l'enfourna dans sa bouche.

— Bien, miss Wilder, passons de nouveau tout cela en revue, si cela ne vous dérange pas. Je veux être certain d'avoir bien tout compris. Si je commets une erreur, faites-moi simplement signe.

L'enquêteur privé Deven Montague, de ses mains impeccablement manucurées, tourna une page en arrière de son carnet, et posa celui-ci devant lui, exactement aligné par rapport à son luxueux stylo plume en or et à une photo dans un cadre doré de sa femme et ses deux enfants, prise dans Golden Gate Park, sur le plateau noir ciré de son bureau. Un sourire amical plissa ses lèvres de chérubin, et il évoqua soudain un chipmunk à Eleanor. Elle était assise en face de lui, son iPad sur les genoux.

— Votre mère est décédée le 29 mars 1994. L'heure exacte : 22 h 35. L'endroit : la clinique privée de Hilltop, à Piedmont. Votre mère s'appelait Abby Wilder, nom de jeune fille Sheldon, née à Berkeley le 17 juin 1961.

Deven leva ses yeux bleu pâle un peu trop rapprochés au-dessus de son nez épaté, et jeta un rapide coup d'œil à la jeune femme, qui acquiesça imperceptiblement de la tête.

— Donc, vous me dites que l'interne de service... vous pensez qu'il s'appelait Egbert, mais vous ignorez s'il s'agit de son nom de famille ou de son prénom.

Eleanor hocha de nouveau la tête.

— Ou alors il s'agissait, il s'agit, d'une femme dont le nom de famille est Egbert, une infirmière blonde, qui s'est occupée de votre mère cette nuit-là aux alentours de... (Deven vérifia :) 22 h 20, juste avant qu'elle ne décède. Bien... c'est un peu déroutant...

Deven consulta de nouveau ses notes, couchées en une ligne fine et sombre à l'aide d'un crayon perpétuellement bien taillé. Il détestait les ordinateurs et éprouvait un profond dégoût pour les magnétophones ; cela dit, songea-t-il avec ironie, il aurait été inutile d'enregistrer cette conversation.

— Mais vous ne savez rien, ni de l'un ni de l'autre. Et vous voulez que je vous les retrouve tous les deux. Puis-je vous demander pourquoi ?

Eleanor tapait à une telle vitesse sur son petit appareil que le temps que Deven Montague fasse le tour de son bureau, elle avait fini. Ce qu'il lut ne le surprit pas le moins du monde. Dans le cours de ses activités, certaines choses le dégoûtaient, le hérissaient, mais aucune ne le surprenait plus jamais.

— Lui, l'interne, est responsable de la mort de votre mère ? S'il avait répondu au bouton d'appel, il aurait pu la sauver ?

Je n'en suis pas sûre, mais elle ne courait pas le risque de mourir. Elle était hors de danger. Elle ne se trouvait même plus en soins intensifs.

Les mots apparaissaient comme par magie sur l'écran.

J'avais actionné le bouton d'appel d'urgence. Puis, je suis tombée du lit, entraînant dans ma chute les aiguilles des perfusions. Personne n'est venu. Je suis allée au poste des infirmières et j'ai vu l'interne en train de faire l'amour à l'infirmière dans la douche. Peut-être auraient-ils pu la sauver. Cet interne a menti. Il a dit qu'il avait tout de suite répondu à l'appel. Je suis la seule personne à savoir

qu'il mentait. **Je suis la seule qui sache qu'ils se trouvaient dans la douche.**

— Et vous n'avez jamais rien dit à personne de tout cela ? Je suis désolé, je veux dire, avez-vous jamais confié à qui que ce soit les véritables circonstances du décès de votre mère ?

Je n'avais que huit ans. Personne ne m'aurait crue. Et j'ai été un peu... un peu perturbée pendant un moment.

— Vous n'avez pas vu les deux personnes sortir de la douche ? Pourriez-vous les décrire ?

C'est le trou noir. Je ne me souviens plus de rien après cela.

— Bien, et que ferez-vous une fois que vous les aurez trouvés, Miss Wilder ?

Je veux simplement leur parler.

Deven marqua un temps d'arrêt.

— Cela ne devrait pas être trop difficile. Vous auriez certainement pu retrouver leur trace vous-même. Pourquoi avoir attendu aussi longtemps ?

Je ne suis pas pressée. Je voulais finir mes études, trouver un travail, voler de mes propres ailes. Tout cela prend du temps. Et je ne veux plus jamais remettre les pieds dans cette clinique.

— Je comprends, fit Deven en s'écartant un peu. Vous voulez donc en apprendre un peu plus sur les circonstances de la disparition de votre mère. A-t-on pratiqué une autopsie ?

La perplexité se peignit sur le visage d'Eleanor.

Je l'ignore. Ce que je sais, c'est qu'elle a été incinérée.

Deven Montague regagna son bureau, balaya un grain de poussière inexistant sur le meuble ciré, et jeta quelques mots sur son carnet de notes. Il regarda Eleanor d'un air préoccupé puis conclut :

— C'est donc là tout ce que vous me demandez ? Localiser ces deux individus ?

Elle fit glisser sa tablette tactile vers lui.

Pour l'instant.

Eleanor remplit un chèque. Lorsqu'elle se leva pour le lui tendre, Deven l'étudia l'espace d'une seconde. Elle était tout simplement belle. Des yeux ambrés, une chevelure couleur noisette jusqu'aux épaules, une fossette au menton pas trop prononcée. Un sillon profond du nez à la bouche, dessinant ensuite un minuscule cœur renversé qui s'achevait en lèvres pleines. Un léger espace entre ses deux dents de devant.

Mais le regard de Deven ne contenait aucune invite.

— Merci, miss Wilder. La somme devrait amplement suffire. Je vous contacterai par e-mail, SMS ou message téléphonique. Ce ne devrait pas être très long.

Eleanor savait qu'elle avait pris la bonne décision en louant les services de Deven Montague. Elle l'avait trouvé au hasard dans les pages jaunes. À peine avait-elle mis le pied dans son bureau qu'elle avait détecté l'aura bleu ciel flottant au-dessus de ses cheveux blonds. Le bleu ciel était un bon signe, il était réservé aux gens bien. Nelly aussi l'avait. C'était également un homme plein de tact. Rares étaient ceux qui ne demandaient pas pourquoi elle était muette, ou qui ne s'immisçaient pas dans sa vie privée dans les dix secondes.

Le détective la raccompagna à la porte. Eleanor s'arrêta pour contempler l'une des nombreuses reproductions qui ornaient les murs du bureau situé au quinzième étage. Elle pivota sur elle-même, lui arracha des mains son crayon et son carnet, et inscrivit rapidement quelque chose. Lorsqu'elle le lui rendit, le premier sourire qui s'était dessiné sur ses traits délicats le prit de court. Derrière elle, le lumineux soleil de fin d'après-midi de San Francisco brillant à travers la baie vitrée faisait ressortir sa chevelure.

« Un de mes peintres favoris », avait-elle inscrit. Son écriture était particulièrement masculine, assurée, les jambages des F et des P se terminant par de longues barres obliques audacieuses.

Lorsque la porte se fut refermée derrière elle, Deven, debout devant le tableau bleu et blanc, se prit à étudier la table recouverte d'un tissu soutenant un pot de pinceaux, que Nicolas de Staël avait peinte l'année de sa mort. Il se demanda si la fenêtre obscure derrière la table était celle d'où s'était jeté le peintre de quarante et un ans.

Eleanor prit son temps pour regagner sa petite Volkswagen Scirocco. Marcher dans les rues de San Francisco était l'une des choses qu'elle aimait le plus au monde. Et peu importait où. Elle aimait le sentiment de liberté que cela lui procurait, étirer de façon délectable ses longues jambes à chaque pas. Elle appréciait particulièrement les jours venteux, où l'air se chargeait de sel. Elle aimait également la mer. Quelquefois, un simple coup d'œil à l'océan lui emplissait le cœur d'une telle émotion qu'elle devait fermer les yeux et respirer lentement par les narines, comme le lui avait enseigné son professeur de yoga lorsqu'elle avait du mal à s'endormir. Ou bien lorsqu'elle avait un de ses cauchemars, ces démons qui avaient empoisonné son enfance. Bien qu'ils se produisent de moins en moins souvent, ils la prenaient toujours par surprise, et refusaient de la laisser en paix.

Cette année-là, la côte californienne jouissait d'un été indien prolongé. L'automne était sa saison préférée. *On dirait que le soleil, n'ayant plus rien à prouver, se glisse furtivement dans le sommeil.* En cette fin d'après-midi de septembre, à six heures du soir, à deux pas du bureau de Deven Montague, descendant Sacramento Street depuis Nob Hill, Eleanor se sentit emplie d'une joie délirante.

Elle s'arrêta pour s'appuyer contre un poteau téléphonique, ferma les yeux et profita de cet instant, ouvrant son cœur à ce flot de joie pure qui envahit parfois l'esprit de façon fugace, sans aucune raison.

Le moment est venu. Je vais enfin affronter les deux amants dans la douche. Je vais venger ma mère. Et je trouverai la paix, enfin.

Chapitre 7

Les trois lampes aux abat-jour amples, deux jaunes et un rouge foncé, teintaient de lueurs dorées le petit salon de l'appartement d'Eleanor. Le sol était parsemé de tapis d'Orient ; originaux et reproductions ornaient les murs, à l'exception d'un seul, devant lequel des étagères de fortune composées de briques creuses et de planches de sapin brut étaient couvertes de livres du sol au plafond.

Une table en merisier ovale de style Louis-Philippe était dressée pour deux personnes. Un bougeoir de cuivre avec sa bougie bleue reposait entre les deux assiettes sur leurs mats en osier, avec une boîte d'allumettes. Sur le rebord de la table, un téléphone portable. Une table basse de pierre brute était placée devant un canapé recouvert de coton jaune pâle.

Les yeux fermés, Eleanor était installée sur une chaise près de la fenêtre, le violoncelle entre les genoux. Les accents profonds et passionnés d'une des six suites pour violoncelle seul de Bach résonnaient à travers la pièce. Le pupitre avait été poussé sur le côté.

Je suis assise par terre. Maman joue ce morceau tellement beau. Elle a fermé les yeux. Puis elle les ouvre, et me sourit.

Eleanor allongea la dernière note, sans hâte, comme réticente à l'abandonner, jusqu'à ce que la corde vibrante libère enfin l'extrémité de son archet.

La sonnette de la porte d'entrée retentit. Elle se leva, rangea avec amour l'instrument de sa mère sur son support, et se dirigea vers la porte. Collant son œil au minuscule judas, elle découvrit le visage déformé de Georgia, à demi-caché par une bouteille de vin. Elle ouvrit le battant, et une jeune fille se précipita dans ses bras en éclatant en sanglots.

Par-dessus les cheveux bruns de celle-ci, Georgia forma un « O » parfait de ses lèvres, poussa un soupir de soulagement et, haussant les sourcils, lança à son amie un regard qui signifiait : « Je n'ai aucune idée de ce qui se passe ! »

— Elle marchait dans Marin Avenue quand je l'ai prise en voiture. Bon sang, c'est une rue sacrément escarpée ! Caler dans une rue comme ça, c'est mortel ! Heureusement que ma maman m'a appris les démarrages en côte, autrement, Sidney et moi on serait reparties vers la baie en marche arrière, à l'heure qu'il est ! Rue escarpée, ce n'était pas un nom dans un film, ça ? Ça me rappelle quelque chose...

— Moi aussi. Non... je ne me souviens pas non plus, renchérit Sidney en se blottissant contre sa demi-sœur sur le canapé, les yeux encore rouges d'avoir pleuré.

Treize ans, des cheveux bruns tombant jusqu'à la taille, une frange tentant de dissimuler un front constellé d'acné, les yeux bruns de son père surlignés d'eye-liner noir, les cils surchargés de mascara. Des jeans délavés serrés aux genoux troués, et un petit haut à fanfreluches suffisamment court pour laisser à nu son nombril, entouré d'un tatouage rouge en forme de cœur.

Eleanor effleura du doigt le tatouage, articulant : « Un vrai ? »

— Non ! répondit Sidney. Je l'ai dessiné moi-même avec un stylo.

Elle se serra encore davantage contre Eleanor, qui l'enserra d'un bras, tout en tapant de l'autre sur son clavier.

Sidney jeta un coup d'œil rapide au petit écran.

— Non, ils ne savent pas où je suis, et je ne veux pas les appeler. Je les déteste ! Quelle vie de merde, souffla-t-elle d'une voix de nouveau tremblotante.

Eleanor inscrivit un numéro sur un papier à portée de main — il y avait des blocs de papier et des crayons sur quasiment chaque meuble — et le tendit à Georgia, qui l'échangea contre un verre de vin blanc.

— OK ! Tu peux toujours compter sur moi, assura-t-elle en se penchant pour mimer un coup de poing expédié dans le ventre de Sidney.

L'adolescente répondit par un uppercut identique. Pliée en deux, Georgia émit des bruits de suffocation exagérés, récompensée par un tout petit gloussement.

— On dirait que tes leçons de boxe ont porté leurs fruits ! déclara Georgia d'une voix rocailleuse, tout en feignant de tituber pour attraper le téléphone sans fil.

Elle composa le numéro, et quelqu'un répondit quasiment instantanément.

— Daphné ? C'est Georgia... Attendez, attendez, tout va bien, elle est là avec Eleanor... Elle va bien. Attendez une seconde... Sidney, ta maman dit qu'elle vient te chercher.

— Non ! protesta Sidney en tirant sa sœur par la manche. Ellie, je peux rester dîner ? Je peux dormir ici ?

Eleanor composa quelque chose si rapidement que personne n'eut le temps d'ajouter quoi que ce soit. Elle tendit l'iPad à Georgia.

Celle-ci hocha la tête à la lecture du texte, puis reprit le combiné :

— Daphné, Eleanor dit que Sidney peut rester coucher, et elle la déposera chez vous demain matin... oui, à temps pour qu'elle soit prête pour l'école... Sept heures et demie ? (Georgia lança un coup d'œil interrogateur à Eleanor, qui acquiesça.) Bien, d'accord, bonsoir, Daphné, au plaisir de vous voir un de ces jours !

Elle se versa un verre de vin et s'affala de l'autre côté de Sidney, qui déchiffrait un nouveau texte d'Eleanor.

— Parce que Papa et Maman se disputaient. J'étais dans ma chambre, mais ils hurlaient, et ma porte était ouverte, alors... Je ne les ai jamais entendus se disputer, avant. C'était affreux, répondit Sidney aux questions d'Eleanor.

Georgia se pencha par-dessus l'adolescente pour lire la réponse d'Eleanor.

Les gens mariés se querellent. C'est normal.

— Je sais, mais cette scène-là était vraiment effrayante.

Eleanor interrogea Sidney du regard.

— D'abord, ils ont commencé à se disputer à cause de moi. Papa a reproché à Maman d'être trop indulgente avec moi, il lui a dit qu'elle devrait être beaucoup plus stricte, il a dit des trucs vraiment dégoûtants sur moi et ma soi-disant crise d'adolescence... enfin, ça, ce n'est pas important. Après, il a commencé à parler de ta mère.

Eleanor regarda sa petite sœur avec surprise, et l'encouragea à poursuivre :

— Papa était en colère parce qu'il pensait que Maman flirtait avec quelqu'un au travail... Il lui a carrément demandé si elle avait une liaison, tu te rends compte ! Elle a dit que non, mais il a continué en l'accusant d'avoir fait semblant d'être amie avec ta mère, il y a toutes ces années... Elle s'appelait Abby, n'est-ce pas ?

Eleanor hocha la tête.

— Eh bien... en tout cas, il a dit que Maman avait pris ça comme prétexte pour venir chez vous le séduire, mettre des shorts de tennis sexy, se pavaner, des trucs dans ce genre. Après, il a dit que c'était sa faute si tu étais partie si tôt de la maison... tu n'avais que dix-sept ans, n'est-ce pas, Ellie ?

Celle-ci acquiesça encore une fois.

— Que Maman avait fait semblant de t'aimer, et que quand je suis née, elle t'a complètement laissé tomber.

Qu'a-t-elle répondu à tout cela ? tapa Eleanor.

— C'était horrible. Elle était tellement en colère que j'ai cru qu'elle allait éclater ! J'étais vraiment désolée pour elle, parce que je sais que ce n'est pas vrai. Maman parle toujours de toi comme si elle t'aimait, Ellie. Elle a dit qu'elle était la meilleure amie d'Abby, et que même si elle avait des sentiments pour Papa, elle n'aurait jamais trahi Abby... Et puis, Papa a pété un plomb ! Il n'arrêtait pas de hurler que Maman aurait fait n'importe quoi pour réussir, qu'elle l'avait séduit pour obtenir une promotion dans la boîte... et la pire chose qu'il ait sortie, c'est qu'elle était probablement contente que ta mère soit morte.

Eleanor et Georgia échangèrent un regard, bouleversées. Au bout d'un moment, Eleanor reprit sa tablette. **Je suis sûre que Papa ne croyait pas un mot de ce qu'il a dit. Tu sais, quelquefois, les gens se mettent tellement en colère qu'ils sortent tout ce qui leur passe par la tête juste pour faire du mal. Je vais te confier quelque chose, parce que tu es maintenant assez grande pour comprendre. Papa s'est toujours senti coupable, depuis la mort de Maman, parce qu'il était absent. Il est retourné en Thaïlande alors qu'elle se trouvait encore à l'hôpital, et il m'a répété à de multiples reprises qu'il regrettait de ne pas être resté à la maison. Sa mort l'a toujours hanté, et ce doit être très dur pour lui. Quelquefois, les gens reportent leur propre sentiment de culpabilité sur ceux qui les entourent, et très souvent sur** les gens qu'ils aiment le plus. Il aime tellement ta maman, il était probablement jaloux parce qu'elle flirtait *vraiment* avec un autre homme, mais comme... comme font les femmes, et cela ne signifie pas du tout qu'elle ait une liaison ! Papa avait peut-être passé une mauvaise journée, il avait mal dormi, ou bien il avait un problème au travail... ce genre de choses peut rendre irritable. Tu comprends cela, Sidney ?

L'adolescente acquiesça, s'essuyant les yeux d'un revers de main.

— Et toi, Ellie ? Tu ne m'as jamais parlé de la mort de ta maman. Pour toi aussi, ça a dû être très dur. Tu n'étais qu'une petite fille, non ?

Oui, j'avais huit ans. Je l'ai vue mourir.

— Comment est-elle morte, El ? demanda Georgia, dont le regard brun affichait la surprise et la compassion.

Elle a été victime d'un chauffard qui a pris la fuite. L'accident n'a eu aucun témoin. Je suis allée la voir un soir à la clinique et... elle est morte cette nuit-là.

Sidney posa la tête sur l'épaule de sa grande sœur.

— Je ne savais pas. Je ne savais pas que tu l'avais vue mourir, Ellie... Tu m'as dit que tu avais perdu la voix après sa mort, mais je ne savais pas... Oh, Ellie, je suis tellement désolée !

Les trois jeunes femmes s'absorbèrent dans le silence, puis Georgia finit par demander :

— Tu crois que tu retrouveras un jour ta voix ?

Eleanor écarta gentiment Sidney, et saisit sa réponse sur l'écran tactile : **Je ne sais pas. J'espère. Même moi, je ne comprends pas pourquoi elle n'est pas revenue. Simplement, chaque fois que je fais des efforts pour parler – surtout quand je suis toute seule, parce que j'ai l'air tellement ridicule –, eh bien chaque fois le visage de ma mère à l'instant de sa mort m'apparaît et**

Les mots s'interrompirent là, et Eleanor demeura le souffle coupé. Le regard sombre peuplé de milliers de questions, Sidney scrutait sa sœur. Georgia bondit du canapé :

— Je meurs de faim ! Qu'est-ce qu'il y a à manger ? Ça sent drôlement bon !

Eleanor finit par reprendre ses esprits, et articula : « ragoût de bœuf ». Elle s'adressa en langage des signes à sa petite sœur. Celle-ci se leva docilement et alla chercher dans un buffet un troisième set, une assiette et des couverts qu'elle installa sur la table. Eleanor s'activait déjà dans la cuisine.

— Je ne vous ai jamais vues faire ça, avant. Vous utilisez le vrai langage des signes, celui des sourds ? demanda Georgia à Sidney.

— Non. C'est une langue qu'on a mise au point depuis que je suis bébé, quasiment. Jusqu'à ce que j'apprenne à lire, c'était notre seul moyen de communication. Mais on continue, par habitude.

— C'est super-cool ! Vous pouvez avoir des secrets que personne ne peut comprendre ! Génial. El, je peux t'aider ? poursuivit-elle en se dirigeant vers la cuisine.

Sidney allumait la bougie lorsqu'une exclamation retentit :

— Oups ! Désolée, El, il m'a échappé des mains...

Elle pénétra dans la cuisine, et découvrit Georgia à quatre pattes sous le plan de travail, la tête sous l'étagère inférieure.

— Voilà un avocat qui a pris un sacré gnon, décréta la jeune femme en se relevant, le fruit abîmé à la main, avant de replonger sous l'étagère et d'en extraire de l'autre main un aérosol de dépoussiérant.

— Comment se flanquer un cancer en trois leçons, annonça-t-elle, s'attirant l'attention sans faille d'Eleanor et Sidney. Premièrement : acheter une bombe de nettoyant. Deuxièmement : l'actionner. Troisièmement : respirer.

Sidney gloussa, Eleanor s'adressa à elle par gestes, et la jeune fille traduisit à destination de Georgia :

— Elle dit que cette bombe est là depuis une éternité, elle ne s'en sert jamais.

Pour prouver sa bonne foi, Eleanor retira l'aérosol des mains de Georgia et le jeta dans une poubelle de tri sélectif dans un réduit derrière le réfrigérateur.

Georgia s'empara d'un couteau à découper :

— Devinez quoi ?

– Quoi ? fit Sidney en écho d'un ton guilleret, prête à rire de nouveau.

– J'ai rencontré quelqu'un.

– Qui ? demanda silencieusement Eleanor.

– Il s'appelle Adham. Avec un « H ». Il est libanais.

– Libanais ? Quand ? Comment ? articula Eleanor.

– Hier.

– Hier ?

Georgia et Sidney ne saisirent que le son guttural du « H » aspiré.

– Oui, et ça a été le coup de foudre.

– Mince ! s'exclama Sidney. Où l'as-tu rencontré ?

– Dans l'autobus. En rentrant du travail.

– Dans l'autobus ? siffla Eleanor, de plus en plus intriguée.

– Arrête de répéter tout ce que je dis, ma belle ! Oui, dans l'autobus. On était là-dedans serrés comme des sardines. Il était comme qui dirait... collé à mon flanc ? On s'est regardés pour s'excuser mutuellement de cette... fusion corporelle ?

– Et ? la pressa Sidney, émerveillée.

– Et il s'est passé quelque chose. Nous nous sommes souri, et quand j'ai levé les yeux pour le regarder – il est très grand –, je me suis sentie devenir comme de la guimauve à l'intérieur... Paralysée de... timidité ? J'ai dû bafouiller, bredouiller n'importe quoi, mais il a eu l'air charmé, et m'a invitée à prendre le thé.

– Il t'a invitée à prendre le thé ? souffla Eleanor.

– Oui ! Comme si c'était la chose la plus naturelle du monde. Nous sommes descendus à son arrêt, qui est à deux pas de chez moi, et nous sommes allés dans un saleté du Moyen-Orient. Salon de thé, je veux dire !

Elles éclatèrent toutes les trois de rire.

– Je suis ahurie. J'ai l'impression d'être cinglée. Je ne pense qu'à lui depuis vingt-quatre heures.

– Qu'est-ce qu'il fait dans la vie ? demanda Sidney.

– Ingénieur. Il travaille dans l'aéronautique.

– Mince ! Il doit être intelligent.

– Ça, c'est sûr.

Quand vas-tu le revoir ? inscrivit Eleanor sur l'ardoise de la cuisine.

– Demain soir. À dîner.

Les yeux pleins d'étoiles, Eleanor et Sidney demeurèrent rêveuses.

Georgia, qui s'apprêtait à entamer l'avocat de son couteau, suspendit son geste et se tourna vers son amie :

– El, pour changer de sujet, même si je pourrais passer mon temps à parler de lui, je ne veux pas te bousculer, mais je suis d'accord avec Angelo : tu devrais te remuer les fesses et interviewer ton illustre oncle avant qu'il ne se mette en campagne. Merde, tu ne peux pas savoir à quel point tu as de la chance d'être sa nièce ! Je ferais n'importe quoi pour obtenir cet entretien. Comme tout le monde, d'ailleurs. Combien tu veux en échange ?

Exagérant les consonnes de ses lèvres, l'index pointé alternativement de la poitrine de Georgia à la sienne, Eleanor articula à l'adresse de sa meilleure amie :

– On va le faire ensemble.

Georgia en resta bouche bée. Lorsqu'elle prit conscience de la signification des mots d'Eleanor, elle se mit à gambader dans la cuisine, le couteau à la main, comme un chien ravi de son nouveau jouet.

– Attrape, Sidney ! fit-elle en lançant l'avocat, qui s'envola par-dessus la tête de l'adolescente, et alla s'écraser sur le réfrigérateur.

Sidney ramassa l'avocat pulvérisé et le balança à Eleanor, qui le rattrapa adroitement dans les airs. Le fruit éclata, et sa pulpe gris-vert dégoulina entre ses doigts, ce qui déclencha des rires hystériques.

Les deux sœurs étaient couchées dans le lit d'Eleanor, se tenant la main. Posé sur son ventre, l'iPad d'Eleanor reposait debout contre ses genoux repliés sous le quilt.

– Tu ne m'as jamais dit grand-chose sur ta mère. Qu'est-ce qu'elle faisait ? Elle travaillait ?

Avec brio, Eleanor manipula la tablette tactile d'une main puis tendit sa réponse à Sidney.

— Elle était journaliste, comme toi ? Mince ! (Un petit silence, puis :) De quoi tu te souviens le plus, à son propos ?

Eleanor libéra sa main pour pouvoir taper plus vite. Comme d'habitude, Sidney lisait en même temps que les mots faisaient leur apparition sur l'écran : **Sa musique. C'était une violoniste très douée. Elle jouait merveilleusement... C'est elle qui m'a inspiré l'envie d'apprendre le violoncelle.**

— Quoi d'autre ?

C'était une présence de tous les instants, une constante dans ma vie. Elle travaillait surtout à la maison, lorsque je rentrais de l'école, elle était toujours là pour m'encourager, m'inonder d'un amour infini. Je me souviens d'une chose en particulier, qui me revient sans cesse, et pour toi aussi, c'est vital, Sidney : elle me disait constamment de toujours suivre mon étoile, quoi qu'il arrive, de me battre pour mes idées, et de ne jamais, jamais renoncer. Elle était le fondement de mon... de mon courage, je suppose. Je sublime peut-être tout cela aujourd'hui, mais elle représentait tout pour moi. Nous étions tellement proches. Pas un jour ne se passe sans que j'aille fouiller dans mon « tiroir magique » — c'est ainsi que je l'ai baptisé, ce tiroir métaphysique que je peux ouvrir, et dont ma mère sort pour m'aider. Elle est toujours là avec moi.

Peut-être est-ce une des formes de ce que l'on appelle les fantômes, les esprits. Mais pour moi, elle est toujours vivante.

— Qu'est-ce que ça veut dire, « sublimer » ?

En psychologie, cela signifie normalement remplacer un désir ou une pulsion inacceptable, sexuelle, par quelque chose de plus acceptable. Mais dans ce cas, il s'agit de rendre une chose plus pure ou plus noble qu'elle ne l'est véritablement.

— Oh, tu veux dire que tu fais de ta mère quelqu'un de meilleur qu'elle ne l'était ?

Je ne crois pas. Peut-être. Je l'ignore, mais c'était la meilleure maman du monde. Quand elle est morte, je suis en quelque sorte morte moi aussi.

— Mais tu vas bien, maintenant, hein, Ellie ?

La jeune femme sourit.

— Elle était de quelle couleur ?

Jaune, comme le soleil. Mais son nom, Abby, était... est d'une blancheur immaculée.

— Et moi ? Je sais que mon nom est toujours jaune pâle couleur de poussière, mais j'adore quand tu me dis de quelle couleur je suis, moi.

Toi, mon petit diable de petite sœur ? Tu changes de couleur chaque fois que je te vois. Tu es en perpétuel chaos.

— Oui mais maintenant, juste maintenant, je suis de quelle couleur ?

Eleanor scruta la jeune fille.

Ce soir, tu es d'un vert foncé profond.

— J'aimerais tellement voir les couleurs, comme toi. Comment ça s'appelle, déjà ?

La synesthésie.

— De quelle couleur est mon âge, treize ?

Le « trei » est rouge et le « ze » est noir.

— Comme la coccinelle !

Oui, sauf que le mot « coccinelle » est bleu et noir.

— C'est cool. Est-ce que tu vois des couleurs tout le temps, toute la journée ?

Non. Seulement si j'y pense ou si quelqu'un me pose la question, comme toi. Mais quelquefois, je vois des couleurs sans le vouloir, quand quelqu'un dégage une émotion très puissante, comme la colère ou l'amour. Ou bien, quand j'écoute de la musique, je vois immanquablement des couleurs, c'est incontrôlable.

Eleanor déposa son iPad sur sa table de chevet, à côté de son téléphone portable, signe que la conversation était terminée.

— J'aimerais vivre ici avec toi, Ellie. Je peux ?

Eleanor secoua la tête.

— Je sais, je sais. Mais je suis vraiment contente que tu m'aies donné ta clé, dit-elle en tirant sur celle-ci, suspendue autour de son cou à l'extrémité d'un lien. Est-ce que je peux venir quand je veux ? Même si tu n'es pas là ?

Eleanor eut un sourire d'assentiment, hésita, puis dessina quelques signes. Sidney gloussa.

— D'accord. S'il n'y a pas de mot sur la porte pour dire que tu es occupée... OK, OK ! À propos, tu es toujours avec ce prof de gym, comment s'appelle-t-il, déjà ? Elliot ? Il est tellement mignooon !!

Eleanor haussa les épaules et tortilla de la main, en un geste qui signifiait « couçi-couça ».

— C'est vrai qu'il est mignon, reprit Sidney, mais il est aussi un peu barbant, non ? Et un peu... crâneur. Mais sexy. Il est bon au lit ?

Eleanor fit semblant de la réprimander d'une légère tape, et, avant d'éteindre la lampe de chevet, articula : « Il n'est bon qu'à ça ! »

Tirée du sommeil au milieu de la nuit sans savoir pourquoi, Sidney émergea avec effort. Le lit bougeait, et elle perçut un son : un gémissement imperceptible. Aussitôt complètement éveillée, effrayée, elle se tourna vers sa sœur.

« Mmmm... Mmmm... » Les murmures rocailleux provenaient d'Eleanor, dont la tête remuant dans tous les sens

imprimait un mouvement au lit. « Mmmm… MAMAN ! »
Le mot jaillit en un hurlement rauque.

Sidney se redressa lentement. Elle n'avait plus peur. Elle était fascinée, émue, mais la peur l'avait quittée.

— Maaamm…

Elle prit la main d'Eleanor dans la sienne et chuchota doucement :

— Ellie ? Ellie, réveille-toi… Je suis là ; c'est Sidney, tout va bien… Ellie ?

Dans la pénombre, Sidney vit sa sœur ouvrir les yeux, et fixer son regard sur elle.

— Ellie, tu as parlé. J'ai entendu ta voix ! Tu peux me parler ? Ellie, dis quelque chose !

À son tour, Eleanor se redressa. Elle ouvrit la bouche, puis renonça. Par gestes, ceux de leur langage secret, elle interrogea Sidney.

— Tu as dit « Maman », lui répondit l'adolescente, bouleversée.

Le lendemain matin, comme d'habitude, la sonnerie du réveil de son téléphone portable arracha Eleanor au sommeil. Sidney avait disparu. Le fumet tentateur du café en train de passer flottait à travers la porte ouverte, et la poussa à sortir du lit pour se rendre dans la cuisine. La pièce était vide. Dans l'évier, un bol avec des restes de céréales et de lait ; le café était prêt dans le percolateur. Elle se versa une tasse et fit un tour dans le salon. Aucune trace de Sidney. Elle jeta un œil dans la salle de bains.

La porte d'entrée s'ouvrit soudainement. Sidney fit son apparition, brandissant sa clé avec fierté.

— Il fallait que je l'essaye, Ellie ! claironna-t-elle en passant le lien autour de son cou avant de fourrer la clé dans son T-shirt.

Eleanor lui souhaita bonjour d'un sourire, leva sa tasse et articula un « merci ! ». Elle consulta sa montre, fit comprendre à Sidney qu'elle allait se préparer et qu'elles avaient intérêt à se presser.

Restée seule, Sidney erra sans but dans le salon, et s'arrêta devant la fenêtre. La matinée s'annonçait belle et sans brouillard, ce qui était rare. Elle distinguait très clairement le pont sur la baie et, loin de l'autre côté, San Francisco. Une petite boîte en argent posée sur une étagère attira son regard. Elle s'en empara machinalement et l'ouvrit, faisant tourner le contenu de son index.

Habillée, prête à partir, Eleanor claqua par inadvertance la porte de sa chambre. Sidney sursauta et fit tomber la boîte, dont le contenu se répandit par terre. Des billes. Elle se baissa à quatre pattes pour les ramasser, et se cogna dans Eleanor, pétrifiée sur place, fixant une bille qui avait roulé à ses pieds.

Je me suis cachée sous le lit d'hôpital. Quelque chose roule et s'arrête pile devant mon nez. C'est une noix... Une main balaye le sol. Je pousse la noix dans sa direction. Je vois de longs cheveux blonds... Avant cela... Je me souviens maintenant... Je me cache dans la salle de bains... Je vois une grosse infirmière à travers le trou où devrait se trouver la serrure...

Eleanor demeurait tétanisée. Sidney bondit sur ses pieds.

— Excuse-moi, Ellie... Je n'aurais pas dû fouiner. Je te promets que je ne recommencerai pas. Pourquoi tu as des billes ? Tu y jouais autrefois ?

Le regard d'Eleanor reprit vie. Elle hocha la tête.

Soulagée, Sidney reprit sa chasse aux petites boules multicolores.

— Tu te souviens que tu as parlé cette nuit ?

De nouveau, Eleanor acquiesça.

— Cela signifie que tu en es capable. Tu en es capable, répéta-t-elle.

Lorsque Eleanor se gara devant la maison de son enfance, presque à l'extrémité de Spruce Street et à cinq pâtés de maisons de son propre appartement, Daphné attendait sur le seuil dans sa tenue de travail, tailleur gris sombre ajusté et talons noirs. Mince, athlétique, ses cheveux blond cendré coiffés à la mode et subtilement rehaussés de mèches, elle paraissait dix ans de moins que ses quarante-quatre ans.

Sans savoir pourquoi, la conversation avec Sidney la veille au soir avait engendré chez Eleanor un léger malaise, qui l'empêcha de saluer Daphné avec autant de chaleur que d'habitude.

— Salut, M'man ! marmonna Sidney en passant devant elle sans la regarder.

— N'oublie pas de te brosser les dents ! lui lança sa mère en se retournant. Et est-ce que tu as fait tes devoirs, hier, avant... (Le reste de sa phrase mourut, et elle s'adressa à Eleanor :) Merci infiniment. J'espère qu'elle n'a pas été trop pénible.

Eleanor rassura sa belle-mère d'un mouvement de tête.

— Je suppose qu'elle t'a raconté ce qui s'était passé hier. Ça a été affreux.

Eleanor hocha la tête.

— Elle t'a raconté l'objet de la scène ?

Nouveau hochement de tête.

— J'espère que tu ne l'as pas pris à cœur. Je ne sais pas pourquoi ton père a dit ça. J'aimerais beaucoup que nous puissions discuter de tout cela. Au tennis, tout à l'heure ? Tu peux quitter le travail un peu plus tôt, vers cinq heures et demie, par exemple ?

— Bien, articula Eleanor.

— On se retrouve ici, alors ? On ira à pied ensemble.

Sidney réapparut, son sac de classe sur le dos. Elle échangea avec sa grande sœur quelques phrases rapides par gestes. Puis Eleanor regagna sa voiture, et Daphné et Sidney la leur.

Chapitre 8

Cher Monsieur Montague,

J'ai oublié de vous préciser qu'il y a eu une première infirmière qui s'est occupée de ma mère ce soir-là, avant de quitter son service. Je ne l'ai vue que de dos – je me cachais dans la salle de bains. Tout ce que je sais, c'est qu'elle était imposante, c'est-à-dire grosse. Elle a dit qu'elle était sur le point de partir. Pouvez-vous tenter de la retrouver, elle aussi ? Merci beaucoup, j'attends de vos nouvelles,

Eleanor Wilder.

La jeune femme enfonça la touche d'envoi exactement à l'instant où la sonnerie de son portable, un morceau de Mozart, se déclencha. Elle appuya sur l'icône verte, et écouta la voix enregistrée de Georgia sur sa propre messagerie : « Eleanor Wilder. Je vous écoute, allez-y. Je vous répondrai par texto ou e-mail. »

« Bonjour, miss Wilder, ici Deven Montague. J'ai trouvé votre homme. Il s'appelle Egbert Vezzani. Il était interne à la clinique Hilltop à Piedmont du 1er août 1993 au 31 décembre 1994, et il était effectivement de garde la nuit où votre mère est morte, le 29 mars de cette année-là. C'est aujourd'hui un neurochirurgien réputé, qui exerce au Centre médical de l'université de Californie, 500 Parnassus Avenue, San Francisco. Quarante et un ans, divorcé, pas d'enfant. L'infirmière de garde cette nuit-là s'appelait Laura Faven. Je suis toujours à sa recherche. Peut-être s'est-elle mariée et a-t-elle changé de nom... Oh, je viens de recevoir votre message ! Je le lis... D'accord. Je m'en occupe, et je reviens vers vous. Bonne journée. »

Eleanor répondit par un nouveau bref message : **Merci pour l'info. Pouvez-vous me dénicher l'adresse personnelle de Vezzani ? et son numéro de téléphone ?**

Elle l'expédia, puis inscrivit quelques mots sur un bout de papier et se dirigea vers le bureau de Georgia, à quatre espaces de là. Elle flanqua le papier sous le nez de son amie, qui l'écarta de la main, brandit l'index pour signifier « une seconde ! » et continua de taper sur son clavier. Elle finit par lever les yeux sur son amie avec un énorme sourire.

– Pffuitt !! Presque terminé. Ce matin, j'ai interviewé une femme extraordinaire, Agnes Gnowles, tu as entendu parler d'elle ? Une ornithologue, elle a étudié les grues en Amérique du Sud, une femme vraiment fascinante. Alors, que se passe-t-il ?

Eleanor lui montra de nouveau son papier gribouillé.

— Demain samedi à six heures ? Un verre chez ton oncle ? Tope là ! s'exclama-t-elle tandis que les deux jeunes femmes se tapaient dans la main. El, je ne te remercie pas, mais tu me connais, un jour, je te le revaudrai. Je ne sais pas encore comment, mais c'est sûr.

Eleanor inscrivit rapidement quelque chose au verso du papier : **Bonne soirée avec Adham. Tiens-moi au courant !**

En dépit de la brise glaciale, les deux femmes ne portaient qu'un T-shirt et un short, et transpiraient toutes les deux. Le court sur lequel elles jouaient, un des trois en extérieur, était le seul occupé. De hauts lampadaires halogènes éclairaient les quatre côtés du terrain, et le soleil n'allait pas tarder à se coucher. Le club, situé près du Tilden National Park, un des lieux favoris d'Eleanor dans son enfance, était entouré d'eucalyptus.

Daphné servit, Eleanor répondit par un passing shot, et remporta le point.

— Égalité ! annonça Daphné en ramassant une balle.

Elle servit de nouveau, et Eleanor répéta la même riposte.

— Avantage Eleanor.

Daphné gagna les deux points suivants. Très concentrée, elle servit ensuite pour le match. L'échange était intense. Daphné expédia une volée amortie. Eleanor la rattrapa de justesse, après avoir couru comme une folle. Daphné recula, exécuta un lob au-dessus de la tête de son adversaire. Eleanor rata la balle. Elle sourit, et brandit les pouces en signe de reconnaissance de la victoire en remontant vers le filet.

Les deux femmes échangèrent une poignée de main.

– Tu joues drôlement bien, Eleanor ! Presque aussi bien qu'Abby. Ta mère était imbattable. Nous avions l'habitude de nous serrer la main après un match amical, nous aussi ; c'est un peu ridicule, mais j'aime ça. La tradition, ce genre de choses...

Elles reprirent leurs sacs respectifs, enfilèrent leur sweat, éteignirent les lumières, verrouillèrent la porte en fer grillagée, et quittèrent le court. Elles s'engagèrent sur le trottoir asymétrique.

– J'adore ces trottoirs de Berkeley, déclara Daphné. Fissurés, inégaux, témoins de tous les tremblements de terre. Je me demande si nous en connaîtrons un autre aussi important que le fameux de San Francisco en 1906... sans parler de celui de 1989. Celui-là, tu ne t'en souviens probablement pas, tu étais encore un bébé. Moi, je me le rappelle, je venais de débarquer ici. J'étais une nouvelle recrue du bureau de ton père dans le centre d'Oakland. Tu parles d'un accueil explosif en Californie !

Un silence flotta un moment entre elles. Toutes deux étaient conscientes d'un vague malaise.

– Je me souviens qu'il s'est déclenché au moment où je montais dans ma voiture. J'ai vu un type dont les jambes s'écartaient lentement... pris au centre d'une crevasse qui allait en s'agrandissant dans le béton, tu te rends compte ? C'était incroyable. Mais tu connais les tremblements de terre, tu as couvert celui de Haïti l'année dernière, non ?

Eleanor hocha la tête.

— Cela n'a pas dû être facile, et c'est un euphémisme. Tu as entendu dire que le dernier, au Chili, a fait basculer la Terre sur son axe d'un centième de millimètre, quelque chose dans ce goût-là ? Effarant !

Elles avaient atteint le croisement, à l'extrémité d'un virage en épingle à cheveux. Daphné s'engagea sur le carrefour, s'apprêtant à traverser un rond-point d'herbe immaculé entourant un chêne solitaire, reste des nombreux arbres qui avaient peuplé les collines de Berkeley. Eleanor lui effleura le bras et sortit de son sac un crayon et un grand cahier, sur lequel elle inscrivit quelque chose, avant de pointer sur la gauche.

— Oui, répondit Daphné, c'est là que l'accident s'est produit.

Eleanor s'éloigna en direction du tournant de Crescent Drive, et Daphné lui emboîta le pas. Elles passèrent devant deux maisons en retrait aux pelouses impeccablement entretenues, puis deux autres avec un panneau « À vendre », aux jardins négligés. Devant chaque maison, Eleanor lançait un regard interrogateur à Daphné, qui finit par annoncer, lorsqu'elles atteignirent le creux du virage : « C'était là. »

Eleanor laissa tomber son sac de tennis, et contempla la maison avec son numéro, le 29, d'un vert fané au-dessus de la porte. Elle était également à vendre. Son toit était en bardeaux de séquoia, comme ceux des maisons voisines, et ses murs de bardeaux fatigués avaient pris une nuance gris terne. Quelques-unes des fenêtres étaient closes par des volets à la peinture bleue écaillée. Mauvaises herbes et rosiers laissés à l'abandon, poussés en fouillis, enchevêtrés, parsemés de boutons desséchés et dépourvus de couleur, avaient envahi le jardin.

Une nouvelle fois, Eleanor tendit un message à Daphné, qui répondit :

— Je ne sais pas. Je crois qu'une vieille dame habitait là, et si je me souviens bien, elle n'a rien vu.

Et Maman ? Était-elle consciente ? A-t-elle entrevu quelque chose, dit quoi que ce soit ?

— Je l'ignore, Eleanor. Je n'étais pas là. Nous venions de jouer au tennis… Elle voulait rentrer chez elle à pied. Et depuis cet instant, pas un jour ne se passe sans que je me dise que si j'avais insisté pour la raccompagner en voiture, ce ne serait jamais arrivé. Je sais que lorsque la police l'a interrogée à l'hôpital, après son intervention, elle se trouvait dans l'incapacité de parler, mais quand ils lui ont demandé si elle avait vu le conducteur, ou bien la voiture, elle a secoué la tête.

La police n'a rien trouvé ?

— Non. Rien. Je sais que ton père a remué ciel et terre pour retrouver le chauffard. Je me souviens qu'il s'est servi d'un des avocats de l'entreprise pour être régulièrement tenu au courant des avancées de l'enquête de police. À cette heure-là, cette rue était vide. Aucune de ces maisons n'existait, ajouta-t-elle avec un large geste du bras. Ce n'était que des terrains vacants.

Et la vieille dame qui vivait là ? Elle est toujours vivante ?

— Aucune idée. Ce que je sais, c'est que la maison est inhabitée depuis longtemps. Évidemment, avec la récession, les maisons ne se vendent pas très bien...

Tu connais son nom ?

— Eh bien... impossible de m'en souvenir. Mais on peut le retrouver.

Tu as rendu visite à Maman à l'hôpital, ou à la clinique ?

— Tous les jours.

Et elle était absolument incapable de parler ? Elle n'a rien dit, rien écrit ?

— Je suis désolée, Eleanor.

As-tu éprouvé le sentiment qu'elle était fragile ? Qu'elle pouvait mourir ?

— Non. C'était une battante, elle était forte. Elle allait s'en sortir. Ses fractures étaient graves, mais ses jours n'étaient pas en danger, non. Sa disparition a été un choc.

Eleanor se retourna pour contempler l'amorce du virage en épingle à cheveux, puis ensuite le coin à l'autre extrémité. Frénétiquement, elle griffonna :

S'il n'y avait là qu'une maison avec une vieille dame, comment se fait-il qu'une voiture ait pris ce virage à une vitesse telle que le conducteur ait perdu le contrôle de son véhicule ? Tu dis que cette rue était déserte. Les seules personnes à venir dans le coin en voiture auraient été des amis de cette vieille dame, par exemple, ou le facteur... Cela n'a pas de sens.

— Le type était probablement ivre ou drogué. Mais tu as raison. Je me souviens que Neal et moi avions également remarqué cela. Ainsi que le fait que ta mère s'est trouvée exactement à cet endroit à cet instant-là. C'est injuste, totalement injuste !

Eleanor ramassa son sac. Il commençait à faire vraiment sombre.

— Eleanor, attends une seconde ! Tu peux me consacrer un instant ? Il faut que je te parle.

La jeune femme hésita. Elle discernait l'expression grave et presque craintive qui s'était peinte sur les traits de Daphné. Elle reposa son sac sur le bord du trottoir et s'assit dessus. Daphné se rapprocha, laissa tomber son sac et l'imita. Eleanor la regardait franchement.

— Bien, fit Daphné en détournant les yeux. Il y a tant de choses à dire, tant de sujets à aborder. Mais le plus important pour le moment, celui qui couve entre nous depuis des années, j'en suis sûre et certaine, et depuis le moment où je suis venue vivre avec ton père, doit être exprimé à voix haute. (Elle prit une profonde inspiration, et affronta le regard d'Eleanor.) Je sais que tu m'en as toujours voulu d'avoir pris la place de ta mère. Je veux que tu saches, et j'ai bien conscience de me répéter, mais j'ai besoin que tu comprennes qu'Abby était mon amie intime. Elle était bien davantage qu'une amie. Je l'aimais comme une sœur, elle était ma famille. J'étais fille unique, je suis arrivée ici, en Californie, sans connaître personne, et elle m'a prise sous son aile. À ce moment-là, ton père était mon patron et le mari d'Abby, rien de plus...

Elle fit une pause, puis reprit :

— Après son décès, des liens de véritable amitié se sont tissés entre Neal et moi. Et puis, ils se sont transformés en quelque chose de plus profond. Je suis tombée amoureuse de lui. Une situation difficile, car j'éprouvais le sentiment de trahir Abby, et ton père ressentait la même chose. Mais notre amour était comme une bombe condamnée à exploser. Je ne sais pas si tu es déjà tombée amoureuse, Eleanor, mais dans ces circonstances, tout le reste disparaît aux oubliettes... et on devient très égoïste. Je tiens à être aussi honnête que possible à ton égard. Je n'ai pas pu m'empêcher d'aimer ton père, il est tombé amoureux de moi, et lui non plus ne pouvait rien y faire, car c'est quelque chose d'incontrôlable. Il n'existe pas de bouton d'arrêt. Nous étions tous les deux tellement, tellement conscients de ta mère, de la culpabilité que nous partagions tous les deux, et puis un jour, brusquement, j'ai compris qu'Abby nous aurait donné sa bénédiction. Abby aurait compris. Et encore plus que tout, je crois qu'elle aurait été soulagée, sachant à quel point j'avais de l'affection pour toi, sachant que je... j'essaierais de prendre soin de toi et...

Daphné se leva d'un seul coup, fit quelques pas, puis se retourna :

— J'ai toujours voulu être proche de toi, je voulais t'aider, être là pour toi. Et j'ai toujours ressenti la présence de ce mur que tu avais élevé entre nous. Jamais tu ne t'es ouverte à moi, Eleanor, et j'en ai souffert. Je sais – enfin, non, je ne sais pas, mais je peux tenter de l'imaginer – à quel point la perte de ta mère a été terrible pour toi. Mais tu n'es pas la seule à souffrir. Ne pouvons-nous pas essayer de devenir amies ? Je me sens… Je suis fatiguée de cet abîme entre nous. Je veux que tu cesses de me détester.

Le regard fixé droit devant elle, Eleanor demeura sans bouger sur son sac.

— Autre chose : je reconnais que je suis quelquefois jalouse de Sidney parce qu'elle est beaucoup plus proche de toi que de moi. Elle te voue une véritable adoration.

Une fois encore, Eleanor resta « silencieuse ».

— Je n'ai jamais eu d'amie comme ta mère. Elle me manque. Elle me manquera toujours.

Eleanor finit par écrire sur son cahier : **Je ne te déteste pas, Daphné, je ne t'ai jamais détestée.** Elle se leva. Les deux femmes se firent face, et esquissèrent simultanément un premier pas l'une vers l'autre. Leur étreinte fut intense.

Neal venait de rentrer du bureau. Lorsque les deux femmes pénétrèrent dans la maison, Eleanor ressentit la tension qui régnait dans le couple, l'âcre nuage en spirale gris teinté de pourpre oscillant entre son père et Daphné. Sidney dégringola les escaliers, galopa le long du couloir, déchirant en deux ce sombre rideau, et atterrit dans les bras d'Eleanor. Celle-ci lança un regard contrit à Daphné, qui lui répondit par un sourire complice.

— Ellie ! Tu sais quoi ? J'ai eu un A à mon examen en sciences sociales ! clama-t-elle en brandissant le papier à la ronde pour que tout le monde puisse voir. Regardez !

Eleanor prit la feuille et se rapprocha de Daphné et Neal pour que tous les trois puissent contempler le « A » tracé en rouge au sommet de la page.

— Et ton prof a écrit : « Excellent travail », souligna Neal en ébouriffant les cheveux de sa fille. Sidney, je suis fier de toi. Tu finiras peut-être par entrer en politique, comme ton oncle Harold !

Daphné aussi contempla sa fille avec orgueil.

— C'est drôlement bien, Sidney, je suis vraiment ravie.

— Oui, mais j'ai eu un D en maths, en revanche. Enfin, il reste la moitié du trimestre...

— Dis donc, intervint Neal en fronçant les sourcils. Tu sens la cigarette, non ? Ne me dis pas que tu fumes !

— Non ! répliqua Sidney en lançant à son père un regard de défi. Je ne suis pas idiote, Papa.

— Alors, pourquoi sens-tu la fumée ?

— Putain, lâche-moi, s'il te plaît ! Peut-être parce que j'ai embrassé mon petit ami, et qu'il fume ? D'accord ? Ça te va comme explication ? lança-t-elle, bravant le silence scandalisé de son père. Tu peux rester à dîner, Ellie ? poursuivit-elle en se tournant vers sa sœur avec espoir.

Celle-ci secoua la tête, et Sidney lut sur ses lèvres : « Je dois m'exercer. »

— Tu as promis qu'on irait en pique-nique. Quand ?

— Bientôt.

— Comment va Elliot le crâneur ?

Eleanor frappa sa paume de son poing, puis se lança dans une série de gestes incompréhensibles aux autres.

— Tu as rompu avec lui ? C'était rapide ! Quand ?

Eleanor répondit en langage des signes.

— Pauvre Elliot, tu lui as brisé le cœur ! Tu as quelqu'un d'autre ?

Eleanor ferma les poings et mima une attaque. Les deux sœurs échangèrent des coups pour de rire, Eleanor leva les paumes en signe de défaite, Sidney lui assena une claque dans la main, étouffa un gloussement et remonta les escaliers à toute vitesse. « Portable ? » articula Eleanor à l'adresse de son père, qui poussa un soupir exaspéré :

— Dans le salon, comme d'habitude, Ellie. Vas-y, je te rejoins.

Elle se dirigea tout droit vers le petit ordinateur, s'asseyant sur la table basse.

Neal se tourna vers sa femme et chuchota :

— Seigneur, Daphné ! Elle t'a dit qu'elle avait un petit ami ?

— Non. Ces temps-ci, elle ne me confie absolument plus rien.

— Tu crois qu'elle a menti ? Tu crois qu'elle fume ?

— Je ne crois pas, en tout cas, je l'espère. Elle ne me laisse plus entrer dans sa chambre. Quant à un petit ami, peut-être... Elle a treize ans, Neal.

— Justement ! siffla-t-il, se contenant pour ne pas élever la voix. Elle n'a que treize ans ! Tu crois qu'ils se sont contentés de s'embrasser ? Les baisers, ça mène à autre chose. Tu crois que... ?

— Je ne sais pas. Elle n'est pas stupide. Elle est parfaitement au courant des méthodes de contraception, du sida, de tout. Neal, on ne peut pas faire grand-chose pour l'empêcher de coucher avec son petit ami, à moins de l'enfermer dans sa chambre vingt-quatre heures sur vingt-quatre.

— Tu avais quel âge quand tu as embrassé ton premier petit ami ?

— Douze ans, rétorqua Daphné en tournant les talons et en montant l'escalier quatre à quatre.

Neal franchit la double porte ouverte du salon et alla s'asseoir à côté de sa fille aînée.

— Bon sang, je n'ai jamais eu ce truc de crise de puberté avec toi, Ellie. Je suis perdu.

Il scruta l'ordinateur.

Comment s'appelait la vieille dame propriétaire de la maison de Crescent Drive, celle où Maman a été renversée ?

Neal releva les yeux avec surprise.

— Hum… Ms Massol.

Tu peux l'épeler ?

— M a s s o l. Pourquoi ?

Elle est toujours vivante ?

— Aucune idée.

Tu connais son prénom ?

— Non. Pourquoi toutes ces questions ?

Je veux en savoir davantage sur l'accident de Maman. Quelque chose me turlupine, mais je ne sais pas encore quoi.

Elle s'interrompit dans sa frappe, jeta un bref regard à son père, puis reprit : **Tu te souviens de la couleur de la voiture de Daphné, en 1994 ?**

— Quoi ? jeta Neal, stupéfait.

Pas de conclusions hâtives, Papa.

– C'est toi qui tires des conclusions hâtives ! Ne me dis pas que tu soupçonnes Daphné ? Voyons, Ellie, c'est impossible ! Et de toute façon, la première voiture à avoir été examinée par la police était la sienne, car elle était également la dernière personne à avoir vu ta mère avant l'accident.

De quelle couleur était-elle donc ?

– Bon Dieu, Ellie ! Je crois qu'elle était noire, une petite chose noire, je ne me souviens plus de la catégorie.

La police l'a examinée combien de temps après ?

Neal contempla Ellie, incrédule. Celle-ci sourit.

Ne t'énerve pas. Je n'accuse Daphné de rien, je veux simplement en savoir le plus possible sur cette journée-là.

– Je ne m'en souviens pas, Ellie. Deux jours, peut-être... Ou bien davantage. Tu sais qu'il faut un moment à la police pour se mettre en branle, surtout que ta mère n'est pas décédée tout de suite.

De quelle couleur était ta voiture ?

Neal en demeura bouche bée.

Passons à Sidney, maintenant. Lâche-la un peu. Plus tu vas l'embêter, plus elle se rebellera. Les adolescents n'ont pas le même cerveau que nous, les adultes. Le leur n'a pas achevé son développement, ils sont incapables de se sentir concernés par ce qui nous

paraît normal. Ils sont incapables de nous écouter. La prochaine fois qu'elle t'exaspère, essaye de garder tout ça à l'esprit. Promets-le-moi, d'accord ?

— OK, promis. Tu avais quel âge quand un garçon t'a embrassée pour la première fois ?

Treize ans.

— Quoi ? Qui ça ?

Tu te souviens de cette famille qui avait emménagé à quelques maisons d'ici ? Le gamin maigrichon qui jouait au foot toute la journée dans la rue ?

— Le fils des Talbert ? Il avait au moins cinq ans de plus que toi !

Oui, mais on avait l'habitude de se donner rendez-vous dans le garage pour s'embrasser.

Eleanor lutta pour conserver son sérieux devant l'expression de son père.

— Tu as fait autre chose avec lui ?

Elle leva les yeux au ciel.

— D'accord, d'accord ! À propos, Harry m'a dit que tu l'interviewais demain ? Il est excité comme une puce. Tu es la première journaliste à obtenir une exclusivité. Veinarde ! C'est drôle de penser que s'il gagne, nous aurons peut-être un gouverneur dans la famille ! Génial.

Eleanor referma l'ordinateur portable.

– Ellie… Comment vas-tu ? demanda son père.

– Je vais bien, Papa, très bien, articula-t-elle.

– Quelle est la date de ton prochain concert ?

– Samedi 7, répondit-elle en levant sept doigts.

Chapitre 9

Les accords divins des quatre instruments à cordes se répercutaient à travers la petite salle de concert. Eleanor jouait presque toujours les yeux fermés ; elle apprenait un morceau puis le jouait de mémoire. Si jamais elle ouvrait les yeux, le ballet de couleurs vibrantes qui accompagnait la musique, enveloppant les musiciens d'un tourbillon, ne faisait qu'approfondir encore un peu plus l'état quasi catatonique dans lequel elle plongeait chaque fois qu'elle ranimait le violoncelle de sa mère.

Ils répétaient une de ses pièces favorites, l'une de celles que sa mère avait l'habitude d'interpréter, le *Quatuor en mi mineur* de Gabriel Fauré. Lorsqu'elle l'exécutait, des images aimantes, chaleureuses et ensoleillées d'Abby Wilder effaçaient le souvenir affreux et effrayant de son masque mortuaire, qui hantait aujourd'hui encore Eleanor.

Premier violon et chef du quatuor, Frederick s'interrompit au milieu du dernier mouvement, levant son archet, et décréta de son impeccable accent anglais :

— Reprenons depuis le début, mes amis. Un peu plus lentement ; espacez les derniers accords, et Eleanor, ajouta-t-il en se tournant vers elle, un peu plus doucement, ne noie pas les autres.

La musique reprit. Les derniers accords résonnèrent, puis s'attardèrent. Frederick se leva :

— Ça me paraît bon. Même heure la semaine prochaine ?

Erica, le deuxième violon, la cinquantaine rebondie, et Thomas, l'alto — trente-quatre ans, grand, maigre et des cheveux frisés tirant sur le blond —, se levèrent à leur tour. Eleanor demeura assise, les yeux toujours fermés, le manche du violoncelle niché dans son cou. Un moment lui était toujours nécessaire pour s'extraire de sa transe.

Lorsqu'elle finit par émerger, ses yeux tombèrent sur Thomas, qui la contemplait avec un mélange d'humour et d'amour. À genoux, il tripotait son pupitre, et elle lut cet amour dans son regard, d'un riche et pur cramoisi, aussi flagrant que s'il s'était déclaré de sa voix de baryton. Au lieu de cela, il demanda :

— Tu veux qu'on se prenne un café, Eleanor ?

Elle consulta sa montre, puis attrapa son téléphone, qu'elle avait posé sur son pupitre, et sur lequel elle composa un message avant de le tendre à Thomas : **Peux pas. J'ai une interview à faire. On remet ça ?**

— Quand ? demanda Thomas, le souffle un peu court.

Samedi prochain, après notre prochaine répétition ?

— Génial, acquiesça Thomas, rayonnant.

Il ramassa sur le pupitre sa partition, qu'il referma brusquement avec nervosité.

Son geste... Fermer sa partition de façon un peu définitive... Cela me rappelle quelque chose... quelque chose...

Pensive, Eleanor rangea son violoncelle dans son étui, replia son pupitre articulé, et emboîta le pas au reste des musiciens qui franchissaient la porte de la salle de concert.

Georgia, qui vivait en ville, montait les marches à cet instant.

— Salut, beauté ! Je voulais venir t'écouter un peu, mais je suis arrivée trop tard. Je viendrai au concert, je te promets. Tout s'est bien passé ?

Eleanor acquiesça d'un hochement de tête. Tandis que les deux amies prenaient le chemin du parking souterrain, la jeune femme sentit le regard de Thomas les suivre jusqu'à ce qu'elles disparaissent au coin d'une des rues très fréquentées de San Francisco.

Une fois dans la voiture, Eleanor souffla :

— Alors ? Adham ?

— Divin. De mieux en mieux. Un délicieux dîner, dans un restaurant français fabuleux... Je suis en train de sombrer dans la guimauve amoureuse.

Eleanor jeta un regard à son amie tandis que la voiture s'engageait sur la rampe de sortie en spirale, et Georgia devança sa question :

— Non, pas encore. Il ne m'a même pas encore embrassée. Il est malin, il sait faire la cour. Lentement, mais sûrement. Il m'a bien eue, El, je suis accro.

La circulation était particulièrement dense sur le Bay Bridge, mais elles avaient quitté San Francisco assez tôt pour atteindre la résidence de Harold Wilder à Piedmont à 18 h 30 tapantes.

Eleanor ralluma son portable lorsqu'elles se garèrent. Voyant qu'elle avait un message, elle fit signe à Georgia de patienter et enclencha le haut-parleur : « Bonjour miss Wilder, ici Deven Montague. Le docteur Vezzani vit à Sausalito, au 117 Belleview. Désolé, mais son téléphone privé est sur liste rouge. À très bientôt. »

— Vezzani ? Le célèbre neurochirurgien ? demanda Georgia. Tu vas essayer d'obtenir une interview ?

Eleanor secoua la tête, tout en renvoyant un message au détective privé : **Besoin que vous retrouviez une Ms Massol qui vivait à Berkeley au 29 Crescent Drive en 1994.**

— Il n'en accorde pas, beauté ! Angelo a essayé au moins dix fois de le joindre directement, et il n'a jamais réussi. Qu'est-ce que tu fabriques, El ? Qui est ce magicien, ce Deven quelque chose, qui t'a obtenu son adresse ? Tu ne devrais pas t'en vanter, je pourrais te la piquer, cette adresse !

Eleanor sourit et articula : « Plus tard. » Après avoir quitté la voiture, les deux jeunes femmes remontèrent le chemin pavé, bordé de part et d'autre de buissons de lauriers californiens et de pots de géraniums et de pensées, en direction de l'élégante demeure blanche.

– Tu es sûre qu'il sait que je t'accompagne ? chuchota Georgia. Je suis un peu nerveuse… Tu comprends, c'est un entretien qui va sûrement se retrouver à la une !

Eleanor tambourina sur son téléphone, qu'elle tendit à son amie : **Ici, c'est comme chez moi. Mon oncle est comme un second père pour moi, tu vas voir.**

Elles gravirent les marches du perron et la jeune femme sonna. Deux bras grands ouverts et un visage jovial emportèrent Eleanor dans une étreinte vigoureuse. Seize ans plus tard, Nelly n'avait pas changé, à l'exception de ses cheveux, maintenant tout blancs, tels une boule de coton crépue semblable à un saladier renversé.

– Qu'est-ce que tu fais là ? articula Eleanor en silence, poussant Nelly d'un index taquin.

– Je m'embêtais à rien faire. La retraite, c'est pour les vieux croûtons. Alors, je suis revenue chez Mrs. Wilder. Tant que mes vieilles jambes me porteront, que mes bras dodus seront capables de se servir de l'aspirateur, et que mes doigts vifs sauront cuisiner ! Ce qui signifie, rétorqua-t-elle en poussant à son tour Eleanor de l'index, que je vais te voir plus souvent, méchante enfant ! Tu n'es pas venue me voir depuis un mois ! C'est bien trop long. Vous devez être Georgia, dit-elle en reportant son attention sur la jeune femme. Ellie m'a chanté vos louanges un nombre incalculable de fois. Ravie de vous rencontrer enfin.

— Et moi de même. Elle m'a dit que vous aviez joué un très grand rôle dans sa vie, et rempli un très grand vide ! Moi aussi, je suis vraiment contente de faire votre connaissance, Nelly.

Rosemary fit son apparition. Les années écoulées depuis son mariage lui avaient fait prendre quelques kilos, et ses cheveux étaient aussi blancs que ceux de Nelly, mais sa perpétuelle gaieté demeurait intacte.

— Bonjour, mon Eleanor ! Bonjour, Georgia, et bienvenue. Eleanor m'a tellement parlé de vous, dit-elle en serrant chaleureusement la main de la jeune femme. Allez vous installer au salon, les filles. Ton oncle est au téléphone, il vous rejoindra dans une minute. Je vais me joindre à vous pour prendre un verre, puis je vous laisserai tranquilles.

— Mais nous aimerions également vous poser quelques questions, Mrs. Wilder, intervint Georgia. Il ne s'agit pas seulement d'une interview politique. Nous aimerions dessiner un portrait de la vie quotidienne de Mr. Wilder, de sa femme... Bien que vous soyez déjà une figure connue, précisa-t-elle avec un sourire, en tant que femme du maire, épouse d'un membre de l'assemblée de Californie, sans parler du médecin renommé ! Vous connaissez votre mari sous un jour différent, et c'est celui-là même qui nous intéresse. Un aspect avec lequel nos lecteurs peuvent se sentir en affinité. Si cela ne vous dérange pas ?

— Me déranger ? Je suis flattée, au contraire, dit Rosemary avec un sourire courtois.

Un plateau d'argent portant une carafe de vin blanc, une bouteille de sherry, une de whisky single malt, ainsi qu'un assortiment de verres reposait sur la table basse oblongue au plateau de pierre naturelle polie. Des petits bols de noix diverses accompagnés d'un plat de verre transparent carré empli à ras bord de bonbons multicolores étaient disposés çà et là.

Eleanor s'empara d'une poignée de bonbons et s'installa sur le canapé en face de Rosemary. Elle s'attarda un moment à contempler la pièce : lorsqu'elle avait vécu là enfant, elle avait pris l'habitude de se plonger dans le dictionnaire, assise par terre devant la cheminée. Elle leva les yeux sur le manteau de celle-ci, où étaient alignées les trois photos du mariage de Harold et Rosemary. Elle les connaissait par cœur : Rosemary dans sa robe de mariée à côté de son époux en smoking, souriants tous les deux ; sur le deuxième cliché, ils s'embrassaient, et sur le troisième, Rosemary jetait son bouquet de mariée, pris en plein vol.

Eleanor engloutit un bonbon rose et ouvrit son ordinateur portable. Georgia plaça au milieu de la table un mini-enregistreur.

— … La période est instable. Nous sommes dans une paralysie du système politique. Les Américains se méfient de Washington, du gouvernement fédéral, ils en ont assez d'être traités comme des enfants ignorants, et demeurent sceptiques quant à la capacité de leurs politiciens à résoudre tous les problèmes latents – et, comme vous le savez tout aussi bien que moi, cet état de choses dure depuis un moment. Ne vous méprenez pas : quand je dis Washington, je ne fais pas allusion à notre Président. Il a hérité d'une tonne de migraines et abat un boulot formidable. Le moins que l'on puisse dire, c'est que lui et son staff ont un énorme sillon à labourer, et je l'admire énormément. Comme l'a écrit quelqu'un dans une brève de *Time*, « Si ce Président-là échoue, alors nous échouons tous. »

Harold fit une pause pour réfléchir.

– Votre question est vaste, et je vous réponds : j'ignore si je pourrai faire mieux ici, en Californie, mais en tout cas, je m'y efforcerai. Tous les grands problèmes figureront à mon programme : santé, éducation, réchauffement climatique, le déficit, national et étatique, le chômage, les licenciements, la crise de l'immobilier, les infrastructures… Rien de nouveau, rien de révolutionnaire.

Nelly fit son entrée avec une assiette de crackers et un assortiment de fromages. Harold la remercia et poursuivit :

– L'éducation constitue un des problèmes majeurs. Notre système scolaire public tombe en ruine, et nous avons atteint le fond des dépenses. On abandonne des matières, les frais de scolarité explosent. Et avant que vous ne posiez la question, je vous dis tout de suite que je suis favorable à cent pour cent à l'éducation bilingue : les hispaniques sont plus nombreux que la population blanche non hispanique, et je les accueille chaleureusement.

Il lança un regard à sa femme, qui l'encouragea en levant le pouce. Il but une gorgée de son sherry.

– Ce qui nous amène aux finances de l'État : la Californie est en faillite. Notre déficit budgétaire est gigantesque. Certains de nos concitoyens, souligna-t-il en haussant les sourcils avec humour, regimbent à la perspective de nouveaux impôts, mais soutiennent les lacunes dans la fiscalité des grosses entreprises et des plus riches...

Les doigts d'Eleanor s'activèrent sur les touches de l'ordinateur.

Tu ne crois pas que tu es un peu ringard ? C'est tellement facile de critiquer le gouvernement fédéral, de faire passer Washington pour totalement inepte. Tu crois vraiment que tu peux faire mieux ? Faire la différence ? Tu peux nous donner des exemples précis, sur d'autres sujets ?

Eleanor était en mode professionnel, et la relation oncle-nièce était pour l'instant totalement entre parenthèses. Avant de répondre, Harold Wilder contempla avec admiration sa fille de substitution.

– Ainsi que je l'ai déjà dit, je ne critique pas notre gouvernement fédéral. En revanche, je critique le gouvernement de l'État. Faire la différence ? Encore une fois, je ne puis répondre qu'une seule chose : je vais m'y atteler. Pour ce qui est d'autres sujets... Je suis par exemple favorable à l'avortement, à cent pour cent. Comment pourrait-il en être autrement ? Les enfants perturbés sont ma vie. Nombre d'entre eux sont le fruit de la violence. Certains sont criminels, d'autres suicidaires. Certains d'entre eux s'automutilent. Nombreux sont ceux que je suis dans l'incapacité d'aider. Presque tous les enfants de ces catégories étaient non désirés. Je ne parle pas des autres, les autistes, les handicapés physiques, beaucoup d'entre eux sont issus de familles aimantes, mais je suis fermement convaincu, pour des raisons évidentes, que les enfants non désirés ne devraient pas venir au monde.

Harold s'interrompit un moment pour réfléchir, tandis qu'Eleanor sirotait son whisky, et Georgia et Rosemary leur verre de vin blanc.

— Je veux une couverture santé pour chaque citoyen, et sur ce sujet, je suis entièrement en accord avec le Président. Cette couverture sera financée par un impôt sur les plus fortunés, et, oui, également, une fiscalité plus élevée sur les énergies fossiles, ce qui se répercutera sur le réchauffement climatique. Les gens utiliseront moins leur voiture, il y aura davantage de covoiturage... Tout est lié. Je suis convaincu que chacun des problèmes auxquels nous nous attaquerons, mon équipe et moi, se répercutera sur tous les autres.

— Pardonnez-moi, Mr. Wilder, coupa Georgia. Paierez-vous également ces impôts ?

— Bien entendu, et davantage encore, sourit Harold. Je paierai avec joie ces impôts plus élevés, et je vais faire don de vingt pour cent de mes revenus à la recherche. La recherche médicale.

Es-tu favorable à la recherche sur les cellules souches ? demanda Eleanor.

— Question difficile. Et voici un scoop pour vous, les filles : favorable à l'avortement, je suis effectivement en faveur de la recherche sur les cellules souches, et je pousserai à l'utilisation d'embryons. Je suis parfaitement conscient que cela me fera peut-être perdre la course au poste de gouverneur. Mais il existe trop de maladies dévastatrices qui pourraient être un jour guéries grâce à cette recherche. Nous devons considérer les embryons non comme des bébés, mais comme un espoir. Ils sont morts, ils ne sentent rien. Pour moi, c'est la même chose que le don d'organe *post mortem*, destiné à sauver une vie. J'ai même songé à soumettre un projet de loi proposant de donner la responsabilité de la décision à la mère, ou aux deux parents. De cette façon, personne n'aura le droit de se plaindre.

C'était au tour de Georgia et d'Eleanor de considérer Harold Wilder avec un respect grandissant.

— Et vous disiez que vous n'aviez rien de révolutionnaire à proposer ? lança Georgia, impressionnée. J'ai procédé à mes recherches de mon côté, poursuivit-elle, mais pouvez-vous me confirmer, Mr. Wilder, que votre travail personnel avec les enfants perturbés, que tous les articles que vous avez publiés et qui vous ont apporté un succès national – vous rapportant même à cette époque une citation au mérite du gouverneur de Californie – sont à la base des fonds nécessaires à la création de votre institut ?

— C'est exact. Mes revenus personnels n'auraient jamais suffi à fonder cet institut.

— Croyez-vous que ces mêmes donateurs contribueront au financement de votre campagne ? Vous allez devoir lever plus de cinquante millions de dollars. Vous êtes sûr de vous ? demanda Georgia.

— Je n'ai pas encore lancé ma candidature. La campagne ne se mettra réellement en branle qu'après. D'ailleurs, à ce propos, ma campagne sera également bilingue ; il y aura des annonces et des tracts en espagnol. Mais pour en revenir à votre question, oui, je suis sûr de moi. (Il hésita un instant.) Lorsque je me suis porté candidat à l'assemblée, il y a maintenant plusieurs années, comme vous le savez, je n'ai pas eu de problèmes pour lever les fonds. En tant que maire de Piedmont, je me suis fait de nombreux amis, et ces amis loyaux sont toujours derrière moi.

— Oui, mais la somme nécessaire était minime — moins d'un million de dollars — comparée à ce dont vous allez avoir besoin aujourd'hui.

— J'en ai parfaitement conscience. Je dispose déjà d'une longue liste de donateurs particuliers, mais également de nombreuses organisations qui se sont engagées en ma faveur. Je ferai don de l'argent qui restera à notre système scolaire.

Georgia fixa un moment Harold Wilder avant de lui demander :

— Quelle est votre position sur le sujet du mariage homosexuel ?

— J'ai voté contre la proposition 8, qui définit le mariage comme une union entre un homme et une femme. Une loi qui interdit l'union de deux personnes qui s'aiment est sacrilège. Comment peut-on juger, critiquer, haïr un autre être humain uniquement parce qu'il aime quelqu'un de son sexe ? C'est ridicule. C'est la même chose que les mariages mixtes : le même sang coule dans nos veines à tous. Nous sommes tous faits des mêmes ingrédients. Si tous les citoyens du monde pouvaient accepter... c'est le mot exact, accepter, alors peut-être un jour y aura-t-il un espoir de paix.

— Une dernière réflexion ?

— Oui. Je voudrais parler de l'eau. Tout le monde sait que dans notre État, les ressources en eau sont insuffisantes par rapport à l'augmentation de la population. Nous devons maîtriser les droits d'accès à l'eau : distribuer de façon équitable ce précieux élément, de façon que chaque citoyen dispose de ce qui lui est nécessaire. Cela implique des mesures drastiques. Des taxes sur les piscines, des lois interdisant l'utilisation des réserves hydriques publiques pour laver sa voiture ou arroser sa pelouse pendant les périodes de sécheresse. Il nous faut également promulguer des lois environnementales plus musclées, qui feront de la Californie un État précurseur par rapport au reste des États-Unis et au monde dans le domaine des réglementations de la qualité de l'air : pas de déversement de déchets toxiques dans les cours d'eau, règles plus strictes d'éco-construction, pour des bâtiments moins gourmands en énergie... La liste est sans fin.

— Et les infrastructures de l'État ? demanda Georgia.

— Ah, sans vouloir faire de jeux de mots, elles sont dans un sale état ! Nos transports collectifs sont effroyables, nous n'avons pas assez de trains, nos routes sont catastrophiques. Nous avons désespérément besoin de moderniser le système de transports en commun, afin d'encourager les gens à réduire l'utilisation de leurs SUV, qui consomment de l'essence en pagaille... Mon Dieu ! Il y a tant à faire !

— Une conclusion ? articula Eleanor.

— Une conclusion ? D'accord. J'ai pour devise un vieux cliché galvaudé : si je suis élu gouverneur, je veux être là pour le peuple. Je veux l'écouter, je veux améliorer la vie du peuple californien.

Georgia échangea un regard avec Eleanor, qui eut un hochement de tête, puis s'adressa à Rosemary :

— Mrs. Wilder, nous avons déjà parlé de votre vie quotidienne avec votre mari... À quel point il apprécie votre cuisine, vos sorties favorites, etc. Pourriez-vous juste nous dire quand et comment vous vous êtes rencontrés ?

— Il y a de cela seize, non, dix-sept ans. Coïncidence : c'était à un gala de collecte de fonds pour son institut, à San Francisco.

— À quel titre assistiez-vous à cet événement ?

Rosemary se tourna vers son mari, et Eleanor distingua dans son regard les nuages rosés de son affection.

— J'étais avec mon patron.

— Votre patron était votre cavalier ? sourit Georgia.

— Oui.

— Et il était patron de quoi ?

— D'une entreprise d'informatique.

Tu étais sa secrétaire ? tapa Eleanor.

— Non, je travaillais dans l'entreprise.

En qualité de quoi ?

— Oh, un peu de tout. Analyse, essai de nouveaux logiciels, des choses de ce genre. Rien de bien palpitant.

Mince, tante Rosemary ! s'exclama Eleanor par l'intermédiaire de l'ordinateur portable. **Je ne l'ai jamais su ! Je ne t'ai jamais vue aller travailler où que ce soit... Tu as renoncé à ton boulot ?**

— Et comment ! À l'instant où j'ai rencontré ton oncle, j'ai laissé tomber tout le reste. Vous voulez savoir comment nous nous sommes rencontrés ? Nous nous sommes malencontreusement heurtés, et il a renversé tout son cocktail sur ma robe, avant de m'écraser le pied. (Le souvenir fit glousser Rosemary.) Je suis instantanément tombée amoureuse de lui. De ce moment, toute mon ambition a consisté à être avec lui, à prendre soin de sa maison, être femme au foyer. Rappelez-vous que lorsqu'il s'est présenté à l'assemblée californienne, je ne l'ai pas quitté d'une semelle, en tant que directrice de sa campagne électorale ! Il m'était impensable d'être séparée de lui. Et vous pouvez être sûres que sur la campagne qui se prépare, je serai aussi à ses côtés !

Harold lui prit la main :

— Rien que son rire va me ramener quelques voix, déclara-t-il tendrement.

Nelly fit une nouvelle apparition, et se pencha discrètement pour faire de la place sur la table basse, où elle déposa un plateau de boulettes de fromage faites maison. Rosemary se servit.

— Où êtes-vous née, où avez-vous passé votre enfance, que faisaient vos parents, et avez-vous des frères et sœurs ? débita précipitamment Georgia.

— Seigneur ! Je vais tâcher d'être brève. Je suis née à San Francisco, mon père était banquier et ma mère ne travaillait pas. Tous deux sont décédés et je n'ai ni frère ni sœur. J'étais une enfant unique, aimée et gâtée. Humm, délicieux, tout chauds sortis du four…, complimenta-t-elle Nelly.

Celle-ci se redressa et lança un sourire éclatant à Eleanor avant de quitter la pièce.

— Voyons…, poursuivit Rosemary après avoir englouti sa boulette au fromage, j'ai suivi ma scolarité à San Francisco… À l'université, je me suis spécialisée en informatique, et après mon diplôme, j'ai trouvé ce fameux travail, puis j'ai emménagé avec cette chose, acheva-t-elle avec un rire en tapotant la main de son mari. À partir de là, ma vie est devenue passionnante !

— Des loisirs ? demanda Georgia.

— La couture. J'adore coudre. Je confectionne moi-même mes robes, précisa-t-elle en balayant d'un geste sa propre robe d'intérieur rouge, du col à l'ourlet, et je fais des vêtements pour bébés, pour des ventes de charité. Dès que j'ai un moment de libre, je suis dans la pièce réservée à mes travaux de couture. C'est mon sanctuaire.

Eleanor prit ensuite quelques photos de Rosemary et du couple, suivies de gros plans de Harold.

— Une dernière question, si vous n'y voyez pas d'inconvénient, Mr. Wilder ? demanda Georgia.

— Bien entendu, répondit-il chaleureusement.

— Que faites-vous de votre temps libre ? Avez-vous une passion, un hobby ?

— Ma femme, répondit-il sans aucune hésitation.

Georgia éclata de rire, et éteignit son mini-enregistreur.

— Merci infiniment à tous les deux. Maintenant, je peux bien l'avouer, dit-elle en jetant un œil à Eleanor, cette interview me rendait tellement nerveuse, comme une gamine à son premier rendez-vous ! Mais tout ce qu'Ellie m'avait dit à votre propos est vrai. De tout mon cœur, je vous remercie d'avoir accepté ma présence, d'avoir été si charmants et si sincères. Le résultat va donner un article sensationnel !

Reprenant son ordinateur, Eleanor saisit un message, qu'elle montra à son amie : **J'aimerais poser des questions personnelles à mon oncle, rien à voir avec l'interview. « Off the record. » Donc pas d'enregistreur, mais tu peux rester, je n'ai rien à te cacher.**

— Tu es bien certaine ?

— Sûre et certaine, souffla Eleanor, qui fit pivoter l'écran du portable pour montrer à son oncle ce qu'elle avait écrit.

— Que se passe-t-il, Ellie ? demanda-t-il après s'être resservi de sherry et avoir proposé un nouveau verre aux autres, qu'elles refusèrent toutes avant de suivre du regard la « conversation ».

Sidney m'a entendue parler dans mon sommeil.

— Quoi ? Quand cela ?

Il y a deux nuits.

— Tu es absolument sûre ? Elle ne rêvait pas ?

Je ne peux pas en être certaine, mais elle l'est, en tout cas. Elle m'a réveillée.

— C'est récent ?

Comment puis-je le savoir ?

Harold eut un sourire :

— Tu dors toujours seule ?

Pas toujours, fit-elle en lui rendant son sourire. **Mais c'est la première fois que quelqu'un entend ma voix. C'est *moi* qui rêvais.**

— Tu te souviens de ton rêve ?

La tête penchée sur le petit ordinateur, Rosemary et Georgia suivaient l'échange avec intensité.

Non. Mais je devais rêver de ma mère. Il semble que j'aie dit « Maman ». J'ai besoin que tu répondes à quelques questions. Tu connais la cause de son décès ?

Harold réfléchit :

— Elle avait un problème cardiaque. J'ai tout expliqué à ton père, après.

Un problème cardiaque ? Lequel, exactement ?

— Une grave perturbation du rythme cardiaque, le syndrome de Luciani-Wenckebach.

Eleanor jeta un regard perçant à son oncle.

Je ne l'ai jamais su. C'est la cause de sa mort ?

— Non, on n'en meurt pas directement. Peut-être ignorait-elle même qu'elle était affligée de cette arythmie. Peut-être était-ce une réaction à tout ce qu'elle avait subi. De multiples fractures, deux opérations, des traitements lourds — elle était sous morphine —, et son cœur a tout simplement lâché. À moins qu'elle n'ait souffert d'une hémorragie interne, il n'y a pas d'autre explication... on ne saura jamais.

Pourquoi ? Il n'y a pas eu d'autopsie ?

— Non. Ton père s'y est catégoriquement opposé. Ce genre de chose se produit très fréquemment dans les hôpitaux, il n'existait vraiment pas de raison de procéder à une autopsie. Elle n'a tout simplement pas résisté au choc. Ellie, pourquoi toutes ces questions ?

Parce que toutes ces années, j'ai toujours cru que j'avais peut-être provoqué sa mort. Cette nuit-là, à la clinique, quand je suis allée près d'elle, elle a eu… une sorte d'attaque. Elle gémissait, puis elle a fermé les yeux, on aurait dit qu'elle s'était rendormie, mais elle était tellement immobile. Elle ne respirait plus. J'ai eu si peur que j'ai crié très fort, près de son oreille, elle s'est réveillée, son corps a fait un tel bond qu'il s'est presque soulevé du lit, et puis… je suis tombée, je me suis emmêlée dans les perfusions, et je les ai arrachées. Je dois savoir si c'est moi qui ai provoqué l'arrêt cardiaque en hurlant, ou bien en arrachant les perfusions, ou les deux à la fois.

Figées de stupeur, les trois personnes contemplaient Eleanor avec une commisération flagrante.

— Ma pauvre Ellie, ma puce… À quel point tu as dû souffrir, toutes ces années ! J'espère soulager ta douleur en t'affirmant qu'en aucune façon tu n'as pu provoquer sa mort. Ces perfusions ne servaient pas à la maintenir en vie, sauf si on l'en avait privée pendant quatre ou cinq jours. Il ne s'agissait que d'antalgiques et de nourriture. Elle ne serait pas morte de ça. Ni de tes cris. Jamais de la vie. Tu n'es pas responsable de sa mort.

Suspendue dans le temps, Eleanor demeura assise, immobile, tandis que les autres gardaient le silence.

Elle finit par regarder son oncle, et murmura :

— Merci.

Eleanor donna quatre billets pour le concert à Nelly, et annonça en riant à Harold et Rosemary que, quant à eux, ils pouvaient bien aller se les acheter tout seuls.

Parvenus à l'extrémité de l'allée dallée, Harold prit Eleanor à part.

— Pourquoi ne m'as-tu pas posé cette question il y a de cela des années ? Pourquoi as-tu attendu aussi longtemps, ma puce ?

Eleanor sortit son téléphone, et écrivit : **J'avais bien trop peur. Comment aurais-je pu continuer à mener une vie normale, si tu m'avais dit que oui, j'avais causé la mort de Maman ?**

Harold scruta sa nièce d'un regard pénétrant. Celle-ci saisit un nouveau texte : **En exprimant enfin tout cela, je crois comprendre pourquoi j'ai perdu la voix. La dernière fois que j'ai entendu ma propre voix, c'était ce cri près de Maman. Dans ma tête de petite fille, peut-être ai-je pensé que si je parlais de nouveau, j'allais tuer quelqu'un d'autre.**

— C'est une explication plausible, qui correspond avec l'ensemble de l'épisode terrible de la disparition de ta mère. L'origine de ton aphonie, c'est le traumatisme de cette nuit-là, et pas seulement ton cri. Mais laisse-moi ajouter une chose : tu retrouveras ta voix. Un jour, alors que tu ne t'y attendras pas, elle reviendra, par surprise, assura-t-il en étreignant brièvement sa nièce. C'est l'unique raison pour laquelle tu cherches à remonter dans le passé ? Pourquoi toutes ces questions sur la disparition d'Abby ?

Quelque chose me préoccupe, je ne sais pas encore quoi. Mon instinct me souffle que quelqu'un a pu vouloir faire du mal à Maman.

Il la regarda avec intérêt :

— Ellie, qui diable aurait pu en vouloir à ta mère ? Je t'assure que sa mort ne sortait pas de l'ordinaire. Encore une fois, des patients décèdent fréquemment d'arrêt cardiaque après des traumatismes, des opérations chirurgicales. Je suis certain que ton instinct te joue des tours.

Chapitre 10

L'aube du dimanche matin s'annonçait lumineuse. Debout à cinq heures, Eleanor s'engageait sur le Golden Gate Bridge à six. À l'aide de son GPS, elle atteignit Belleview Street, à Sausalito, à six heures vingt-trois, au moment où le soleil se levait, et le numéro 117 de la rue à six heures vingt-quatre. La chance était avec elle ; elle trouva une place de parking juste en face de l'immeuble en séquoia de deux étages.

Elle traversa la rue sur laquelle régnait le calme, et parcourut les noms sur les boîtes aux lettres. Elle y trouva celui qu'elle cherchait : E. Vezzani. Un des neuf boutons d'interphone confirma qu'il vivait au deuxième étage, appartement 2 C.

Elle consulta sa montre. Six heures vingt-six. Elle n'eut pas une seconde d'hésitation.

Je veux prendre ce salaud au dépourvu.

Elle enfonça le bouton. Trois fois, longuement.

S'il répond, je ne peux pas lui parler, mais je continuerai à sonner jusqu'à ce qu'il ouvre la porte.

Pas de réponse. Elle conserva le doigt enfoncé sur l'interphone pendant au moins quinze secondes.

Ou bien Vezzani a le sommeil profond, ou bien il n'est pas là. Qu'est-ce que je fais, maintenant ?

Elle regagna sa petite Scirocco, saisit la Thermos chromée posée sur son socle, et sirota un café chaud, appuyée contre la portière, sans jamais quitter des yeux l'immeuble en face d'elle, sauf pour embrasser de temps en temps la vue à couper le souffle du soleil voilé s'élevant derrière le Golden Gate Bridge au-dessus des vagues chargées d'écume.

Veinard. Il doit avoir un panaroma splendide, du deuxième étage. Je me demande s'il s'envoie toujours en l'air dans sa douche. Il a sûrement une douche immense, avec un receveur en marbre pour pouvoir baiser confortablement. Et un miroir au plafond. C'est peut-être ce à quoi il est occupé en ce moment même, et il n'entend pas la sonnette...

La sonnette d'appel d'urgence, la lueur rouge clignotante au-dessus de la chambre n° 4...

Eleanor dut se forcer à empêcher cet insupportable souvenir — la vision atroce du rictus mortel de sa mère, la mâchoire ligaturée et les yeux saillants —, d'envahir son cerveau. Elle s'obligea à contempler la vue, à se concentrer sur l'odeur de la brume matinale dérivant vers la terre, chargée des effluves maritimes.

Elle reprit une gorgée de café très sucré arrosé de lait chaud et patienta.

Une demi-heure plus tard, une vieille dame sortit de l'immeuble, tenant un petit chien en laisse. Eleanor s'empara de son téléphone et de son fidèle cahier auquel était accroché un stylo, et traversa la rue pour aborder la femme, proportionnellement aussi minuscule que son chien. Elle portait un pantalon de pyjama de flanelle bleue qui dépassait de son manteau rouge et des pantoufles de feutre à la semelle en caoutchouc. Elle avait enfilé de travers un bonnet de laine blanc à pompon qui ne lui couvrait qu'une oreille, et laissait échapper de l'autre des mèches de sa permanente rosée.

Eleanor fit face à la vieille dame, dont le chien minuscule se mit à aboyer, d'un jappement éraillé qui traduisait également son âge avancé. Des poils drus et frisés tombaient en cascade sur sa petite gueule. *Qu'on ne me dise pas que les chiens et leurs propriétaires ne se ressemblent pas*, se dit-elle.

— Chut, chut, mon bichon ! Tu vas réveiller tout le quartier ! chuchota la vieille dame, qui leva ensuite les yeux sur la jeune femme souriante, puis scruta le grand cahier que lui tendait celle-ci. Attendez, il faut que je mette mes lunettes, je ne me déplace jamais sans ! annonça-t-elle en plongeant sa main libre dans la grande poche de son manteau. Vous ne vendez rien, hein ? Parce que sinon, je ne suis pas intéressée.

Elle en sortit une paire de lunettes sans étui, qu'elle enfila. Après avoir déchiffré le message, elle regarda Eleanor, et lui dit d'une voix douce :

– Oh, ma pauvre petite, vous ne pouvez pas parler ? Vous cherchez le docteur Vezzani d'aussi bon matin ? C'est une urgence ?

Eleanor fit « non » avec un sourire et inscrivit de nouveau rapidement quelque chose avec son gros feutre.

Vous le connaissez ?

– Oh oui, c'est mon voisin ! Nous sommes au même étage. Nous sommes très bons amis.

Savez-vous s'il est chez lui ce matin ?

– Oh non, mon enfant, il est parti en vacances. Je peux vous demander pourquoi vous le cherchez ? Il tient à préserver son intimité.

Eleanor se plaça à côté de la vieille dame, de façon que celle-ci puisse voir ce qu'elle écrivait : **Il a opéré mon père récemment, il lui a sauvé la vie. Nous nous sommes rencontrés à l'hôpital, mais il est tellement occupé là-bas... Je voulais le remercier personnellement, et lui faire un cadeau. Savez-vous quand il doit revenir, ou bien où il est allé ?**

– Il est parti faire de la voile. C'est sa passion. Même lorsqu'il ne dispose que de quelques heures, il part sur son bateau, qu'il garde ici sur la Marina, à Sausalito ! Il m'a emmenée le voir un jour ; un charmant petit voilier... Sans doute un fabuleux moyen d'évacuer le stress de son travail, une profession tellement difficile ! C'est un chirurgien très doué, et un homme tellement délicieux. J'espère que votre père va se remettre rapidement, mon enfant.

Merci. Oui, ce doit être merveilleux de naviguer. Je me demande où il est parti. Bien entendu, je ne le dérangerais pour rien au monde. J'irai le voir à l'hôpital quand il sera rentré. À moins qu'il ne soit parti pour Tombouctou !

La vieille dame eut un petit rire :

— Oh non, pas si loin ! Je crois qu'il avait l'intention de descendre la côte jusqu'à Santa Cruz. Vous comprenez, sa mère vit là-bas. Il est parti avant-hier, et il m'a demandé d'arroser ses plantes. Je crois qu'il a pris toute la semaine. Il a un mouillage permanent là-bas... si je me souviens bien.

Heureux homme ! Et, oui, mon père va se remettre complètement. Il avait une tumeur du cerveau, décrétée inopérable, mais le docteur Vezzani a pris le risque d'opérer quand même, et lui a sauvé la vie. Je lui suis tellement reconnaissante.

Eleanor se pencha pour caresser le vieux chien aux quatre pattes quasiment invisibles sous son petit ventre rebondi qui touchait presque terre. Elle composa une dernière question, accompagnée d'un sourire désarmant : **Je me demande comment il a baptisé son bateau. Il y en a qui ont des noms tellement romantiques !**

— Oh, celui-là aussi ! Sauf qu'il s'agit d'un nom français. L'équivalent anglais de « swallow », l'oiseau. Attendez, je crois que ça commence par un « H »... *Hirondelle !* Un si joli nom !

Très joli. Je me demande pourquoi il est en français ? Merci beaucoup, et bonne journée !

– Vous aussi, mon enfant. Viens, mon bichon, on y va !

Elle redressa son bonnet, enfouit de nouveau ses lunettes dans sa grande poche et ajouta :

– Excusez-moi de me montrer aussi indiscrète, mais... vous n'êtes pas sourde. Vous êtes muette de naissance, ou bien s'agit-il d'un accident ?

– De naissance, articula Eleanor en accentuant les syllabes.

– Ma pauvre enfant. Mais vous semblez très bien vous sortir de votre handicap ! Je vous souhaite le meilleur.

Elle s'éloigna d'un pas vif, son petit compagnon trottant à ses côtés.

Chapitre 11

Dévorée de curiosité, Georgia lançait des coups d'œil incessants par-dessus son écran d'ordinateur pour surveiller Eleanor en pleine « discussion » avec leur patron, à travers les parois vitrées qui délimitaient sur les quatre côtés le bureau fermé de celui-ci. Au moins, il lui est impossible de molester qui que ce soit sans que tout le monde le voie, se dit Georgia.

L'atmosphère s'échauffait, dans le box de Mike Angelo.

– Toute la semaine ? Cinq jours de travail pour une simple interview ? Avec qui ? Le président des États-Unis ? aboya Angelo.

Eleanor le bouscula, l'obligeant à reculer d'un pas, pour contourner son bureau.

– Tu en as, du cran, Wilder ! jeta-t-il avec admiration tandis qu'elle se penchait sur son ordinateur personnel et frappait sur le clavier.

Il se pencha aussi près que possible, alignant sa hanche sur la sienne.

— Le docteur Egbert Vezzani ? Je te souhaite bonne chance ! Il ne donne jamais, jamais, d'interview.

Il m'en accordera une.

— Comment peux-tu en être aussi sûre ?

Si j'échoue, tu peux réduire mon salaire de moitié ce mois-ci.

— Marché conclu. Pourquoi as-tu besoin d'une semaine entière ?

Il est en vacances. Je sais plus ou moins où il se trouve. Je dois le trouver, dans un premier temps, puis il me faut un moment pour le convaincre.

Elle se redressa pour regarder son patron droit dans les yeux.

Angelo la fixa, à cinq centimètres de son visage.

— Il te suffira de pas grand-chose pour le convaincre, Wilder.

Eleanor lui rendit son regard sans ciller, bravant les ondulations pourpres qui émanaient du moindre de ses pores. Elle se pencha de nouveau, imperturbable.

Je sais qu'il est parti sur son voilier. On pourrait titrer : « Le célèbre neurochirurgien affronte dans la solitude les profondeurs bleutées de l'océan ». Tu auras ton papier.

Elle pencha la tête et lui lança un regard interrogateur.

– OK, parvint-il à articuler d'une voix rauque, tu as ta semaine. Mais pas un jour de plus. Tu as intérêt à être de retour lundi prochain.

Elle tapa quelques mots supplémentaires : **Tous frais payés.**

– OK, Wilder. Et, ajouta-t-il une fois qu'il eut réussi à s'arracher à la contemplation de son irrésistible regard, je veux le papier sur ton oncle avant *ce soir*. Je le veux pour l'édition de mercredi.

Eleanor articula un « Oui, M'sieur », et désigna du doigt sa meilleure amie de l'autre côté de la salle. « Georgia y met la dernière touche en ce moment même », expliqua-t-elle en articulant soigneusement chaque syllabe, parfaitement consciente des ravages qu'elle provoquait chez son patron, dont le souffle se faisait à la fois très léger et lourd.

Georgia l'attendait :

– J'ai presque terminé, installe-toi sur le siège que j'ai tiré spécialement pour toi, et on va pouvoir lire ça ensemble.

Eleanor s'exécuta. Georgia la regarda avec un air d'attente. Eleanor fit durer le suspense quelques secondes supplémentaires avant d'éclater d'un « Oui ! » silencieux.

– Génial ! Tu as eu la semaine ?

Eleanor acquiesça d'un air suffisant.

– Quand pars-tu ?

Dès que nous aurons fini ça, gribouilla Eleanor sur un bout de papier qui traînait sur le bureau. **Angelo le veut maintenant.**

— Je peux venir avec toi ? Tu n'as pas besoin d'une assistante ? plaisanta Georgia. Ce serait cool, non ? On louerait un bateau, avec deux marins sexy pour nous conduire à travers l'océan !

On ne dit pas « conduire » un voilier.

— Je vais demander au patron, décréta Georgia en faisant semblant de se lever de son siège.

Eleanor la retint par le bras avec un sourire.

— Montre-moi ça maintenant, articula-t-elle en désignant l'écran du doigt.

— D'accord !

Tête contre tête, les deux journalistes révisèrent l'article mot à mot. Il leur fallut à peu près une heure pour être satisfaites du résultat.

— Mince, annonça Georgia, ça va faire sensation, c'est sûr ! Ton oncle est un homme courageux. Je n'ai aucune confiance dans les hommes politiques, mais ce type n'a pas peur d'assumer ses convictions. Je l'admire, je t'assure, El.

— Moi aussi, articula son amie. Bon travail. Je dois y aller.

Elle tapa quelques mots sur le clavier de Georgia à la fin de l'article : **Et envoie toutes les photos. Angelo**

préfère choisir lui-même. Salut, bises, et souhaite-moi bonne chance !

— Conduis prudemment, garde une distance de sécurité avec la voiture qui te précède, ne fais pas d'excès de vitesse, et préviens-moi quand tu es bien arrivée, d'accord ?

Eleanor hocha la tête.

— Et rapporte-moi un coquillage pour ma collection.

Impatiente, Eleanor piétinait sur place.

— Bonne chance, ma belle ! Je t'adore, j'espère que tu vas le trouver, le séduire, et obtenir l'interview du siècle ! Et donne-moi des nouvelles tous les jours, promis ?

— Promis.

Je serai de retour samedi pour la répétition, griffonna-t-elle.

Ce matin-là, Eleanor avait préparé ses bagages, espérant bien obtenir l'aval d'Angelo. Des vêtements de rechange, accompagnés d'un coupe-vent, de boots et d'un bonnet chaud, un mini-enregistreur, un grand cahier neuf et deux feutres noirs, son iPad, ses affaires de toilette, un Tupperware plein de bonbons et un revolver qu'elle avait spécialement acheté pour l'occasion. Elle avait même réservé pour la semaine dans un hôtel de Santa Cruz, et préparé un en-cas dans sa boîte à déjeuner à l'effigie de Chewbacca qu'elle avait gardé depuis bientôt vingt ans, avec sa Thermos Princesse Leïa pleine de thé vert. Il ne lui restait plus qu'à sauter dans sa voiture, garée au parking souterrain près des locaux de HOMINIDES, et à prendre la route.

Le trajet dura deux heures. Eleanor adorait traverser les montagnes par la Highway 17, glisser vers le sommet et redescendre en direction de la côte par la magnifique route sinueuse bordée d'eucalyptus et de chênes sauvages drapés de mousse vert pâle, semblables à de gigantesques toiles d'araignée d'un autre temps. Cela lui rappelait les voyages de son enfance, avec son père et sa mère, puis ensuite avec Daphné, lorsqu'ils se rendaient en voiture à l'aquarium de Monterey, ou bien à Point Lobos, pour un pique-nique et une promenade, dans le but d'apercevoir les gros lions de mer se prélasser sur le sable dans les anses minuscules, et les loutres de mer jouer dans les vagues.

Lorsqu'elle atteignit le bord de mer et la bifurcation vers Ocean Avenue, Eleanor décida de se rendre directement au port de Santa Cruz. Elle ne voulait pas perdre une minute. Elle se gara sur le parking visiteurs, fourra son cahier, son stylo, son iPad et son téléphone portable dans un grand sac à bandoulière en tissu mou, et partit à pied, armée d'un plan du port et d'informations utiles glanées sur Internet et imprimées la veille au verso de feuilles déjà utilisées qu'elle gardait à portée de main. Elle jeta un coup d'œil au nom en français qu'elle avait noté dans le coin supérieur gauche de l'un des papiers : *Hirondelle*.

Elle se retrouva nez à nez avec un portail grillagé de trois mètres dont l'ouverture était commandée par une clé plate. Le site Internet du port négligeait de fournir cette information mineure. *Mince*.

Elle jeta un œil alentour. Deux hommes d'une soixantaine d'années en tenue de bateau, des coupe-vent noués autour de la taille et arborant de véritables casquettes de marin à la Popeye, approchaient de la grille. Eleanor fit semblant de fouiller dans son sac. Alors qu'un des hommes ouvrait la serrure, elle sortit son cahier et son crayon et inscrivit rapidement : « Je suis muette, j'ai perdu ma clé... » Avec son plus beau sourire, elle leur tendit son message.

Ils lui rendirent son sourire et la laissèrent pénétrer. Le lourd portail se referma et se verrouilla automatiquement derrière eux.

S'éloignant d'un pas vif le long d'une des jetées, Eleanor commença par effectuer un détour, jetant un œil à chacun des bateaux qu'elle dépassait. Puis elle fit demi-tour, et se dirigea vers la capitainerie. Mais une fois devant le petit bâtiment, elle hésita.

Sois prudente, tu ne tiens pas à ce qu'on te reconnaisse. Pourquoi n'y ai-je pas pensé plus tôt ? Quiconque se trouve à l'intérieur se souviendra que je me suis enquise de l'Hirondelle. Hors de question.

Elle tourna les talons, fourragea dans son sac, dont elle sortit une paire de lunettes de soleil aux verres ronds gigantesques. Elle les enfourcha, puis repartit en direction des quais.

« Le port de Santa Cruz abrite environ huit cents cales d'accostage permanentes... », lut-elle tout en marchant. *J'en ai pour la journée.* Elle consulta sa montre. Il était déjà près de trois heures de l'après-midi. *Je m'y mets jusqu'à six* heures. *Si je ne l'ai pas trouvé, je reviendrai demain matin tôt. Très tôt. Mais j'ai besoin d'une clé.*

Eleanor entama sa recherche avec application. *La vieille dame m'a dit qu'il avait un mouillage permanent ici.* Elle étudia le plan. *Donc, inutile de chercher dans les cales destinées aux visiteurs.*

Le soleil brillait à flots, depuis le ciel d'un bleu céruléen. Elle ôta sa veste légère, qu'elle fourra dans son sac. Elle descendit et remonta chaque jetée d'un bout à l'autre, vérifiant les noms des bateaux accostés d'un côté puis de l'autre, puis regagna le quai principal. Sur un arrière-plan sonore ininterrompu de criailleries de mouettes, de claquements de voiles et de clapotements d'eau de mer contre les coques, elle vit des gens affairés sur leurs embarcations, occupés à peindre, nettoyer, poncer. Elle aperçut une femme qui mettait son linge à sécher sur tout ce qui pouvait servir de portant, croisa des chiens qui défendaient leurs territoires maritimes respectifs à grand renfort d'aboiements, un chat noir perché au sommet de la proue d'un yacht élégant et de toute évidence tout neuf, deux vieux rafiots négligés qui étaient là depuis des éternités. Un nombre incalculable de couples âgés, probablement retraités, faisaient la sieste dans des chaises longues, ou bien vaquaient tranquillement.

La plupart des propriétaires se montraient amicaux. On lui adressa des saluts, des « hello ! », elle eut droit à quelques tentatives de drague (« Vous venez faire un petit tour en bateau avec moi ? Vous voulez monter bavarder à bord ? »). Elle n'était pas la seule « touriste » ; elle croisa des couples enlacés en promenade et plusieurs familles dont les petits enfants venaient sans doute de sortir de l'école. *Je me demande comment ils ont pu rentrer ? Il doit s'agir d'amis ou de parents de propriétaires.*

Elle fit une pause, et s'installa sur un banc dressé devant l'une des nombreuses tables destinées au nettoyage des poissons, colorées de rouge sombre et incrustées d'écailles. L'odeur du sang et des boyaux de poisson envahit ses narines sensibles. Un garçon d'une quinzaine d'années à peine s'approcha, chargé d'un seau et d'une brosse à récurer. Il marmonna un « Salut », ôta son sac à dos, qu'il posa sur le banc à côté d'elle, puis entreprit de frotter le plateau de la table.

La providence lui souriait. Dans le sac à dos ouvert, Eleanor distingua un trousseau de clés, posé sur un sweat-shirt. Elle n'avait plus qu'à attendre une occasion, qui se présenta plus rapidement qu'elle n'aurait osé l'espérer. Un autre gamin, également armé d'un seau et d'une brosse, s'approcha d'un pas nonchalant, et se mit à discuter avec son copain, qui se détourna. Eleanor s'empara des clés. Elle les glissa dans son sac en bandoulière, se leva, et reprit ses recherches.

À cinq heures et demie, elle avait passé en revue sept jetées. Ses jambes étaient fatiguées, tout son corps était fatigué, mais son cerveau, lui, était en ébullition.

Je trouverai le bateau. Je vais le trouver, lui. Je vais le coincer. Je découvrirai peut-être un moyen de l'éliminer. Alors, Maman sera vengée. Va te faire voir, Egbert Vezzani, au nom grotesque.

Eleanor s'arrêta pour se reposer à une cale d'accostage vide. Elle s'assit en tailleur sur la jetée de bois, et prit une gorgée de thé vert tiède. Le brouillard naissant troublait la lumière de cette fin d'après-midi. Les mouettes hurlaient, l'air était chargé de l'odeur des algues. Les quais étaient maintenant presque désertés.

Elle aperçut un petit voilier qui se rapprochait du mouillage. Elle ne voyait qu'un homme à la manœuvre. Même voilé, le soleil couchant derrière lui éblouissait la jeune femme. Son cœur se mit à battre d'excitation. Le bateau accosta facilement, tandis qu'une femme émergeait des entrailles de la petite embarcation. Le cœur d'Eleanor se serra. *Si c'est bien lui, je ne peux rien faire tant qu'il n'est pas seul.*

Elle se leva, puis se rapprocha pour déchiffrer les lettres rouges peintes sur le côté du voilier — *Beauté des mers* — et pour dévisager l'homme, qui n'avait pas plus d'une vingtaine d'années.

Son portable sonna. « Salut, beauté, juste pour te dire que je pense à toi, j'espère que tu es bien arrivée, je meurs d'envie de connaître le moindre détail de chaque journée ! Envoie-moi un message ! Bises. »

Eleanor tapa une réponse rapide, rangea son téléphone dans son sac, puis parcourut le huitième appontement, aller et retour.

Bon, ce sera tout pour aujourd'hui. Je vais trouver mon hôtel. Une bonne douche, un bon restaurant, un peu de vin. Je reviendrai, docteur, je reviendrai.

Une fois qu'elle eut franchi la grille d'entrée, elle examina le jeu de clés. Il n'y en avait que trois. La plus petite appartenait de toute évidence à un cadenas. Peut-être celui de la bicyclette du gamin, songea-t-elle. *D'une façon ou d'une autre, je me débrouillerai pour les lui rendre.* Elle essaya la deuxième, qui glissa sans difficulté dans la serrure.

Une fois dans sa chambre d'hôtel, après la douche promise, Eleanor ouvrit son iPad, et consulta l'annuaire téléphonique de Santa Cruz sans trouver personne du nom de Vezzani. *Sa mère s'est peut-être remariée.* Elle consulta ses e-mails et zooma sur celui de Deven Montague, envoyé le matin :

« Bonjour, miss Wilder. J'ai retrouvé la première infirmière en service, celle qui est partie à 22 heures. Valentine Simson. Elle travaille toujours dans cette clinique. Elle a 59 ans. J'espère que tout va bien, je vous recontacte. Deven Montague. P.-S., j'ai une piste pour la seconde infirmière, Laura Faven. J'y travaille. »

Eleanor se rendit dans un restaurant de poissons non loin, recommandé par l'hôtel. L'endroit était complètement incurvé, et la partie donnant sur la mer totalement vitrée, embrassant les contours de la plage en contrebas. Une nappe de coton blanc, avec serviettes assorties, ornait chacune des tables.

Eleanor mourait de faim. Elle commanda une salade de crabe et d'avocat frais, suivie d'un saumon grillé aux pommes de terre nouvelles baignant dans le persil et la ciboulette, le tout accompagné de deux verres de chardonnay californien. De sa table, elle contemplait l'océan et, quelques kilomètres plus loin, le parc d'attractions de Santa Cruz, où elle apercevait les contours de l'une des plus grandes montagnes russes de la côte ouest, semblable à un chemin de fer miniature perché sur la limite inférieure du ciel.

Autant en profiter. Si je commets un crime, que je suis prise et que j'atterris en prison, je ne pourrai pas faire passer ce repas en note de frais, mais dans ce cas-là, de toute façon, quelle importance ? Au moins, je serai sereine. Je sais que je me conduis de façon vraiment stupide ; je mets en jeu le reste de mon existence, mais je veux trouver ce salopard, sinon, la rage qui me consume ne disparaîtra jamais, jamais.

Un homme et une femme pénétrèrent dans le restaurant, se tenant par la main. On les installa à une table juste en face de celle d'Eleanor. Les halos rosés mêlés de flèches ardentes d'un rouge écarlate passionné dérivant entre les deux frappèrent immédiatement la jeune femme, en même temps que leur évidente différence d'âge. L'homme, d'une présence impressionnante, devait avoir cinquante-cinq ans. Les épaules larges, une chevelure poivre et sel épaisse, de grandes mains carrées, il mesurait au moins un mètre quatre-vingt-dix. Il avait le nez long et busqué, et des yeux d'un bleu perçant.

La femme devait avoir trente-cinq ans. Des cheveux bruns aux épaules, les yeux verts. Mince, et très jolie. À l'instant où ils s'assirent l'un en face de l'autre, leurs mains se joignirent de nouveau au-dessus de la table, comme si le contact physique leur était vital. Les vagues d'une émotion intense et pourtant calme qui tourbillonnaient autour du couple glissaient jusqu'à Eleanor, l'enveloppant d'une délicieuse chaleur.

La femme sentit son regard, et leva les yeux sur elle. Eleanor sourit, et porta un toast d'un geste de son verre. En réponse, la femme lui adressa un sourire complice, puis dit à son compagnon, suffisamment fort pour qu'Eleanor puisse l'entendre :

— Jason, elle rend hommage à notre amour.

Celui-ci, à son tour, sourit à Eleanor en répondant :

— C'est donc tellement évident, Ellen ?

— Qu'est-ce que tu crois ?

Ils s'embrassèrent[1].

Voilà une femme qui a de la chance. Peut-être saurai-je un jour à quoi cela ressemble. Peut-être un jour je ressentirai cet amour profond et véritable.

Le soleil était presque couché, mais il faisait encore assez jour pour qu'Eleanor puisse se promener sur la plage, et la lune quasiment pleine projetait une pâle clarté sur le rivage. La jeune femme ôta ses chaussures et

---

1. Personnages de *Dites-moi qu'elle est vivante* du même auteur. (NdT.)

marcha le long de la ligne changeante des vagues, l'eau froide lui léchant de temps à autre les orteils. Elle repéra quelques dollars de sable, mais connaissant leur fragilité, choisit un petit coquillage orangé semblable à une palourde pour le rapporter comme promis à Georgia. Elle s'assit sur le sable humide. La marée montait et les vagues, s'écrasant en cadence en écume neigeuse, roulaient de plus en plus près.

Elle se sentit soudain glacée jusqu'aux os.

Que suis-je en train de faire ? Maman, que fais-je ?

Après une nuit de sommeil agité, Eleanor se prépara une tasse de café instantané imbuvable avec la petite machine de sa chambre, et se retrouva au port de plaisance le lendemain matin à sept heures. Tout en arpentant les jetées, elle grignota les cookies qui lui restaient de son déjeuner de la veille, de temps en temps entrecoupés d'un bonbon. Le petit matin était aussi glacial que la nuit précédente. Elle se félicita d'avoir emporté grosses chaussettes, pull de laine et coupe-vent, et coiffa même son bonnet rouge. Au fur et à mesure que la matinée avançait, elle se dépouillait un à un de ses vêtements, qu'elle fourrait dans son sac, et finit en jean et en T-shirt blanc.

À dix heures, elle avait passé en revue presque tous les mouillages permanents. *Il y a beaucoup de cales vides. Je prie Dieu qu'il n'y en ait pas une qui corresponde à son bateau, sinon, je devrai tout recommencer.* Une demi-heure plus tard, un voilier blanc semblable à des dizaines de ceux qu'elle avait vus au mouillage, et qui se frayait lentement un chemin vers le port, attira son attention. Elle distinguait la silhouette d'un homme à la barre. Cette fois-ci le soleil se trouvait derrière elle, et tandis que l'embarcation effectuait un demi-cercle paresseux, puis glissait le long de la rade, à quelques mètres de la poupe des bateaux amarrés, Eleanor déchiffra son nom, peint en lettres bleu foncé juste sous la proue, *Hirondelle*.

En dépit du choc, qui déferla dans sa tête comme un tsunami, lui coupant le souffle et contractant ses poumons, elle se sentit étonnamment calme. Sans jamais quitter des yeux le marin, elle suivit le voilier, marchant en parallèle sur l'appontement. Elle s'arrêta à l'extrême bord des planches de bois délimitant la cale vide, et observa l'homme, qui manœuvrait prudemment l'*Hirondelle*.

Elle ne le quitta pas un instant des yeux, tandis qu'il courait à la proue, sautait sur la jetée, la poussant presque et l'obligeant à reculer d'un pas, puis entreprenait d'amarrer son bateau. Elle découvrit un homme d'allure agréable, lui aussi vêtu d'un jean et d'un T-shirt bleu pâle. Un peu plus grand que la moyenne, il paraissait en bonne forme physique, sans trace de bedaine. Il ne présentait rien de particulièrement exceptionnel. Ses cheveux bruns tirant sur le roux étaient coupés court. Comme elle, son menton s'ornait d'une fossette peu prononcée. Il avait le visage et les mains bronzés, et elle distinguait ses biceps, fermes sans être excessivement impressionnants. La lumière se reflétait sur le même duvet tirant sur le roux qui recouvrait ses avant-bras.

La baie vitrée est couverte de buée... J'entends des gloussements, des grognements, et la douche fait beaucoup de bruit. Je martèle la baie opaque. À l'intérieur, deux personnes cessent de remuer dans tous les sens...

Il pivota pour faire face à cette jeune femme intense, dont le regard le transperçait. Plusieurs longues rides lui traversaient le front et d'autres dessinaient des pattes d'oie au coin de ses yeux, témoin de longues heures passées à plisser les yeux dans le soleil. Elle soutint son regard. Il détourna les yeux, acheva sa tâche, puis se retourna vers elle.

— Tout va bien ? demanda-t-il après avoir à son tour soutenu quelques instants son regard quasi hypnotique.

En l'absence de toute réponse ou mouvement de sa part, il insista :

— Je peux faire quelque chose pour vous ?

Eleanor sortit son grand cahier, qu'elle brandit devant ses yeux. Il ne lui fallut qu'une seconde pour le déchiffrer. Son visage se ferma :

— Désolé.

Il sauta de nouveau à bord, ferla la grand-voile sur la bôme et l'attacha. Il disparut dans le cockpit, puis réapparut un instant plus tard, portant un sac de marin et un pull bleu marine jeté sur les épaules. Il ferma le panneau d'écoutille, sauta sur le quai et s'éloigna sans un regard derrière lui.

Eleanor demeura pétrifiée sur place, et fixa Egbert Vezzani jusqu'à ce qu'il disparaisse de sa vue. Elle relut ce qu'elle avait écrit sur son cahier, en larges majuscules : SI VOUS ÊTES LE DOCTEUR VEZZANI, POURRIEZ-VOUS M'ACCORDER UNE INTERVIEW ? JE TRAVAILLE POUR *HOMINIDES*, avant de le ranger dans son sac. Elle baissa les yeux pour enregistrer le numéro du mouillage, peint au stencil d'un noir passé sur les planches battues par les intempéries, l'extrémité du second chiffre effleurant ses chaussures : 49.

Elle regagna son hôtel en voiture, brancha son iPad et consulta ses e-mails. Elle avait un nouveau message du détective privé : « Mrs. Lillian Massol est toujours en vie. Elle a 92 ans. Elle réside dans une maison de retraite, "Les Myosotis", 147 Birch Street à Oakland. Bien à vous, D. Montague. »

Eleanor lui répondit, suggérant qu'il l'accompagne pour visiter la vieille dame. Celle-ci avait peut-être une vue déficiente, et une voix serait nécessaire pour l'interroger. Le dimanche suivant lui conviendrait-il ?

Dans les deux minutes, elle reçut sa réponse : « Parfait pour dimanche prochain. Rendez-vous là-bas à 14 heures. »

Chapitre 12

Une main légèrement posée sur la barre, Egbert Vezzani était assis sur un des bancs du cockpit. Les yeux fermés, le visage renversé face au soleil, il arborait une expression sereine.

Une légère brise chiffonnait les voiles relâchées de l'*Hirondelle*. Egbert perçut un écho d'éclaboussures. Il ouvrit les yeux. Cinq ou six dauphins nageaient légèrement devant son voilier et dans son sillage. Il enclencha le pilote automatique, se leva, s'étira et contourna le cockpit. La mer était calme, le bateau stable, et il n'avait pas besoin de se tenir aux gréements. À quelques centimètres de la proue, il se posta à l'extrême bord de l'étroit pont, et admira les animaux joueurs qui jaillissaient à la surface de l'eau, effectuant des bonds gracieux avant de replonger dans les profondeurs puis de ressurgir en une joyeuse danse.

Il ferma une nouvelle fois les yeux et s'étira paresseusement, levant les bras vers le ciel.

Une bourrade dans le dos le propulsa violemment en avant. Il n'eut pas le temps de réagir. Egbert Vezzani bascula par-dessus le bastingage, et plongea dans la mer.

Celle-ci était atrocement froide. Après l'impact, son corps disparut complètement sous l'eau, puis refit surface grâce au gilet de sauvetage jaune. L'onde glaciale lui contracta les poumons. Sidéré, ahuri, suffoquant, Egbert lutta pour appréhender l'événement inconcevable qui venait de se produire. Lorsque son cerveau se remit enfin à fonctionner, il ne distingua rien d'autre que le vaste océan à hauteur de son regard, qui s'étendait à l'infini jusqu'à toucher le ciel, et deux minuscules voiliers pas plus grands que des puces, à des kilomètres et des kilomètres de distance.

Il parvint à pivoter sur lui-même, agitant bras et jambes, qui s'engourdissaient à toute vitesse. Il leva une tête ruisselante d'eau.

Une femme se tenait à la proue de l'*Hirondelle*, les mains agrippées au bastingage. Elle le fixait, les traits dénués de toute expression.

Il reconnut la journaliste de la veille.

Et comme pour arranger une situation déjà invraisemblable, une houle commença de se former derrière lui. Le vent tant attendu se levait.

— Hé ! hurla-t-il. À l'aide !

La femme demeura immobile. Egbert tenta de nager vers le bateau, mais le poids de ses chaussures le tirait vers le fond, les manches de son blouson de Nylon s'entortillaient. Il rua comme un damné, parvint à remuer les bras et à nager quelques mètres avant que les eaux glacées n'aient finalement raison de lui. Avec horreur, il vit l'*Hirondelle* dériver de plus en plus loin. Figée telle une statue, la femme n'avait pas bougé de la proue. Même ses yeux semblaient transformés en pierre, rivés sur lui pendant un moment qui parut à Egbert durer une éternité.

Les dauphins revinrent. Semblables à des enfants curieux et néanmoins craintifs, ils gardèrent leurs distances, nageant en cercles, interrompant de temps en temps leur batifolage pour fixer de leur regard mouillé et quasi humain cette étrange créature verticale à la peau jaune qui dansait dans la houle.

L'hypothermie s'installa. Egbert ne sentait plus son corps. Son cerveau ordonnait à ses bras, à ses jambes de remuer, mais il ne se passait rien. Il était glacé jusqu'aux os. Il tenta de crier, mais n'émit qu'un gargouillis rauque.

Pour la troisième fois, il ferma les yeux.

Quelque chose atterrit non loin de lui, lui éclaboussant le visage. Il souleva ses paupières, si lourdes.

Une bouée flottait à quelques mètres. Il tenta d'allonger le bras, de ramener ses membres à la vie. Il parvint à plier les genoux et à donner un faible coup de pied, qui déplaça son corps à portée. En un effort surhumain, il hissa hors de l'eau un bras qui pesait une tonne et le passa autour de la bouée.

L'*Hirondelle* glissait doucement dans sa direction, la femme debout à la barre. Avec une aisance apparente, elle manœuvra le bateau parallèlement à lui, jusqu'à ce que la bouée heurte doucement la défense, juste à côté de l'échelle de coupée en acier inoxydable qui avait été accrochée le long de la coque. Vezzani tenta de s'y agripper, en vain. Un flot d'adrénaline dévala dans ses veines, provoquant un dernier sursaut d'énergie. Il vit avec stupéfaction sa propre main se lever et se cramponner au dernier barreau.

Deux chaussures de tennis suivies de deux jambes vêtues de jean descendirent. La femme se baissa pour cramponner son autre coude, toujours accroché à la bouée. Une poigne étonnamment forte le hissa juste assez pour qu'il puisse attraper l'échelle, des deux mains cette fois-ci. L'espace d'un instant, il oublia l'extraordinaire difficulté de sa situation pour céder à la curiosité à l'égard de cette femme silencieuse qui l'avait poussé à l'eau et tentait maintenant de l'en sortir.

Pour compenser son silence, elle le tira avec vigueur par le coude, lui transmettant un message vital : « Si vous n'y mettez pas du vôtre, je serai incapable de vous sauver. »

Vezzani fournit un dernier effort héroïque, auquel ses muscles frigorifiés répondirent. Avec l'aide de la femme toujours agrippée à sa manche, et qui avait grimpé un échelon supplémentaire, il saisit l'échelle aussi haut que possible des deux mains, et leva lentement une jambe, puis l'autre, sur l'échelon inférieur. Semblables à deux automates aux piles faiblissant, saisis de mouvements désordonnés et sporadiques, Eleanor et le chirurgien, joue contre joue, atteignirent enfin la sécurité du pont tribord du voilier.

Un quart d'heure plus tard, assis en face d'Eleanor sur l'une des couchettes du cockpit, Egbert Vezzani était toujours secoué de tremblements convulsifs. Il avait changé de vêtements et portait maintenant un jean sec, un pull bleu marine et des grosses chaussettes de laine de même couleur. Une grande serviette de toilette blanche qui recueillait les dernières gouttes de ses cheveux encore humides lui enserrait les épaules. Son visage était cendreux.

Quant à Eleanor, installée sur la couchette qui lui faisait face, sa tablette numérique sur les genoux, qui touchaient presque ceux de Vezzani, elle avait posé à côté d'elle son grand cahier auquel était accroché son feutre. Elle le dévisageait calmement.

Des deux mains, Vezzani s'essuya vaguement le crâne, lui jetant des regards furtifs.

Comme c'est drôle. Tellement drôle ! Regardez-moi ça, le célèbre chirurgien est mal à l'aise. Perdu. Il a peur. De moi. Continuons de le fixer, et voyons ce qui se passe.

Vezzani finit par ouvrir la bouche :

— J'ai souvent été harcelé par des journalistes, mais jamais de cette façon. Vous voulez une interview ? Vous ne l'aurez pas. Et je vous jure que vous allez payer pour ça. Je vais effectuer un signalement à la police, porter plainte pour tentative de meurtre... à moins que je ne doive vous remercier de m'avoir sauvé la vie ?

Eleanor se laissa aller à esquisser un sourire, mais son regard demeura de marbre.

— Vous ne pouvez pas parler ? Vous avez donné votre langue au chat ? Perdu la voix ?

Eleanor finit par écrire sur sa tablette, qu'elle fourra ensuite sous le nez du chirurgien. Celui-ci dut reculer la tête pour ajuster sa vue.

— Comment ça, il ne s'agit que d'un sursis ? fit-il en écartant d'un geste le petit ordinateur, tandis qu'à nouveau ses traits se figeaient d'incrédulité.

Eleanor brandissait maintenant un revolver, pointé droit sur sa poitrine.

Vezzani demeura admirablement calme. Il demanda d'une voix égale :

— Qui êtes-vous ? Qu'est-ce que vous me voulez ?

Sans détourner ni le regard ni l'arme, Eleanor composa quelque chose d'une seule main experte, et lui mit de nouveau l'écran sous les yeux : **Je suis la fille d'Abby Wilder. Vous vous souvenez d'Abby Wilder ?**

Vezzani fixa son message sans comprendre.

Eleanor poursuivit : **Le 29 mars 1994. La clinique privée de Hilltop ?**

Vezzani fronça les sourcils, tandis qu'elle poursuivait sa frappe :

Pendant que ma mère agonisait, vous preniez votre pied, n'est-ce pas ?

Vezzani déchiffra rapidement, toujours sans comprendre, puis reporta son regard sur Eleanor, qui poursuivit à toute vitesse d'une seule main, avant de lui flanquer la tablette dans la poitrine, comme un coup de poignard.

Je veux entendre de votre propre bouche infecte que pendant que ma mère agonisait, vous baisiez une infirmière dans la douche. Ensuite, vous avez menti en disant que vous aviez répondu au bouton d'appel de la chambre n° 4, qui résonnait très fort. Si cela avait été le cas, vous auriez peut-être pu la sauver. Je veux vos aveux, docteur Vezzani.

Et pour souligner ses exigences, elle porta le revolver à la tempe du chirurgien.

Une lueur de compréhension sembla lentement se faire jour dans l'esprit de Vezzani.

— D'accord. Je commence à saisir, souffla-t-il doucement. Vous êtes la petite fille qui... Seigneur !

Il esquissa un mouvement pour se lever mais, d'un geste, Eleanor lui intima de ne pas bouger, resserrant le doigt sur la détente.

— Doucement, doucement. Je me souviens, maintenant. Je me souviens de cette nuit-là. Simplement... annonça-t-il en se rasseyant avec précaution, je n'étais pas présent.

Eleanor lui lança un regard perçant.

— J'étais censé être de service, mais j'ai demandé à un ami de me remplacer. Miss Wilder, je n'étais pas là au moment de la mort de votre mère.

Sans baisser son arme, Eleanor continuait de le fixer.

— Je vous dis la vérité.

La jeune femme finit par réagir : **Comment s'appelle votre ami ?**

— Vous pensez vraiment que j'irais vous le dire ? demanda-t-il avec une pointe d'humour.

Pourquoi le registre de garde de cette nuit-là ne portait-il pas son nom ?

— Comment le savez-vous ?

J'ai mes sources. Répondez-moi.

— Je suis arrivé normalement à la clinique pour prendre mon service, j'ai pointé, puis j'ai dû partir immédiatement, pour une urgence. Au dernier moment, j'ai appelé ce type pour me remplacer, et nous n'avons pas pris la peine de modifier le registre. Je me souviens que je l'ai payé plus tard en liquide, de ma poche.

Eleanor tapait maintenant à une vitesse vertigineuse, après avoir placé son revolver sur le cahier posé sur la couchette à côté d'elle.

Êtes-vous revenu à la clinique cette nuit-là ?

— Oui.

Ma mère était-elle déjà décédée ?

— Oui.

Qu'a raconté votre ami ?

— Pas grand-chose. Je ne me souviens plus vraiment ; quelque chose à propos d'un arrêt du cœur.

A-t-il dit qu'il avait essayé de la ranimer ?

Vezzani réfléchit un moment :

— J'essaye de me souvenir... Je crois qu'il a dit qu'elle était déjà morte lorsqu'il était arrivé dans la chambre.

A-t-il dit qu'il avait tout de suite répondu à la sonnette d'appel d'urgence ?

— Je ne le lui ai pas demandé. Je n'avais aucune raison de le faire.

Il n'y avait pas de médecin de service ? de garde ?

— Il y a toujours un médecin de garde. C'est lui qui a signé le certificat de décès. Il était déjà parti lorsque je suis revenu, probablement à minuit passé.

Eleanor tenta de taper quelque chose d'autre, mais leva sa tablette, et inscrivit : **Bon sang, plus de batterie ! Votre ordinateur fonctionne ?** en même temps qu'elle désignait d'un signe de tête le laptop posé sur un meuble surmonté d'un matériel de communication fixé à la cloison.

— Oui. J'ai aussi un émetteur BLU et le guidage par satellite. Vous voulez que je les mette en marche ?

Il n'était maintenant que politesse, mais Eleanor secoua la tête.

— Uniquement l'ordinateur, articula-t-elle, fébrile, impatiente de poursuivre.

Vezzani se leva et alla allumer le laptop déjà branché sur le plateau.

– Je vous en prie.

En l'absence de siège, Eleanor dut se pencher sur l'ordinateur, qu'elle tourna sur le côté, de façon que Vezzani puisse lire ses questions en même temps qu'elle les formulait. Il remarqua qu'elle avait fourré son revolver dans sa poche.

Elle ne perdit pas une seconde : **Vous vous souvenez de ma mère ? Vous vous souvenez de son dossier médical ?**

– Je n'oublierai jamais votre mère. Elle était courageuse, courtoise, ne se plaignait jamais. Je me souviens que lorsque je la soignais, elle me remerciait toujours du regard. Elle avait des yeux... (Il contempla Eleanor, dont la tête se trouvait à quelques centimètres de la sienne, et poursuivit :) ... Des yeux extraordinaires...

Il se détourna, recula d'un pas et prit une profonde inspiration.

Souffrait-elle d'un problème cardiaque ?

– Quoi ?

On m'a dit qu'elle souffrait d'une arythmie sévère. Vous vous souvenez si elle était traitée pour cela ?

Vezzani se concentra, fronçant le front. Il éternua également trois fois de suite, et s'essuya le nez de la serviette qu'il portait encore autour du cou avant de répondre :

– Miss Wilder – et j'espère que vous allez me donner votre prénom – il s'est écoulé... seize ans, calcula-t-il rapidement. Je ne peux pas en être à cent pour cent certain, mais je ne me souviens pas d'avoir administré à votre mère un quelconque traitement cardiaque.

Ce fut au tour d'Eleanor de lui lancer un regard perplexe avant de se reporter sur l'ordinateur : **À votre avis, sa vie était-elle en danger ?**

— Elle avait quitté l'hôpital où elle avait été opérée, et elle était sortie de l'unité de soins intensifs. Voilà qui devrait répondre à votre question.

Le bateau tangua brusquement dans la houle.

— Ai-je votre permission d'aller voir sur le pont si tout va bien ?

Eleanor secoua la tête en signe de dénégation.

— Je peux juste passer la tête et jeter un regard à 360 degrés ?

Eleanor acquiesça. Elle le suivit, tandis qu'il disparaissait en haut de l'écoutille jusqu'à mi-corps, puis redescendait.

— Vous avez mis le pilotage automatique ?

Elle hocha la tête.

— Eh bien... nous nous éloignons beaucoup.

La jeune femme haussa les épaules.

— Où vous étiez-vous cachée ?

Elle désigna du doigt une des couchettes.

— Là-dessous ? Vous avez dû vous faire drôlement petite.

Elle se contenta de le regarder.

— Comment êtes-vous montée sur mon bateau ?

Elle retourna au laptop. **Un coup de chance. Vous n'aviez pas verrouillé le panneau d'écoutille.**

— Vraiment ?

Elle hocha la tête.

— Comment saviez-vous que je sortirais en mer aujourd'hui ?

Je l'ignorais. Je me suis dit que j'allais rester là jusqu'à ce que vous fassiez votre apparition.

— Où avez-vous appris à naviguer ?

Elle éluda la question d'un geste, et retourna au clavier : **Alors, comment expliquez-vous son décès ? Cela ne vous a-t-il pas surpris ?**

— Miss Wilder, j'étais un jeune interne sans grande expérience. La clinique de Hilltop était mon premier emploi. Je faisais office d'infirmier là-bas, pas de médecin. Votre mère a été une de mes premières patientes. Peut-être est-ce d'ailleurs la raison pour laquelle je me souviens aussi bien d'elle. Je suis incapable d'expliquer sa mort. Tout ce que je peux vous dire, c'est que des décès inattendus de ce genre se produisent souvent. Même si celui de votre mère m'a surpris, c'est vrai, et considérablement attristé.

Vous connaissiez l'autre infirmière de garde cette nuit-là, Laura Faven ?

— À peine. Nous avions travaillé une ou deux fois ensemble, pas plus. Je ne me souvenais même pas de son nom.

Je n'en reviens pas, que cette clinique huppée et coûteuse n'ait eu que deux infirmiers inexpérimentés de garde ce soir-là ! C'est incroyable ! Savez-vous ce qu'elle est devenue, ou bien où je peux la trouver ?

Vezzani réfléchit un moment.

— C'est drôle, elle est partie, elle a quitté la clinique peu de temps après... tout de suite après cette nuit-là. Je ne l'ai jamais revue, ajouta-t-il en regardant la jeune femme avec intensité. Pourquoi toutes ces questions ?

Elle le rabroua d'un mouvement de tête, et une nouvelle question fit son apparition sur l'écran :

Donc, vous persistez à refuser de me donner le nom de cet ami ? Vous le voyez toujours ?

— Ce n'était pas un ami. Nos chemins s'étaient croisés à plusieurs reprises, c'est tout.

Pourquoi lui avez-vous demandé de vous remplacer ce soir-là ?

— Vous croyez aux coïncidences, miss Wilder ?

Elle patienta.

— Ma mère venait d'avoir un accident de voiture.

Eleanor le fixa un instant avant d'articuler :

– Et ?

– Rien de grave. Pourquoi ne pouvez-vous pas parler ? Vous êtes muette de naissance ?

Elle ne répondit pas.

– Désolé. Quel est votre prénom ?

Elle demeura immobile. Il lança un coup d'œil à la bosse dans sa poche.

– Belle arme. Un calibre .38 à canon court. Facile à manipuler. Vous avez donc six chances de m'abattre. Vous savez vous en servir ? Vous savez que la loi californienne interdit le port d'armes chargées ?

Elle sortit le revolver et ouvrit le barillet. Il était vide.

Il la contempla avec un soupçon d'admiration.

– Aucune importance. La loi punit également les menaces avec arme, chargée ou pas. (Il la scruta davantage.) Êtes-vous réellement journaliste ?

Un hochement de tête.

– Pour *HOMINIDES* ?

Nouveau hochement de tête.

– Une excellente revue.

Un nouveau roulis, beaucoup plus fort, expédia le bateau sur tribord. Eleanor perdit l'équilibre, et Vezzani la rattrapa. Elle se dégagea rapidement et tapa : **Vous allez m'accorder une interview ? J'ai mon patron sur le dos.**

— Je n'accorde jamais d'entretien.

Il la frôla en la dépassant.

— Vous m'auriez laissé mourir ? demanda-t-il en se retournant et en la vrillant d'un regard perçant, qu'elle soutint sans répondre.

— Il est tard. Je vais ramener ce bateau à la maison.

Cette fois-ci, il disparut par l'écoutille sans demander d'autorisation.

Eleanor passa l'essentiel du trajet de retour debout à la proue, l'esprit tourneboulé et le corps épuisé par la chute d'adrénaline consécutive aux événements extrêmes de cette journée.

Je me demande s'il ment. Il est malin, intelligent, ça ne m'étonnerait pas de lui. Je ferais sûrement de même, sous la menace d'une arme. Je vais devoir tout recommencer à zéro. Deven Montague va devoir remuer ses fesses et trouver l'autre interne, s'il existe. Et sinon, je sais où te trouver, Egbert Vezzani au nom ridicule.

Vezzani était de nouveau maître à bord de son voilier. Le vent était favorable, les voiles gonflées. Il demeura à la barre, sauf lorsqu'il se glissa dans les entrailles de l'*Hirondelle* pour réapparaître avec une banane, un paquet de cacahuètes et une bière.

— Faim ? cria-t-il, surmontant à peine de la voix le claquement des voiles.

D'un seul coup, elle se sentit une faim de loup. Elle progressa en direction de la poupe, tandis qu'il faisait de même en sens inverse. Ils se rencontrèrent à mi-chemin, et il lui tendit la canette de bière.

— Désolé, il n'en reste qu'une.

Ce fut les derniers mots qu'ils échangèrent pendant le voyage.

Elle but une longue gorgée, puis lui rendit la canette. Il lui offrit la banane, qu'elle épluca et coupa en deux. Il l'observa pendant qu'elle mordait dedans. Elle remarqua que ses yeux étaient bruns, avec de lourdes paupières légèrement tombantes. *Comme Papa.* Sauf que derrière l'expression sérieuse et quasiment impassible du chirurgien, un véritable pétillement animait son regard.

Elle lui tourna le dos. Il tendit le bras pour entourer son gilet de sauvetage, et elle tressaillit. Il lui saisit la main, la retourna, paume en l'air, et lui versa dedans des cacahuètes.

Elle les engloutit d'une bouchée, puis fourra la main dans la poche de son jean. Elle en retira trois bonbons. Toujours occupée à mastiquer, elle lui fit face, et les lui tendit. Il choisit un bonbon jaune, et son regard croisa celui de la jeune femme une fraction de seconde. Elle recula, tourna les talons et reprit sa place à la proue.

Lorsque l'*Hirondelle* se faufila enfin dans sa cale au port de Santa Cruz, la nuit était tombée.

Vezzani n'avait pas encore amarré le bateau qu'Eleanor sauta sur l'appontement. Il la regarda disparaître dans la nuit sans se retourner.

Elle n'oublia pas de glisser les clés dans la boîte aux lettres de la capitainerie, avec un petit mot sur le porte-clés : « Trouvées sur la jetée. »

Sur le chemin de l'hôtel, la jeune femme acheta dans une épicerie un sandwich et une bouteille d'eau minérale. Dans un kiosque à journaux devant le magasin, la manchette d'un journal local attira son attention : « Interview exclusive dans *HOMINIDES*. Le franc-parler de Harold Wilder va-t-il choquer, ou bien lui attirer la confiance des électeurs ? Lui faire perdre ou gagner des voix ? Sa candidature en sera-t-elle plus crédible, ou bien brisée net ? Voir page 3… »

Eleanor se procura l'édition du mercredi du magazine, dont il ne restait plus qu'un exemplaire. L'un des gros plans qu'elle avait pris de son oncle, où elle avait surpris une expression presque fragile et profondément humaine, s'étalait sur la couverture brillante. Le titre était composé en caractères gras majuscules rouges : « EXCLUSIF HAROLD WILDER SE CONFIE AVEC COURAGE dans un entretien d'une franchise sans précédent, quatre mois avant le lancement de sa campagne… »

Installée dans sa voiture pour manger son sandwich, Eleanor dévora l'article rédigé avec Georgia comme s'il lui était inconnu. Effectivement, c'était sensationnel. Elle réalisa l'ampleur de la sincérité de son oncle, véritablement sans précédent. Dans son expérience de journaliste, aucun politique ne s'était jamais montré aussi honnête et aussi courageux dans l'expression de ses convictions.

À l'instant où elle achevait la lecture de l'article, son téléphone sonna, et le nom de Georgia s'afficha sur son écran.

« Salut, beauté ! Devine quoi ? Toi et moi, on fait la une ! On a provoqué un sacré ramdam ! On est inondées d'appels, d'e-mails, de fax... Des quatre coins du pays, des journalistes veulent confirmation des déclarations fracassantes de ton oncle, les critiques disent que c'est le papier du siècle ! Ici, à San Francisco, tout le tirage s'est vendu en vingt-quatre heures... Angelo délire ! Il parle de nous filer une promotion, de nous augmenter... Tu l'as vu ? Où es-tu ? Bon Dieu, c'est énorme. Nos carrières sont en train de décoller ! Tu as trouvé Vezzani ? Tu as eu ton interview ? Bises ! Réponds-moi, réponds-moi ! »

Eleanor répondit à son amie : **Mince, c'est fabuleux ! Je te raconterai pour Vezzani. Je rentre ce soir. Ne dis rien à Angelo, j'ai besoin de temps – rendez-vous demain à déjeuner chez Joe 12 h 30. Bises.**

Nous ne sommes que jeudi. Il me reste encore demain, et le week-end. Demain, je dois m'exercer, et samedi, il y a répétition ; mince, j'ai oublié que j'avais promis à Thomas de boire un verre avec lui après... Il faudra que je lui dise que pour l'instant, je n'ai pas la tête à entrer dans une histoire d'amour – ensuite, dimanche, je vois Lillian Massol, et lundi, retour au bureau. Angelo va péter un plomb quand je lui dirai que je n'ai pas obtenu l'interview, mais il sera encore sur un petit nuage avec l'article sur Onc'Harry...

Eleanor regagna l'hôtel, fit rapidement son bagage, paya sa note, puis trouva une station où faire le plein d'essence. En dépit de sa fatigue, elle franchissait le col de la montagne une demi-heure plus tard, en route pour son appartement.

À 23 h 40, elle posa ses sacs dans l'entrée plongée dans l'obscurité et attendit un moment avant d'actionner l'interrupteur principal. Une des lampes dorées s'alluma dans le salon.

Elle alla sortir l'Atlas de la bibliothèque, puis s'agenouilla, et posa l'ouvrage sur le tapis. Comme par magie, il s'ouvrit sur la carte de France, laissant apparaître le rouleau de billets de banque et le petit bloc-notes, qu'elle saisit avec une infinie tendresse.

« Mon petit canard, je t'aime plus que n'importe quoi d'autre, plus que le soleil, plus que le ciel ou la plus haute des montagnes, et plus profond que l'océan ! Maman. »

Elle lut sa propre réponse, tracée d'une écriture de petite fille : « Ma maman, je t'aime aussi, plus haut que le soleil, et plus loin que l'extrémité nord de la terre, où tu as promis que tu m'emmènerais un jour. J'ai pris cinq dollars pour pouvoir aller te voir tout de suite, et tu auras ce message quand tu iras mieux et que tu rentreras à la maison ! »

Elle referma l'énorme volume, prit le violoncelle de sa mère, qu'elle plaça avec amour entre ses jambes, et se mit à jouer.

Chapitre 13

Eleanor était sur le point de sombrer dans le sommeil lorsqu'elle perçut des bruits de grattements métalliques en provenance de la porte d'entrée, comme si quelqu'un essayait d'ouvrir avec un outil quelconque. Elle rejeta sa couette et sortit de la chambre, dont elle gardait toujours la porte ouverte. Les grattements s'interrompirent. Sur la pointe des pieds, elle alla se placer devant le judas, auquel elle colla son œil. Elle ne distingua rien que l'obscurité. Elle s'assura que la serrure était enclenchée, et resta là plusieurs minutes d'affilée, tendant l'oreille. Puis elle regagna sa chambre, dont elle referma et verrouilla la porte.

Elle dormit très mal. Au saut du lit, elle alla ouvrir et inspecter la porte d'entrée sans discerner aucune égratignure autour de la serrure. Rien ne prouvait que qui que ce soit ait essayé de forcer le battant. *J'ai peut-être rêvé. Ces temps-ci, mon cerveau me joue des tours.* Ensuite, elle annula par e-mail son déjeuner avec Georgia. *Je ne peux pas la voir aujourd'hui. Je l'adore, c'est la meilleure amie que j'aie jamais eue et que j'aurai jamais, mais je ne peux pas affronter ses questions, et je ne veux ni lui mentir, ni lui dire ce qui se passe. Pas encore.*

Eleanor n'avait jamais faim pour le petit déjeuner. Après deux grands bols de café au lait, elle prit son courage à deux mains et se rendit en voiture à la clinique privée Hilltop de Piedmont.

Je suis une grande fille, aujourd'hui. Je peux le faire. Tout le long du chemin, elle se répéta cela comme un mantra. Néanmoins, lorsqu'elle passa devant l'arrêt de bus de la clinique, où elle était descendue seize ans plus tôt, et se gara sur le parking réservé aux visiteurs à l'arrière du bâtiment, elle éprouva énormément de mal à surmonter ses émotions. Assise dans sa petite Volkswagen, elle combattit l'arrivée brutale et toujours effrayante de l'un de ses « cauchemars de jour ».

Il y avait bien longtemps que la chose ne s'était pas produite. Elle ordonna à ses pouces de demeurer aussi légers que des plumes. Gardant les yeux ouverts, elle ordonna aux autres véhicules du parking de cesser de s'éloigner et de rapetisser. Elle écouta chacun des sons autour d'elle, se convainquant qu'ils étaient parfaitement normaux, et qu'il ne s'agissait pas d'explosions assourdissantes.

Elle se força à respirer lentement et profondément jusqu'à ce que les voitures minuscules retrouvent leur taille normale, que ses pouces, de nouveau fixés à ses mains, retrouvent leur agilité, que les bruits à déchirer le tympan redeviennent le brouhaha citadin banal.

Je peux le faire.

Tête haute, d'un pas déterminé, la jeune femme contourna le bâtiment, passant devant la sortie arrière – *oh mon Dieu, je me souviens quand je suis passée par là, à côté des poubelles, que j'ai emprunté l'escalier de secours jusqu'au premier, descendu le couloir recouvert de linoléum jusqu'à la chambre n° 4* – pour gagner l'entrée principale, poussa la porte vitrée et pénétra dans la clinique privée Hilltop.

L'endroit était demeuré exactement comme dans son souvenir : le même comptoir de réception en demi-lune, avec un vase de fleurs fraîches à chaque extrémité ; des plantes en pot un peu partout, *elles ont l'air beaucoup plus petites, aujourd'hui*, et le même sol imitation carrelage, d'un rose pâle mêlé de veines blanchâtres, *qui m'évoque de la viande crue.*

Elle avait préparé sa visite. Elle sortit de son sac en bandoulière son grand cahier et le montra à la jeune femme, à l'air aimable et aux montures de lunettes rouge vif, installée derrière le comptoir de l'accueil.

Celle-ci parcourut le message, et afficha *cette expression que je déteste, dégoûtante, dégoulinante de pitié et de curiosité.*

– Vous êtes muette ? Mon Dieu, ce doit être tellement dur ! Vous cherchez Valentine ? Oui, elle est là aujourd'hui, je vais la faire appeler. Voulez-vous vous asseoir dans la salle d'attente ? C'est juste là !

De ce ton faussement compatissant, « ma pauvre petite », comme si j'étais une invalide.

La réceptionniste décrocha son téléphone. Dans la salle d'attente, Eleanor réussit à se faufiler entre un vieux monsieur très bien habillé à la barbe blanche taillée court et une dame d'un certain âge qui s'était inondée d'un parfum trop fort et dont le postérieur débordait de chaque côté de son siège. Du coin de son œil gauche, elle entrevit l'aura triste, couleur de boue, qui flottait avec mélancolie autour de la tête du vieil homme. *Quelqu'un qu'il aime est en train de souffrir là-haut*, se dit-elle. Elle se retourna pour lui adresser un sourire chaleureux, qu'il lui rendit avec tiédeur.

Elle n'eut pas à attendre très longtemps. Un visage rebondi couleur anthracite s'encadra dans la porte.

— Eleanor Wilder ?

Je vois l'infirmière se gratter le poignet, comme si elle souffrait d'eczéma... sa peau pâle... au-dessus des gants de latex...

Elle suivit la femme jusque dans le bureau des admissions, et celle-ci se retourna avec un sourire de politesse.

— Que puis-je faire pour vous ?

Eleanor inscrivit rapidement sur son cahier : **Vous êtes Valentine Simson ?**

— La seule et unique !

Juste au-dessus de ma tête... à l'étage au-dessus... chambre n° 4... Maman est en train de mourir...

Eleanor dut fermer les yeux un bref instant.

— Ça va ? Venez vous asseoir par là, s'empressa Valentine Simson en la prenant par le bras et en la guidant vers l'une des chaises dans un coin du bureau.

Elle s'assit à côté de la jeune femme. Eleanor lui adressa un sourire de remerciement et sortit son iPad. Elle tapa durant un certain temps, puis montra son texte à la femme. Une fois sa lecture achevée, celle-ci regarda Eleanor avec surprise.

— Vous êtes la fille de Mrs. Wilder ? La pauvre petite fille qui... Oh, mon Dieu ! Mon Dieu !

Vous vous souvenez donc de ma mère ?

— Qui ne s'en souviendrait pas ? C'était une femme absolument adorable, une des malades les plus gentilles que j'aie jamais eues. Je suis tellement désolée de ce qui s'est passé. Je n'oublierai jamais, quand je suis arrivée le lendemain, et qu'on m'a appris que Mrs. Wilder était décédée... J'en ai pleuré. Je me suis assise et j'ai fondu en larmes.

Vous avez cinq minutes à me consacrer ? Je peux vous poser quelques questions ?

— Allez-y !

Eleanor se lança dans les mêmes questions qu'elle avait posées à Vezzani : Mrs. Simson connaissait-elle l'autre infirmière, Laura Faven ?

— Nous n'avons jamais travaillé en même temps. Elle me succédait, ou bien l'inverse. Je la connaissais à peine.

Vous souvenez-vous de la raison pour laquelle elle a quitté son emploi ici, peu de temps après le décès de ma mère ?

— Ah oui, c'est vrai, je me rappelle. Non, aucune idée. À l'époque, je me suis dit qu'elle avait trouvé un autre poste.

Vous connaissiez Egbert Vezzani, l'interne qui était de garde ce soir-là ?

— Egbert ! Je m'en souviens parfaitement. Un garçon charmant, et un excellent interne. C'est devenu un neurochirurgien célèbre, ce qui ne m'étonne pas le moins du monde.

Vous saviez que la nuit où ma mère est morte, quelqu'un d'autre avait remplacé Mr. Vezzani ?

— Certainement pas ! répliqua Valentine Simson, interloquée. Qui donc ?

C'est ce que j'espérais apprendre de vous. Pouvez-vous me donner les noms d'autres infirmiers ou internes qui auraient pu le remplacer ?

— Mon Dieu... c'est trop me demander ! C'était un va-et-vient incessant d'infirmiers et d'internes. Je dois être la seule à être restée toutes ces années. Même en m'hypnotisant, je ne pourrais pas sortir ça de ma pauvre vieille tête !

Deux dernières questions : la mort de ma mère vous a-t-elle surprise ? Et vous souvenez-vous lui avoir donné un traitement pour le cœur ?

Son interlocutrice réfléchit un moment.

— La réponse à la première question est simple. Oui, j'ai été très surprise de sa disparition. Elle était définitivement en voie de guérison. Quand à votre seconde question, désolée, mais je ne m'en souviens pas... Cela remonte tellement loin.

Savez-vous si son dossier médical existe toujours ?

— Il faut demander à Brenda, à l'accueil. Je sais qu'ils conservent les dossiers un certain temps après... Mais, mon enfant, il s'est écoulé tant de temps... quand était-ce, déjà ?

Le 29 mars 1994.

— Mon Dieu oui, c'est loin. Pardonnez-moi, conclut Valentine Simson en se levant, mais j'ai des malades qui m'attendent.

Eleanor l'imita, puis articula lentement, de façon que l'infirmière puisse lire sur ses lèvres : « Merci mille fois. »

— De rien, mon enfant. Bonne journée, dit-elle en s'éloignant, avant de se retourner au bout de quelques pas. Vous savez... je n'ai connu votre mère qu'avec le visage endommagé. Mais à l'instant où je vous ai vue, vous m'avez rappelé quelqu'un. Je sais qui, à présent. Elle devait être d'une beauté renversante !

Eleanor sourit et souffla : « Oui. »

Armée de sa question inscrite sur une nouvelle page de son fidèle cahier, la jeune femme retourna voir Brenda à la réception. Celle-ci jeta un œil et répondit :

— Je suis désolée, mais les dossiers médicaux sont strictement confidentiels. Seul le patient est autorisé à les consulter.

Le patient était ma mère, écrivit Eleanor. **Elle est morte ici en 1994, elle ne risque pas de pouvoir le consulter.**

— Désolée, alors il faut que vous obteniez une PEP.

Et je suis censée savoir ce que c'est qu'une PEP ?

Elle demanda par écrit : **Qu'est-ce qu'une PEP ?**

— Une procuration écrite permanente, pour raisons de santé. Si le tribunal le juge opportun, vous pouvez avoir accès au dossier.

Et si c'est le cas, vous aurez toujours les dossiers de 1994 ?

— Ils sont conservés indéfiniment. Ils étaient sur papier, et ont été numérisés. Vous avez besoin d'autres renseignements ?

Eleanor secoua la tête, articula un « merci » puis regagna son appartement des collines de Berkeley, où elle expédia immédiatement à Deven Montague un message lui demandant de retrouver le moindre infirmier ou interne, homme ou femme, qui ait travaillé à la clinique Hilltop en 1994. « À dimanche 14 heures aux "Myosotis" à Oakland », conclut-elle.

Se sentant survoltée, elle enfila ses chaussures de randonnée et partit à pied plus haut dans les collines. « *Une procuration écrite permanente.* » *Cela prendra un temps fou. Je ne m'y résoudrai qu'en dernier ressort.*

Plongée dans ses réflexions, Eleanor descendit du trottoir par inadvertance. Une voiture qui déboulait à toute vitesse dans la rue la plus escarpée de la ville la rata à peine d'un centimètre, effectuant une embardée dans un crissement de pneus. Instinctivement, Eleanor recula, heurta le trottoir et perdit l'équilibre.

D'une voix cassée qui révélait son jeune âge, le conducteur hurla par la fenêtre :

– Regarde où tu vas, connasse !

Ahurie, Eleanor s'assit sur le trottoir.

Serait-ce ce qui est arrivé à Maman ? S'agissait-il d'un accident ? Ou bien quelqu'un l'a-t-il volontairement écrasée ? Il est temps que j'affronte ces vagues soupçons qui tentent de remonter à la surface. Pourquoi une voiture se trouvait-elle dans ce virage désert ? Pourquoi roulait-elle aussi vite ? Pourquoi le conducteur n'a-t-il pas vu Maman ? Pourquoi l'a-t-il renversée avec une telle violence ? Était-il ivre, camé ? Quel message mon instinct essayet-il de me faire passer ? Que celui ou celle qui l'a renversée a agi volontairement, a raté son coup, et est retourné achever son œuvre à la clinique ? Suis-je folle ? Suis-je en train de perdre les pédales ?

Indemne mais choquée, Eleanor se remit debout, et reprit son ascension de Marin Avenue. En l'espace d'une demi-heure, elle avait atteint un des chemins de randonnée de Wildcat Canyon. Le week-end, randonneurs et cyclistes profitaient de ce magnifique parc naturel, mais en ce vendredi, les chemins étaient déserts.

Elle accéléra l'allure, balança les bras, tentant de se vider l'esprit bouillonnant d'images diverses et variées. Une tête qu'elle aurait voulu effacer à jamais ne cessait ne surgir pour la tourmenter, celle d'Egbert Vezzani. Entre les visions cauchemardesques de l'accident de sa mère, nées de son imagination et ravivées par ce qui avait failli lui arriver à peine une heure auparavant, et les pensées éparpillées – le concert qu'elle n'avait pas suffisamment préparé, la perspective épineuse de la confrontation avec Thomas le lendemain, le souci qu'elle se faisait pour Sidney, l'excitation provoquée par le papier sur son oncle –, le visage de Vezzani, sa présence refusaient de disparaître.

Pourquoi cet homme ne s'évanouit-il pas de mon esprit ? Je ne cesse de penser à la toison aux reflets cuivrés de son torse, lorsqu'il a ôté ses vêtements trempés, pourquoi ? Je revois sans cesse ce regard intense qu'il m'a jeté lorsque j'ai pris une gorgée de bière, pourquoi ? Pourquoi ne pensais-je qu'à une chose, suivre du doigt les rides de son front ? Bon sang, j'espère ne jamais le revoir ! À moins que je ne découvre qu'il m'a menti. Si vous étiez bien de garde ce soir-là, je vous promets, Egbert Vezzani au nom ridicule, que notre prochaine rencontre ne sera pas plaisante.

Sans s'en apercevoir, Eleanor avait atteint le sommet. Elle parvint à s'extraire du maelström de son esprit et se concentra sur la vue splendide de la baie. La sensation d'euphorie que lui apportait d'habitude le flot d'endorphines généré dans tout son corps par une marche vigoureuse était aujourd'hui absente. Profondément troublée, elle se tint au bord de la falaise.

Le vent soufflait, et le soleil brillait sur l'océan Pacifique. Il fut un instant obscurci par un nuage, et cette ombre altéra instantanément l'humeur déjà sombre de la jeune femme. Un froissement de feuilles brisées la fit sursauter. Elle se retourna, regarda de part et d'autre du chemin bordé de chênes sauvages et d'épaisses broussailles, sans voir personne.

Bizarre, j'aurais juré avoir entendu un bruit de pas sur ces feuilles mortes... Peut-être un chevreuil...

La mélodie de Mozart qui lui servait de sonnerie de portable la fit sursauter. *Seigneur, mon propre téléphone me fait bondir !*

Elle mit le haut-parleur en marche, et la voix de Deven Montague jaillit de la petite machine, déchirant le silence de ce sanctuaire : « Ici Deven Montague. J'ai retrouvé la trace de Laura Faven. Je n'ai pas de bonnes nouvelles. Je vous dirai ça de vive voix dimanche. À bientôt. »

Dès qu'elle rebroussa chemin, elle sentit la chair de poule lui gagner la nuque. *Ou bien j'ai froid, ou il y a quelqu'un dans les parages. Je sens une présence. Un puma ?* Elle continua d'inspecter les alentours, sans apercevoir quoi que ce soit.

Tandis qu'elle redescendait le chemin de grande randonnée, petit à petit, le soleil s'enfonçait lentement dans l'océan. Elle dépassa un bosquet de pins et jeta un coup d'œil à un tronc abattu, dont l'écorce mangée par les chevreuils mettait à nu sa peau pâle et morte. Le sommet de l'arbre était enchevêtré aux branches d'un autre conifère.

Je suis cet arbre. L'autre est mort, et en tombant, je l'ai rattrapé. Alors, pendant des années et des années, il va s'appuyer sur moi, qui suis pourtant handicapée, en me courbant lentement vers le sol. Me voici, soutenant Maman, l'empêchant de tomber. Un jour, je devrai couper ces branches, mes bras, et lui permettre de se reposer enfin.

Chapitre 14

Les quatre musiciens étaient plongés dans un quatuor à cordes de Brahms. Les yeux clos, Eleanor ne vit pas l'homme qui était entré dans la salle de concert et s'était installé au premier rang. La jeune femme ne rouvrit les paupières qu'à la fin du morceau, quand éclatèrent des applaudissements.

Un jeune homme debout l'ovationnait en la regardant droit dans les yeux.

Oh mince, Elliot ! Qu'est-ce qu'il fabrique ici ? Il me semblait pourtant lui avoir signifié clairement que c'était fini. Bon sang !

Eleanor lui balança un regard qui aurait réfrigéré un ours polaire. En retour, il accentua la force et l'espacement des applaudissements à son attention, dans un but de toute évidence insultant. Eleanor rangea son violoncelle sur son support et sauta de la petite scène. Elle s'empara d'une main d'Elliot, coupant court aux battements, et le traîna dans l'allée.

Consterné, Thomas vit l'homme retirer sa main pour entourer la taille d'Eleanor d'un bras possessif, mais sa consternation vira au soulagement lorsqu'il la vit éloigner vigoureusement le poignet de son corps. Le jeune homme à sa remorque, ils sortirent de la salle.

Thomas, Frederick et Erica échangèrent des regards surpris avant de fixer d'un commun accord la porte de la salle de concert, qui ne tarda pas à se rouvrir. Eleanor débarqua furibonde le long de l'allée, bondit sur scène, reprit son instrument et regarda Frederick, l'air d'attendre ses instructions.

– Heu... Ça va ? OK. Heu, tu peux ranger ça, je crois que c'est bon pour aujourd'hui. Bien ! Eh bien... Rendez-vous samedi prochain à cinq heures, et j'ai de bonnes nouvelles, nous avons presque rempli la salle ! En plus, le concert sera enregistré par Radio 7 et retransmis la semaine suivante. Donc, donnons le meilleur de nous-mêmes ! D'accord ? Ma vieille, ajouta-t-il en s'adressant à Eleanor, tu étais un peu rouillée, aujourd'hui. Essaye de sérieusement répéter avant le concert.

La jeune femme acquiesça. Elle rangea son instrument dans son étui, sentant les yeux de Thomas fixés sur elle. L'intensité de son regard lui brûlait la peau. Elle l'entendit refermer sa partition avec un claquement sonore qui, une fois encore, éveilla un vague souvenir enfoui très loin dans son passé.

Thomas se rapprochait. Elle lui fit face, et articula :

– Thomas... Pas aujourd'hui, je suis désolée.

Le nuage sombre de la déception enveloppa lentement la silhouette du jeune homme. Elle sortit son cahier et expliqua :

Je suis désolée, Thomas. Je ne suis pas à la recherche d'une relation. Si nous prenions un verre, tu prendrais cela pour une invite. Il vaut mieux conserver ce rapport d'amitié, de collègues musiciens. D'accord ?

À sa tête, on aurait dit qu'il venait de lire sa propre condamnation à mort.

– D'accord. Merci pour ta franchise. À samedi prochain.

La brume couleur d'encre flotta dans son sillage. Il se mit à refermer son pupitre, puis s'adressa de nouveau à elle :

– Tout va bien ? Cet homme, là… Il est dangereux ? Tu veux que je te raccompagne à ta voiture ?

Elle secoua la tête.

Eleanor regagna le parking à pied, jetant de temps à autre un coup d'œil derrière elle. Elle se serra avec son volumineux étui à violoncelle dans l'étroit ascenseur, qui s'enfonça dans les entrailles de la ville.

Quatre étages plus bas, lorsque la porte coulissa, elle se retrouva face à face avec Elliot. Passant devant lui, elle se rendit directement à sa voiture, garée à plusieurs places de là dans la pénombre du passage. De toutes ses forces, elle s'empêcha de faire volte-face. Elle savait qu'il se trouvait à quelques centimètres d'elle. Elle sentait le duvet sur sa nuque se hérisser. Elle ouvrit le coffre, y rangea son étui à violoncelle et se retourna enfin.

– Je t'aime tellement que je serais capable de te tuer, souffla-t-il d'un ton doux. Pour t'empêcher d'aimer qui que ce soit d'autre.

Il la dominait de sa taille. Elle remarqua qu'il avait les cheveux sales, peignés en arrière et collés sur son crâne en mèches grasses. *Sidney avait raison. Mais c'est vrai qu'il est beau. J'adorais sa carrure, ses muscles. Penser à lui ou le voir me mettait en permanence dans tous mes états. Plus maintenant.*

Elle le défia du regard, puis saisit la poignée de la portière. Il l'attrapa par le poignet. Elle demeura immobile, sans reculer, jusqu'à ce qu'il la relâche. Elle se glissa derrière le volant, fit marche arrière, lui effleurant la hanche, et remonta en trombe la rampe du parking, virage après virage, jusqu'à émerger à la lumière du jour. Elle ne réalisa l'impact de la confrontation que lorsqu'elle fit halte à un feu rouge. La tête lui tournait, elle se sentait tremblante, et son cerveau était de nouveau en révolution.

« Je t'aime tellement que je serais capable de te tuer, pour t'empêcher d'aimer qui que ce soit d'autre. » Ma mère avait-elle un amant ? Ou bien un homme qui avait appartenu à son passé, et qui ne s'en remettait pas ? Maman était une femme superbe et brillante. Comment puis-je en apprendre davantage sur sa vie privée ? À qui poser des questions ?

Elle se calma petit à petit en traversant le Bay Bridge, et au lieu de rentrer directement à son appartement dans les collines de Berkeley, s'arrêta en chemin à son ancienne maison, dans l'espoir que son père serait rentré du travail.

Ce fut lui qui répondit à son coup de sonnette. Son sourire accueillant la réchauffa, son étreinte encore plus.

— Ellie ! Quelle bonne surprise. Viens, entre, je suis seul. Daphné et Sidney sont allées au cinéma. Tu veux un whisky ?

Elle le précéda dans la cuisine et s'installa dans le coin repas, qui donnait sur le jardin à l'arrière, et que les derniers rayons du soleil couchant réchauffaient. Elle contempla avec nostalgie le repaire de son enfance : le grand vieux chêne qui abritait une cabane dans ses branches.

Neal posa sur la table une bouteille de whisky et deux verres, et s'assit en face de sa fille.

— Mes félicitations pour ton papier sur Harry... On peut dire qu'il fait la une ! Tu as regardé la télévision hier soir ? Pas une chaîne qui n'en ait pas parlé. Bon ou mauvais pour mon frère, je ne sais pas, mais en tout cas, c'est rafraîchissant ! Tu as fait sortir le meilleur de lui-même, Ellie. Vous avez mis en relief sa sincérité, c'est quelque chose. Je suis très fier de vous deux, les filles. Il fallait du cran.

Eleanor lui adressa un sourire de remerciement, tout en se lançant dans l'écriture sur son iPad.

— Encore ? fit Neal d'un ton surpris. Pourquoi toutes ces questions à propos de ta mère, Ellie ? Quant à celle-ci, elle est pour le moins brutale. Tu me demandes si elle avait un amant ? Ma foi... comment diable le saurais-je ? Je ne crois pas ; en tout cas, elle ne m'a jamais donné aucune raison de soupçonner quoi que ce soit. Nous étions très heureux ensemble, soit dit en passant, ajouta-t-il avec un soupçon d'ironie.

Eleanor martela de nouveau son clavier virtuel : **Et avant votre mariage ? Elle était avec quelqu'un d'autre ? Quelqu'un avec lequel elle a rompu ?**

Neal but une gorgée de whisky.

— Oui, un journaliste, je crois. Pourquoi veux-tu savoir tout ça ?

Ce journaliste a-t-il fait des histoires ?

— En fait, oui. Il l'a très mal pris. Il l'a appelée à plusieurs reprises, voulait la revoir, mais elle a été très claire. Je me souviens qu'une fois, il a débarqué dans un restaurant où nous étions en train de dîner pour faire une scène. Les serveurs ont dû le pousser dehors – et c'est un euphémisme.

— Et ensuite ? articula sa fille.

— C'est tout. Nous n'avons plus jamais entendu parler de lui. À moins qu'Abby ne me l'ait pas dit.

Tu te souviens de son nom ?

— Dave quelque chose. J'ai oublié son nom de famille.

Ils travaillaient pour le même journal ? Lequel ?

— Abby était freelance. Elle vendait ses papiers au plus offrant. Donc, pour répondre à ta question, non, ils ne travaillaient pas ensemble dans une quelconque salle de rédaction. Elle écrivait ici, à la maison.

Papa, c'est seulement maintenant que je m'aperçois que j'ignorais tout de Maman ! Qu'as-tu fait de ses affaires personnelles ?

— Presque tout est parti à des associations caritatives — les vêtements, certains de ses livres, le bric-à-brac...

Mais tu as dû conserver des souvenirs. Que sont devenus ses bijoux ?

— La maison a été cambriolée juste après son décès. Sa boîte à bijoux et son contenu ont été subtilisés en même temps.

Stupéfaite, Eleanor contempla son père : **La maison a été cambriolée ? Quand ça ?**

— Le lendemain de sa mort, dans la nuit. J'étais dans l'avion de retour de Thaïlande.

Et moi, où étais-je ?

— Chez Daphné. Elle t'a gardée une nuit, jusqu'à mon retour. Tu ne t'en souviens pas ?

Non. On a retrouvé les coupables ?

— Non. La baby-sitter a été soupçonnée parce qu'elle avait les clés de la maison. Mais ils n'ont rien découvert chez elle. De plus, rien n'avait été forcé, aucune vitre brisée, et l'on a retrouvé la porte d'entrée déverrouillée. La baby-sitter a reconnu qu'elle avait peut-être oublié de fermer à clé.

Les sourcils froncés, Eleanor regardait Neal.

Qu'est-ce qu'on a volé d'autre ?

Avec un soupir, Neal répondit :

— Seigneur, Ellie, je ne m'en souviens pas. J'étais en état de choc. Abby venait de mourir, et toi aussi, tu étais sous le choc ! Comparé à tout cela, le cambriolage était insignifiant. Attends... un peu d'argenterie, un bronze représentant un cheval – je m'en souviens parce que je l'avais rapporté de Chine –, son ordinateur...

Son ordinateur ? Lorsqu'elle est morte, la police n'a donc pas pu accéder à son ordinateur ? Sais-tu si elle y conservait des informations importantes ?

– Aucune idée. Elle écrivait ses articles dessus, c'est tout ce que je sais.

Eleanor réfléchit une seconde en silence avant de reprendre :

Il ne reste donc rien de Maman dans cette maison ? Absolument rien ?

– À moins que Daphné ne s'en soit débarrassé, je crois qu'il reste une valise d'affaires dans le grenier. Je me souviens qu'elle a aidé la femme de ménage à ranger des choses, après que la police en a eu terminé. Rien d'important, que des... trucs.

La jeune femme avait déjà bondi de son siège, et montait les escaliers quatre à quatre. À l'autre extrémité du couloir de l'étage, juste après son ancienne chambre, et devant la bibliothèque, elle ouvrit une petite porte qui débouchait sur un escalier étroit, et grimpa les marches qui menaient au grenier.

Elle alluma l'ampoule nue. La pièce était grande mais basse de plafond, juste sous la pente du toit. Pliée en deux, Eleanor dut se frayer un chemin à travers divers cartons recouverts d'une fine couche de poussière, marqués « vaisselle », « linge » ou « ustensiles de cuisine ». Elle reconnut sa bicyclette rouge, qui avait également servi à Sidney, son magnifique cheval à bascule peint à la main et le petit bureau qui se trouvait dans sa chambre, tout cela recouvert de grandes housses de plastique. Sur une table en Formica était posée une vieille machine à écrire Remington dans sa boîte d'origine.

Le grenier n'était pas trop encombré. Elle repéra sans mal la valise rigide vert foncé tristement à l'écart dans le coin le plus reculé, sous l'unique vasistas.

Une étiquette attachée à la poignée portait l'inscription : « Abby ». La valise n'était pas très lourde. Eleanor la transporta à travers le grenier, éteignit la lumière puis redescendit le petit escalier, alors que Neal arrivait du fond du couloir.

— Tu l'as trouvée ?

La jeune femme eut un hochement de tête, et articula :

— Je l'emporte à la maison.

— Tu ne peux pas rester pour dîner ? Daphné et Sidney vont manger des hamburgers après le film. J'allais me réchauffer des restes. Ça te dit ?

— Non merci, Papa, une autre fois, murmura-t-elle silencieusement.

Neal s'empara de la valise et accompagna sa fille jusqu'à la voiture. Elle ouvrit le coffre, et son père y déposa le bagage.

Elle formula ensuite encore quelque chose sur son iPad, qu'il parcourut des yeux avant de répondre :

— Je crois, Ellie. Je crois qu'elle était heureuse. Nous étions une famille heureuse, et elle m'a toujours dit qu'elle adorait son travail... Lorsque je l'ai quittée à la clinique, elle était..., eh bien, son accident ne l'avait pas ravie, bien entendu, mais elle était sereine. Elle était encore incapable de s'exprimer, mais je sais qu'elle ne souhaitait qu'une chose, rentrer à la maison et te retrouver. Tu étais l'élément le plus important de son existence.

Le silence qui s'installa entre eux vibrait d'émotion. Eleanor distingua une volute de nuance rosée qui effleura les yeux de son père avant de s'élever vers le ciel. La couleur de l'amour.

À peine arrivée chez elle, elle coucha la valise sur le tapis du salon, et actionna les deux attaches en métal. Assise par terre, elle prit un moment pour rassembler ses esprits. Puis, avec une impatience mêlée d'anxiété, elle souleva le couvercle. La valise était à moitié pleine. Un par un, lentement, avec révérence, Eleanor en retira les objets qui se trouvaient à l'intérieur. D'abord, un étui à lunettes, contenant une paire de lunettes de soleil. Ensuite, un tas de partitions pour violoncelle, au moins une trentaine, soigneusement nouées avec une ficelle... Un sac en plastique transparent contenant une montre au bracelet en cuir véritable et au cadran fêlé. Elle indiquait 5:37.

Est-ce l'heure à laquelle s'est produit l'accident ?

Elle sortit ensuite un petit sac à main de soirée, une pochette de fil doré tressée en minuscules triangles, avec un fermoir en cristal. L'objet éveilla un souvenir : *Maman porte cette pochette élégante..., nous rions, tout en sortant vers la voiture. Je porte une robe blanche avec une écharpe en satin rose. Papa me tient la main...*

Mais là s'arrêtait le souvenir.

Au fond de la valise, elle découvrit une autre pile de papiers, mais il s'agissait cette fois-ci de revues et de coupures de journaux pliées. Elle défit la ficelle, souleva délicatement la première feuille et la déplia. C'était la page 9 de l'*Oakland Tribune* daté du 17 août 1989, un article titré : « Expulsion d'une famille de six personnes ». Elle déchiffra les premières phrases : « Dans l'incapacité de payer son loyer ces quatre derniers mois, une famille de six personnes expulsée de son appartement vit maintenant à la rue. Une pétition circule pour obliger le conseil municipal à lui trouver un logement. Concierge pendant plus de vingt-deux ans à l'hôtel de ville (ironie du sort !) le père a perdu son travail à la suite d'une crise cardiaque il y a de cela huit mois... » Eleanor parcourut la suite de l'article jusqu'à la signature, « Abby Wilder ».

Elle en prit un autre, extrait du *San Francisco Chronicle*, et daté du 3 novembre 1990 : « Hier, cinq adolescentes âgées de treize à seize ans ont été arrêtées pour prostitution, et sont détenues à la prison municipale. Deux d'entre elles sont malades... Aucun avocat n'a été désigné pour les défendre, et aucun parent ne s'est présenté... »

Le dernier objet au fond de la valise était un vieux métronome en noyer avec son polygone de cuivre sur lequel était gravé : *Maelzel Paquet*. Eleanor l'ouvrit et libéra l'aiguille. Le *tempo* avait été réglé sur l'*adagio*. Le lent tic-tac rythmé ramené à la vie déclencha davantage de souvenirs de sa mère en train de jouer, et la bouleversa.

Elle posa le bel objet sur la petite table à côté de la lampe, et emporta la pile de journaux dans sa chambre pour la poser sur son lit. De retour dans le salon, elle prit les partitions et les glissa à côté des siennes sur l'étagère, près du violoncelle. Elle remit le reste dans la valise, puis, par acquit de conscience, passa la main dans la pochette élastique qui garnissait l'un des côtés du bagage. Elle en retira une minuscule boîte en argent en forme de cœur.

Une alliance était nichée dedans, sur un lit de coton. Eleanor la porta sous l'abat-jour pour déchiffrer à la lueur de la lampe l'inscription gravée à l'intérieur : « De Neal à Abby, 6 juin 1983 ».

Papa glisse l'anneau au doigt de Daphné. Ils s'embrassent. J'ai mal au ventre.

Eleanor glissa à son propre doigt l'alliance de sa mère. Celle-ci lui allait parfaitement. Elle essuya furtivement la larme qui se formait au coin de son œil.

Chapitre 15

Dimanche après-midi, Eleanor se gara devant la maison de retraite quelques minutes avant deux heures, et repéra immédiatement Deven Montague qui l'attendait près de l'entrée. Il vint à sa rencontre tandis qu'elle sortait de sa voiture, armée de son grand cahier et de son téléphone. Elle avait déjà préparé sa première question, qu'elle lui brandit sous le nez en même temps qu'elle lui soufflait un « Bonjour ».

— Le bonjour à vous également, miss Wilder. Je savais que ce serait votre première question, fit-il après avoir jeté un œil au cahier. J'ai retrouvé sa trace, ainsi que je vous en avais informé. Elle est morte.

Éberluée, Eleanor lui fit signe de continuer d'un petit mouvement de menton.

— Laura Faven s'est suicidée le... 31 mars 1994, précisa-t-il après avoir consulté son petit carnet. Exactement deux jours après la mort de votre mère.

— Comment ? articula Eleanor.

— On l'a retrouvée sur le sol de sa cuisine, les poignets tranchés. Ce qui est assez inhabituel. En général, les gens font ça dans leur lit, ou dans la baignoire, vous devez le savoir. L'autopsie a révélé qu'elle avait absorbé un certain nombre de somnifères et une bonne quantité de champagne avant de se suicider. Le couteau ne portait que ses empreintes.

Le détective plongea une main dans sa poche de poitrine, dont il sortit un mouchoir de coton blanc impeccablement repassé et plié. Il se moucha bruyamment avant de le replier en un carré parfait et de le glisser de nouveau dans sa poche.

— Désolé. Impossible de me moucher sans avoir l'air d'un canard. Bien. J'ai rendu visite à ses parents, qui résident à Lafayette. J'ai eu du mal à les trouver, ils avaient déménagé à plusieurs reprises. Ils m'ont raconté qu'ils n'avaient jamais compris pourquoi leur fille s'était suicidée. Laura Faven était apparemment une jeune femme parfaitement ordinaire et heureuse. Elle n'était absolument pas déprimée. Elle était fiancée et adorait son travail.

Eleanor effleura les touches de son portable : **Elle a laissé un mot d'explication ?**

— Oui. Sa mère me l'a montré. Elle l'a gardé toutes ces années. (Il consulta de nouveau ses notes.) Il disait : « Je veux faire ce voyage. Ce sera si paisible. Nous nous reverrons là-bas. Je vous aime tant tous les deux. » Il s'agissait bien de son écriture.

De quelle couleur était sa chevelure ?

— Il y avait des photos d'elle partout chez ses parents. Elle était naturellement blonde, les cheveux plutôt longs.

Dissimulée sous le lit d'hôpital, je vois des cheveux blonds qui cachent le visage de l'infirmière...

Sa rêverie fut interrompue par le détective qui poursuivait :

— Deux autres infirmières travaillaient à la clinique Hilltop en 1994. L'une d'entre elles est décédée, et l'autre est aujourd'hui en poste dans une clinique privée de San Francisco. J'ai pris la liberté de lui rendre visite. Elle n'a entamé son emploi à la clinique Hilltop qu'au mois d'avril 1994 ; c'est elle qui a remplacé Laura Faven. Elle ne savait rien de rien. Il n'y avait pas d'autre interne que Vezzani. Il constituait une exception, car il était de garde sept nuits par semaine. Il avait peut-être besoin d'argent pour payer ses études ? Je me demande quand il dormait. J'ai un peu fouillé dans son passé ; il a obtenu ce boulot par relations : son père connaissait le directeur de la clinique. Bien, allons voir la vieille dame, déclara-t-il en se dirigeant vers l'entrée de la maison de retraite.

« Une seconde », lui intima Eleanor de son index levé, avant de taper : **Montrez-moi ce mot encore une fois.**

Il se lécha le doigt, feuilleta son petit carnet. Préoccupée, elle recopia le texte sur son cahier.

Ils suivirent un homme d'une quarantaine d'années très mince aux cheveux en épis peroxydés, qui s'était présenté sous le nom de Jim. Vêtu d'une blouse blanche par-dessus un jean, Jim marchait à petites foulées rapides en chaloupant des hanches ; il guida Eleanor et Deven le long d'un des couloirs de la maison de retraite, s'arrêta devant une porte à laquelle il frappa, puis, sans attendre de réponse, entrouvrit le battant et héla d'un ton efféminé et joyeux :

— Lillian ? Vous avez des visiteurs, aujourd'hui !

Il ouvrit la porte en grand et expliqua :

— Elle est un peu sourde, mais elle savait que vous veniez ! Allez-y, les pressa-t-il en les faisant entrer.

À l'autre extrémité de la pièce ensoleillée, une femme âgée était confortablement installée dans un fauteuil pivotant près de la fenêtre, la tête penchée sur un livre de poche posé sur ses genoux.

La gaieté qui régnait dans la petite chambre frappa Eleanor : un papier peint au motif de roses jaunes et roses ornait les murs, et un tapis de laine jaune orangé recouvrait quasiment tout le parquet de pin ciré, jusqu'au pied des murs. Une bibliothèque peinte en blanc était emplie de livres de poche. Eleanor remarqua avec une pointe de compassion l'absence de photos de famille.

— Lillian ! Vous avez des visiteurs ! répéta Jim.

La vieille dame releva la tête et se retourna. Elle baissa ses lunettes sur l'arête de son nez, et examina les deux étrangers qui s'acheminaient dans sa direction. Jim s'éclipsa en refermant la porte derrière lui.

— Ms Massol ? dit Deven en tendant la main. Je m'appelle Deven Montague, je suis détective privé... Je...

– Un « privé » ? Nom d'un petit bonhomme ! Je refuse d'avouer que j'ai assassiné ma belle-sœur, ce qui ne signifie pas que je n'ai pas essayé – et que je n'essaye pas toujours – de lui faire la peau !

Lillian Massol gloussa en refermant son livre, retira ses lunettes, puis fit pivoter son fauteuil et leur consacra toute son attention.

– Et voici Eleanor Wilder, dit Deven. Elle...

– Eleanor quoi ?

– Wilder, fit Deven en haussant la voix. Elle...

– Vous avez bien dit Wilder ? répéta la vieille dame en fixant Eleanor. Vous êtes la fille d'Abby Wilder, n'est-ce pas ?

Eleanor hocha la tête avec un sourire.

– Je le savais. Vous lui ressemblez comme deux gouttes d'eau. Nom d'un petit bonhomme ! Asseyez-vous, asseyez-vous ! Désolée, il n'y a que mon lit.

Eleanor et Deven se perchèrent sur le bord d'un couvre-lit de lin couleur abricot.

– Vous n'étiez qu'une petite fille, quand c'est arrivé. Ma pauvre petite. Je suppose que vous ne vous souvenez pas de moi, mais moi, je me souviens de vous ! Une si jolie petite fille ! Quand votre mère allait jouer au tennis, vous vous êtes arrêtée avec elle quelquefois à la maison pour bavarder. Je vous donnais des gâteaux, vous ne vous souvenez pas ? Non, sans doute. J'ai appris ce qui s'était passé après... Je me faisais tellement de souci pour vous. Vous avez perdu la voix, n'est-ce pas ?

Eleanor acquiesça de nouveau.

– Oui, commença Deven, elle n'a pas retrouvé...

Lillian Massol l'interrompit de nouveau.

– Je suis allée voir votre mère à l'hôpital, enfin, je veux dire à la clinique. Je lui ai apporté des *Rosa aromiclea* de mon jardin, plus communément appelées « Voodoo ». Ce sont ces magnifiques roses orangées qui fleurissent au début du printemps, belles à en mourir... Oh pardon, ma petite, c'est très indélicat de ma part... Je suis désolée, dit-elle en prenant la main d'Eleanor dans la sienne.

Deven parvint à placer une question :

– Ms Massol, vous souvenez-vous de ce qui s'est passé le jour de l'accident d'Abby Wilder ?

– Bien entendu.

– Vous pouvez nous en parler ?

Elle répondit, sans lâcher la main de la jeune femme :

– Je n'ai pas véritablement vu l'accident. Je me trouvais dans ma chambre à l'étage quand j'ai entendu un hurlement de pneus, puis un impact, comme si une voiture avait heurté un sac de pommes de terre, expliqua-t-elle en jetant de nouveau un regard compatissant à Eleanor. Et puis, quelque chose a fait voler ma vitre en éclats. C'était le sac de tennis de votre mère. Je me suis précipitée à la fenêtre pour regarder. Votre mère gisait sur ma pelouse, c'était tout simplement affreux.

— Vous avez vu la voiture ?

— La police m'a posé la question un millier de fois. Je ne l'ai entrevue qu'une seconde avant qu'elle ne disparaisse.

— De quelle couleur était-elle ?

— Sombre. Noire, peut-être, ou bleu foncé.

— Et vous n'avez pas distingué qui se trouvait au volant ?

— Non.

— Quel genre de voiture était-ce ?

— Vous plaisantez !

— Qu'avez-vous fait ensuite ?

— Je me suis précipitée en bas, auprès de votre mère, dit-elle en s'adressant à Eleanor.

— Était-elle consciente ?

— Non, mais j'ai constaté qu'elle respirait. Je savais qu'il ne fallait pas la bouger. Je l'ai couverte avec mon cardigan, que j'ai retiré. Puis je me suis précipitée dans la maison pour appeler les urgences, le 911 – je me suis toujours demandé si ces terroristes avaient choisi à dessein cette date du 11 septembre pour attaquer les Twin Towers ; vous ne trouvez pas que la coïncidence est énorme ?... Puis je suis ressortie, et je suis restée à ses côtés jusqu'à l'arrivée de l'ambulance.

Lillian Massol finit par lâcher la main de la jeune femme.

— Vous savez, j'ai souvent songé à vous, Eleanor. Quand j'ai appris que votre mère était décédée, j'ai tellement pensé à vous, j'étais tellement triste ! L'idée que vous aviez toujours votre père m'a consolée. Mais la perte a dû être terrible, si difficile à supporter.

En réponse à sa sollicitude, Eleanor lui adressa un sourire chaleureux, puis écrivit sur son cahier quelque chose qu'elle montra à la vieille dame.

— Ma maison ? C'est la raison pour laquelle je commettrais bien un meurtre ! Voilà des années que ma belle-sœur est ma bête noire. La maison nous appartient, à mon frère et à moi. Nous sommes copropriétaires – mon frère est beaucoup plus jeune que moi – et elle refuse de la vendre avant ma mort, pour en retirer tout le bénéfice. Ce qu'elle ne sait pas, c'est que j'ai fait un testament, et que j'ai légué ma part à trois organisations caritatives ! Je voudrais bien voir sa tête quand elle découvrira ça ! ajouta Lillian en éclatant de rire. De toute façon, avec cette fichue récession, rien ne se vend, en ce moment. Je ne perds pas grand-chose. Il n'y a que mes rosiers qui me manquent.

— Elizabeth, ma femme, adore les roses, elle aussi, intervint Deven. Ses préférées sont les..., ah ces roses, vous savez, énormes, charnues, extrêmement odorantes..., impossible de me souvenir de leur nom.

— Les « Pierre de Ronsard ». Elles embaument, en effet.

Deven tendit sa carte à la vieille dame.

– Si jamais il vous revient d'autres détails, aussi insignifiants soient-ils, appelez-moi, je vous en prie.

Ms Massol lui lança un regard inquisiteur :

– Moi, j'ai une question. Pourquoi m'interrogez-vous à propos de l'accident d'Abby Wilder, qui remonte si loin ?

Deven et Eleanor échangèrent un regard, et la jeune femme lui souffla : « Dites-lui. »

– Miss Wilder pense que l'accident de sa mère n'en était peut-être pas exactement un.

– Que voulez-vous dire par « pas exactement » ? (Elle s'adressa à Eleanor :) Vous pensez que quelqu'un a essayé de la tuer ?

Eleanor écrivit en gosses lettres sur son cahier : **Je ne sais pas. Je veux simplement en apprendre le plus possible. Je dois faire cela pour ma mère. Et pour pouvoir dormir en paix.**

– Je regrette de ne pouvoir vous aider davantage. Pouvez-vous faire quelque chose pour moi ?

Eleanor attendit d'en savoir plus.

– Pouvez-vous me tenir informée ? J'ai l'impression de faire partie de cette aventure… Oh mon Dieu, pardonnez-moi encore une fois, je manque complètement de tact ! Je ne veux pas dire aventure, mon enfant, mais tragédie, drame. Oui, j'ai un rôle dans ce drame. Vous reviendrez me tenir au courant ? J'en serais tellement heureuse !

— Je vous le promets, souffla Eleanor en lui serrant les mains dans les siennes.

— Comme vous pouvez le voir, j'aime les romans policiers, expliqua Ms Massol en levant son livre afin qu'ils puissent en distinguer le titre : *Le Crime de l'Orient-Express*. J'ai bien dû le relire une dizaine de fois ! Mais votre histoire est bien plus excitante ; mon Dieu, désolée, mon enfant, ce n'est pas ce que je voulais dire... votre histoire à vous est réelle, voilà ce que je voulais dire.

Une fois dehors, Eleanor libella un chèque, accompagné d'un nouveau message, à l'attention de Deven. **Merci pour tout. Je suppose qu'à moins d'un nouvel événement, je n'aurai plus besoin de vos services.**

— Travailler pour vous fut un plaisir, miss Wilder. Puis-je vous demander de me rendre le même service ? Tenez-moi au courant du résultat de votre enquête. Vous avez éveillé mon intérêt. Vous savez, lorsque je vous ai rencontrée la première fois, quand vous m'avez parlé du décès de votre mère, vous m'avez dit que vous vouliez simplement retrouver cet interne et l'infirmière pour leur parler. Mais j'ai compris que vous aviez des soupçons, et j'ai pensé que vous étiez... eh bien, peut-être un peu folle.

Eleanor eut un sourire.

— Aujourd'hui, je pense peut-être partager vos interrogations. Il y a quelque chose de louche dans tout cela. D'infimes détails, des petites choses qui ne vont pas. Si vous n'y voyez pas d'inconvénient, je vais réfléchir à cette affaire. Sans frais supplémentaires, et si vous avez besoin de moi, je suis là.

Ils se saluèrent.

— La mère d'Elizabeth — Elizabeth est ma femme — se trouve également dans une maison de retraite, mais pas aussi bien que celle-ci. Je me demande s'ils auraient une place de libre ? réfléchit le détective. Je vais voir ça. Elle aussi aime les romans policiers. Je parie qu'avec Ms Massol elles s'entendraient comme larrons en foire. Audrey — c'est son nom — a l'esprit toujours aussi vif, mais elle ne peut plus marcher. Elle se déplace en fauteuil roulant... Ah, qu'est-ce qui nous attend ? Nous vivons de plus en plus vieux... Je ne veux même pas y penser. Au revoir, miss Wilder, et bonne chance !

Eleanor l'observa tandis qu'il essuyait le siège de son break vert Honda d'une propreté immaculée avant de s'installer au volant. Il descendit la vitre et lui fit signe de la main avant de s'éloigner.

Toutes affaires cessantes, la jeune femme se rendit dans une librairie où elle choisit cinq des plus récents thrillers, qu'elle fit emballer dans du papier cadeau et envoyer à Lillian Massol avec une carte disant : « Je vous promets de rester en contact. » Elle rentra ensuite chez elle, répéta pendant trois heures, répondit à deux e-mails et à un message téléphonique de Georgia en lui disant qu'elle la verrait au bureau le lendemain, puis se prépara un dîner très simple de pâtes à la sauce tomate. Elle s'assura que la porte de son appartement était verrouillée à double tour, puis alla se coucher tôt, fermant également à clé la porte de sa chambre à coucher.

Chapitre 16

Comme d'habitude, Georgia était connectée à son cerveau électronique, qui l'inondait d'informations dans lesquelles elle opérait un choix, les surlignant, copiant et collant dans l'un de ses multiples documents en cours. Une main surgie de nulle part déposa sur son clavier un coquillage couleur carotte, qui sema le chaos sur l'écran.

Surprise et ravie, Georgia leva les yeux et découvrit Eleanor.

— Hé, ça fait un bail ! s'exclama-t-elle en ramassant le coquillage. Humm, fit-elle en le portant à ses narines, ça sent la mer, les algues, et... quelque chose d'un peu boueux, j'adore ça. Pas très exotique, mais la couleur est superbe. Merci !

Eleanor guetta la question évidente, énoncée dans un chuchotement de conspirateur :

— Il faut que tu me racontes ! Je meurs de curiosité... Tu l'as trouvé ?

Eleanor se pencha pour emprunter le clavier de son amie. Au milieu d'une critique du *Los Angeles Times* sur un auteur de best-sellers, Georgia déchiffra le message apparu sur son écran : **Oui, mais c'était compliqué. Trop de trucs à te raconter. Plus tard, quand nous serons seules.**

— Dis-moi juste une chose ! Il t'a accordé un entretien ?

Oui. Mais pas le genre auquel tu penses.

— Ne me dis pas..., fit Georgia en regardant son amie avec un air coquin.

Elle fut interrompue par Angelo, qui déboulait dans l'allée centrale, les bras grands ouverts :

— Wilder !

La jeune femme évita la suite logique de son geste, qui aurait été une étreinte, en reculant d'un pas.

— Allons, Wilder, fit-il en gardant les bras écartés, je voulais juste te féliciter ! Grâce à vous deux, ce journal a repris son essor ! Passer *HOMINIDES* en version numérique ? Jamais de la vie. Ce n'est pas pour tout de suite !

Eleanor se laissa engloutir à contrecœur dans son étreinte.

— Vous avez fait la une, les filles. Ça, c'est un papier ! Tu sais que ton oncle a déjà reçu des menaces de mort ?

Eleanor se dégagea et lança à son patron un regard pénétrant.

— Oui, expliqua-t-il, des militants antiavortement, anti-recherche sur les cellules souches, anti-impôts sur les plus riches, antiréforme de santé universelle – en gros, tout ce que tu veux. Il a engagé deux gardes du corps, et il a été assez généreux pour me donner toutes ces informations par téléphone, uniquement parce que toi, sa nièce, tu travailles ici. Tout ça sort dans le prochain numéro, écrit par votre serviteur. Ça partira comme des petits pains, en une journée. Tout ça grâce à vous, les filles !

Eleanor se retourna vers Georgia, le regard interrogateur.

– Je n'ai pas eu le temps de te le dire de vive voix, entreprit d'expliquer Georgia. Ellie, tu n'as pas répondu à mes e-mails, tu ne m'as pas appelée. Je…

– Ce n'est rien, articula son amie, on parlera plus tard !

Elle regagna son espace de travail et alluma son ordinateur. Elle savait qu'Angelo allait la suivre.

Il ne perdit pas une seconde :

– Alors ? J'espère que tu as de bonnes nouvelles pour moi ?

Eleanor attendit qu'apparaissent les icônes sur son bureau, ouvrit un nouveau document, puis tapa : **Je n'ai pas obtenu l'interview.**

Angelo plissa les lèvres, souffla un soupir mêlé d'un sifflement et claironna d'une voix délibérément sonore :

– Eh bien, dans ce cas, Wilder, si tu n'as pas eu d'interview avec le célèbre docteur Vezzani, tu dois payer tous tes frais. Pas de remboursements. C'était le deal, non ?

— Ce ne sera pas nécessaire, décréta fermement une voix juste derrière eux.

Le cœur d'Eleanor bondit dans sa poitrine. Angelo se retourna. Ainsi que Georgia et tous les journalistes présents à portée de voix dans la salle de rédaction.

Impressionnant de calme, Egbert Vezzani se tenait là, sans un sourire.

— Miss Wilder ?

Eleanor se retourna, l'air tout aussi calme que lui, leva l'index et articula : « Une seconde ? »

— Bien entendu, répondit poliment Egbert.

Eleanor composa rapidement un message à l'attention de son oncle : **Inquiète pour toi, je passerai te voir après le boulot, si pas possible, préviens-moi avant dix-sept heures.**

Elle expédia l'e-mail, puis se leva et fit semblant de s'affairer sur son bureau.

— Dr Vezzani, intervint Angelo d'un ton mielleux. Je suis Mike Angelo, le rédacteur en chef de *HOMINIDES*. Quel honneur de vous rencontrer ! Puis-je vous offrir un café ? un thé ?

Quel salopard obséquieux ! Il n'hésiterait pas à se mettre à plat ventre, s'il le fallait.

— Non merci, Mr. Angelo. Je regrette que le temps et... les circonstances, précisa-t-il en jetant un coup d'œil à Eleanor, ne m'aient pas permis d'accorder une entrevue à miss Wilder. Mais j'ai maintenant... une heure à sa disposition, précisa-t-il en consultant sa montre. Puis-je vous offrir un café quelque part ? proposa-t-il en s'adressant à Eleanor.

Celle-ci se perdit dans son regard brun véritablement très, très pétillant. Elle parvint à détourner les yeux et ramassa son sac en bandoulière. Comme un gentleman, il lui fit signe de le précéder. Tous les regards de la salle de rédaction convergèrent sur Eleanor Wilder et Egbert Vezzani tandis qu'ils remontaient l'allée centrale et franchissaient les portes battantes, que le chirurgien, toujours en gentleman, lui tint ouvertes. Eleanor ne jeta qu'un coup d'œil derrière elle, à l'adresse de Georgia. Pouce en l'air, sa meilleure amie lui adressa un discret signe de félicitations, accompagné d'un nouveau sourire malicieux.

— J'ai toujours été fasciné par la douleur. Quand j'étais petit, chaque fois que je me blessais, j'essayais de comprendre pourquoi cela faisait mal. D'où provenait cette sensation physique désagréable spécifique, et pourquoi ?

Egbert Vezzani acheva son café, héla une serveuse qui passait et en commanda deux autres.

Ils étaient assis côte à côte à une table en coin à l'arrière de *Joe's Café*, l'éternel iPad d'Eleanor posé entre eux sur la table. Ce n'était pas encore l'heure du déjeuner, et il n'y avait que peu de clients, venus là boire un café en lisant leur journal – Eleanor en remarqua un le nez plongé dans *HOMINIDES* – ou manger un morceau au comptoir. Sans le brouhaha habituel de voix et d'activité inhérent à l'heure des repas, l'endroit était parfait pour tenir une interview.

Eleanor rapprocha son mini-enregistreur de Vezzani.

– Plus tard, j'ai donc entrepris des recherches sur le concept de douleur. J'ai dévoré tout ce que je pouvais dénicher sur le sujet. Je pouvais disserter là-dessus pendant des heures, et, pour faire court, tout cela m'a naturellement mené à l'étude du cerveau. Cet organe m'a fasciné, et le résultat est là, à côté de vous. Je suis devenu neurochirurgien.

J'ai lu certains de vos articles, je ne vous inonderai donc pas de tonnes de questions. Me donnez-vous l'autorisation d'en faire des citations ?

– Tout à fait.

Pouvez-vous m'éclairer un peu, en termes simples, si possible, sur votre spécialité, la microchirurgie vasculaire ?

– Il n'y a rien de nouveau là-dedans, c'est quelque chose qui se pratique depuis un bon moment. Il s'agit essentiellement d'utiliser des caméras qui retransmettent l'opération sur un moniteur. Les instruments sont miniaturisés, extrêmement précis, conçus pour des structures infinitésimales du cerveau – pour éliminer des tumeurs placées à des endroits délicats, ou même pour intervenir sur les os très fragiles de l'oreille interne ou moyenne. Ce genre d'intervention autrefois impossible a été rendu opérationnel grâce à la microchirurgie. Disposer de la capacité de relier la réalité microscopique de l'intérieur du cerveau à la réalité numérique, pour moi, c'est un miracle. Établir la corrélation entre le cerveau du patient et les images numériques en 3D du moniteur, suivre celle-ci avec une exactitude submicroscopique… je trouve ça hallucinant. J'adore ça. Parlez-moi donc de votre aphonie. Un problème de cordes vocales ? une blessure ?

La question prit la jeune femme totalement au dépourvu. Elle secoua la tête, et éteignit son enregistreur. Les cafés arrivèrent.

— Vous vous êtes mariée, depuis notre première et mémorable rencontre ? demanda-t-il pince-sans-rire, jetant un coup d'œil à son alliance.

— Celle de ma mère, articula-t-elle en même temps que ses doigts volaient sur les touches : **Alors, comment s'appelle l'interne qui vous a remplacé cette nuit-là ?**

Vezzani ignora la question.

— Voulez-vous venir faire une sortie en bateau avec moi dimanche prochain ?

Cet homme a le don de me prendre au dépourvu.

— Oui, répondit-elle, se prenant elle-même au dépourvu avant d'avoir pu articuler le « non » que lui soufflait son intellect.

— Vous avez une dette envers moi, étant donné que je vous ai accordé cette interview, et que vous m'avez quasiment assassiné. Je ne traverserai donc pas toute la baie pour venir vous chercher, et nous pouvons nous donner rendez-vous à la Marina de Sausalito. Je crois que vous savez où j'habite ? C'est juste en bas de mon immeuble. Et à ce propos, comment se porte votre père ?

Une expression interrogative se peignit sur les traits d'Eleanor.

— Sa tumeur n'est pas revenue ? Il semble que je lui aie sauvé la vie, non ? Ce qui est intéressant, c'est que je ne me souviens pas du tout de ce malade. Ne serait-il que le fruit de votre imagination, miss Wilder ? Ou bien puis-je vous appeler Eleanor ?

Un sourire s'étalait maintenant sur le visage de la jeune femme. Lui continua, impassible :

— Disons cinq heures du matin dimanche prochain ? Idéal pour voir le lever du soleil. Le café sera prêt.

Avant qu'il ait pu se lever, Eleanor le retint avec un message griffonné sur son grand cahier : **Avec du lait chaud, merci. À propos, votre pull est à l'envers.**

D'une main, il tâta derrière son cou et sentit l'étiquette apparente de son pull. Elle fut récompensée par une subtile modification de son expression, l'esquisse d'un léger sourire.

Lorsque Eleanor regagna la salle de rédaction, toutes les têtes se tournèrent dans sa direction, et tous les regards se rivèrent sur elle. Elle fit un sourire à ses collègues, qui le lui rendirent à l'unisson, et traversa d'une démarche assurée toute la longueur de la pièce jusqu'au bureau de Georgia, devant lequel elle s'arrêta l'espace d'une seconde, le temps d'articuler : « Déjeuner chez Joe ? Plein de choses à te raconter. »

— Et comment ! rétorqua son amie en l'examinant d'un œil scrutateur.

Eleanor poursuivit son chemin jusqu'au bureau vitré d'Angelo, qui l'attendait. Avant qu'il ait pu prononcer un mot, elle tendit son cahier : **Je sais. Tu l'auras avant la fin de la journée. Pas de photos, il a refusé. Ce qui signifie : pas de une.**

La jeune femme abattit sur son bureau un ensemble de factures liées par un trombone.

— Tous frais payés, n'est-ce pas ? lui souffla-t-elle dans la figure avant d'esquisser un geste pour ressortir.

— Wilder ? Bravo, c'est du bon boulot, dit-il d'un ton doucereux. Allons, ajouta-t-il la tête penchée avec une moue, bras grands ouverts, lui faisant signe de s'approcher, viens là que je te félicite encore une fois !

Elle écrivit sur son cahier : **Je suis en train d'écrire un papier sur le harcèlement sexuel. Il semble que ce sujet passé de mode fasse un *comeback*. Je pense le vendre au *New York Times*. Et devine qui y tient le premier rôle ?**

— Tu plaisantes ! Tu travailles ici en exclusivité. Je pourrais te virer pour ça !

La jeune femme tourna les talons.

— Wilder, tu es prévenue !

Eleanor regagna son espace de travail d'un pas décidé, et ouvrit sa messagerie. Son oncle lui avait écrit pour lui donner rendez-vous à l'institut, et non chez lui, entre cinq et sept, ce serait parfait.

Elle se mit ensuite au travail. Elle parsema son entrevue directe avec le chirurgien de citations des divers articles qu'elle avait auparavant recherchés et trouvés sur le Net. Une énergie inconnue l'animait ; elle se sentait étourdie, surexcitée ; elle éprouvait du mal à se concentrer, son cerveau partait dans tous les sens.

Écervelée. Tourneboulée. Sens dessus dessous. La tête à l'envers. Le cœur battant. Le trac. Bon sang, que m'arrive-t-il ? Concentre-toi, Eleanor. Fais ton travail.

À midi et demi, Georgia lui tapota l'épaule.

— On va manger, beauté ? Je meurs de faim.

Pour la seconde fois de la journée, Eleanor se retrouva assise à l'une des tables de *Joe's Café*, au soleil près de la fenêtre. Les deux jeunes femmes engloutissaient leur dessert favori, la spécialité de la maison : un généreux sablé surmonté de glace à la vanille, parsemé d'éclats d'amandes et noyé sous une sauce au chocolat.

Tout en mangeant d'une main, la jeune femme soutenait simultanément la conversation de l'autre.

— Je ne peux pas y croire ! disait Georgia, les yeux écarquillés. Tu t'es cachée sur son voilier ? Tu l'as poussé par-dessus bord ? Dans l'océan glacé ? Simplement parce que tu le soupçonnais de s'être absenté du chevet de ta mère... il y a toutes ces années ? Qu'est-ce que tu me racontes ? Je ne comprends pas. Tu vas devoir m'expliquer ça un peu plus. Il aurait pu te faire arrêter ! Seigneur, tu es une femme dangereuse ! Tu as besoin d'un gardien ! d'un chaperon ! Qu'est-ce que tu fabriques, El ?

Je connais Georgia depuis bientôt deux ans, et elle n'a jamais cherché à s'immiscer dans mon passé. Elle a toujours respecté mon intimité. Elle ne m'a jamais embêtée sur mon mutisme. C'est pour cela que je l'aime. C'est ma meilleure et ma plus précieuse amie.

Eleanor se décida à partager le traumatisme de son enfance, l'amour profond et insoutenable qu'elle portait à sa mère, ses soupçons à propos de l'accident qui s'était produit des années auparavant.

Elle écarta son assiette à dessert, et posa en lieu et place sa tablette tactile. Tapant tellement vite des deux mains que Georgia avait du mal à la suivre, Eleanor raconta son histoire : l'accident et le délit de fuite, Ms Massol entrevoyant une voiture sombre. Les blessures de sa mère, l'opération. Le fait qu'elle n'était pas en danger de mort, mais que son cœur avait brusquement lâché sans raison. L'infirmière blonde qu'Eleanor avait entrevue quelques minutes avant la mort de sa mère. Les deux infirmiers qui n'avaient pas répondu à l'appel d'urgence parce qu'ils faisaient l'amour dans la douche. Vezzani, censé être de garde cette nuit-là, mais qui disait avoir été remplacé au dernier moment. Le suicide de l'infirmière Laura Faven... La jeune femme écrivit qu'elle était déterminée à tenter de retrouver le plus d'éléments possible du passé de sa mère, car elle soupçonnait que la disparition de celle-ci n'était pas naturelle.

Lorsque Georgia eut achevé sa lecture, elle contempla sa meilleure amie avec un mélange d'incrédulité, d'empathie et d'inquiétude.

– Mince ! El... Bon sang, c'est incroyable, ton truc ! Écoute... tu me connais. Si tu as besoin de moi, je suis là. Seigneur, c'est tellement tarte ! Les platitudes, c'est toujours tarte ! Merci d'avoir partagé ça avec moi. Je ne sais pas quoi te dire.

Inutile de dire quoi que ce soit. Je te remercie de n'avoir jamais fait preuve d'indiscrétion. Je me sens tellement mieux de t'avoir tout raconté. J'ai l'impression de ne plus être seule avec tout cela. Et si j'ai besoin de toi, je n'hésiterai pas. Je me trompe peut-être, peut-être Maman est-elle tout simplement morte des suites de son accident. Pourtant... mon instinct me souffle le contraire.

– D'accord. Je suis cent pour cent à tes côtés. Alors c'est pour ça que ce Deven Trucbidule t'a appelée... juste avant que nous ne rencontrions ton oncle ? C'est une espèce de détective privé ? Tu as engagé un privé ?

Eleanor acquiesça de la tête.

– Et... Nous en avons déjà parlé, mais tu as bien perdu ta voix la nuit où ta mère est morte ? Lorsque tu l'as vue mourir ?

Nouveau hochement de tête.

— Mon Dieu ! (Georgia demeura un moment silencieuse.) Je peux t'avouer quelque chose, maintenant. Au début, quand nous nous sommes rencontrées et que nous sommes devenues amies, j'ai fait des recherches sur l'aphasie. Tu ne peux pas savoir à quel point. Je comprends maintenant pourquoi tu as perdu ta voix. Je connais déjà la réponse à ma question suivante, et je sais que je te l'ai déjà posée, mais je tiens quand même à ce que tu y répondes. Existe-t-il une chance pour que tu la retrouves ?

Encore un hochement de tête.

— D'accord. Le jour où cela se produira, je serai la première à être prévenue, promis ?

— Promis, répéta Eleanor en silence.

Elle travailla tout l'après-midi, et expédia à son patron son article sur le docteur Egbert Vezzani juste avant seize heures. Avec un signe de la main et un « À demain » muet à Georgia, Eleanor quitta le bureau, regagna sa voiture, et traversait une demi-heure plus tard le Bay Bridge, la circulation n'étant pas trop dense. À dix-huit heures elle atteignait le Golden Dawn Institute. Elle traversa la pelouse avec son bac à sable, désertés, passant devant l'érable dans lequel elle grimpait étant enfant, puis remonta l'allée de briques en direction de l'entrée.

Harold Wilder sortit de ses quartiers privés à l'écart du bâtiment principal, et lui adressa un signe. Elle distingua deux hommes vêtus de noir qui se tenaient en retrait derrière lui. Lorsqu'ils se rapprochèrent, elle entrevit sous leurs vestes de costume respectives des armes de poing dans leurs holsters.

Harold se dirigeait vers elle à grands pas, les deux hommes semblables à deux ombres jumelles dans son sillage. Néanmoins, il ne les traitait pas comme des ombres :

— Ellie, ravi de te voir, comme d'habitude. Voici Bill, fit-il en se tournant vers l'homme à sa gauche, et Robert, mes anges gardiens.

Les deux gardes du corps sourirent et saluèrent Eleanor qui leur rendit leur salut d'une légère inclinaison de tête.

— Allons faire un tour, ma puce. La soirée est délicieuse.

Eleanor s'était munie de son téléphone portable pour cette conversation, et actionna les petites touches : **Je suis vraiment désolée, Onc'Harry. Tout ça est ma faute. Tu as reçu des menaces ? De quel ordre ? Raconte-moi.**

Harold ajusta ses lunettes de lecture, et gloussa :

— Aucune inquiétude à avoir. C'est du vent, si tu veux mon avis. Rien que de très banal, tu sais, des lettres anonymes, des appels malveillants... Tout ça va se dégonfler. Ce genre de choses dure depuis des siècles. Chaque fois qu'une figure publique exprime ses convictions, il se trouve quelqu'un pour lui flanquer une épine dans le pied. Racistes, conservateurs, activistes du Tea Party, intolérants de tous poils ! Je ne suis pas la seule cible dans ce domaine !

Pour les uns, je suis devenu communiste, pour d'autres, je suis complice du meurtre d'enfants mort-nés... La liste est longue. Les gens adorent haïr, Eleanor. Certains se nourrissent de la haine. Mais je ne m'inquiète pas, et je ne veux surtout pas que tu te fasses de souci.

Eleanor soupira. **On peut dire que notre article fait sensation. Tu as été incroyable ! Tout le monde parle de toi, tout le monde ! Tu es une célébrité nationale. Je parie que nombre de politiciens t'admirent et aimeraient avoir le culot de dire réellement ce qu'ils pensent, même s'ils ne sont pas d'accord avec toi. Moi, je pense que tu es formidable. Merci encore d'avoir partagé tes convictions avec Georgia et moi, avec nos lecteurs.**

— Je t'en prie.

Tu penses qu'il te reste encore une chance de devenir un jour notre gouverneur ?

— Eh bien, pour paraphraser certains gros titres, ça passe ou ça casse.

Ou bien ça te tue.

Harold éclata carrément de rire. Oncle et nièce firent halte près du bac à sable. Non loin d'eux, de part et d'autre, les deux hommes armés demeuraient vigilants, surveillant les alentours du regard.

Je voudrais également te dire à quel point je t'aime, tapa Eleanor sur le clavier de son portable. **Je ne dis pas ça parce que je pense que tu vas te faire**

tuer ! Simplement, je dois te confier combien je te suis reconnaissante de tout ce que tu as fait pour moi. Depuis toujours. D'aussi loin que je me souvienne, depuis la mort de Maman, tu as toujours été là pour moi. Toi et Rosemary. Tu es comme un second père pour moi, Onc'Harry.

— Tu essayes de me faire fondre en larmes ? Ellie, tu sais que je t'aime comme ma fille, comme la fille que je n'ai jamais eue. Et ton père le sait également. Nous sommes tous les deux très jaloux l'un de l'autre.

Eleanor saisit l'étincelle d'espièglerie dans les yeux de son oncle.

Ces types vont donc veiller sur toi ? Je n'ai aucune raison de m'inquiéter ?

— Aucune. Je suis protégé vingt-quatre heures sur vingt-quatre. Ces deux pots de colle, ajouta-t-il avec un geste dans leur direction, me laissent le soir pour aller dormir, et ils sont remplacés par deux autres. Et Rosemary a les deux siens. Cela ne la ravit pas trop, mais elle doit le supporter. Au moins, elle se fait conduire au supermarché, et on l'aide à porter les courses ! Tu la connais, elle est capable de séduire un alligator. Ils lui mangent dans la main en ronronnant.

Je peux te poser d'autres questions, personnelles, rien que pour moi ?

— Bien sûr, ma puce.

Sais-tu si ma mère avait des ennemis ?

Harold eut l'air sincèrement surpris.

— Encore, Ellie ? Tu penses toujours qu'il y a quelque chose de trouble dans cette histoire ?

Peut-être. Y aurait-il quelqu'un qui aurait pu lui vouloir du mal ?

Son oncle réfléchit un moment :

— Non.

À part moi, connais-tu quelqu'un qui aurait pu tirer profit de son décès ?

— Ton père, uniquement.

Papa ?

— Neal a dû te l'expliquer : Abby était actionnaire de l'entreprise. Tu as hérité d'une moitié de ses parts, et lui de l'autre. C'est grâce à cela qu'il a pu racheter les parts des autres actionnaires – je le sais parce que j'en faisais partie – et devenir presque entièrement propriétaire de la boîte. Je ne vois personne d'autre qui aurait pu tirer un avantage de la mort de ta mère. Ellie, je suis toujours convaincu que tu es obsédée par des chimères. Crois-tu véritablement... C'est tellement ridicule que je n'arrive même pas à le formuler.

Eleanor martela les touches de son téléphone : **As-tu jamais rencontré le journaliste avec lequel elle avait une relation avant Papa ?**

— Quel journaliste ?

Un ex-petit ami, qui semble l'avoir harcelée quand elle l'a quitté pour Papa.

— On peut dire que tu es obstinée. Non. Je n'ai connu ta mère que lorsque Neal me l'a présentée.

Rosemary l'a-t-elle rencontrée ?

— Non, et c'est une des choses que je regretterai toujours. Je n'ai pas eu le temps de les réunir. Abby est morte exactement une semaine avant la date à laquelle Rosemary et moi avions prévu d'annoncer nos fiançailles... nous voulions organiser un dîner de famille. Toi aussi, tu devais être là, ma puce. Mon Dieu, quelle tragédie !

Et son travail ? J'ai lu certains de ses articles. Tout comme toi, elle n'avait pas peur de dire la vérité, de se battre pour des causes justes. Tu ne te souviens pas si un de ses articles a eu des conséquences fâcheuses ?

Harold fronça les sourcils et secoua la tête :

— Désolé, Ellie, je l'ignore.

Tu connaissais le chirurgien qui l'a opérée ?

— Oui.

Comment s'appelait-il ?

— Holmes. Le docteur Andrew Holmes. Il était excellent. Un des meilleurs chirurgiens orthopédiques de Californie.

Il est toujours de ce monde ?

— Il a pris sa retraite il y a des années ; s'il est encore vivant, il doit être sacrément âgé.

Tu sais où je peux le trouver ?

— Aucune idée, mais ce ne devrait pas être trop difficile pour une journaliste aussi futée que toi.

La jeune femme nota le nom dans son carnet.

En tant que médecin, as-tu une idée de ce qu'on aurait pu lui administrer dans cette clinique pour provoquer sa mort ?

Harold en demeura coi, et contempla sa nièce avec stupéfaction.

— Ellie... tu ne crois pas que tu te laisses emporter par ton imagination ? Pourquoi aurait-on voulu faire du mal à Abby ? C'est ridicule !

Tu n'as pas répondu à ma question.

Il la fixa.

— Tu ne plaisantes pas, n'est-ce pas ?

Elle secoua la tête.

— Ce n'est pas du tout ma spécialité, Ellie, je suis incompétent en la matière. Néanmoins, j'insiste sur le fait que son décès était naturel. Excuse-moi, ma puce, mais je ne partage pas tes soupçons.

— Pas grave, articula sa nièce, qui lui planta un baiser rapide sur la joue.

— Mais j'aimerais te dire quelque chose.

Eleanor patienta, tandis qu'une ride se creusait sur le front de son oncle.

— Je pense que… que ta mère t'obsède beaucoup trop, Ellie. Tout cela parce qu'elle était… Je cherche comment m'exprimer sans paraître m'ériger en juge — elle était trop protectrice, excessivement présente quand tu étais enfant. Elle t'aimait tellement qu'elle a constitué ton unique univers. C'était son seul défaut. Et je crois, je suis même convaincu, que c'est la raison pour laquelle tu ne peux pas lâcher prise à son sujet. Attarde-toi un peu là-dessus, Ellie. Je redoute que… que tu ne crées une tragédie sans aucune réalité uniquement parce que tu as besoin de retourner vers elle, de la ramener à toi. Un jour ou l'autre, tu devras lâcher prise.

Eleanor examina son oncle un moment avant d'admettre d'un très léger signe de tête à peine convaincu qu'il avait peut-être raison.

— Bien, décréta Harold en changeant radicalement de ton. Nous serons à ton concert samedi prochain, Rosemary et moi. Nous nous faisons une fête de venir.

— Alors, où les caches-tu ? articula Eleanor.

Harold sortit promptement de la poche de sa veste un sac de bonbons qu'il déchira avant d'en verser une poignée dans la main de sa nièce. Il enfourna ensuite quelques-uns des bonbons multicolores.

— Je sais que je ne devrais pas, mais quelquefois, quand je suis nerveux, expliqua-t-il en jetant un œil à ses deux gardes du corps, le fait de grignoter un petit quelque chose fait disparaître l'angoisse. Cela dit, je préfère le salé au sucré, en général. Tiens, le reste est pour toi, conclut-il en les lui tendant.

Eleanor sourit, la bouche pleine.

– Fais attention à toi, chuchota-t-elle une fois qu'elle eut avalé sa bouchée de bonbons.

Chapitre 17

À l'instant où elle bouclait sa ceinture de sécurité, elle reçut un texto : « Salut, Ellie, je suis chez toi avec Jeff, on fait nos devoirs, si, si, c'est vrai, j'espère que ça te va, bisous à plus tard, Sidney. »

Oh, oh, bisous à toi aussi, Sidney, mais je dois répéter. Je vous flanque dehors fissa dès que j'ai ouvert la porte.

Mais à peine le battant poussé, une délicieuse odeur de bœuf grillé et de sauce tomate flotta jusqu'à ses narines. *Ah, ah, du chantage. Futée, cette gamine. Elle va m'avoir à la gourmandise.* La porte à peine refermée, quelqu'un lui tendit un verre de vin blanc. *Décidément, très futé.* Elle se retrouva face à un bel adolescent, qui ne devait guère avoir plus de quatorze ans. Grand et maigre, cheveux bruns coupés en brosse, audacieuses lunettes à monture verte. La peau pâle, son jeune front parsemé d'acné, et un sourire avenant et courtois parfaitement en accord avec ses paroles :

— Bonsoir, miss Wilder, bienvenue chez vous. Je suis Jeff.

Sa voix oscillait entre l'adolescence et l'âge d'homme.

Il charma instantanément Eleanor.

Sidney déboula de la cuisine :

— Salut, Ellie ! C'est Papa qui a envoyé le vin. Je voulais l'acheter moi-même, mais je n'ai pas vraiment l'air d'avoir vingt et un ans. Enfin, pas encore ! J'ai cuisiné des pâtes, tu as faim ?

Eleanor ne put que hausser les sourcils et pousser un gros soupir avant de s'exprimer en langage des signes pendant une vingtaine de secondes.

Sidney traduisit à son petit ami :

— Elle dit merci pour le vin, et oui, elle a faim, mais elle veut caser une heure de répétition avant le dîner. Elle a dit, vous, les petits, c'est-à-dire, nous, on peut faire nos devoirs. Elle a demandé si quelqu'un venait nous chercher… (Sidney répondit à sa sœur aînée :) Non, Jeff me raccompagnera à pied à la maison, il a son scooter là-bas, il peut ensuite retourner chez lui, moi, je dois être rentrée à neuf heures et demie, mais je m'occupe de tout, préparer le dîner, mettre la table, et Jeff se chargera de la vaisselle, tu n'auras donc rien d'autre à faire que jouer du violoncelle. Tu peux jouer cette pièce de Bach que j'adore… Tu sais, ma préférée ?

— La *suite n° 6*, siffla Eleanor, qui pénétra dans le salon, Sidney et Jeff sur les talons.

Cahiers et manuels scolaires jonchaient le canapé jaune, au pied duquel reposaient deux musettes ouvertes.

— Je vais baisser la sauce et m'occuper de la salade, héla Sidney. On peut se servir du jus de pomme bio, Ellie ? Ensuite, je te promets qu'on ne fera pas plus de bruit que des souris.

Eleanor acquiesça d'un signe de tête.

— Attends de l'avoir entendue, elle est impressionnante, déclara Sidney tandis que Jeff s'affalait sur le canapé. Elle aurait pu avoir une carrière professionnelle ; elle a remporté le premier prix de son école de musique, on lui a offert des bourses des quatre coins du monde, mais elle a préféré devenir journaliste et jouer dans ce super-quatuor, elle fait des concerts, il y en a un samedi prochain, tu veux venir avec nous ? Je demanderai à Papa s'il peut nous avoir un autre billet...

Sidney finit par réintégrer la cuisine ; Eleanor posa son verre sur le rebord de la bibliothèque près de son instrument, et s'éclipsa dans la salle de bains. Jeff ouvrit un manuel d'espagnol et se concentra sur ses devoirs.

Comme à son habitude, Eleanor était plongée dans la musique, les paupières fermées, le front plissé de concentration, oublieuse de tout et de tous ceux qui l'entouraient. Les doigts de sa main gauche voltigeaient sur les cordes. Son bras droit maniant l'archet constituait un spectacle magnifique, ondulant en vagues à la fois puissantes et élégantes, tirant de son instrument des sons riches et obsédants qui semblaient transporter les adolescents dans un autre monde. Ensorcelé, Jeff en avait oublié son travail. Sidney était assise par terre, appuyée contre ses jambes, un livre abandonné sur les genoux.

Lorsque la dernière note s'étira puis mourut, Sidney, bouleversée et fière, jeta un coup d'œil à Jeff, dont le regard était perdu dans le vague.

— Ellie, c'était fabuleux, dit-elle doucement. Tu as joué juste pour moi, je veux dire pour nous, non ?

Eleanor finit par ouvrir les yeux, et mit un moment à reprendre ses esprits. Puis, elle sourit, se leva, replaça son violoncelle sur son support, renifla les senteurs en provenance de la cuisine, et se frotta l'estomac.

— Jeff, lève tes fesses et viens m'aider ! intima Sidney. Ellie, va t'asseoir. On va te servir comme une reine.

— De quelle couleur est Jeff ?

— Rouge brun, articula Eleanor.

— Et moi, je suis de quelle couleur, ce soir ? Pas mon nom, je sais qu'il est toujours jaune pâle, tu te rends compte, Jeff ? Je veux dire, de quelle couleur suis-je maintenant ?

Eleanor étudia sa petite sœur avant de répondre dans un souffle :

— Vert pâle et rosé.

— Vert pâle et rosé ! Cool.

– Comment cela s'appelle-t-il, déjà, le fait que vous voyez des couleurs ? demanda Jeff.

– La synesth...

La sonnette de la porte d'entrée interrompit Sidney.

– J'y vais ! fit-elle en se levant.

Même si Eleanor avait pu parler, elle avait la bouche pleine de glace et de sauce au chocolat, et ne réagit pas suffisamment vite pour empêcher sa sœur de se précipiter. Elle agrippa le bras de Jeff, lui fit signe de son index d'empêcher Sidney d'ouvrir la porte, trop tard. Elle entendit la jeune fille dire : « Oh, salut ! »

Elliot fit irruption dans le salon.

L'air glacial, Eleanor ingurgita son dessert.

– Hello, Eleanor ! Tu ne m'embrasses pas ? Tu avais pourtant l'habitude de m'embrasser à perdre haleine ; tu n'es pas contente de me voir ?

Sidney et Jeff échangèrent des regards embarrassés.

– Bon, eh bien, si tu ne m'embrasses pas, tu peux quand même m'offrir un verre de vin, non ?

Sans attendre de réponse, Elliott disparut dans la cuisine et revint avec un verre. Il s'empara de la bouteille aux trois quarts pleine, et se versa une généreuse rasade.

Eleanor se dressa enfin. Tout le monde put déchiffrer très facilement sur ses lèvres les mots : « Dehors, tout de suite ! »

– Tu vois comme elle me menace ? jeta Elliot à Sidney avant d'engloutir son verre en trois bruyantes gorgées. Tu ne m'as pas présenté ce jeune homme ! Salut, fit-il en s'adressant à Jeff. Je suis Elliot, le petit ami d'Eleanor. Et vous, qui êtes-vous ?

Jeff se leva et énonça calmement, avec une résolution et une dignité bien mûres pour son âge :

– Je crois que vous feriez mieux de partir.

– Oh ! Il croit que je ferais mieux de partir ! Eh bien, moi pas. J'ai une meilleure idée, décréta-t-il en se resservant un verre, qu'il leva à la santé d'Eleanor avant de le vider d'un trait. Si on jouait tous les quatre au basket-bonbon ?

Son regard parcourut la pièce, repéra le saladier de bonbons toujours présent sur la table basse. Il en ramassa une poignée, posa son verre, se recula, visa et expédia une friandise en direction de son verre de vin vide. Le bonbon rebondit sur le plateau et roula par terre.

– Oups !

Elliot offrit sa poignée à Sidney.

– À ton tour. Priorité aux dames. Choisis.

Sidney hésita.

– Monsieur, je crois que vous devriez partir, répéta Jeff.

Elliot balança son poing à toute volée avec une telle rapidité que le garçon fut pris par surprise. Étourdi, il tituba en arrière, heurta la table basse et tomba par terre.

Sidney réagit instantanément. Elle ferma les poings et attaqua, atteignant Elliot à l'estomac. Ahuri, celui-ci grogna et se tourna vers la jeune fille, qui dansait d'un pied sur l'autre, coudes au corps, les poings en garde.

Eleanor, furieuse, avait contourné la table. Elle attrapa le téléphone et articula à l'adresse de Sidney :

— Arrête ça, et appelle la police !

Elle saisit ensuite Elliot par le bras et « hurla » : SORS D'ICI !

Il profita du contact, l'attira contre lui et l'embrassa violemment sur la bouche.

Eleanor se débattit.

Jeff, le nez en sang, s'était remis sur pieds.

Sidney martelait de ses poings le dos d'Elliot, et cria à Jeff :

— Fais le 911 !

Elliot relâcha Eleanor, ignora Sidney et fonça droit sur le téléphone, dont il s'empara en même temps que Jeff. Il frappa le garçon une seconde fois, à l'estomac. Jeff fut projeté à terre, le souffle coupé.

Berçant le téléphone contre sa poitrine comme un trophée, Elliot fit face aux deux sœurs. Eleanor avait pris Sidney par la main. Tout le monde demeurait pétrifié. Même Jeff avait cessé de haleter. Sidney tira courageusement son propre téléphone portable.

Elliot s'effondra brusquement comme une baudruche crevée. Il baissa la tête, puis regarda Eleanor. Sidney se rapprocha de sa grande sœur, l'air protecteur.

— Je t'aime, Eleanor. Je t'aime tant. Et je sais, je sais, je le sens là, fit-il en portant la main à son cœur, que tu ressens la même chose pour moi. Cette histoire n'est pas finie.

Il lui tendit le téléphone et sortit de l'appartement.

Sidney se rua vers Jeff, qui se tenait assis, maintenant son nez ensanglanté. Eleanor disparut dans la salle de bains, ressortit avec une boîte de Kleenex et montra à Sidney, dans leur langage secret, comment exercer une pression sur la narine jusqu'à ce que le saignement s'interrompe.

— Il a besoin d'un médecin ? demanda la jeune fille d'une voix tremblante.

— Non, ça va aller, gargouilla Jeff. Ça va. Je ne crois pas qu'il soit cassé. Je n'ai plus mal.

— Tu veux que j'appelle la police, hein ? demanda Sidney tout en pressant doucement mais avec fermeté plusieurs mouchoirs en papier sur le nez de son petit ami.

« Oui », répondit Eleanor avec un hochement de tête.

Dans le quart d'heure qui suivit, deux agents firent leur apparition, un homme et une femme. La femme jeta un œil au nez de Jeff et confirma qu'il n'y avait rien de sérieux. Sidney et Jeff leur racontèrent la scène en détail. Ils recopièrent le nom et l'adresse d'Elliot, qu'Eleanor avait écrits sur son cahier, puis lui demandèrent si elle voulait porter plainte. **Je ne tiens pas à ce que cela prenne des proportions démesurées**, composa-t-elle en réponse sur son téléphone ; **pouvez-vous simplement avoir une petite conversation avec lui, lui faire peur, de façon qu'il cesse de me harceler ?** Les deux agents acceptèrent, mais lui firent promettre de le signaler s'il recommençait. La femme suggéra à Eleanor de changer de serrures. **Inutile**, écrivit celle-ci, **il ne dispose pas de clés. Y a-t-il un moyen de me tenir informée des suites de votre conversation avec lui ?**

— Je vous appellerai personnellement, répondit la femme. À quelle heure vous mettez-vous au lit ? Nous allons lui rendre visite ce soir, ajouta-t-elle.

— N'importe quand, articula la jeune femme en désignant son téléphone.

— Vous n'avez qu'à parler, je veux dire, laisser un message, expliqua Sidney. Ma sœur ne peut pas vous répondre mais si elle décroche, cela signifie qu'elle écoute.

Les deux agents proposèrent aux adolescents de les raccompagner, mais la jeune fille déclina :

— Si mes parents nous voient sortir d'une voiture de police, ils vont flipper !

Les flics prirent congé. Sidney voulut s'attaquer à la vaisselle, mais Eleanor gesticula avec véhémence en langage secret, et la jeune fille traduisit pour Jeff :

— Elle nous remercie d'avoir été aussi courageux, et aussi pour le dîner, elle nous demande d'être prudents sur le chemin du retour, moi, je dois lui envoyer un texto pour la prévenir que je suis bien arrivée, et elle m'a enjoint de ne plus jamais ouvrir une porte sans savoir qui est derrière !

Eleanor les mit dehors. Ensuite, elle rangea, fit la vaisselle, prit une longue douche brûlante et alla se coucher.

Aux alentours de minuit, la sonnerie de son portable la tira du sommeil. Elle enfonça la touche verte et écouta la voix de la femme agent : « Ici l'agent James. Nous avons fait un petit discours à votre ami. Je crois qu'il ne vous dérangera plus. Dans le cas contraire, vous avez notre numéro. Bonne nuit. »

Les quatre jours suivants se déroulèrent de façon plus ou moins identique : toute la journée à la rédaction de la revue, avec le mercredi une interview d'un groupe de rock anglais plein d'avenir en tournée aux États-Unis, puis retour à la maison dans la soirée pour deux ou trois heures de répétition. Eleanor ne prit pas une seule fois sa voiture ; matin et soir, elle empruntait le métro à la station de North Berkeley, qui l'emmenait en trombe à San Francisco puis la ramenait chez elle.

Le jeudi, elle prit le temps de rechercher sur Internet le docteur Andrew Holmes, le chirurgien qui avait opéré sa mère, et, à sa surprise, trouva très facilement son adresse et son numéro de téléphone dans les pages jaunes. Elle nota de le contacter rapidement. Le vendredi, Mike Angelo leur annonça, à Georgia et elle, qu'elles seraient augmentées à partir du mois suivant.

– À moins que vous ne fassiez d'ici là quelque chose de monstrueux dans mon dos, ajouta-t-il. À propos, Wilder, quand ton article sur le harcèlement sexuel sort-il dans le *New York Times* ?

Rien qu'à son ton, Eleanor comprit qu'il n'y croyait pas une seconde.

Georgia lança un coup d'œil surpris à son amie.

– Quand je jugerai le moment venu, articula avec exagération la jeune femme.

La soirée de samedi arriva bien trop vite, mais Eleanor était prête, éblouissante dans son tailleur-pantalon de soie noire très simple ; le port de la jupe ne se prêtait pas au jeu du violoncelle. Sa chevelure châtain brillante nouée en un chignon banane, elle portait sous sa veste décolletée un collier en argent avec une perle unique, cadeau de son père pour son vingt et unième anniversaire.

La salle était pleine à craquer. Le concert se déroula à merveille : pendant deux heures, sans entracte, les musiciens enchaînèrent des pièces de Fauré, Bach, Brahms et Schubert, et méritèrent largement l'ovation qui conclut le spectacle.

Du haut de la scène, Eleanor sourit à sa famille rassemblée au premier rang, qui applaudissait à tout rompre : Neal, Daphné, Sidney et Jeff à ses côtés, Harold et Rosemary. Derrière eux, Georgia accompagnée d'un jeune homme – *sans doute Adham, son nouveau petit ami*, se dit Eleanor –

applaudissaient eux aussi avec ferveur. Les yeux de Georgia brillaient de larmes. Non loin, plusieurs de leurs collègues de *HOMINIDES*, tout aussi enthousiastes, et quatre rangs plus loin, Nelly avec ses trois petits-enfants.

En même temps que les applaudissements s'espaçaient, le regard d'Eleanor, comme attiré par un aimant invisible, se posa sur un homme demeuré debout dans l'allée centrale pendant que les spectateurs entamaient leur sortie par petits groupes.

Egbert Vezzani riva son regard au sien. Le ruban d'émotion écarlate et la chaleur intense émanant de celui-ci traversèrent la salle de concert et pénétrèrent tout son être, la bouleversant intérieurement. Il rompit le charme en articulant trois mots en silence. Ce fut au tour d'Eleanor de lire sur ses lèvres : « Bravo. À demain. »

Amis et famille montèrent sur scène pour la féliciter. On l'embrassa, l'étreignit, la complimenta. Sidney lui offrit une rose rouge, et Jeff, avec un petit salut charmant, déclara : « C'était impressionnant. » Il répondit à un geste d'Eleanor en direction de son nez : « Tout va bien. » Georgia la serra dans ses bras à l'étouffer. Rosemary annonça :

– On se retrouve dehors ? Nous avons réservé *Chez François*. Georgia et son ami vont se joindre à nous. J'ai aussi invité Nelly, mais elle a décliné, elle est en famille…

Harold, Neal et Daphné rayonnaient de fierté.

Nelly patientait près de la scène, entourée de deux adolescents et d'une petite fille de huit ans réfugiée dans ses jupes. Eleanor sauta pour la rejoindre, et reçut une nouvelle embrassade.

— Ma petite Ellie, c'était quelque chose ! Tu sais que ce n'est pas mon genre de musique, mais c'était quelque chose ! Je n'aurais manqué ça pour rien au monde. Tu connais mes petits-enfants, Debbie, James et Leonard ?

« Ils ont sacrément grandi ! » mima Eleanor.

Les garçons serrèrent timidement la main de la jeune femme, et Debbie la regarda, éblouie :

— Je veux apprendre à jouer du violoncelle comme vous !

Eleanor pointa successivement du doigt la petite fille puis elle-même, et articula clairement, s'accompagnant de gestes :

— Viens me voir, je te donnerai ta première leçon.

Debbie écarquilla encore davantage les yeux.

— On va prendre rendez-vous, souffla Eleanor à Nelly. On fait ça avant Noël, je te promets.

— Pari tenu ! Je l'amènerai en personne. Et toi, tu viens me voir bientôt, tu m'entends ? Je serai deux jours par semaine chez ton oncle Harold, les lundis et jeudis. Tu promets, hein, ma petite puce ?

Une fois tout le monde parti, alors que les musiciens ramassaient leurs instruments, Thomas tapota sur l'épaule d'Eleanor et, d'un discret signe de tête, lui indiqua le fond de la salle.

Elliot était assis là, immobile. Son aura aussi irradiait une pourpre incandescente, mais les rubans d'émotion de son regard projetaient des étincelles de rage, que même Thomas ressentit.

– Tu veux que je m'en occupe ? proposa-t-il.

La jeune femme secoua la tête. Elle défia du regard son ex-petit ami, le fidèle Thomas à ses côtés, jusqu'à ce qu'Elliot se lève et abandonne les lieux.

Chapitre 18

— Pourquoi l'*Hirondelle* ? Parce qu'un jour, il y a de cela des années, je me trouvais loin, loin de la côte, pour une virée de dix jours en solitaire en direction de Hawaï. Je savais bien que je n'irais pas jusque-là, mais c'était un joli fantasme. Le cinquième jour, au milieu de nulle part, par une de ces mers très calme, une mer d'huile, pas un souffle de vent ; un soleil éclatant, un ciel bleu parsemé de ces inoubliables volutes de stratus qui semblent faire la sieste là-haut – vous voyez ce que je veux dire ?

Eleanor acquiesça de la tête. Chaudement vêtus de pulls et de cirés, Vezzani à la barre, ils se tenaient à la poupe. Les lueurs rose pâle du soleil levant transperçaient le brouillard matinal. L'*Hirondelle* voguait à vive allure sur la mer un peu agitée. Une petite bouteille Thermos pleine de café dans une main, Eleanor serrait dans l'autre son téléphone.

— Je me tenais à la proue, seul au monde. J'adore cette sensation, elle m'est aussi nécessaire que de me nourrir. Enfin, d'un seul coup, cette hirondelle a surgi des cieux et a atterri sur le pont. Pas sur la grand-voile, ou au point le plus élevé du bateau – j'en avais un autre à l'époque – mais sur le pont à bâbord, à quelques mètres de mes pieds. Vous parlez d'un hasard ! Vous savez que les hirondelles ne se posent quasiment jamais à terre, et demeurent en perpétuel mouvement. Je me suis dit que ce petit bonhomme, ou cette petite bonne femme, devait être au bord de l'épuisement. C'était l'automne, la période de migration, comme en ce moment. Elle s'était probablement retrouvée séparée de son groupe, mais complètement, parce que je ne sais pas ce qu'elle fabriquait si loin en pleine mer. En règle générale, elles suivent la côte jusqu'en Amérique du Sud, quelquefois jusqu'à l'extrémité de l'Argentine. Je lui ai préparé des miettes de pain et une soucoupe d'eau fraîche, que j'ai posées à côté d'elle. C'était idiot : elle a bu l'eau, mais ignoré le pain. Puis je me suis souvenu qu'elles ne se nourrissent que d'insectes, mais j'ai essayé un peu de raisin et une tranche de pomme, qu'elle a picorés.

Eleanor lui jeta un regard interrogateur. Il lui prit la Thermos, et but quelques gorgées de café.

— Eh bien, elle est restée avec moi tout l'après-midi. Elle a sautillé sur le pont, et s'est installée à l'endroit le plus abrité, près du panneau d'écoutille. Elle s'est reposée. Elle a fermé ses petits yeux, a soigneusement replié ses ailes, et s'est reposée. Je suis tombé amoureux de ce petit oiseau, Eleanor. Il était si beau, avec son plumage noir aux reflets bleus, sa petite gorge rouge, son poitrail blanc... Quand je suis rentré, je me suis renseigné... il s'agissait d'une hirondelle rustique.

Eleanor l'engagea à poursuivre d'un : « Et ? »

— Il devait être cinq ou six heures... le vent s'est levé, et j'ai décidé qu'il était temps de faire demi-tour et de rentrer au port. Au cours de la nuit, je dormais deux heures, remontais pour la trouver toujours au même endroit, retournais dormir, et la retrouvais de nouveau. Au matin, elle avait disparu. Mais elle était probablement simplement partie à la recherche de nourriture — elles gobent les insectes en vol. J'ignore ce qu'elle a pu trouver là-haut, sans doute pas grand-chose, car elle est revenue, a fait plusieurs fois le tour du voilier, puis s'est posée exactement au même endroit. Je lui ai remis de l'eau, des fruits — et j'ai découpé de minuscules morceaux de jambon, qu'elle a mangés ! Mon Dieu ! J'étais au septième ciel.

Ravie, Eleanor tapota sur les petites touches du portable : **Et ensuite ?**

— Vous n'allez pas le croire, mais elle est restée avec moi jusqu'à mon retour à San Francisco, pendant presque cinq jours. Elle a dû se dire : « Cet homme va me ramener à la côte, ensuite je pourrai repartir vers le sud et me nourrir en route. » C'était un petit oiseau futé ! Le dernier jour, à l'instant même où je pénétrais dans le port, elle s'est envolée. Elle a piqué trois ou quatre fois autour du voilier, comme pour dire au revoir et merci, puis après une embardée, elle a pris plein sud, et elle a disparu. Voilà la réponse à votre question.

Mais pourquoi en français ?

— Le français est ma langue maternelle. Ma mère est française. Et « hirondelle » est un si joli mot.

C'est donc votre père qui est italien ?

– Oui.

Et d'où sortez-vous ce ridicule prénom ?

Vezzani prit le temps de digérer la réflexion avant de répondre :

– Et encore, vous ne connaissez pas mon deuxième prénom.

??

– Archibald.

Eleanor éclata de rire illico : un rire très étouffé, où se mêlaient par moments de petits cris aigus et ce qui ressemblait à des hoquets.

Egbert Archibald demeura de marbre, ce qui ne fit que redoubler le rire de la jeune femme, qui dut se lever et lui tourner le dos pour se calmer.

– D'accord, vous pouvez rire. Mais d'après *Le Livre moderne des prénoms pour bébés*, Egbert signifie « lame étincelante ». Egbert de Wessex est considéré comme l'un des premiers rois de toute l'Angleterre.

Eleanor finit par reprendre son sérieux et se rassit près de lui. Ses yeux brillaient encore de larmes d'hilarité.

Et quel rapport entre vous et l'Angleterre ? écrivit-elle.

– Je ne sais pas.

Et Archibald ? Elle pouffa de nouveau, puis parvint à siffler un « Pardon ! ».

— Je vous pardonne. Archibald signifie « noble intrépide, hardi, guerrier courageux et sacré ». C'était le prénom de mon arrière-grand-père. Et vous, que signifie Eleanor ?

Vous êtes donc courageux, sacré, doté d'une épée à la lame étincelante et, j'oubliais, intrépide. Et vous êtes roi. Je devrais m'agenouiller devant vous. Aucune idée de ce que signifie mon nom, pour ce qui me concerne.

— Je regarderai, et vous dirai cela.

J'aimerais être capable de parler, pour dire à voix haute, « Comment allez-vous aujourd'hui, Egbert Archibald ? » Elle se pinça les lèvres pour réprimer un fou rire.

— D'accord... Alors, pourquoi ne me trouvez-vous pas un surnom ?

Les surnoms sont destinés aux gens que l'on connaît très bien, ou bien pour lesquels on éprouve beaucoup d'affection. *Seigneur, en voilà une hardiesse, pour le coup !*

— D'accord.

Du coin de l'œil, elle lui lança un regard auquel il répondit par un sourire charmeur.

Vous avez des frères et sœurs ?

— Un frère, qui vit dans le Connecticut. Il est avocat.

Vous vous entendez bien ?

— Oui, je suppose, mais nous ne nous voyons pas très souvent.

Que fait votre père ?

— Il est décédé il y a dix ans. Il était médecin, lui aussi, pédiatre.

Je suis désolée. De quoi est-il mort ?

— Cancer.

Votre mère s'est remariée ?

— Non.

Vous êtes proche de votre mère ?

— Oui.

Le soleil se levait, sortant de la brume.

— Je ne sais pas où il est.

Eleanor comprit instantanément. **L'interne qui vous a remplacé ?**

— J'ignore complètement s'il a achevé ses études de médecine, s'il vit toujours en Californie, je ne sais rien de rien. Si vous parvenez à le retrouver, promettez-moi de ne pas agir sur un coup de tête. Je vous en prie, n'emportez pas votre arme.

Comment s'appelle-t-il ?

— Je regrette, mais je ne m'en souviens pas. Je vous l'ai déjà dit, ce n'était pas un ami. Il se trouvait sur la liste du personnel de remplacement en cas d'urgences. Allons contempler le lever de soleil à la proue.

Il enclencha le pilote automatique. Ils se levèrent de conserve, et remontèrent de leurs côtés respectifs l'étroit pont, pour se retrouver à la proue. Le vent était un peu tombé. L'air était encore frais, mais le soleil leur réchauffait le visage. Tout autour, mais pas trop près, d'autres lève-tôt naviguaient également. À l'horizon, le soleil brillait sur les contours de la ville.

– Eleanor, j'aimerais vous aider. Que puis-je faire pour cela ?

Elle le regarda sans comprendre.

– Je veux dire, dans votre... enquête sur la disparition de votre mère. Comment puis-je vous rendre service ?

Puis-je lui faire confiance ? Est-il sincère ? Était-il de garde ce soir-là ? Ment-il à ce propos ? Je dois être plus prudente. Elle le regarda franchement. *Je ne distingue aucune couleur. Il n'émane de lui aucune couleur négative, trompeuse.* Elle sortit son téléphone, qu'elle avait glissé dans la poche de son ciré. **Cette infirmière, Laura Faven, s'est suicidée juste après cette nuit-là. C'est la raison pour laquelle vous ne l'avez jamais revue.**

– Je... Heu, oui, j'en avais entendu parler.

Eleanor le foudroya du regard. **Quoi ? Vous m'avez raconté que vous pensiez qu'elle avait démissionné !**

– Oui, je sais. Je vous ai probablement dit la première chose qui me passait par la tête, lors de notre première et mémorable interview. Souvenez-vous que vous me reteniez en otage, avec une arme pointée sur mon cœur.

La jeune femme lui lança un regard soupçonneux. **Quand avez-vous appris son suicide ?**

— Oh…, répondit-il vaguement. Il y a eu des rumeurs dans le milieu médical. Je suis peut-être tombé sur une de ses amies, quelque chose comme ça, je ne me souviens plus. Cela m'est revenu récemment.

Je ne te crois pas. Il y a quelque chose de bizarre, là-dedans.

— Vous pensez qu'il y a un rapport ? demanda Egbert.

Avec quoi ?

— La mort de votre mère.

Je ne sais pas encore.

— Et *vous*, comment l'avez-vous appris ?

J'ai engagé un détective privé.

— Comment s'appelle-t-il ?

Pourquoi ?

— Simple curiosité.

Deven Montague. Viendrez-vous avec moi rendre visite au docteur Holmes, le chirurgien qui l'a opérée ?

— Il est toujours en vie ? À l'époque, il était sur le point de prendre sa retraite.

Oui. Il vit à San Francisco.

— Je viendrai bien volontiers avec vous. Il faudra que je regarde mon emploi du temps, qui est plutôt surchargé... Je peux vous envoyer un e-mail, ou vous appeler pour vous dire quand je peux vous coincer ça.

Me coincer. Me coincer contre lui. Bon Dieu, Eleanor, arrête !

— Vous étiez incroyable, hier soir. Vous êtes une musicienne très douée, et Schubert est l'un de mes compositeurs favoris. J'ai eu du mal à obtenir un billet à la dernière minute. De quels autres talents cachés faites-vous preuve ?

Egbert rapprocha sa main avec nonchalance sur le bastingage, jusqu'à effleurer son petit doigt.

Je ne peux plus respirer, je n'ose plus. Il tente de me flatter. Je dois résister.

Elle ordonna à sa main de s'écarter, mais celle-ci refusa d'obéir.

Il avait à peine amarré le voilier dans la Marina de Sausalito qu'ils se séparèrent. Eleanor avait laissé sa voiture au parking du port. Vezzani l'invita à se joindre à lui pour le déjeuner, mais elle déclina.

Je dois partir. Je dois absorber ce qui se passe, reprendre mes esprits. Quelque chose ne tourne pas rond dans ma tête. J'ai envie de rester près de lui, mais je dois partir, tout de suite. Je n'ai toujours pas confiance en lui.

— Je vous indique ce soir le moment où je peux vous accompagner voir le docteur Holmes. La semaine prochaine ? Plutôt en soirée, probablement, car j'ai beaucoup de patients à voir ; mes journées à l'hôpital sont bien remplies... Nous pourrions peut-être... dîner ensemble après ? Vous aimez la cuisine italienne ? Vous préférez peut-être chinois ? Je connais un excellent restaurant grec...

Il ne sait plus quoi raconter !

Elle hocha la tête.

— D'accord pour le grec ? Génial ! Eh bien...

— « Appelez-moi, articula Eleanor, je vous répondrai. »

Egbert esquissa un geste maladroit, inclinant vaguement la tête vers elle. *Va-t-il m'embrasser ?* Elle s'écarta brusquement, le laissant là, l'air un peu ridicule avec les lèvres plissées. Elle étouffa un gloussement, monta dans sa voiture et s'éloigna.

Elle rentra directement chez elle, où elle se prépara un sandwich et ouvrit son laptop pour expédier un message à Deven Montague : « Encore besoin de vous. Il me faut retrouver le nom de l'infirmier qui a remplacé Vezzani la nuit du 29 mars 1994. Je ne dispose d'aucune information sur lui. Pouvez-vous faire cela pour moi ? Envoyez-moi également l'adresse et le numéro de téléphone des parents de Laura Faven. Je veux les rencontrer moi-même. J'espère que vous allez bien, répondez-moi dès que possible, meilleurs sentiments, Eleanor Wilder. »

Une bière l'aida à faire passer son sandwich. Elle était fatiguée, épuisée même, après l'excitation du concert de la veille, le fait de s'être couchée tard sans avoir bien dormi, de s'être relevée à quatre heures du matin pour se rendre en voiture à Sausalito, la sortie en mer euphorique avec Vezzani, et le chaos émotionnel qui s'ensuivait. En dépit de tout cela, au lieu de profiter d'une sieste bien méritée, elle décida de parcourir à pied les quelques pâtés de maisons qui la séparaient de son ancienne demeure, voir s'il y avait quelqu'un. *La famille. La famille, ce sont les fondations rassurantes.*

Lorsqu'elle tourna le coin de la rue de son enfance, elle aperçut son père poussant la tondeuse sur la pelouse devant la maison. La bière lui avait donné envie de dormir. L'après-midi était chaude. *Nous sommes gâtés, en Californie. Je parie qu'il neige en ce moment dans le Montana.* Neal Wilder effectua un demi-tour avec sa tondeuse, et la jeune femme lui adressa un signe de la main. Le visage de son père s'éclaira, il arrêta sa machine et vint à sa rencontre.

— Hé ! Comment va ma petite fille ? fit-il en la prenant dans ses bras. Nous sommes tous tellement fiers de toi, Ellie ! Nous en parlions hier soir en rentrant avec Daphné... De tout ce que tu as accompli... J'ai fini par me rendre compte que j'avais une fille exceptionnelle ! Intelligente, talentueuse, hors du commun. Et si tu entendais Sidney ! Elle est bouffie d'orgueil. Tu as l'air drôlement fatiguée, remarqua-t-il en l'examinant. Que se passe-t-il ?

— Ça va, souffla la jeune femme. Je prendrais bien un café. Sidney est là ?

– Non, elle est partie chez Erica, à un truc de filles.

– Eleanor ! salua Daphné qui sortait de la maison, un dossier bleu à la main. Tu as été formidable, hier soir. Tu es aussi douée que ta mère. Abby aurait été si fière de toi ! Tu sais, hier soir sur cette scène, si belle, intense et émouvante, tu lui ressemblais tellement ! Et j'ai éprouvé le sentiment qu'Abby se trouvait là, parmi nous, véritablement. Comme si elle avait été assise à côté de nous. J'étais bouleversée, Eleanor.

– Moi aussi, je l'ai sentie, chuchota la jeune femme. Merci, Daphné.

Neal demanda à sa femme :

– Il reste du café, ma chérie ? Ellie en aurait bien besoin.

– Je vais en refaire, annonça-t-elle tout en examinant de près sa belle-fille. Eleanor, tu rayonnes. Sous ces cernes, tu irradies un éclat bien particulier. Je ne sais pas, mais mon intuition féminine me souffle qu'il se passe quelque chose. Tu as rencontré quelqu'un ?

Eleanor eut une grimace.

– Et qu'as-tu donc au doigt ?

Eleanor brandit sa main droite, et articula :

– L'alliance de Maman. Je l'ai retrouvée dans...

Elle s'interrompit, se rendant compte qu'elle devenait incompréhensible, et sortit son téléphone, sur lequel elle composa : **Je l'ai découverte dans la valise dans le**

grenier. À propos, Maman n'avait pas de bague de fiançailles ? demanda-t-elle à l'adresse de son père.

— Bien sûr que si. Tu ne l'as pas vue dans la valise ?

La jeune femme secoua la tête.

— C'est moi qui l'ai.

Surpris, Eleanor et son père regardèrent Daphné.

— Je l'ai récupérée quand… quand j'ai aidé la femme de ménage à ranger ces affaires. J'éprouvais des réticences à laisser cette belle bague en diamants dans le grenier, et je l'ai conservée en prévision du jour où je te la donnerais.

— Et pourquoi ne l'as-tu pas fait ? souffla Eleanor.

— J'ai tout simplement oublié. Je vais aller la chercher, et préparer du café. J'ai besoin que tu signes des papiers, poursuivit Daphné en se tournant vers son mari. Ce fabricant de porcelaine à Lisbonne qui a des problèmes de liquidités — on dirait bien qu'ils viennent de nous donner le feu vert. Le liquide que nous allons injecter devrait les remettre sur pieds. Je pense que c'est un bon investissement : leurs produits sont très raffinés, et le tourisme redémarre. Mais tu peux signer plus tard, je ne vais pas te déranger avec ça maintenant. Viens dans quelques minutes, conclut-elle à l'adresse de sa belle-fille. Le café sera prêt.

Dès qu'elle eut tourné les talons pour regagner la maison, Eleanor inonda son père de questions : **Que s'est-il passé avec l'entreprise, quand Maman est morte ? Je sais que j'ai hérité de la moitié des parts de**

Maman, mais qu'en est-il de Daphné ? Elle a automatiquement reçu une partie de ces actions, quand tu l'as épousée ?

À cette lecture, l'attitude de Neal changea.

— Voyons, Ellie ! Au nom du Ciel, qu'est-ce que... à quoi veux-tu en venir ? Qu'est-ce que tu insinues ?

Papa, tapota Eleanor sur ses touches, **je me contente de réunir des informations. Alors ?**

— Lorsque je l'ai épousée, j'ai fait de Daphné une associée, répondit-il sèchement. Et pour marquer l'occasion, je lui ai donné quelques parts. Elle possède aujourd'hui environ un sixième de la compagnie. Tu en possèdes quinze pour cent. Autre chose ?

Oui. Entretenais-tu une liaison avec Daphné avant la mort de Maman ?

Cette fois-ci, son père explosa :

— Attention, Ellie ! Tu vas trop loin. Tu joues avec le feu, avec des choses inexistantes ! Que t'arrive-t-il, bon sang ? Comment peux-tu insinuer...

Daphné passa la tête par la porte d'entrée.

— Tout va bien ?

Neal prit une profonde inspiration :

— Tout va très bien. Nous arrivons.

Daphné leur jeta à tous les deux un regard dubitatif avant de disparaître, laissant la porte entrouverte.

Je suis désolée, Papa, tapa Eleanor. **Je n'insinue rien, et je ne juge personne. Je ne demande qu'une chose, la vérité.**

— La vérité est, « non ». Mon union avec ta mère était solide et aimante. J'étais amoureux de ta mère. Le début de ma relation avec Daphné date de bien après sa disparition.

Combien de temps après ?

Neal fixa sa fille comme si elle était devenue folle. Au bout de quelques secondes d'un lourd silence, il déclara :

— Je me refuse à croire que tu poses ces questions. Tout ça est complètement bizarre, Ellie. Qu'est-ce que tu fabriques ? Et explique-moi ça simplement, précisément, parce que là, je suis dans le brouillard.

Je pense que Maman a été assassinée.

Neal en demeura bouche bée.

— Le café est prêt !

Eleanor rentra dans la maison au pas de course, et suivit Daphné jusque dans la cuisine ensoleillée. Elle avait préparé une question pour sa belle-mère : **Daphné, ne le prends pas mal, mais de quelle couleur était ta voiture, en 1994 ?**

— Bleu foncé, répondit instantanément celle-ci après avoir jeté un coup d'œil à l'écran. Une Ford Escort d'occasion bleu foncé. Une excellente voiture. Pourquoi ?

Mais Eleanor traficotait avec son téléphone sophistiqué. Elle venait de recevoir un message de Deven Montague, qui lui envoyait les coordonnées des parents de Laura Faven, lui disait qu'il s'échinait, pour l'instant en vain, à retrouver l'infirmier qui avait remplacé Vezzani, mais qu'il persévérait.

Daphné lui tendit une petite bourse de soie noire. Eleanor en desserra les cordons, et sortit délicatement la bague de fiançailles de sa mère, qu'elle passa à son doigt, à côté de l'alliance d'Abby. Une couronne de minuscules brillants entourait un diamant rond.

Neal pénétra dans la cuisine. Daphné versa une tasse de café à la jeune femme, qui alla chercher une bouteille de lait dans le réfrigérateur.

— Oh, désolée, Ellie, j'ai oublié le lait, j'aurais dû m'en souvenir…, remarqua Daphné.

Ne m'appelle pas Ellie. Seuls Papa et Onc'Harry ont le droit de m'appeler comme ça.

Sans prendre la peine de s'asseoir, Eleanor versa une bonne dose de lait dans sa tasse, engloutit le breuvage en cinq gorgées, chuchota un « Merci, il faut que j'y aille », et ressortit de la pièce. Dès qu'ils eurent entendu la porte d'entrée se refermer, Daphné interrogea son mari :

— De quoi parliez-vous tous les deux ? J'ai cru t'entendre élever la voix.

— Ellie continue de me harceler à propos de la mort d'Abby.

— Encore ? Pourquoi ?

— Je ne sais pas. Elle... elle pense qu'Abby a été assassinée.

Daphné fixa son mari, incrédule.

Chapitre 19

En l'espace d'un quart d'heure, Eleanor retourna chez elle, le temps de prendre son sac et son cahier, puis se mit au volant de sa Scirocco, garée sur le parking derrière son immeuble. Elle entra l'adresse des Faven dans son GPS, et se mit en route pour Lafayette.

La circulation de ce dimanche après-midi était fluide. À l'approche de Lafayette, elle serpenta entre des maisons entourées de pâturages et de chevaux au pré des deux côtés de la route, et passa devant une école d'équitation qui éveilla des souvenirs : *Maman me conduisait ici pour des leçons d'équitation ! Je me souviens de mon cheval, une grosse jument pinto baptisée Cheyenne. Il y avait aussi un grand palomino du nom de Topper, qui adorait la bière... quand son propriétaire ouvrait une bouteille, le cheval devenait fou... il levait la tête, et attendait que l'homme lui renverse la bouteille dans la bouche, je me souviens des bruits de déglutition, ensuite, il relevait la lèvre supérieure, montrait les dents et s'ébrouait... Maman et moi étions mortes de rire...*

La douce voix féminine du GPS lui indiqua de tourner à gauche au prochain carrefour. Cinq résidences et une centaine de mètres plus loin, elle fit halte devant une petite maison de bois blanche aux encadrements de fenêtre peints en bleu, de même que la porte d'entrée, à laquelle on accédait par une véranda. Le jardin, regorgeant de fleurs de toutes sortes en pleine éclosion protégées par des cordes électriques, était ceint d'une palissade elle aussi peinte en bleu. Un panneau manuscrit planté sur un piquet de bois près du portail attira son attention : « Attention, poney ! Merci de fermer le portail ! »

Effectivement, dès qu'elle eut soulevé le loquet pour entrer, un gros poney blanc tacheté de noir fit son apparition en trottinant depuis l'arrière de la maison. Il se dirigea droit sur elle, et frotta son nez contre ses poches. Eleanor le gratta derrière les oreilles, le contourna et, armée de son cahier sur lequel elle avait composé un texte d'introduction, grimpa les marches de la véranda et sonna à la porte. Devant Eleanor ravie, le poney gravit de même le seuil avec agilité, et patienta gentiment à côté d'elle.

Une femme qui devait avoir entre soixante et soixante-dix ans, aux cheveux bruns dont les racines blanches révélaient la teinture, lui ouvrit. Son visage bronzé et ridé était dépourvu de maquillage, et ses yeux étaient d'une couleur identique à celle de la porte et de la palissade. Très nettement en surpoids, elle portait un pantalon flottant et une ample chemise qui dissimulait son volumineux tour de taille.

Elle répondit au sourire muet d'Eleanor par un :

– Oui, que puis-je faire pour vous ?

La jeune femme brandit son grand cahier : **Bonjour, je ne peux pas parler. Je m'appelle Eleanor Wilder. Si vous êtes Mrs. Faven, puis-je vous poser quelques questions à propos de votre fille Laura ? Cela concerne ma mère, une patiente de la clinique Hilltop, à Piedmont, où votre fille a travaillé en 1994. Je ne veux pas vous déranger, cela ne prendra que peu de temps.**

Mrs. Faven contempla la très jolie jeune femme qui se tenait sur sa véranda par ce dimanche après-midi. Elle chassa le poney d'un geste, et invita Eleanor à entrer.

— Mon mari et moi, nous n'avons jamais, jamais compris pourquoi Laura avait fait cela. Il n'y avait tout simplement... aucune raison ! Elle n'avait jamais été déprimée, jamais ! C'était une jeune femme ordinaire, heureuse. Elle travaillait — elle adorait sa profession d'infirmière — et elle était amoureuse ! Elle était fiancée, devait se marier. Cela n'avait aucun sens.

Eleanor examina le salon vieillot dans lequel on l'avait reçue, et qui lui évoqua celui de l'un de ses livres d'enfants favoris, *Les Quatre Filles du Dr March* : des tapis ovales multicolores éparpillés un peu partout sur le parquet de bois naturel. Un poêle Franklin qui se dressait au milieu du mur du fond, entouré de part et d'autre de paniers, l'un rempli de bûches, l'autre de petit bois. Le dossier du rocking-chair sur lequel elle était installée, orné d'un repose-tête au crochet et garni d'un généreux coussin rond également au crochet qui lui calait les fesses. Le canapé et un autre fauteuil étaient également recouverts de coussins et de garnitures au crochet. Dans un coin était posée une vieille cruche à lait en étain emplie de fleurs séchées. Tout dans la pièce semblait provenir de l'héritage d'une arrière-arrière-grand-mère.

Ainsi que l'avait décrit Deven Montague, il y avait des photos de Laura partout, accompagnée, sur certaines d'entre elles, d'une jeune fille aux mêmes cheveux blonds.

Il s'agit de votre autre fille ? écrivit Eleanor sur son cahier.

– Oui, c'est Barbara. Elle a deux ans de moins. Les deux sœurs étaient très proches, et la mort de Laura l'a quasiment anéantie.

Je suis vraiment désolée, désolée de raviver ces souvenirs douloureux. Préférez-vous que je m'en aille ?

– Oh non, non ! Cela me fait du bien de parler d'elle. Mon médecin me dit que je ne dois pas garder tout ça refoulé à l'intérieur, que je dois en parler, même après toutes ces années. Je peux vous offrir un jus de fruit, un café ?

Eleanor refusa d'un signe de tête et, tournant la page de son grand cahier, griffonna rapidement : **Le détective qui est venu vous interroger, Deven Montague, venait de ma part. Il m'a lu la lettre qu'elle avait laissée avant de se suicider. Qu'en avez-vous pensé ?**

– Elle nous a paru incompréhensible, impossible à accepter. Elle ne ressemblait pas à Laura. Elle se serait... davantage expliquée. Laura était très ouverte, bavarde, adorait discuter. Quand elle parlait de quelque chose, ce n'était jamais... bref. (Mrs Faven se laissa aller à un petit rire.) Nous l'appelions « notre petit moulin à paroles ». Miss Wilder, je vous jure que si notre Laura avait voulu mettre un terme à son existence, ce dont on ne me convaincra jamais, elle nous aurait laissé une lettre de quatre pages pour nous donner ses raisons, et pas un mot de quatre lignes qui n'expliquait rien !

Pourriez-vous me le montrer ?

— Bien entendu.

Mrs. Faven s'éclipsa, et réapparut avec une feuille pliée, qu'elle tendit à Eleanor. Le papier jaune aux fines lignes vertes provenait d'un bloc 21 × 29,7 standard. Georgia et nombre de ses collègues chez *HOMINIDES* utilisaient ce type de bloc, de même que son père. L'écriture de Laura Faven était plutôt grande et ronde, appliquée, un peu scolaire. Le mot était tracé au sommet, laissant les trois quarts restants de la feuille vides.

À votre avis, que signifie, demanda-t-elle tout en jetant un œil au texte, **« Nous nous reverrons là-bas » ? Était-elle croyante ? Croyait-elle au paradis, ou à une vie future ?**

— Oui. C'est la seule petite chose qui pourrait laisser croire qu'elle s'est suicidée. Elle était très croyante, et nous disait souvent que nous nous retrouverions tous un jour là-haut, au paradis.

Excusez-moi de m'exprimer de façon aussi brutale, mais avez-vous jamais envisagé qu'elle ne se soit pas suicidée ?

La question ne parut pas surprendre Mrs. Faven.

— Comment aurait-il pu en être autrement ? Nous avons dit à la police que nous refusions d'envisager l'éventualité du suicide. Ils ont étudié l'hypothèse d'un meurtre, mais sans rien trouver. Laura n'avait pas d'ennemis, personne n'avait aucune raison de lui faire du mal. Et puis... (Mrs. Faven s'interrompit une seconde :) la façon dont elle a... Ce n'était pas... C'était tellement horrible de croire qu'elle se serait tranché les poignets dans la cuisine, c'est impossible... Elle aurait eu la décence de... Mon Dieu, je ne sais pas, mais elle aurait pensé à nous, elle nous aurait épargné de la découvrir comme ça.

D'un seul coup, Eleanor distingua les nuances du chagrin, d'un brun-rouge profond, qui s'enroulaient autour du visage de son interlocutrice au fur et à mesure qu'elle revivait cet effroyable événement.

— Le mystère demeurera entier.

Eleanor lui rendit le mot. **M'autorisez-vous à rencontrer sa sœur Barbara ?**

— Bien sûr. Tenez, dit Mrs. Faven en lui prenant doucement le cahier des mains, je vais vous écrire son numéro de téléphone. Oh, pardon... Vous ne pouvez pas l'appeler. Voici son adresse de messagerie, et je vais la prévenir que vous allez entrer en contact avec elle. Elle vit en ville... Elle est professeur, expliqua-t-elle tout en écrivant. Puis-je vous demander pourquoi vous enquêtez sur la mort de ma fille ?

En gestes rapides de son feutre noir, Eleanor répondit : **Je veux découvrir les circonstances de la mort de** ma mère. Tout comme dans le cas de Laura, je ne pense pas qu'elle soit morte de la façon dont tout le monde en est convaincu. Votre fille travaillait à la clinique la nuit où ma mère est décédée. Je vous en prie, ne croyez pas que je la soupçonne.

Je ne peux pas vous faire part de mes soupçons. Elle était blonde. Elle forniquait dans la douche avec un inconnu alors que ma mère agonisait ; non, je ne peux pas vous dire une chose pareille…

Ce que je soupçonne, c'est que la mort de Laura a peut-être un rapport avec celle de ma mère. Je dis bien peut-être.

La perplexité se lut dans le regard bleu de Mrs. Faven.

— Je ne comprends pas bien, mais vous êtes la première personne à dire que le suicide de notre fille… n'en était peut-être pas un.

Elle se leva de son fauteuil en osier.

— Si vous découvrez quelque chose, pouvez-vous être assez gentille pour m'en faire part ? Je sais que cela remonte loin, mais depuis que la police n'a rien trouvé, il y a de cela des années, personne ne s'est jamais vraiment intéressé à la mort de Laura. Si jamais vous trouvez quelque chose, quoi que ce soit, vous reviendrez me voir ? Mon mari est absent cet après-midi, mais la prochaine fois, si tant est qu'il y en ait une, il pourrait être là. Ou bien, évidemment, nous pouvons venir, où que vous soyez.

— Bien sûr, articula Eleanor.

La jeune femme se dirigeait vers la porte d'entrée lorsqu'il lui vint une idée, et elle écrivit :

Comment s'appelait le fiancé de Laura ?

— Patrick. Patrick Lawrence. Il était aussi dans le secteur médical.

— Où puis-je le trouver ? articula de nouveau silencieusement Eleanor.

— Je n'en ai aucune idée. Nous n'avons jamais eu vraiment l'occasion de faire sa connaissance. Leur idylle a été rapide, et nous ne l'avons jamais revu.

Laurence, ou Lawrence ?

— Avec un *w*, je crois.

Le téléphone retentit alors qu'Eleanor déverrouillait sa porte. Elle se précipita et décrocha juste à temps pour entendre la voix d'Egbert, si agréable, un peu voilée avec un soupçon de zézaiement, *oh mon Dieu, cette fois-ci, j'ai l'impression de me liquéfier, comme une glace à la vanille* :

— Hum... Eleanor, eh bien... j'espère que c'est bien vous au bout du fil. Si c'est le cas, vous ne pourriez pas, par exemple, un truc du genre frapper deux fois sur la table avec le combiné...

Eleanor s'exécuta.

— Oh ! Génial ! Salut ! Comment allez-vous ? Ah, pardon, j'espère que tout va bien. Je... eh bien, j'ai beaucoup apprécié notre sortie de ce matin. Je… heu… j'ai consulté mon planning à l'hôpital, et je peux vous accompagner pour rendre visite au docteur Holmes, soit demain vers dix-huit heures, soit jeudi à la même heure. Vous pouvez m'envoyer un texto maintenant pour me dire ce qui vous convient le mieux, et me donner également son téléphone. Je peux l'appeler pour prendre rendez-vous, si vous voulez… Heu… Eh bien… J'attends votre message. Heu… Mes meilleurs sentiments.

Ses meilleurs sentiments ! En voilà une banalité ! Il est troublé. Ce doit être pour ça. Mais pourquoi est-il troublé ?

« Bonjour, Egbert Archibald. Demain dix-huit heures, c'est parfait. Rappelez-moi », lui renvoya Eleanor par texto, ajoutant le numéro de téléphone d'Andrew Holmes.

Egbert lui répondit en moins de cinq minutes :

« Je viens de parler à Holmes, il peut nous recevoir demain soir. Je viens vous chercher chez *HOMINIDES* à dix-huit heures, au plaisir de vous revoir ; pouvez-vous dîner avec moi ensuite ? »

« Au chinois », répondit-elle.

Elle expédia ensuite un e-mail à Deven Montague, lui donnant le nom de Patrick Lawrence, et lui expliquant qu'il s'agissait peut-être de l'infirmier qui avait remplacé Vezzani cette nuit-là. Elle écrivit également à Barbara Faven, s'accorda une longue douche presque brûlante, se confectionna une omelette avec une salade, alla se coucher – en fermant à clé la porte de sa chambre – et sombra dans un sommeil profond et sans rêve.

Chapitre 20

Le docteur Andrew Holmes les accueillit en personne. Quatre-vingt-quatre ans, un visage étonnamment dépourvu de rides, droit comme un *i*, une expression avenante. L'humour et l'intelligence étincelant dans ses yeux bleu saphir, derrière des lunettes à grosses montures d'écaille et sous une épaisse tignasse argentée, frappèrent immédiatement Eleanor.

— Docteur Vezzani, ravi de vous revoir après toutes ces années. J'ai suivi votre carrière avec beaucoup d'intérêt. Je vous en prie, entrez, entrez !

Il les fit pénétrer dans le vestibule, et se tourna vers Eleanor d'un air interrogateur.

— Docteur Holmes, voici Eleanor Wilder, expliqua Egbert. Comme je vous l'ai raconté au téléphone, elle aimerait vous interroger à propos de sa mère, qui fut une de vos patientes.

Eleanor échangea avec le docteur Holmes une poignée de main ferme.

— Bien sûr, pas de problème ! Suivez-moi, dit-il en les précédant dans le couloir, où leurs pas claquèrent sur un parquet de chêne ciré, et en les faisant pénétrer dans le salon. Asseyez-vous, je vous en prie. Que puis-je vous offrir ? Du vin, un jus de pomme, du café ?

Avec un sourire, Eleanor articula : « Du vin, merci. »

— Bien, bien, et vous, docteur ?

— Du vin, c'est parfait.

— Très bien.

L'atmosphère de la pièce était un peu étouffante ; Eleanor jeta un coup d'œil à l'unique fenêtre, que de lourds rideaux bordeaux dissimulaient. Une bouffée de l'odeur du docteur Holmes lui parvint aux narines. Il sentait effectivement le vieil homme, pas la saleté, ni une odeur désagréable, mais celle de quelqu'un qui ne sortait jamais prendre l'air, comme si son existence entière se déroulait entre ces quatre murs.

Au-dessus du gigantesque radiateur en fonte poussé au maximum était accrochée une série de diplômes de médecine encadrés. Eleanor ressentait les vagues de chaleur excessive se répandre à travers la pièce. Un immense et magnifique tapis d'Orient aux tons bleus et rouges couvrait presque entièrement le sol, et un coffre chinois à motifs gravés supportait un vase de fleurs séchées, chinois lui aussi, ainsi qu'un joli pied de lampe en bronze figurant une oie sauvage en vol.

Holmes versa trois verres de vin rouge d'une carafe posée sur la table basse à côté d'une brique de jus de pomme.

– Un petit merlot tout simple. Asseyez-vous, prenez place !

Eleanor et Egbert s'installèrent côte à côte sur le canapé, et Holmes s'enfonça dans un profond fauteuil de cuir face à eux. Eleanor inscrivit quelque chose et montra son cahier à Egbert, qui le passa ensuite au vieux médecin : **Merci d'avoir accepté de nous recevoir. Nous ne vous ferons pas perdre trop de temps.**

Andrew Holmes émit un gloussement :

– Je vous en prie, faites-moi perdre du temps ! C'est tout ce qu'il me reste, aujourd'hui. Que puis-je pour vous ?

Eleanor lança un regard à Egbert, qui entama la série de questions :

– Docteur Holmes, vous vous souvenez d'Abby Wilder ?

– Tout à fait. Après votre coup de fil d'hier soir, j'ai ressorti mes notes, expliqua-t-il en prenant sur la table devant lui un petit calepin. J'ai pris des notes sur absolument tous mes malades. J'en ai des centaines, réparties sur environ vingt calepins. Je ne sais pas très bien à quoi cela pourrait servir, mais un jeune chirurgien voudra peut-être les consulter un jour... Voyons... (Il l'ouvrit à une page marquée.) 21 mars 1994... Abby Wilder. Multiples fractures au bras gauche, fracture du genou droit, fracture ouverte du tibia gauche... Cinq côtes cassées, mâchoire brisée...

Egbert jeta à la dérobée un coup d'œil à Eleanor, devenue livide.

Holmes leva les yeux, et surprit son expression.

— Le pire était la fracture ouverte. C'est la première chose que j'ai dû soigner. Le bras était cassé en trois endroits, mais ces trois fractures-là ont été réduites sans problème. Nous avons dû ligaturer la mâchoire, quant aux côtes, ma foi, il n'y avait pas grand-chose à faire.

Eleanor se ressaisit et formula une question sur son cahier :

Souffrait-elle de lésions cérébrales ?

— Non. Enfin, oui, mais il ne s'agissait que d'une commotion cérébrale. Elle est arrivée à l'hôpital inconsciente, ce qui était une bénédiction, mon enfant, sinon elle aurait énormément souffert.

A-t-elle à aucun moment été en danger mortel ?

— Son état postopératoire était stable.

Eleanor regarda Egbert, et hocha la tête. Celui-ci poursuivit :

— Docteur, nous avons préparé ensemble ces questions avant de venir. D'abord... Lui avez-vous prescrit un traitement cardiaque ?

Holmes consulta de nouveau ses notes.

— Non.

Eleanor et Egbert échangèrent un regard.

— À votre connaissance, Mrs. Wilder ne souffrait donc pas de troubles cardiaques ?

— Elle manifestait une légère arythmie, sans rien de grave, qui aurait pu résulter du traumatisme de l'accident. Mais rien de suffisamment sérieux pour nécessiter un traitement. Deux jours après les opérations, son rythme cardiaque était normal.

La jeune femme consulta ses propres notes, puis écrivit en grosses lettres : **S'agissait-il d'un syndrome de Luciani-Wenckebach ?**

Holmes eut l'air surpris :

— Où avez-vous été chercher ça ?

Eleanor eut l'air déconcerté.

— Je n'ai fait mention d'aucune hypothèse d'un tel syndrome. La possibilité existe, bien entendu, car le Luciani-Weckenbach n'est pas très connu, ni facile à diagnostiquer.

Le pronostic est-il fatal ?

— Non.

Eleanor écrivit rapidement : **Mais sur son certificat de décès, vous avez porté comme cause de la mort : arrêt cardiaque. Vous n'avez éprouvé aucun doute ?**

Andrew Holmes répondit avec un imperceptible soupçon d'irritation :

— À moins d'être absolument certain de la cause du décès, j'éprouve toujours des doutes, miss Wilder. (Il s'adressa à

Vezzani.) Vous êtes médecin. Vous savez que ces... incidents se produisent. Cela arrive, les décès inattendus. Vous voulez mon avis ? fit-il en se retournant vers Eleanor. Votre mère avait subi un choc effroyable. Deux opérations longues et compliquées ; on lui avait administré des doses de morphine impressionnantes. Son cœur a tout simplement lâché.

Quelqu'un a-t-il pu commettre une erreur dans le dosage de la morphine ?

— Bien sûr, cela peut toujours se produire, mais c'est un élément sur lequel je n'avais aucun contrôle.

Pourquoi n'avez-vous pas ordonné une autopsie ?

L'attitude enjouée de Holmes tourna une nouvelle fois légèrement à l'aigre :

— Heureusement pour vous, mon enfant, je conserve le souvenir de ce cas, parce que votre mère était exceptionnellement courageuse et agréable, oui, agréable. Je me souviens d'avoir recommandé une autopsie, mais votre oncle — votre oncle célèbre qui sera peut-être un jour notre nouveau gouverneur — a refusé.

Mon oncle ? répéta Eleanor, perplexe.

— Si je me souviens bien, et j'ai une excellente mémoire, il s'exprimait au nom de votre père. Harold Wilder est immédiatement venu à l'hôpital le lendemain matin. Il transmettait l'avis de votre père, qui n'était pas encore revenu d'un quelconque voyage.

Eleanor absorba cette nouvelle information. Ensuite, elle griffonna une autre question, qu'elle tendit au chirurgien.

Celui-ci la déchiffra, puis contempla longuement son expression intense avant de répondre :

— Je comprends maintenant la raison de votre visite, miss Wilder. Je sais que vous étiez présente au moment du décès de votre mère. Je sais que vous êtes la petite fille qui a perdu sa voix. Et je peux peut-être apaiser vos inquiétudes : je vous affirme que non, l'arrachement des perfusions ne pouvait pas provoquer sa mort. En aucun cas, jamais de la vie.

La jeune femme ferma les paupières, luttant pour maîtriser le flot d'émotion qui montait *crescendo*. Lorsqu'elle les rouvrit, à travers le brouillard de ses larmes, elle distingua le sourire compatissant du vieil homme.

Elle se leva, en proie à son effroyable et terrifiant souvenir.

MAMAN ! Je hurle en fixant les lèvres violettes tordues en un effrayant sourire. MAMAN ! Mais je n'entends pas ma propre voix…

Les jambes d'Eleanor se dérobèrent sous elle.

Egbert bondit, alarmé, et la rattrapa avant qu'elle ne s'effondre. Holmes se leva en même temps, avec une agilité surprenante pour son âge.

Quand Eleanor revint à elle, ce fut pour se sentir en sécurité au sein de deux bras puissants. La fossette du menton d'Egbert se précisait peu à peu à ses yeux. Elle remarqua très nettement, sous le pull bleu marine, la blancheur de sa chemise mal boutonnée, le col de travers. Et lorsque le regard d'Eleanor effleura son visage, le flot cramoisi aux ondulations amoureuses rosées irradiant des yeux d'Egbert effaça et remplaça l'image terrible du masque mortuaire de sa mère. Et au lieu du dernier gémissement atroce d'Abby Wilder, elle perçut la voix douce et affectueuse d'Egbert, qui lui murmurait à l'oreille, « Eleanor, Eleanor »...

— Eleanor, Eleanor, murmurait-il sans interruption tout en la déshabillant lentement, effleurant de ses lèvres le creux de sa nuque puis la faisant pivoter, lui embrassant tour à tour le front, les cheveux, une épaule nue, dénudée, pendant qu'elle, tout ce temps, retenait son souffle, les yeux fermés, incapable de bouger, engloutie dans un tourbillon sensuel.

Une fois nue debout devant lui, tandis qu'il la contemplait en chuchotant « Tu es si belle, si belle », sa passion se déchaîna. De ses deux mains tendues, elle l'attira à elle, appuya sa tête contre ses seins, se pencha pour trouver sa bouche, *oh, oh*...

Puis elle défit le deuxième bouton de la chemise d'Egbert, boutonnée de travers, embrassa sa poitrine bouclée, descendit sa chemise le long de ses bras...

La même pensée les frappa au même moment, ils se séparèrent, et il la lui formula à voix haute :

— Je n'ai pas de préservatif. Et même si c'était le cas, je ne veux pas de caoutchouc entre nous... Nous allons devoir prendre nos précautions. Nous sommes des adultes conscients et responsables, n'est-ce pas ? souffla-t-il dans un halètement.

En dépit de sa frustration, Eleanor acquiesça d'un hochement de tête.

— D'accord, demain, je prélèverai un peu de ton sang, ton sang si précieux, j'aime ton sang, j'aime... Et nous ferons tous les deux un test de dépistage... Je le ferai faire vite, très vite, et entre-temps, ce soir, nous pouvons faire tout ce que nous voulons, sauf... Oh, Eleanor, Eleanor...

Ils se dirigèrent vers le lit, dans la chambre d'Egbert surplombant le port, comme au ralenti, comme si tous les deux souhaitaient voir ce moment et tous ceux qui allaient suivre durer une éternité. Et puis, ils firent tout ce qui était en leur possible, de leurs doigts, de leurs langues, de leurs orteils, de leurs têtes, de leurs jambes, de leurs bras, de leurs nez, jusqu'à ce que, toute passion assouvie, délicieusement épuisés, sublimement comblés, ils reposent tous deux sur le côté, front à front.

Il était quatre heures du matin. Ils n'avaient toujours pas dormi. Un bras passé autour du cou d'Egbert, une jambe autour de sa taille, la tête d'Eleanor était nichée entre sa poitrine et son bras. À demi-pleine, la lune filtrait à travers la fenêtre, accompagnée de quelques étoiles endormies suspendues à des fils invisibles.

— ... Notre mariage a duré six ans. Je voulais des enfants, mais pas elle. Notre relation s'est lentement réduite à néant, et nous avons tout simplement cessé de nous aimer. C'était une erreur, nous étions tous les deux trop jeunes. Aujourd'hui, je me demande si je l'ai jamais vraiment aimée. Comparé à ce que je ressens pour toi, ce n'était rien ; jamais je n'aurais pensé être habité de telles sensations, aujourd'hui, cette nuit.

Eleanor leva le visage, incapable de résister à la tentation d'embrasser son nez, sa fossette, ses yeux, son front. Elle se recula ensuite, attendant qu'il poursuive :

— Tu me donnes... Avec toi, j'ai le sentiment de renaître, Eleanor. J'ai envie de crier, de rire, de danser, d'escalader les montagnes... Impossible de dormir, de manger, je ne pense qu'à toi. C'est comme si tu m'avais éveillé d'un long coma. Je t'aime, Eleanor Wilder.

— Je t'aime aussi, murmura-t-elle.

Ses paroles silencieuses, si douces, si près de ses lèvres, il les aspira, les engloutit, les sentit le nourrir, courir dans ses veines.

Ils finirent par s'endormir, et lorsque la force de l'habitude réveilla Egbert à six heures, ils n'avaient pas bougé de leur position fusionnelle, en cuiller, les fesses d'Eleanor nichées au creux d'Egbert, sa nuque sous son menton. Egbert tenait un de ses seins dans le creux de sa main.

La jeune femme remua. De légers gémissements s'échappèrent de ses lèvres, suivis d'un « Maman ? » dans un marmonnement rauque, puis de nouveau, plus fort cette fois-ci, « Maman ? ». Elle se retourna pour enfouir son visage dans la poitrine d'Egbert.

Il retint son souffle, puis chuchota :

— Eleanor ?

Elle respirait régulièrement. Il répéta :

— Eleanor ?

Elle remua de nouveau, ramena les bras sous son menton, poings serrés. Puis elle ouvrit brusquement les yeux, recula, et fixa son regard sur lui.

— Eleanor, j'ai entendu ta voix. Parle-moi.

Elle m'a dit que maintenant, je pouvais cheminer seule. Maman est venue, et m'a dit que j'étais seule.

Elle ouvrit la bouche. Aucun son ne franchit ses lèvres.

Ils prirent leur douche ensemble, se savonnant mutuellement, s'explorant de nouveau l'un l'autre, incapables de s'empêcher de se toucher. Agrippée à la douche des deux mains, l'eau chaude cascadant sur son visage, Eleanor faillit s'évanouir de plaisir tandis qu'il la caressait lentement.

Pendant qu'Egbert préparait le café, Eleanor demeura à ses côtés, incapable de s'empêcher de garder un contact physique avec lui. Elle consulta ses e-mails, et trouva une réponse de Barbara Faven, qui lui communiquait l'adresse de l'école où elle travaillait et les horaires auxquels elle pouvait la voir. Elle lui demanda si elle pouvait venir la rencontrer une heure plus tard. Elle avait également un message de Deven Montague : « Patrick Lawrence travaille pour les services d'urgence, il est conducteur d'ambulance. Marié, un enfant. Adresse : 116 de Gaulle Street à

Oakland. Si vous avez besoin de moi, je peux aller avec vous, prévenez-moi. Bonne chance. »

Elle le montra à Egbert, qui haussa les sourcils :

— Alors, tu l'as retrouvé ? Comment ?

— Te raconterai plus tard, fit-elle dans un souffle tout doux.

— Oui, son nom me revient, maintenant. Alors, il est devenu conducteur d'ambulance ? Ça ne m'étonne pas. Laisse-moi m'occuper de ça, d'accord ? Enfin, je ne veux pas me mettre à te dire quoi faire, je ne ferai jamais ça, mais… laisse-moi le voir le premier.

Eleanor marqua une seconde avant de demander :

— Pourquoi ?

— Parce que je sais ce dont tu es capable. Tu pourrais te fourrer dans une position dangereuse. Si tu préfères, nous pouvons y aller ensemble. Attends-moi, je veux le voir avec toi. Nous en discuterons ce soir, d'accord ?

Ils se servirent jus d'orange, café et toasts. Ils s'embrassèrent, se touchèrent, s'effleurèrent. Incapable de manger grand-chose, Eleanor alla s'asseoir à califourchon sur les genoux d'Egbert, taille contre taille, encerclant sa chaise de ses jambes.

— Pourrais-tu me déposer… commença-t-elle en un sifflement rauque et sexy à son oreille, avant de s'interrompre car son discours était trop flou et incompréhensible.

Elle attrapa son téléphone portable derrière elle, et composa : « Peux-tu me déposer à l'école où travaille B. Faven sur le chemin de l'hôpital ? »

— Bien sûr, répondit-il dans un souffle avant de l'embrasser de nouveau, encore et encore, entre deux bouchées de toast.

Il sortit sa trousse médicale et lui fit une prise de sang, puis désinfecta à l'alcool la minuscule bulle qui s'était formée, et colla un pansement. Il porta à ses lèvres le creux de son bras, et l'embrassa délicatement, tout autour du sparadrap, puis remonta par petits baisers successifs de son bras à son épaule, sa nuque, son oreille, sa bouche.

Oh mon Dieu, mon Dieu, c'est le bonheur.

Avant de se séparer dans la voiture d'Egbert, ils s'embrassèrent de nouveau, langues mêlées, cerveaux tourneboulés ; il leur fut quasiment impossible de s'arracher l'un à l'autre.

— Je reviendrai te chercher ce soir à *HOMINIDES*. Je serai peut-être un peu en retard, attends-moi. D'ici là, je compterai les secondes, les minutes. Nous aurons les résultats du dépistage, donc ce soir... Oh Eleanor, ce soir... Demain, j'ai un emploi du temps chargé, et une réunion tardive avec... Nous ne pourrons pas nous voir... Eleanor...

Elle l'interrompit avec un autre baiser et un message sur son grand cahier : **Je dois passer chez mon père après le boulot... Fêter leur anniversaire de mariage. Tu**

peux venir me chercher là-bas ? À n'importe quelle heure ce soir ?

Il acquiesça de la tête, haletant. Elle lui inscrivit l'adresse avant de s'arracher à son étreinte.

Vêtues de jupes bleues et de chemisiers blancs, cartables sur le dos, des jeunes filles étaient attroupées devant l'entrée de l'établissement, une grande porte blanc cassé au milieu d'un impeccable mur de briques. Au fronton, se lisait en lettres de métal brossé : « Collège privé de filles Emily Dickinson ». Eleanor les rejoignit et se retourna pour croiser une dernière fois le regard de son amant. Il démarra, et elle eut le sentiment d'un déchirement, le cœur débordant d'amour.

Barbara Faven l'attendait à l'intérieur, juste à l'entrée. Elle était toujours blonde, les cheveux coupés court, âgée d'une bonne trentaine d'années. Pas très grande, rondelette, avec des lunettes et du rouge à lèvres rose. Eleanor ressentit immédiatement sa nervosité.

— Vous êtes Eleanor Wilder ? demanda-t-elle.

Elles se serrèrent la main lorsque Eleanor eut acquiescé.

— Je ne dispose que d'un petit quart d'heure avant le début de mon premier cours. Vous voulez qu'on se prenne un café en vitesse ?

Eleanor hocha de nouveau la tête, et suivit miss Faven dans un labyrinthe de couloirs, slalomant entre les groupes d'adolescentes en plein bavardage, ouvrant et refermant leurs vestiaires...

J'ai vu ce décor dans tant de films, lu tant de scènes qui se déroulaient dans ces corridors d'école, un nombre incalculable de fois. Ces vestiaires ont l'air d'en avoir marqué plus d'un. Mais je n'ai jamais connu cela, jamais expérimenté ce tourbillon d'activité...

... jusqu'à atteindre la cafétéria.

Barbara leur versa deux gobelets qu'elle alla poser sur l'une des tables en Formica. Elle ne se perdit pas en bavardages.

— Ma mère m'a raconté votre visite d'hier. Elle m'a dit que vous meniez une sorte d'enquête sur la mort de votre mère, dont vous pensez qu'elle pourrait d'une façon ou d'une autre être liée à celle de Laura. Vous savez quoi ? Je suis heureuse que vous soyez venue me voir. J'ai quelque chose à vous confier, quelque chose que j'ai gardé par-devers moi toutes ces années parce que j'avais promis à ma sœur que je n'en soufflerais mot à personne. Ce que j'ai fait... jusqu'à aujourd'hui.

Eleanor tenta de dissimuler son excitation.

— Laura est venue me voir le lendemain de la mort de votre mère. Elle était dévorée... c'est le seul mot qui me vienne à l'esprit, par la culpabilité.

— Pourquoi ? articula Eleanor.

— Parce qu'elle n'avait pas répondu au signal d'appel d'urgence, si c'est bien comme cela que ça s'appelle, en provenance de la chambre de votre mère.

— Pourquoi ? répéta Eleanor.

— Parce qu'elle avait abandonné son poste. Elle se trouvait dans la douche avec son fiancé. Elle m'a raconté... (Barbara Faven s'interrompit un instant avant de continuer :) que la fille de la malade, une petite fille — je suppose qu'il s'agissait de vous — martelait la porte de la douche, et que le temps qu'ils atteignent la chambre de votre mère, elle et le type, l'interne de garde, il était trop tard. Jamais, jamais elle ne se le pardonnerait, m'a-t-elle dit. Elle était convaincue que la petite fille parlerait, qu'elle allait perdre son travail, sa licence d'infirmière... Toute sa carrière serait fichue. Elle m'a également raconté que son fiancé avait brutalement rompu avec elle, avait brisé leurs fiançailles le lendemain de la mort de votre mère, et sans aucune raison. Ce soir-là, elle s'est suicidée.

Connaissiez-vous son fiancé ? écrivit Eleanor sur son cahier.

— Non, je ne l'ai jamais rencontré. La seule chose que m'ait dite Laura, c'est qu'elle était dingue de lui... cela avait été le coup de foudre.

S'appelait-il Patrick Lawrence ?

— Patrick, oui, mais je ne suis pas certaine de son nom de famille.

Un lourd silence tomba.

— Vous n'avez jamais rien dit, n'est-ce pas ? demanda doucement Barbara.

Eleanor secoua la tête.

— Je suis tellement désolée de cette épreuve que vous avez traversée. Je voudrais m'excuser au nom de ma sœur. Je suis très heureuse de pouvoir le faire pour elle. C'était une personnalité merveilleuse, aimante, et ce qui s'est passé l'a dévastée. Elle s'est simplement laissé entraîner par la passion. Pouvez-vous... du fond de vous-même, pouvez-vous lui pardonner, miss Wilder ?

Eleanor hésita. Barbara Faven repoussa sa chaise et se leva. Eleanor fit de même et souffla : « Ne m'en veuillez pas. »

Elle lut la tristesse dans les yeux de l'autre femme.

Les bureaux du journal étaient situés à l'opposé de l'école. Eleanor héla un taxi et arriva à *HOMINIDES* quelques minutes après dix heures. À peine l'eut-elle aperçue que Georgia bondit de son poste de travail, et les deux amies s'embrassèrent comme si elles ne s'étaient pas vues depuis des mois.

— Ellie, tu étais incroyable, souffla Georgia à l'oreille de la jeune femme. Ton concert était inoubliable. Adham est tombé amoureux de toi. Je suis morte de jalousie, et je ne le laisserai plus jamais t'approcher à moins d'un mètre ! Je voudrais que tu fasses sa connaissance, je suis raide amoureuse ! Quand pouvons-nous nous voir tous les trois ?

Elles se séparèrent. Eleanor, le regard pétillant et un sourire espiègle aux lèvres, se saisit de la main de Georgia et tira celle-ci jusqu'à son propre bureau, où elle alluma son ordinateur. Dès que le fond d'écran représentant un ciel étoilé rose et bleu nuit apparut, elle ouvrit un nouveau document et pianota sur le clavier : **J'ai tellement de choses à te raconter. Moi aussi, je suis amoureuse, Georgia, moi aussi, moi aussi, moi aussi !**

— Oh bon Dieu, Ellie, de qui s'agit-il ? Ne me dis pas que... Vezzani ?

Eleanor eut à peine le temps de hocher la tête : Mike Angelo, toujours plein d'assurance et égal à lui-même, dévala l'allée au pas de charge et leur coupa la parole :

— Wilder ! Content de te voir ! Tu as une heure de retard, tu resteras une heure de plus ce soir pour récupérer. Moi aussi, j'ai beaucoup de boulot, donc je resterai aussi jusqu'à sept heures ! Super, non ?

Avant qu'Eleanor ait pu l'effacer de l'écran, il scruta sans la moindre gêne sa « conversation » privée, sa déclaration d'amour, son secret destiné aux seuls yeux de Georgia.

— Ah ! s'exclama-t-il d'une voix suffisamment forte pour que toute la salle puisse l'entendre, tu as enfin rencontré ton prince charmant ! Félicitations, Wilder !

Eleanor le dévisagea d'un regard glacial. Angelo esquissa le geste de s'éloigner, puis se retourna :

— Le papier sur ton chirurgien célèbre sort dans l'édition d'aujourd'hui. Passionnant. Dommage qu'il ne t'ait pas laissé prendre de photos. À propos, je mourais d'envie de te le demander : qu'est-ce que tu as dû faire pour le harponner ?

D'un seul mouvement vif et tout sauf aimable, Eleanor gifla son patron. Le claquement clair et net se répercuta dans toute la salle de rédaction, provoquant l'interruption de toute activité. De la première à la dernière tête, tout le monde se retourna. La joue d'Angelo avait pris une couleur marbrée, et il demeurait pétrifié, livide.

Eleanor s'empara de son grand cahier et y traça quelque chose sur toute la largeur de la page en gigantesques majuscules. Elle le brandit ensuite sous les yeux d'Angelo, puis à toute l'assistance :

JE DÉMISSIONNE !!!

Un silence sidéré s'abattit, que Georgia brisa de sa voix veloutée :

— Espèce de salopard ! Tu viens de perdre une de tes meilleures journalistes. Tu le regretteras. Et si tu lui cherches des ennuis, je serai là pour témoigner contre toi. Depuis des années, tu as harcelé toutes les femmes ici, de la première à la dernière, et je suis même surprise qu'aucune autre ne se soit plainte. D'ailleurs, j'ai même honte de n'avoir pas moi-même porté plainte ! Le jour où tu as effleuré mes seins « par inadvertance ». Tu te souviens, Mr. Angelo ? Tu te souviens que tu n'as pas vraiment effleuré mes seins, mais en fait pincé le mamelon ? Et je n'ai rien fait. Nous sommes tous des hypocrites, en réalité. Nous tenons tous à conserver nos boulots. Mais je te préviens, un seul faux mouvement, et moi aussi, je prends la porte.

Eleanor insérait déjà sa clé USB dans son ordinateur, et entreprit de copier ses fichiers. Angelo tenta de couvrir son humiliation en écartant les bras avec un haussement d'épaules, prenant à témoin toute la salle pour tenter de s'attirer la sympathie de ses employés qui, gênés, retournèrent à leurs postes et reprirent leurs occupations.

Georgia posa une main compatissante sur l'épaule de son amie, et regagna elle aussi son poste. À peine assise, la notification musicale d'un nouvel e-mail retentit : **Merci de ton soutien. Nous avons tant de choses à nous raconter ! On va essayer de dîner rapidement tous ensemble, avec Adham, même si tu viens de me dire que tu ne voulais pas que je l'approche ! Mais je veux te voir seule à seule d'abord, j'ai tant à te dire ! Écoute, dès que j'ai terminé ici, je vais voir cet infirmier qui était de garde la nuit où ma mère est morte. Je t'enverrai un message après. Bises !**

Georgia se retourna pour lancer un regard inquiet à son amie, mais celle-ci répliqua par un nouveau message : **Ne t'inquiète pas pour moi. Tu sais, je me sens tellement soulagée ! Tellement forte ! Je suis heureuse, Georgia. Follement heureuse. Je te promets de nous voir toutes les deux très, très vite.**

Vibrante d'encouragement et d'affection, l'aura bleue chaleureuse et intense de Georgia franchit les trois bureaux qui la séparaient d'Eleanor. Elle leva le pouce à l'attention de son amie, et se remit au travail.

Quant à Angelo, il s'éclipsa. Eleanor acheva de sauvegarder son travail, puis s'attela à la tâche de tout effacer sur le disque dur, pour que le journaliste qui lui succéderait trouve un ordinateur propre. Elle y passa un peu plus de deux heures. Elle débarrassa également son poste de toutes ses affaires personnelles : stylos, crayons, blocs de toutes sortes, deux clés USB supplémentaires, plusieurs numéros d'*HOMINIDES*. Elle fourra le tout dans son large sac.

Ensuite, elle fit le tour de ses collègues, et leur adressa ses adieux. Certains d'entre eux, hommes et femmes, la félicitèrent, d'autres observèrent une prudente réserve, mais tous l'embrassèrent et lui souhaitèrent bonne chance. Angelo observait la scène depuis les baies vitrées de son petit bureau.

Eleanor et Georgia se serrèrent mutuellement dans les bras.

— Tu ne veux pas aller déjeuner ? Il est midi passé, on peut manger un morceau chez *Joe's*...

Un mouvement de tête très ferme interrompit son amie, Eleanor ramassa ses affaires et sortit pour la dernière fois de la salle de rédaction de *HOMINIDES*.

Elle avait laissé sa voiture au parking depuis la veille, lundi. Elle fit halte au petit bureau au niveau de la rue pour mettre fin à son abonnement permanent. M. Brown, l'homme âgé très gentil qui gérait l'endroit, l'informa qu'il ne pouvait pas lui rembourser le restant du mois. **Pas de problème**, lui écrivit-elle sur son cahier, **mais vous pouvez le relouer dès demain, et vous faire un peu d'argent en plus !**

Aucune question, pas de « bonne chance ». M. Brown était un individu très réservé. Depuis quatre ans qu'elle garait sa voiture dans ce parking, leurs « conversations » s'étaient bornées à deux ou trois mots d'échanges. M. Brown sourit et lui fit un signe d'adieu.

Elle lui répondit d'un petit geste de la main, et prit l'ascenseur pour descendre les quatre étages. Pour la dernière fois. Pour la dernière fois, elle se rendit à sa voiture. Elle sortit sa clé, actionna la télécommande, jeta son sac sur le siège passager. À l'instant où elle s'apprêtait à insérer la clé de contact, son regard fut attiré à l'extérieur du pare-brise : à hauteur des yeux, dans la fine couche de poussière, quelqu'un avait dessiné un grand cœur, au sein duquel elle déchiffra à l'envers : « E et E ».

Un centième de seconde, elle crut que son cœur cessait de battre. *Egbert ?* Puis la peur fit place au bref sursaut d'allégresse. *Impossible. Egbert ne sait même pas que je gare ma voiture ici. Elliot.* Elle actionna le verrouillage centralisé, fit marche arrière, pour la dernière fois, dans un grincement de pneus, et monta en flèche la rampe en spirale, retenant sous souffle tout du long, ne laissant exploser un soupir retentissant que lorsqu'elle déboucha dans la rue, à la lumière du jour.

Chapitre 21

Une fois traversé le Bay Bridge, elle se dirigea vers Berkeley. Elle se gara en double file devant chez elle le temps de foncer dans son appartement et de récupérer son revolver, rangé dans le tiroir de sa table de nuit. Ignorant les récriminations de son estomac, elle sauta de nouveau dans sa voiture et entra l'adresse de Patrick Lawrence dans son GPS. Elle découvrit sur la carte en réduction qu'il vivait à quatre pâtés de maisons de la limite d'Oakland et Berkeley.

C'est l'heure du déjeuner, j'ai une chance qu'il soit chez lui. Sinon, je reviendrai ce soir ou très tôt demain matin. Je vais coincer ce salopard.

Une ambulance était garée devant la maison de Patrick Lawrence. *Il est bien là, à moins qu'il n'existe deux ambulanciers à la même adresse.* L'endroit était identique à toutes les autres habitations banales alignées en rang, avec une prétention ratée à l'architecture espagnole : tuiles d'imitation industrielles sur de faux murs d'adobe tachés. Un bougainvillée maladif qui avait perdu toutes ses fleurs grimpait même faiblement à un treillage le long de la porte.

Il lui fallut un moment pour trouver où se garer. Elle dut effectuer trois fois le tour du pâté de maisons avant de pouvoir prendre une place qui venait de se libérer, à environ trois cents mètres de l'ambulance.

Après avoir scruté le nom sur la boîte aux lettres, P. Lawrence, elle sonna. Un bébé pleurait à l'intérieur de la maison. La porte s'ouvrit, et elle se retrouva face à un grand type, vraiment très grand. Il devait bien mesurer un mètre quatre-vingt-quinze, et ses épaules saillaient sous un polo de base-ball blanc à manches longues. Son pantalon était blanc également, et ses longs cheveux bruns bouclés chatouillaient la barbe de trois jours qui lui recouvrait le menton. La bouche pleine, il s'essuyait avec une serviette en papier d'une main large comme un battoir.

Le bébé s'était mis à hurler. Eleanor afficha son plus beau sourire et sortit son cahier, sur lequel elle avait écrit : **Je ne peux pas parler. Désolée de vous déranger à l'heure du déjeuner, je suis une amie de votre femme, puis-je la voir juste une seconde ?**

Les yeux de fouine de Patrick Lawrence reluquèrent la somptueuse jeune femme de la tête aux pieds, puis remontèrent. Il ingurgita sa bouchée de nourriture et recula d'un pas pour la laisser entrer, puis referma la porte, se retourna, et demeura pétrifié.

La femme tenait un revolver à bout de bras.

Le bébé cessa de pleurer. Eleanor perçut dans le brusque silence des bruits de succion et de petits gargouillis de satisfaction.

— Chéri, qui est-ce ? demanda une voix féminine.

De la pointe de son calibre .38, Eleanor fit signe à l'homme de se diriger vers la voix, et lui emboîta le pas.

Il fit une pause sur le seuil de la porte, et l'espace d'une seconde, sa masse dissimula l'intérieur de la cuisine. Eleanor le poussa dans le dos du canon de son arme. Il entra et s'écarta, révélant la silhouette de sa femme assise à table. La tête penchée, elle berçait le nourrisson collé à son sein nu.

— Qui était-ce ? répéta-t-elle.

D'un geste, Eleanor intima à l'homme de s'asseoir à l'extrémité de la table.

Mrs. Lawrence finit par lever la tête, et découvrit la scène. Plus jeune que son mari d'au moins une dizaine d'années, ses cheveux roux étaient tressés en une natte qu'elle portait sur une épaule.

Elle laissa échapper un hoquet de surprise. Le bébé relâcha le sein de sa mère, et se mit instantanément à hurler.

Le revolver toujours pointé sur Patrick Lawrence, Eleanor s'assit sur la chaise de celui-ci, tirée devant la table de l'autre côté de sa femme, fit glisser son sac, l'ouvrit d'une main et en retira son iPad. Elle écarta l'assiette de Patrick Lawrence, qui contenait un sandwich entamé, dressa sa tablette sur son support et tapa sa première question des quatre doigts de sa main libre. Elle tendit ensuite l'écran par-dessus une bouteille de bière presque vide.

Vous êtes bien Patrick Lawrence ?

Il hocha la tête. Les hurlements du bébé redoublèrent. D'un geste de son arme, Eleanor signifia à la femme en état de choc, « faites quelque chose ». La bouche ouverte, les yeux exorbités de peur, Mrs. Lawrence offrit de nouveau le sein à la bouche avide du bébé.

Comme ça, vous êtes conducteur d'ambulance ? Alors, vous sauvez des vies ? Génial. Vous allez pouvoir sauver votre peau, à vous. Vous n'avez qu'une chose à faire, dire la vérité. Répondez par oui ou par non, rien d'autre. Compris ?

Le teint gris de cendre, Lawrence acquiesça de nouveau de la tête.

— Patrick... qu'est-ce qui se passe ? Qu'est-ce que..., souffla Mrs. Lawrence d'une voix tremblante.

— Tais-toi. Ferme-la.

Eleanor brandit sa nouvelle question : **Le 29 mars 1994, à la clinique privée Hilltop, à Piedmont. Avez-vous remplacé l'interne de garde ce soir-là ?**

— Quoi ? En 1994 ? Putain, comment est-ce que je pourrais me souvenir...

— Oui ou non ? siffla Eleanor, le réduisant au silence.

L'ambulancier paraissait sincèrement interloqué. Eleanor aiguillonna ses souvenirs : **Laura Faven, votre petite amie, travaillait là-bas. Vous vous souvenez bien d'elle, non ?**

Un éclair de compréhension transforma très brièvement ses traits. Il regarda de nouveau Eleanor, dérouté.

Il n'a toujours pas compris. Il essaye de déterminer qui je suis, et pourquoi je suis là.

Cette nuit-là, une malade est décédée. Elle s'appelait Abby Wilder.

Rien ne changea dans l'expression de Patrick Lawrence.

Vous preniez du bon temps dans la douche avec votre petite amie pendant qu'Abby Wilder agonisait, n'est-ce pas ?

Il jeta un regard nerveux à sa femme, qui contemplait toujours la scène, la bouche grande ouverte.

Eleanor eut un signe de tête en direction de sa question affichée sur l'iPad.

– Je ne peux pas répondre par « oui » ou « non ». Je peux parler ? demanda-t-il.

Elle acquiesça.

– Je... Je me souviens, maintenant. Je ne sais pas qui vous êtes, et je ne sais pas qui vous a raconté ces conneries, mais je n'ai jamais pris de douche ce soir-là, affirma-t-il d'un ton de défi.

Vous avez donc répondu à l'appel d'urgence en provenance de la chambre d'Abby Wilder ?

— Sûr et certain. Immédiatement. J'ai fait tout ce qui est prévu par le protocole pour essayer de la ranimer. Mais il n'y avait rien à faire, elle était tout ce qu'il y a de mort.

Eleanor étudia calmement l'homme devant elle.

Vous en êtes certain ?

— Sûr et certain.

Vous vous souvenez de la petite fille qui martelait de ses poings la porte de la douche, pendant que vous baisiez votre copine ?

Cette fois-ci, Patrick Lawrence se raidit.

C'était moi. Je suis la fille d'Abby Wilder. Je peux détruire votre réputation, flanquer votre vie en l'air. Si vous mentez encore une fois, j'appuie sur la détente.

Je suis trop près de lui, il pourrait me désarmer en une seconde.

Eleanor recula sa chaise de quelques centimètres, pointant toujours son arme d'une main ferme.

— OK, OK.

Sans le quitter des yeux, elle écrivit :

Quoi, OK ? Vous étiez ou vous n'étiez pas dans la douche ?

Tout ce qui lui restait de couleur s'était évanoui, et de minuscules gouttes de sueur perlaient sur son front.

Avec Laura Faven, votre fiancée ?

— Laissez-moi...

Combien de temps avez-vous passé avec elle, avant l'arrivée de la petite fille ?

— Bon sang... qu'est-ce que vous voulez dire ? Comment voulez-vous que je me souvienne de ça ! Il s'est écoulé plus de quinze ans !

Essayez de vous en souvenir. Assez de temps pour l'embrasser, la déshabiller, la caresser, faire couler l'eau chaude, entrer dans la douche... Combien de temps ?

La curiosité se révélant plus forte que la peur, Mrs. Lawrence se pencha sur l'iPad, qu'Eleanor lui tendit. La femme déchiffra ce qu'elle avait écrit, puis regarda son mari sans rien comprendre, de toute évidence.

Eleanor brandit de nouveau sa petite tablette devant le grand gaillard, qui refusait toujours de répondre.

Il a dû s'écouler au moins dix minutes, poursuivit-elle. **Donc, si Laura Faven se trouvait avec vous pendant ces dix minutes, qui était dans la chambre avec ma mère ?**

— Quoi ? Qu'est-ce que vous voulez dire ?

À l'exception de vous deux, y avait-il d'autres infirmiers de garde ce soir-là ?

Lawrence reprit son air ahuri.

Eleanor défit le cran de sûreté de son revolver, et visa très calmement le front de l'homme. Sa femme laissa échapper un gémissement de pure frayeur.

– Non, j'aurais bien aimé, là, mais je vais vous dire, s'empressa-t-il avec une panique grandissante. Je vous ai menti, je veux dire, voilà ce qui s'est vraiment passé...

Quelqu'un sonna alors à la porte tout en frappant simultanément sur le battant en vociférant :

– Eleanor ! Ouvre ! Laisse-moi entrer ! Eleanor !

Le visage d'Egbert fit brusquement son apparition de l'autre côté de la vitre de la cuisine.

– Si personne ne m'ouvre, je démolis cette fenêtre ! hurla-t-il.

De sa main libre, Eleanor fit signe à Mrs. Lawrence. Celle-ci tremblait tellement que ses jambes faillirent se dérober sous elle lorsqu'elle se leva. Le nourrisson interrompit de nouveau sa tétée mais, rassasié, se tint silencieux.

Eleanor vit la tête d'Egbert disparaître derrière Patrick Lawrence, entendit la porte d'entrée s'ouvrir. Vezzani déboula dans la cuisine et stoppa net devant le spectacle.

L'arme et le regard d'Eleanor demeurèrent stables. Elle n'eut pas un battement de paupières en direction d'Egbert, et son doigt se resserra sur la détente.

– Non ! cria la femme depuis la porte, et le bébé s'associa à son cri.

– Eleanor, pose cette arme, articula Vezzani d'un ton très calme. Allons, viens avec moi. Sortons d'ici, Eleanor.

La jeune femme contempla avec joie le visage terrifié de Patrick Lawrence lorsqu'elle pressa la détente. Le cliquetis du barillet vide constitua presque une déception. Dans la cuisine, tous les protagonistes se figèrent en un arrêt sur image cinématographique.

Eleanor baissa son arme, éteignit son iPad et le rangea dans son sac. Elle repoussa sa chaise, se leva et articula un « désolée » muet à la femme de Patrick Lawrence. Passant devant Egbert, elle sortit de la cuisine, puis de la maison.

Avant de lui courir après, Egbert jeta un regard glacial à Patrick Lawrence.

Sans faire halte une seule fois, la jeune femme atteignit la rue, et se dirigea vers sa voiture. Elle entendit la porte d'entrée claquer. La journée s'était assombrie, et la pluie s'était mise à tomber.

Egbert la rattrapa :

– Eleanor !

Au coin du pâté de maisons suivant, elle finit par se retourner. Brusquement, la pluie tombait beaucoup plus dru.

Egbert était furieux.

– Tu as perdu les pédales ! Qu'est-ce qui t'a pris, bon Dieu ? Tu m'avais promis de m'attendre. Tu n'as pas respecté ta promesse ! Tu sais que tu peux te retrouver en prison pour ce que tu viens de faire ? Tu pourrais te retrouver derrière les barreaux pour des années... des années ! Même si ton stupide flingue n'était pas chargé... Bon Dieu, Eleanor, donne-le-moi !

Elle le lui tendit calmement.

— Attention, articula-t-elle tout en levant trois doigts de la main.

Incrédule, ne sachant pas s'il avait bien compris le message, Egbert bascula le barillet avec précaution, découvrant trois balles reposant douillettement dans leurs chambres.

Il explosa :

— Tu es COMPLÈTEMENT CINGLÉE !

Il vida le barillet, fourra les balles et le revolver dans la poche de sa veste, puis l'agrippa par le bras :

— Tu aurais pu le tuer ! Tu es complètement IDIOTE ! Mon Dieu, quand je pense... (Les mots se bousculaient dans sa bouche, tant il parlait précipitamment :) J'ai dû reporter une opération parce que je t'ai appelée trois fois, que tu ne m'as pas répondu, parce que j'ai les résultats du test, que tout va bien, alors... alors j'ai appelé ton amie Georgia, je ne connais pas son nom de famille, mais heureusement, il n'y a qu'une Georgia chez *HOMINIDES*, et elle m'a dit que tu étais allée voir un infirmier... Je ne peux pas y croire, jamais plus je ne te ferai confiance !

Il la secoua, la prenant par les épaules :

— Et pourquoi ne me parles-tu pas, Eleanor ? Tu n'as rien aux cordes vocales ! Rien ! Tu sais ce que je pense ? Je pense que tu peux parler, mais que tu préfères te réfugier dans ton pauvre petit monde. Tu es pathétique ! Tu es...

— VA TE FAIRE VOIR !

Ce fut un cri rocailleux, quasiment recouvert par la pluie battante martelant le trottoir et les toits aux alentours.

La jeune femme fut aussi surprise qu'Egbert. Ils demeurèrent face à face, trempés, la stupéfaction ayant remplacé la fureur.

— Répète-le.

— Va te faire voir.

Il l'attira contre lui en une étreinte frénétique et l'embrassa comme un dément. Le sac d'Eleanor tomba sur le trottoir.

— J'ai eu tellement peur pour toi, j'avais peur de te perdre. Eleanor, redis-le, répète !

La tête contre sa poitrine, en une sorte de croassement quasiment inaudible, elle prononça :

— Va te faire voir, Egbert Archibald.

Il la regarda, la tenant à bout de bras. Elle riait et pleurait en même temps, et la pluie se mêlait à ses larmes. Il embrassa les gouttes salées sur ses joues, sur ses yeux, l'embrassa encore et encore.

Chapitre 22

Eleanor rentra chez elle en voiture sous la pluie. Elle était glacée, et une fois arrivée, se fit couler un bain. *J'en ai besoin. Pour une fois, je ferai une entorse à mes règles d'économie de l'eau. Pour une fois, soyons égoïste, j'ai besoin de mariner dans un bain bouillant.*

Centimètre par centimètre, elle se plongea progressivement dans cette divine chaleur. Elle se laissa mollement glisser jusqu'au fond, jusqu'à ce que l'eau enveloppe son corps tout entier. *Je sens son cœur battre dans mon dos, comme s'il allait bondir hors de sa poitrine. Je sens son souffle sur ma nuque. Il sent tellement bon. J'imagine la nuit à venir, oh mon Dieu, cette nuit qui vient.*

Elle revêtit une simple robe de coton noir sans manches qui moulait ses courbes ravissantes. Des bas de soie aux larges jarretières élastiques parsemées de minuscules roses rouges qui laissaient à peine un centimètre de peau nue en haut des cuisses. Un slip de dentelle noire assorti à un soutien-gorge qui moulait sensuellement ses seins ronds. Pas de bijoux. *Ainsi, il ne perdra pas de temps à essayer de défaire de minuscules fermoirs. Il glissera ses doigts sous l'élastique de mes bas. Il peut baisser la fermeture Éclair de ma robe, baisser les bretelles de mon soutien-gorge. Il peut enfouir sa tête où il veut, me caresser où il lui plaît, faire de moi ce qu'il veut...*

La pluie avait cessé, et ce début de soirée avait retrouvé sa tiédeur d'été indien. Le macadam du trottoir en pente fumait. Eleanor parcourut les cinq pâtés de maisons à pied, dans ses chaussures noires à talon plat. Elle se sentait belle, sexy et vibrante d'émotions. Le refrain d'une des plus célèbres chansons de *West Side Story* éclata dans sa tête : « I feel pretty, oh so pretty... » Elle fredonna les paroles doucement, tout bas, électrisée par sa propre voix.

Elle enfonça le bouton de sonnette. *Comme c'est curieux, de sonner à la porte de ma propre maison... Mais ce n'est plus la mienne, depuis que Daphné y a emménagé...*

Sidney, qui gloussait et parlait sans interruption avec une fille de son âge, lui ouvrit la porte. Elles étaient habillées de façon identique : jeans délavés troués aux genoux et éternel T-shirt blanc retroussé dénudant le nombril. Le cœur rouge du faux tatouage de Sidney était devenu d'un rose lui aussi délavé. L'autre gamine portait ses cheveux blonds coupés très court, à l'exception d'une mèche sur le côté, dont l'extrémité était si longue qu'elle frôlait le piercing doré de sa narine gauche. Toutes les deux avaient forcé sur l'eyeliner noir.

— Salut, fit doucement Eleanor.

— Salut, Ellie ! Voici Erica, ma nouvelle meilleure amie. Je l'appelle Er.

— Salut, Erica.

— Er, voilà ma sœur, tu sais, celle dont je t'ai parlé. Elle est... (Sidney écarquilla les yeux.) Ellie ? j'ai rêvé ou je viens de t'entendre parler ? Ellie ?

— Oui, articula une voix rauque.

— Papa ! Maman ! hurla Sidney en fonçant dans le couloir comme une dératée. Papa ! Maman ! Venez voir !

Elle pila et revint attraper Eleanor par la main, au moment où Daphné sortait du salon et où Neal dévalait les escaliers quatre à quatre.

— Que se passe-t-il ? s'exclama-t-il, l'air inquiet.

Traînant sa sœur par la main, Sidney bondissait d'excitation. Tout le monde se retrouva à mi-chemin du vestibule.

— Vas-y, Ellie, vas-y !

Eleanor regarda son père et dit :

— Qu'y a-t-il à dîner ?

Neal la fixa. Le silence s'éternisa dans la maison. Il ouvrit la bouche pour répondre « Tour... », mais sa voix s'étrangla dans sa gorge.

— Tourte au bœuf et aux rognons, annonça Nelly de sa voix profonde en sortant à son tour de la cuisine. Accompagnée de Yorkshire pudding et de purée de pommes de terre. Ellie, je t'ai toujours dit que ta voix reviendrait un jour, et qu'il ne fallait tenir aucun compte de tous ces idiots qui t'affirmaient le contraire. J'avais pas raison ?

Tout le monde éclata de rire.

— Alors, tu ne conduis toujours pas ? demanda Eleanor à Rosemary, arrivée en taxi avec deux cadeaux enrubannés.

La jeune femme s'exprimait doucement, sans forcer sur sa voix retrouvée.

— Non, je n'ai jamais appris. Je dois être une exception. Au moins, je ne me sens pas coupable de polluer la planète. Mon Dieu, fit-elle en entourant la jeune femme de son bras avec fierté, c'est tellement fantastique, Eleanor ! Harold ne va pas y croire. Il va être fou de joie ! À propos, annonça-t-elle, il va être un peu en retard. Il a tant de choses à faire en ce moment, avec l'institut, les préparatifs de la campagne... Je ne sais pas comment il tient. Il est d'une énergie sans limites.

— Qui aurait pu penser que le plus cadeau d'anniversaire serait... une voix ! Une voix ! répéta Daphné rayonnante en contemplant sa belle-fille.

Nelly fit son apparition avec un plateau chargé de flûtes à champagne, d'un bol de cacahuètes et d'une assiette de crackers au pâté. Tandis qu'elle disposait tout sur la table basse, Eleanor demanda, avec une élocution encore difficile :

— Tu n'as jamais rencontré ma mère, n'est-ce pas, Rosemary ?

— Non, et je le regrette. Elle aurait été fière de toi, aujourd'hui.

Neal pénétra dans le salon, brandissant un magnum de champagne.

— Papa, où sont les cendres de Maman ?

Neal s'arrêta net, l'air mal à l'aise.

— Je... je les ai gardées. L'urne est dans mon placard, dans ma... notre chambre. Je ne te l'ai jamais dit ?

— Non ! répliqua la jeune femme, stupéfaite. Tu ne me l'as jamais dit ! Qu'est-ce que...

Sa voix se brisa.

Nelly disparut. Rosemary et Daphné échangèrent des regards discrets et s'écartèrent vers la porte-fenêtre ouvrant sur le jardin devant la maison, où Sidney et Erica étaient étendues à plat ventre dans l'herbe en train de bavarder, têtes jointes. Neal répondit :

— Qu'est-ce que je vais en faire ? J'allais discuter de cela avec toi. Je pensais que nous pourrions un jour décider d'un endroit où les répandre.

Dans le jardin, Sidney avait retiré de son cou la clé d'Eleanor, et la montrait à Erica. Sa voix juvénile porta à travers la pelouse jusque dans le salon :

— Ellie me l'a donnée. Je peux débarquer chez elle quand je veux. Elle est vraiment cool. Et elle joue du violoncelle comme... il faut que tu l'écoutes un jour... Ah, voilà Oncle Harry !

Harold remonta l'allée qui menait à la maison, tandis qu'une berline noire se garait derrière sa Lincoln. Il adressa un signe de la main à ses deux gardes du corps, qui lui répondirent et se carrèrent sur leurs sièges à l'avant, coudes à la portière.

Sidney et Erica se dressèrent.

— Salut, Oncle Harry !

Avant que celui-ci ait pu répondre, Sidney poursuivit :

— Tu ne croiras jamais à la surprise qui t'attend à l'intérieur ! C'est absolument génial ! Géant, super ! Voici mon amie Erica.

— Bonjour, Erica. Et le bonjour à toi aussi, souricette ! Qu'est-ce que c'est que ça ?

— Oh, la clé de l'appartement d'Ellie. Elle me l'a donnée, et elle m'a dit que je pouvais aller là-bas quand je veux. Je la porte tout le temps, ajouta-t-elle en faisant rapidement tournoyer l'objet au-dessus de sa tête.

La ficelle se rompit brusquement, la clé s'envola et atterrit sur le trottoir. Sidney se précipita pour la ramasser.

— Alors, qu'est-ce qui m'attend à l'intérieur ? demanda Harold en jetant un regard vers la maison. Est-ce que je dois avoir peur ? ajouta-t-il avec une grimace et de grands battements de bras, comme s'il mourait d'effroi.

Les deux filles gloussèrent :

— Et comment ! Nous venons avec toi pour te soutenir moralement.

Intrigué, Harold pénétra dans la maison, une adolescente pendue à chaque bras. Ils approchaient du salon lorsqu'une voix âpre, inconnue, s'éleva :

— ... tu ne crois pas que c'est un peu bizarre de garder les cendres de Maman dans ton placard, avec Daphné et toi dans le même lit dans la chambre tous les soirs ? Je vais les emporter avec moi à la maison...

Abasourdi, Harold se précipita dans la pièce, et serra sa nièce contre lui à l'étouffer :

— Je le savais ! Je savais que tu retrouverais un jour ta voix ! Ma petite Ellie, c'est fantastique !

Le malaise qui régnait se dissipa. Neal fit sauter le bouchon de la bouteille de champagne. Daphné appela Nelly, les flûtes se remplirent, à moitié seulement pour Sidney et Erica. Neal porta un toast.

— C'est notre anniversaire de mariage, mais je lève mon verre à la santé de ma fille. C'est une journée vraiment exceptionnelle !

Tout le monde porta un toast à Eleanor.

— Tu te souviens quand je t'ai donné ton premier dictionnaire ? demanda Rosemary. Cela ne paraît pas si loin que ça. Tu ne parlais pas, mais tu étais capable de dévorer des pages et des pages entières de mots. Et tu te souviens quand ton père t'a offert ton premier ordinateur, quand tu vivais avec nous ? C'était une merveille. Je n'ai eu qu'à l'installer, et de ce moment-là, tu as tout appris toute seule. Et tu n'avais que huit ans ! Tout le monde était — est —

tellement fier de toi, Eleanor ! Tu as surmonté ton handicap, contre toute attente, tu as passé ton bac, tu as été diplômée de l'université de Californie, tu as intégré la meilleure école de journalisme de Berkeley, tout cela sans pouvoir prononcer le moindre mot !

— On peut sortir avec nos verres, Maman ? demanda Sidney.

Daphné consulta son mari du regard, et celui-ci acquiesça d'un signe de tête.

Les deux adolescentes s'éclipsèrent.

— Désolée de paraître obsessionnelle, mais je demeure convaincue que la mort de Maman n'était pas naturelle, déclara Eleanor d'une voix qui s'amenuisait. J'ai besoin de réponses à certaines questions.

— Voyons, Ellie, ce n'est pas vraiment le moment... intervint Neal.

— Ce n'est jamais le moment.

Eleanor regarda tour à tour toutes les personnes présentes dans la pièce, avant de déclarer :

— Je pense que l'accident de Maman n'en était pas un, et que quelqu'un est venu à la clinique achever le travail. Je sais maintenant que la nuit où Maman est morte, il y avait une autre infirmière. Je l'ai vue. Elle était blonde, mais je n'ai pas pu distinguer son visage. Maman est morte à peine une minute après que cette infirmière a quitté la pièce.

La jeune femme déglutit, et porta la main à sa gorge.

— J'ai effectué des recherches sur le chlorure de potassium. Je pense que c'est ce que cette personne a injecté dans la perfusion de Maman, qu'elle a ouverte au débit maximum. Le chlorure de potassium brûle, et Maman a crié de douleur. Tout le monde sait que cela provoque un arrêt cardiaque, et que c'est quasiment impossible à détecter. C'est un sel minéral qui existe déjà dans le corps humain. Et de toute façon, il n'y a pas eu d'autopsie.

Ces derniers mots furent articulés dans un murmure.

Toute l'assistance était bouleversée. Nelly quitta discrètement la pièce, sa flûte de champagne à la main.

— Ma puce, je persiste à penser que tu te trompes, déclara enfin Harold. Qui diable aurait eu une raison de faire du mal à ta mère ?

— Je suis tout à fait d'accord, renchérit Daphné, c'est ridicule. Je crois que tu devrais essayer de renoncer à cette idée insensée.

— Pourquoi as-tu raconté que Maman souffrait d'un syndrome de Luciani-Wenckebach ?

La question fit autant d'effet qu'une gifle à Harold, qui perdit son habituelle bonne humeur :

— Parce que c'est la vérité ! Son chirurgien, le docteur Holmes, l'a confirmé.

— Je suis allée le voir. Il m'a soutenu le contraire. Il...

— Ellie ! Il y a quelqu'un pour toi ! annonça Sidney surgissant comme un diable de sa boîte, suivie de près par

Erica, comme si les deux filles étaient liées par un invisible cordon.

Tout le monde se retourna.

Egbert Vezzani s'encadra dans le chambranle de la porte, très élégant dans un costume sombre bien taillé. Sur sa chemise bleu clair, sa cravate bordeaux était légèrement de travers, et il tenait un bouquet de roses rouges.

— Bonsoir, lança-t-il à la cantonade, mais le regard fixé sur Eleanor.

Elle pénétra calmement dans le flot de désir rouge sang qu'elle seule pouvait distinguer.

— Voici le docteur Vezzani, un bon ami à moi, souffla-t-elle en glissant la main au creux de son bras. Je te présente Daphné, ma belle-mère, mon père, Neal (les deux hommes se serrèrent la main), mon oncle et ma tante, Harold et Rosemary Wilder. Tu as déjà fait la connaissance de ma sœur Sidney et de son amie Erica.

Egbert offrit les fleurs à Daphné.

— J'espère qu'Eleanor vous a prévenue de ma visite. Je m'en voudrais de déranger une célébration familiale.

— Pas le moins du monde ! protesta Daphné, sensible au charme du chirurgien. Ma chérie, fit-elle en s'adressant à Sidney, toujours sur le pas de la porte, tu peux aller chercher une autre flûte ?

Sidney et Erica déguerpirent.

Harold s'adressa à Egbert :

— C'est un honneur de rencontrer l'un des meilleurs, si ce n'est le meilleur, neurochirurgien du pays.

— Et moi, je suis honoré de faire la connaissance d'un des meilleurs, sinon le meilleur, pédopsychiatre du pays. Ainsi que le prochain gouverneur de Californie, je l'espère. Mon vote vous est acquis.

Sidney revint à toute vitesse, remplit fièrement la flûte et la tendit à Egbert.

— C'est à cause de vous qu'Eleanor a retrouvé sa voix ?

— Sidney ! réprimanda Daphné.

— Oui, répondit Eleanor, comme s'il s'agissait de la question la plus naturelle du monde, en nouant son petit doigt autour de celui d'Egbert. J'espère que vous ne nous en voudrez pas, mais nous ne resterons pas dîner...

D'où vient ce brouillard pourpre que je vois flotter en volutes à travers la pièce... C'est la couleur de la haine, de la peur ? De qui émane-t-elle ?

Aucune protestation ne s'éleva. Elle regarda chacun tour à tour, sans rien voir d'autre que des visages souriants.

— Ellie, tu as promis qu'on irait faire une promenade. Quand ? demanda Sidney.

Eleanor s'efforça de répondre, mais ses cordes vocales cédaient, et elle s'exprima rapidement en langage des signes.

— Demain ? Je rentre de l'école à deux heures, répondit sa sœur.

Encore quelques gestes.

— OK ! Viens, Er, on fiche le camp. Maman, tu nous appelles quand le dîner est prêt ? On sera dans la cabane dans l'arbre. Ellie, à demain !

Et les filles disparurent une nouvelle fois.

Les yeux dans les yeux, Eleanor et Egbert trinquèrent.

Fidèle à lui-même, Harold sortit de sa poche un petit paquet emballé dans du papier de soie blanc entouré d'un ruban rouge.

— J'ai trouvé une nouvelle marque de bonbons, bien plus goûteux.

Eleanor accepta le présent, salua tout le monde de la main et quitta le salon au bras de son homme. Avant qu'ils ne disparaissent, Egbert lança un « Bon anniversaire, ravi de vous avoir rencontrés ! »

— Attends, fit Eleanor en s'arrêtant brusquement dans le couloir. Avant de partir, je veux te faire rencontrer quelqu'un, chuchota-t-elle.

Ils firent demi-tour, et au bruit de leurs pas, Nelly passa la tête par la porte de la cuisine. Le reste de son corps généreux suivit.

— Voici Nelly. Je la connais depuis l'âge de huit ans. Elle a remplacé ma mère. Nelly, je te présente Egbert Vezzani.

Nelly s'essuya sur son tablier et prit une des mains d'Egbert dans les siennes.

— Je ne sais pas si vous êtes un miracle, mister Vezzani, mais je ne suis pas loin d'en être convaincue !

Il sourit, et Nelly s'adressa à Eleanor :

— Prends bien soin de ta voix, ma petite puce, elle est aussi précieuse que de l'or. Ne force pas trop. Et ramène un jour ici ton mister Vezzani, qu'il goûte à ma cuisine ! Sinon, la vieille Nelly ne te le pardonnera jamais !

— Je reviendrai, Nelly, assura-t-il. Et pour de la bonne vraie cuisine familiale. Ce fut un honneur de vous rencontrer.

— Je n'ai pas oublié ta petite-fille, rappela Eleanor. Tu peux l'amener un après-midi pour sa première leçon. Bientôt. Je t'appellerai. (Elle se rapprocha, et lui murmura à l'oreille :) Nelly, je suis si heureuse !

— Je vois ça, chuchota en retour Nelly. Il serait temps.

— Alors, comment vont mes merveilleuses cordes vocales ? demanda Egbert entre deux baisers entamés à peine étaient-ils montés dans la voiture. Dis-moi des choses gentilles, avant qu'elles ne rendent l'âme.

— Elles sont fatiguées et me font souffrir, mais tu peux remédier à ça, souffla-t-elle. Ta cravate est de travers.

La bouche d'Egbert baisa tendrement le cou de la jeune femme, qui se laissa aller sur l'appuie-tête, ravie.

– On va chez le Grec ? gémit Egbert.

– On va à la maison, répondit la jeune femme.

Elle installa la petite table ancienne pour deux personnes, alluma la bougie, mit de la musique romantique : une sélection de Coltrane. Elle enjoignit à Egbert de s'asseoir et de cesser de la suivre comme un petit chien. Elle prépara deux assiettes d'avocats aux crevettes, accompagnés d'une sauce maison à base de mayonnaise, ketchup et jus de citron. Elle fit mariner deux blancs de poulet dans de l'huile d'olive avec de la sauge, du romarin et une pincée de sel, et prépara une cocotte de riz basmati. Elle demanda à Egbert de déboucher une bouteille de côtes-du-rhône, et il remarqua, impressionné :

– Un gigondas 2005 ! Une des meilleures années. D'où tiens-tu ça ?

– Mon père l'a rapporté de France il y a quelques années, chuchota-t-elle.

Elle voulait si possible s'échauffer la voix, pour la conversation à venir. Elle avait de nombreux sujets à aborder avec Egbert.

Je veux également retarder ce qui va se passer dans mon lit. Savourer les minutes qui précèdent. Faire durer. Je veux le séduire avec un bon repas et du vin. Jusqu'à ce que nous ne puissions plus résister.

Lorsqu'il eut servi deux verres de vin, il tira un petit cadeau de sa poche, qu'il poussa sur la table.

Eleanor le déballa. Dans la petite boîte, elle découvrit une chaîne en or sur un lit de papier de soie bleu.

— Tu te souviens de ce que je t'ai raconté sur mon bateau ? De cette petite créature ailée descendue des cieux, dont je suis tombé amoureux ?

L'exquise petite hirondelle dorée reposait dans le creux de la paume d'Eleanor, ses ailes minuscules étirées en un vol perpétuel.

Egbert se leva, et lui passa le pendentif autour du cou. Le petit oiseau se nicha dans le creux de ses seins. Eleanor tendit la main derrière elle, et attira la tête d'Egbert contre sa joue.

Je n'ai jamais été aussi heureuse. Je voudrais que ce moment dure éternellement.

— Moi aussi.

Ce ne fut que lorsqu'il eut prononcé ces deux mots qu'elle réalisa qu'elle avait parlé à haute voix.

— J'ai cherché la signification de ton nom. Il te convient parfaitement : « qui irradie la lumière, ou la compassion », suivant l'étymologie grecque ou hébraïque... C'est une variante d'Hélène.

Ils savouraient leur repas, et Egbert la contemplait d'un regard languissant d'amour.

— Toi, enfin, je veux dire ton nom — Egbert — tellement ridicule...

— Hé, une seconde, tu ne vas pas continuer à me tourner en ridicule, ce n'est pas ma faute !

— ... est rouge et noir. Le « Eg » est rouge et le « bert » est noir.

— Qu'est-ce que tu veux dire ?

— Je vois des couleurs dans les mots.

— Mince ! Qu'est-ce que tu me caches encore ? Et Archibald ?

Eleanor ne put s'empêcher de glousser, puis finit par reprendre son sérieux :

— Archibald est tout blanc.

— Et Vezzani ?

— Brun avec une pointe de violet.

— Remarquable. J'ai entendu parler de la synesthésie — difficile à prononcer, ce mot-là ! — mais je n'avais jamais rencontré personne avec ce syndrome.

— Hé, ce n'est pas un virus !

— L'association entre les mots et les couleurs, c'est passionnant. Je me souviens d'avoir lu quelque part que

Baudelaire aurait pu être synesthète : « Les parfums, les couleurs et les sons se répondent... »

Eleanor fut dûment impressionnée :

— Son poème, « Correspondances »... Tu as peut-être raison, mais il me semble que c'était plutôt Rimbaud. Baudelaire évoquait les couleurs, les sens, tout cela, mais dans son poème « Voyelles », Rimbaud associait véritablement les lettres aux couleurs.

— Ce doit être amusant de voir des couleurs en permanence, remarqua Egbert après avoir avalé son poulet.

— Je ne les distingue pas en permanence. Quand j'écoute de la musique, ou que j'en joue, expliqua-t-elle en reprenant du riz. Quelquefois, je vois des kaléidoscopes, des arcs-en-ciel, d'exubérantes symphonies de couleurs... De temps en temps, il s'agit de halos, de sortes de brouillards émanant des gens. Et quand ils sont brun-violet, j'ai la chair de poule, comme si la personne en question était mauvaise.

La jeune femme s'exprimait en un murmure assez bas avec d'occasionnels éclats de voix.

— Brun-violet ? Tu viens de dire que mon nom était de cette couleur !

— Mais les couleurs associées aux noms n'ont rien à voir avec les halos.

— Tu vois un halo autour de moi ?

Eleanor l'étudia.

— Oui. Il est verdâtre foncé, et il sort de tes oreilles.

Egbert éclata de rire.

— Qu'est-ce que ça veut dire ?

— Que tu es en colère. Pourquoi es-tu en colère ?

— Tu connais déjà la réponse. Tu avais promis que nous irions ensemble voir Patrick Lawrence. Alors... Que t'a-t-il dit ?

— Pourquoi es-tu nerveux ?

— Comment cela ?

Le téléphone fixe d'Eleanor retentit.

— Excuse-moi, fit-elle repoussant sa chaise et en étendant le bras pour décrocher le combiné sur son bureau. Allô ?

— Ellie, c'est tellement génial de t'entendre dire « allô » ! C'est moi, Sidney. Je voulais juste te dire que j'ai perdu ma clé. J'étais dans la cuisine en train de chercher la ficelle, tu sais, celle que Maman utilise pour saucissonner la dinde de Noël ? J'ai été interrompue par Oncle Harry, qui voulait les ciseaux de la cuisine pour que Maman puisse ouvrir ses cadeaux, mais je les avais laissés là-haut dans ma chambre, et quand je suis revenue, je n'arrivais plus à la retrouver, je ne me souviens même plus si je l'avais emmenée avec moi dans la cuisine, excuse-moi, je parle, je parle, tu dois être occupée, alors, ce que je voulais dire, c'est, est-ce que tu peux me donner une autre clé ?

— D'accord, Sidney, répondit sa sœur dans un grommellement un peu grinçant. Je t'en ferai refaire une autre, mais tu vas probablement la retrouver. Je dois te laisser.

— OK, merci. Tu es fâchée ? Tu as l'air fâchée ?

— Non, pas du tout, c'est juste ma voix qui me joue des tours. Au revoir, je te laisse.

— Au revoir, bisous, à demain, j'attends avec impatience d'aller me promener avec toi, et puis, à propos, il est drôlement cool, ton copain !

Reprenant son repas, Eleanor expliqua à Egbert :

— Il fallait que je voie Lawrence seule. Toute ma vie, j'ai attendu cela. Toute ma vie, j'ai rêvé de le retrouver, de l'obliger à avouer, et puis de le tuer, oui. Qu'il ne s'agisse pas de toi, j'en suis plus qu'heureuse, ajouta-t-elle en le regardant avec amour. Mais maintenant que je me suis enfin retrouvée face à face avec lui, maintenant, je ne ressens plus qu'une immense tristesse. Ma rage s'est évanouie.

— Crois-tu véritablement que tu sois capable de tuer quelqu'un ?

— Je le pensais. J'ai nourri tant de haine et de colère pendant toutes ces années que je m'étais convaincue que la seule solution pour soulager cette souffrance consistait à éliminer le ou la responsable. Ma mère était... Je l'aimais tant, et lorsqu'elle a disparu de mon existence de cette effroyable façon — jamais la dernière image que je conserve d'elle, hurlant de douleur, ne s'effacera de ma mémoire —, oui, je voulais tuer cet interne.

— Elle a hurlé de douleur ?

— Oui. Elle est morte en criant de douleur.

— Eleanor, tu en es sûre ?

— Oui, c'est une des raisons pour lesquelles je pense que quelqu'un lui a administré quelque chose. Maintenant, je vais découvrir son meurtrier.

— Que veux-tu dire ?

— Je pense que l'accident était intentionnel. Et je pense que quelqu'un a injecté du chlorure de potassium dans sa perfusion pour l'achever. Voilà pourquoi elle a crié. Parce que cela brûle. Et j'ai vu cette personne.

— Quoi ?

— J'étais cachée sous le lit. Une infirmière blonde — il aurait pu s'agir d'une perruque — a tripoté la perfusion, et dès qu'elle est sortie de la pièce, Maman s'est mise à gémir, puis a crié, et elle est morte. Je vais retrouver cette infirmière. Peut-être peux-tu m'aider ? Sais-tu s'il y avait une autre infirmière de garde cette nuit-là ?

Egbert demeurait stupéfait.

— Non. À ma connaissance, il n'y avait comme personnel infirmier que Patrick Lawrence et Laura Faven. Mais pourquoi quelqu'un aurait-il voulu tuer ta mère ?

— C'est ce que tout le monde me demande, rétorqua-t-elle d'un ton rauque, et je n'en sais rien, mais je suis déterminée à le découvrir.

— D'accord, je vais t'aider, tu peux compter sur moi. Mais promets-moi de ne pas commettre de nouvelle imprudence. OK ?

La jeune femme secoua la tête en signe de dénégation :

— Je ne peux pas te le promettre. Mais je serai prudente. Tu ne me crois donc pas folle ?

— Non. Je ne suis pas convaincu que tu aies raison, mais je ne crois pas que tu sois folle. Tu soupçonnes quelqu'un ?

La voix d'Eleanor se brisait de plus en plus. Elle prit une gorgée de vin.

— La voiture qui l'a renversée était foncée. La voiture de Daphné était bleu foncé. Elles venaient de jouer au tennis ensemble ; Daphné avait sa voiture, et Maman rentrait à pied. Daphné était amoureuse de mon père. Elle est la seule personne de ma connaissance qui avait beaucoup à gagner à la mort de ma mère. La seule chose qui me gêne, c'est qu'elle était la meilleure amie de ma mère. Je n'arrive pas à l'imaginer en train de..., fit-elle avec un hochement de tête.

— Qui d'autre ?

— Personne. Papa m'a raconté que Maman avait un ex-petit ami qui l'avait harcelée un temps lorsqu'elle l'avait quitté pour lui. Mais c'était des années auparavant. Sinon, je ne vois personne d'autre.

La jeune femme se leva, contourna la table, releva son élégante robe noire et s'installa à califourchon sur les genoux d'Egbert.

– Je suis fatiguée de parler, roucoula-t-elle, nous pourrions peut-être trouver une autre occupation ?

Il explora son décolleté de ses lèvres, écarta de sa langue l'oiseau miniature, remonta jusqu'à sa gorge en mordillant.

Son téléphone sonna.

– Oh non, pas maintenant...

Il l'ouvrit, écouta son interlocuteur :

– D'accord, j'arrive.

Il se pelotonna de nouveau dans le creux de sa gorge, et marmonna :

– Mauvais timing. Un type s'est fait assommer, il doit être opéré. Il est transporté en hélicoptère depuis Tahoe. Je dois y aller. Merde.

Il l'embrassa comme si c'était la dernière fois. Un baiser qui dura trois minutes. Sa main remonta du genou d'Eleanor à l'élastique de son bas transparent, puis plus haut. Son index pénétra sous la soie de son slip. Tous deux haletaient. Il leur fut difficile de se séparer.

– Demain ? Ma mère arrive de Santa Cruz demain. Je veux que tu fasses sa connaissance. Tu peux venir dîner ? C'est une excellente cuisinière...

– Oui, murmura-t-elle. Oui, oui, oui...

– Viens juste après avoir quitté le bureau, d'accord ?

Je ne lui ai pas dit que j'avais démissionné. Pour l'instant, je ne veux pas aborder le sujet. Trop compliqué.

— Tu pourras rester passer la nuit ?

— Oui, murmura-t-elle, oui, oui, oui.

Chapitre 23

Le lendemain matin, le jour se leva avec les nuages. Eleanor descendit au centre-ville faire refaire un double de sa clé. Dans l'intervalle nécessaire d'une heure, elle se rendit dans une bijouterie du coin et y fit l'acquisition d'une chaîne, jolie mais solide, avec un bon fermoir. À midi, un petit crachin se mit à tomber, et elle alla déjeuner dans un salad' bar. À quatorze heures, elle passa chercher sa petite sœur, et elles se rendirent à Tilden Park, où elle laissa sa voiture au parking désert du Carrousel. Elle donna la nouvelle clé avec sa chaîne en argent à Sidney, qui la passa autour de son cou en marmonnant des remerciements. L'adolescente était étonnamment silencieuse.

Ayant enfilé cirés et bottes, elles se mirent en route.

— Que se passe-t-il ? demanda Eleanor au bout d'un moment.

Légèrement devant elle, Sidney se traînait d'un pas lourd.

— Hé, Sidney, que se passe-t-il ? répéta-t-elle.

— Sais pas, grommela celle-ci. Je me sens merdique.

— Il y a une raison ?

— Non.

Eleanor la rattrapa.

— Je n'en reviens toujours pas de pouvoir m'exprimer à voix haute. J'étais encore enfant, la dernière fois que j'ai entendu l'écho de ma propre voix. Je ne m'en souviens même pas, et je n'aurais jamais imaginé qu'elle soit aussi grave. Peut-être que d'un seul coup, elle va devenir suraiguë, tu sais, comme la fille dans *Chantons sous la pluie* ? Celle qui a un timbre tellement affreux qu'ils ne peuvent plus l'utiliser dans les films parlants ? Peut-être que ma véritable voix va se révéler comme ça, poursuivit-elle en adoptant un ton nasillard. Hé, tu te souviens de cette femme qui avait lâché un vent quand on faisait la queue à Disneyland ? Beurk !

— Oui, gloussa sa sœur, tu te souviens comme elle regardait autour d'elle, prétendant que c'était quelqu'un d'autre ? « Lâcher un vent », c'est beaucoup plus marrant que « péter »... !

Eleanor expédia à l'adolescente un faux crochet dans l'estomac. Celle-ci répliqua de la même façon, et les deux sœurs se livrèrent à un assaut amical. Sidney attaqua une série de directs foudroyants, et Eleanor se retrouva acculée, dos à un arbre.

— Moi aussi, j'ai du mal à croire que tu parles ! Mais ta voix est vraiment chouette, Ellie. Ça te fait mal ?

— Oui, ça brûle. Mais ça va mieux. Alors, raconte-moi ?

Elles reprirent leur marche sur le chemin de randonnée.

— Oh, c'est juste que... quelquefois, quand je me réveille le matin, je me sens nulle. Je veux dire, le monde est nul, ça craint. On n'entend que des trucs pourris. La pollution partout, les marées noires, les animaux en voie d'extinction, la guerre, les femmes en Afrique qui meurent en couches, le terrorisme, les voitures qui explosent, les petites filles afghanes à qui on coupe le nez et les oreilles parce qu'elles se sont enfuies de chez elle, parce qu'on les battait... Alors je me mets à penser à ici, aux États-Unis, à notre avenir, du genre, même si j'ai plein de diplômes, je ne trouverai peut-être pas de boulot ; du genre, je ne veux pas devenir femme à la maison et avoir des bébés et faire la lessive, ou bien si j'en ai, et que j'ai un boulot, je ne veux pas rentrer à la maison épuisée, devoir changer les couches et faire le dîner... Tout ça paraît nul. On dirait que tout est fait pour te tirer vers le fond. C'est tellement naze ! Je me sens triste, j'ai l'impression que ça ne sert à rien d'essayer d'avoir de bonnes notes, d'être une bonne fille... De temps en temps, j'ai envie de déchirer tous mes bouquins et de me casser. De disparaître, tout simplement.

Elles avaient atteint le sentier menant au canyon, et firent halte. La bruine avait cessé. Eleanor baissa la capuche rouge de Sidney et repoussa de son front une mèche humide couleur moka.

Elle tenta de choisir ses mots avec soin :

— Il faut... il faut essayer de mesurer à quel point nous sommes privilégiés, apprécier la chance que nous avons par rapport à tant d'autres. Retirer de la joie du moindre petit instant, puiser notre force à l'intérieur de nous-mêmes, avant tout, pas chez les autres. Oui, ce monde est plein d'injustices. Mais il est également plein de bonnes choses. Devine ce qui m'arrive ?

— Tu as retrouvé ta voix, c'est fabuleux.

— Non, autre chose. Une chose tellement incroyablement fantastique que j'ai le sentiment que je pourrais m'envoler de bonheur.

— À cause de... machin ? Comment s'appelle-t-il, déjà ?

— Egbert.

— Mince, quel nom sacrément marrant ! Alors, vous l'avez fait, la nuit dernière ?

— Oui, enfin, non, nous ne sommes pas encore allés jusqu'au bout. Presque, mais il a reçu un appel d'urgence. Pas grave, ce n'en est que plus excitant. Nous nous voyons ce soir, je vais chez lui. Il veut que je fasse la connaissance de sa mère, qui vient lui rendre visite. J'espère que les murs sont bien isolés, chez lui !

Sidney éclata de rire.

— Je me sens... C'est impossible à décrire. Je... Je l'aime, Sidney. Et cet amour me fait découvrir des contrées inconnues, dont je ne soupçonnais même pas l'existence. Ce que j'essaye de te dire, c'est que lorsqu'on ressent ce que je ressens maintenant, je t'assure que la vie vaut la peine d'être vécue. C'est... mon Dieu, c'est incroyable !

– Je suis vraiment contente pour toi, Ellie, commenta Sidney en retirant son ciré, mais ça ne fait pas disparaître toutes les saloperies ! Je me sens toujours merdique. Et ne me dis pas que ce sont les hormones. Maman n'arrête pas de me raconter que ce sont les hormones qui déraillent, ce genre de truc. Quelquefois, je me dis qu'elle ne voit pas la réalité. Elle va travailler avec Papa... elle rentre le soir dans sa belle maison, elle prend un verre avec Papa, prépare le dîner, regarde la télévision, va se coucher, et recommence le lendemain. Elle ne parle jamais des mauvaises choses, du véritable monde à l'extérieur. Je sais qu'elle est au courant, parce qu'elle regarde les informations, mais on dirait qu'elle ne veut pas en entendre parler.

– Nous sommes tous comme ça, Sidney ! On *ne veut pas* en entendre parler. Et la plupart d'entre nous ne lèvent pas le petit doigt. Nous refusons les mauvaises nouvelles, nous ne voulons qu'une chose, vivre dans notre petit monde préservé.

– Alors, que peut-on faire ?

– Eh bien... des petits gestes, recycler nos déchets, être gentil envers les autres, tolérants et pas étriqués, des choses de ce genre. Sourire ! Sourire aux gens, même ceux que tu ne connais pas. Ma foi... Éteindre l'électricité quand on n'en a pas besoin, marcher ou prendre un vélo au lieu de conduire, ne pas repasser le moindre vêtement... cesser de remplir la machine à laver avec des vêtements portés une seule journée... Des tas de petites choses. Je peux continuer comme ça pendant des heures, si tu veux. Refuser les sacs en plastique, prendre des douches rapides au lieu de bains. Cesser d'acheter des choses inutiles. Donner ton repas à un sans-abri. Au lieu d'acheter une nouvelle brosse à dents au bout d'un mois, comme on te l'a appris, utiliser la même pendant six mois... Cesser de tondre la pelouse. Tout tourne autour de l'argent, et c'est nul.

— Alors, si tu devais choisir trois mots clés pour rendre ce monde meilleur, ce serait quoi ?

Eleanor retira également son ciré.

— Confiance, amour, générosité. Ça te paraît ringard ?

— Oui !

— Et toi, tes trois mots, qu'est-ce que ce serait ?

— Les garçons, le chocolat, et les garçons.

Eleanor éclata de rire, mais aucun son ne s'éleva. Inquiète, elle prit une inspiration, s'éclaircit la gorge et émit un « hum » guttural. Elle poursuivit dans un murmure :

— Ce que tu ressens aujourd'hui, tu vas le ressentir un millier de fois au cours de ton existence. Tu auras des hauts et des bas, et quand tu seras au trente-sixième dessous, tu auras l'impression de ne jamais pouvoir remonter la pente. Mais tu la remonteras.

— Ouais, maugréa Sidney en reprenant son chemin.

L'esprit d'Eleanor se mit à vagabonder au royaume des désirs tandis qu'elle progressait derrière sa petite sœur. Les rayons du soleil apparu derrière elles étincelèrent sur du métal, attirant son regard. Son cerveau, inondé d'images charnelles qu'elle ressentait jusqu'aux tréfonds d'elle-même, tentait de lui communiquer quelque chose.

Elle se concentra. Sur deux anneaux de métal dansant à l'arrière du rebord des bottes en caoutchouc de Sidney.

Je vois deux jambes de pantalon d'hôpital vert flottant, dont les extrémités sont fourrées dans des bottes en caoutchouc, qui s'approchent doucement du lit de Maman.

Des bottes couleur de feuilles mortes, avec ces petits anneaux en métal à l'arrière, qui servent à les enfiler plus facilement...

— Sidney ! hurla la jeune femme.

Sidney sursauta et se retourna :

— Quoi ?

— D'où tiens-tu ces bottes ?

— Quoi ?

— D'où sortent ces bottes ?

— Elles sont à Maman, pourquoi ?

Eleanor la contempla avec horreur.

— Ellie... Qu'est-ce qui se passe ? Ellie ?

Celle-ci distinguait à présent clairement les petits triangles de cuir portant la marque AIGLE sur les côtés. Elle eut l'impression d'avoir été frappée par la foudre.

— Elle les a depuis combien de temps ? articula-t-elle.

— Comment je le saurais ? En tout cas, d'aussi longtemps que je me souvienne. Pourquoi ?

Un vertige s'était emparé d'Eleanor. Elle parvint à répondre :

— Rien. Rien d'important. Viens, nous y sommes presque.

Les deux sœurs parcoururent la dernière centaine de mètres menant au bord du canyon. Sidney s'affala sur le sol et se mit à grignoter une barre de chocolat. Elle annonça tout à trac :

— Jeff et moi, on l'a fait aussi.

Eleanor réfléchissait frénétiquement. Au prix d'un effort, elle réintégra le présent, et regarda sa sœur cadette avec surprise.

— Mais c'était pas génial. J'ai pas senti grand-chose, sauf que ça m'a vraiment fait mal. Jeff a adoré. Sauf qu'il a joui beaucoup trop vite. Lui aussi, c'était sa première fois.

— Vous avez pris vos précautions ? Sidney, il a utilisé un préservatif ?

— C'était pas la peine, je prends la pilule.

Sa sœur lui lança un nouveau regard surpris.

— Maman a été très cool avec ça. Elle m'a emmenée voir son propre gynéco. Mais Papa n'est pas encore au courant. Alors, est-ce que ce sera mieux, plus tard ?

— Oui, répondit Eleanor d'un ton vague, fixant les deux bottes en caoutchouc légèrement écartées recouvrant les mollets de Sidney.

Daphné descendit à leur rencontre, les hélant d'une voix joyeuse :

— Bonjour, Eleanor ! Bonjour, ma chérie. Vous avez fait une bonne promenade ?

— Super-cool, Maman.

Oui, je dois la jouer cool, songeait Eleanor. *Il ne s'agit peut-être que d'une coïncidence. Je dois faire attention où je mets les pieds.*

— J'ai retrouvé ta clé, annonça Daphné en rendant celle-ci à sa fille.

— Où ça ?

— Juste là-bas, répondit sa mère en indiquant du doigt la pelouse au bord de l'allée de briques.

— Bizarre, j'étais sûre que je l'avais laissée quelque part dans la cuisine. Merci, Maman, mais Ellie m'en a fait refaire une.

— Déjà ? C'était rapide. Je peux garder celle-ci, au cas où elle la perdrait de nouveau ? demanda Daphné à Eleanor.

— Bonne idée !

— Voyons, Maman, je ne la perdrai plus jamais ! protesta Sidney avec indignation.

— Alors, les filles, pas trop mouillées ? demanda Daphné en empochant la clé.

— Non, le soleil a fini par faire son apparition. C'est tellement joli là-haut, Maman, tu devrais venir avec nous un jour.

— La prochaine fois, promis.

Désignant les bottes de Sidney, Eleanor se hasarda :

— Elles sont super. Sidney m'a dit qu'elles étaient à toi ?

— Ah oui, elles sont très bien.

— Où les as-tu achetées ? J'ai besoin d'une nouvelle paire.

— Elles sont importées de France. Elles sont très confortables, et faciles à enfiler... j'en ai vu au magasin de sport dont j'ai oublié le nom, tu sais, sur Bancroft Street ? Mais celles-ci, je ne les ai pas achetées, c'est Harold qui me les a données.

— Harold ? répéta Eleanor, le cœur battant. Quand cela ?

— Oh mon Dieu, il y a une éternité... Nous étions à la plage avec des amis, à Stinson Beach. Je n'avais que des tennis, et il s'est mis à pleuvoir. Harold avait cette paire dans le coffre de sa voiture, et elles m'allaient parfaitement.

— Ah oui, il a des petits pieds, pour un homme. Je n'avais jamais remarqué.

— C'est peut-être le contraire ! fit Daphné avec un rire. Sidney a malheureusement hérité de mes grands pieds ! Enfin, à mon avis, tu peux les trouver n'importe où.

– Merci.

– Ta voix semble se raffermir, c'est tellement incroyable !

– Oui, j'y suis presque. J'y vais, à bientôt.

Harold ? Il faut que je fasse une pause. N'importe qui aurait pu chausser ces bottes en caoutchouc. Daphné a dit qu'on les trouvait n'importe où. Je dois penser à ce soir. Je dois rentrer, me faire belle, embaumer. Filer chez Egbert. Jusqu'à demain, je dois ignorer ce ramdam dans mon esprit et cette peur au ventre. J'affronterai tout cela demain.

Chapitre 24

La mère d'Egbert s'appelait Chantal, et devait approcher des soixante-dix ans. Elle appartenait à cette catégorie de femmes qui vieillissent si élégamment que l'on en oublie rapidement leurs rides et l'affaissement de leurs traits. C'était rafraîchissant, à cette époque où la plupart des femmes avaient recours à la chirurgie esthétique, songea Eleanor. Elle portait ses cheveux blanc argenté à hauteur des épaules, coupés au carré. Ses sourcils, par contraste, étaient encore très bruns, et elle portait une très légère ombre de rouge à lèvres discret. Elle avait revêtu une longue robe d'intérieur couleur magenta, et des ballerines assorties.

Chantal Vezzani s'exprimait en anglais avec un fort accent français, roulant les *r* en charmants « grr » nés de sa gorge, et pas de sa langue, comme les *r* américains, souvent criards. Elle accueillit Eleanor avec une embrassade à l'américaine, et non les habituels baisers sur les deux joues. Elle paraissait sincèrement ravie, et Eleanor ne se sentit en aucune façon soumise au regard scrutateur auquel elle s'attendait, tellement traditionnel lorsqu'un ou une petit(e) ami(e) faisait la connaissance des parents du conjoint.

Egbert avait de toute évidence renseigné sa mère. Tout au long de l'apéritif et du délicieux dîner — filets de canard et purée de pommes et de carottes, suivis d'une salade de mâche assaisonnée à l'échalote — Chantal félicita Eleanor de ses talents de violoncelliste, et épilogua sur l'article à propos de son oncle, qu'elle avait lu avec grand intérêt. Eleanor se sentit flattée, tout à fait à son aise, mais également soulagée : si sa relation avec Egbert durait, cela impliquerait de voir souvent Mrs. Vezzani. Cependant, elle repoussa cette réflexion dans un coin de son esprit, refusant pour l'instant d'envisager l'éventualité d'une relation durable avec un homme qu'elle venait de rencontrer, dont elle était tombée amoureuse, mais à qui elle ne faisait pas encore totalement confiance.

Ils parlèrent un peu français ; Egbert s'exprimait parfaitement, son accent était impeccable. Chantal expliqua qu'elle avait élevé ses deux fils en s'adressant à eux uniquement dans cette langue, et continuait de temps en temps de le faire. Egbert et elle rectifièrent le français scolaire d'Eleanor, dont elle reconnut qu'elle ne l'avait jamais pratiqué à voix haute, et qu'elle l'avait appris chez elle avec un professeur particulier.

La salade fut accompagnée d'un véritable régal : un délicieux camembert au lait cru, fait à cœur. Chantal expliqua en riant qu'il était arrivé la veille, expédié de Paris par sa sœur, enveloppé de papier aluminium et emballé dans une petite boîte doublée de papier bulle.

— *Dommage qu'on n'ait pas une bonne baguette traditionnelle pour aller avec*, remarqua Chantal en français, mordant dans un équivalent américain pas si mal que ça, qu'Egbert avait acheté dans une boulangerie locale.

— Que voulez-vous dire par *traditionnelle* ? demanda Eleanor. Toutes les baguettes ne sont pas pareilles ?

— Non, la *traditionnelle* est la meilleure. La mie est épaisse, moelleuse, et la croûte... croustillante à mourir ! expliqua Chantal avec un nouveau rire.

Léger et délicieux, le vin était un côtes-de-provence rouge provenant directement d'un château voisin de La Londe-les-Maures.

— Ma famille vivait tout près. En l'occurrence, en œnologie, « château » ne fait pas nécessairement référence à une demeure, mais à un vignoble. Enfin, mon père s'est toujours montré fidèle au vin de notre voisin, et j'ai continué. Il m'en expédie tous les ans par avion. Ce n'est pas un très grand vin, mais il se laisse boire, vous ne trouvez pas ?

— Il est excellent, remarqua Eleanor.

Egbert déboucha une seconde bouteille. Les regards échangés avec Eleanor déclenchaient chez elle des explosions de couleur, et des étincelles de désir extrême chez eux deux. Ils discutèrent de multiples sujets, puis la conversation finit par aborder la nuit où Abby Wilder était morte, seize ans auparavant, et la raison pour laquelle Eleanor était demeurée muette si longtemps. La jeune femme ne s'attarda pas sur les détails, mais remarqua néanmoins qu'elle regrettait l'absence d'Egbert ce soir-là à la clinique.

— Si vous n'aviez pas eu cet accident de voiture, Mrs. Vezzani, ma mère serait peut-être en vie aujourd'hui, parce que le type qui l'a remplacé n'a pas fait son travail. Egbert se serait sans doute montré bien plus responsable. Mais n'allez pas croire un seul instant que j'établis un lien entre sa mort et ce qui vous est arrivé ! Ce soir, je vous assure avec bonheur que je suis ravie que votre accident ait été sans gravité.

La voix d'Eleanor se fêla, et elle s'éclaircit la gorge, ce qui lui fut douloureux.

Un silence tomba. Chantal lui lança un regard perplexe, avant de se tourner vers son fils. Eleanor la suivit des yeux.

Egbert paraissait extrêmement mal à l'aise.

Eleanor comprit brusquement qu'il avait menti, et les conséquences de ce mensonge commencèrent de lui apparaître. Elle contempla Egbert avec horreur.

Il déglutit, et la regarda droit dans les yeux :

— Je t'ai menti. Ma mère n'a jamais été victime d'un accident de voiture.

Chantal Vezzani s'excusa et disparut dans la cuisine en emportant son assiette avec elle. Eleanor fixait Egbert, pétrifiée.

Il soutint son regard.

— J'ai abandonné ma garde pour être avec une fille.

— Pourquoi ne me l'as-tu pas dit ? bredouilla-t-elle.

— Parce que je me sentais coupable, que j'éprouvais de la honte. Parce que ce premier jour sur le bateau, quand tu m'as raconté ton histoire, j'étais déjà tombé immédiatement amoureux de toi. Tu aurais pu me flanquer deux fois dans l'eau, j'aurais éprouvé la même chose. En général, je n'ai pas l'habitude de mentir. C'est sorti comme ça. J'éprouvais tellement de compassion pour toi, pour la mort de ta mère, que j'étais incapable d'admettre que j'avais quitté la clinique pour une fille. Pour m'envoyer en l'air avec une fille qui n'avait aucune importance. Pour du sexe. J'ai abandonné ma garde pour quelques heures de baise, Eleanor.

Les yeux toujours rivés aux siens, il voulait la convaincre de le croire.

— Cette fille était une infirmière, qui connaissait Laura Faven, et c'est elle qui m'a appris le suicide de celle-ci. J'ai failli te le dire dimanche, lorsque nous sommes sortis en mer. Et je ne l'ai pas fait, encore une fois pour la même raison. La magie de l'instant en aurait été brisée. Je suis désolé.

Que me caches-tu d'autre ?

— Que me caches-tu d'autre ?

— Rien.

Eleanor se leva de table, ramassa son assiette et son verre, et disparut dans la cuisine où elle retrouva Chantal, qui faisait semblant de s'affairer.

— Merci pour cet inoubliable dîner, lui dit Eleanor sans chercher à dissimuler sa confusion. Je vous laisse. J'ai besoin de temps pour... J'ai besoin de temps.

— Je comprends, se contenta de répondre Mrs. Vezzani.

Celle-ci demeura dans la cuisine pendant qu'Eleanor quittait Egbert, lui répétant la même chose :

— J'ai besoin de temps... de temps.

À l'image de sa mère, il n'insista pas, et la raccompagna à la porte. Mais à l'instant où elle mettait le pied sur le palier, et où la minuscule vieille dame sortait avec son chien minuscule de l'appartement voisin, il articula à voix basse et néanmoins intense :

— Je t'aime, Eleanor.

À ces mots, la voisine, qui venait de reconnaître la jeune femme, haussa les sourcils et remarqua, dès qu'Egbert eut refermé sa porte :

— Mon Dieu, on dirait bien que vous l'avez trouvé, votre chirurgien ! Comme c'est bien !

Eleanor sourit. *Oui, comme c'est bien.*

Le vin produisait ses effets, et Eleanor conduisit lentement. Elle aurait moins bu, si elle avait su qu'elle rentrerait ce soir chez elle. Une fois encore, elle était en plein tumulte émotionnel, déchirée entre la colère, la méfiance, la déception et la passion. Elle ne voulait qu'une chose, être dans les bras d'Egbert. Aussi, lorsque le téléphone sonna alors qu'elle se mettait au lit, elle se précipita pour y répondre.

— Eleanor, je suis tellement désolé, je t'en prie, pardonne-moi, jamais, plus jamais je ne te mentirai, souffla-t-il dès qu'elle eut décroché. Je t'aime, Eleanor. On peut se voir demain soir ? Repartir à zéro ?

— D'accord, s'entendit-elle répondre, mais tu devras venir ici. Je serai là. Viens quand tu peux.

— J'emmène ma mère dîner au restaurant, je serai chez toi vers dix heures, ce n'est pas trop tard ?

— Non, répondit la jeune femme, une fois encore inondée de vagues de désir. Je t'attendrai.

Chapitre 25

Nelly se mit en tête de faire le ménage à fond dans la demeure de Harold Wilder. Elle ne venait plus que deux fois par semaine, exclusivement pour cuisiner, et le ménage n'entrait plus dans ses attributions. Elle venait également quelquefois donner un coup de main pour une soirée ou une réception politique. Le couple avait une femme de ménage, mais, de l'avis de Nelly, celle-ci était incompétente. La poussière était balayée sous les tapis, l'aspirateur ne s'aventurait jamais sous les fauteuils ni sous les canapés.

Ce jour-là, elle décida de commencer par le salon de couture de Rosemary, qui lui avait laissé le soin de régenter la maison. Nelly faisait partie de la famille, et rien ne lui était interdit. Rosemary était sortie faire des courses toute la matinée, Nelly allait lui faire la surprise. Elle allait aspirer, dépoussiérer et cirer sans rien déranger au chaos ordonné de Rosemary : les piles de matériau, les patrons, les vêtements de bébé à moitié ou totalement achevés répandus dans toute la pièce.

Elle apporta l'aspirateur, dont le volumineux tube en arc de cercle renversa une pelote à épingles et des pièces de tissu sur la table à couture. Elle ramassa le tout, le remit en place et brancha l'aspirateur. Une fois le sol nettoyé, elle épousseta la Singer dernier cri, armée d'un gant en microfibre, un de ces instruments magiques qui aspirent la poussière et la gardent jusqu'à ce qu'on les secoue. Mon Dieu, se dit-elle, si j'avais eu un de ces trucs-là autrefois, mes tâches auraient été moins difficiles !

Quand elle eut terminé, elle ouvrit le large placard et entreprit d'essuyer les grandes étagères peintes de couleur bleu foncé, soulevant les coupons de tissu pliés et empilés par couleur, et prenant bien soin de les replacer exactement là où elle les avait trouvés. Lorsqu'elle atteignit les verts et tira la pile vers elle, sur l'étagère centrale, quelque chose tomba et virevolta jusqu'à terre. Les bras tendus à cause de la hauteur de l'étagère – Rosemary utilisait un tabouret rangé dessous, dans un recoin spécifiquement aménagé –, Nelly fut obligée de poser les pans de tissu de toutes les nuances de vert pour ramasser l'objet.

Il s'agissait d'une photo noir et blanc. Se sentant un peu coupable mais dévorée de curiosité, elle la ramassa soigneusement du bout du pouce et de l'index, et l'examina. Nelly avait une bonne vue, pour ses soixante-six ans, mais sans l'aide de ses lunettes de lecture, elle fut obligée de rapprocher la photo de son nez.

La petite fille de la photo jaunie et craquelée par les ans devait être âgée d'une huitaine d'années. Elle portait un short qui découvrait ses genoux rondouillets, et sous une tignasse brune bouclée, son visage rond affichait une expression renfrognée. Au grain de beauté sur sa joue gauche, Nelly reconnut Rosemary.

Rosemary enfant tenait par la main un petit garçon dont le sommet de la tête lui arrivait à hauteur du cou. Maigre, les cheveux en bataille et tout aussi bruns que ceux de la fillette, il fronçait les sourcils et faisait la moue. Lui aussi était vêtu d'un short ; ses genoux étaient maigres et cagneux, mais il avait le même visage rond et potelé que Rosemary.

Un homme et une femme se tenaient derrière les deux enfants, mais une paire de ciseaux avait découpé la partie supérieure de leur corps ; Nelly ne distinguait que le corsage et l'ourlet de la jupe de la femme, la chemise et les jambes de pantalon de l'homme.

Griffonné d'une écriture enfantine juste au-dessus de la tête de Rosemary, sur le corps de la femme, était inscrit le mot : « Sorcière ». Nelly retourna le cliché. Une main adulte avait écrit au dos : « ... à l'arrivée dans notre famille d'accueil, juillet 1956. » Les premiers mots, sans doute les noms des enfants, supposa Nelly, avaient été découpés.

Pensive, Nelly reposa sur l'étagère la pile de coupons verts, et glissa à sa place en dessous la photo abîmée.

Chapitre 26

Eleanor s'accorda le luxe d'une grasse matinée, puis appela Harold dès qu'elle eut englouti sa seconde tasse de café. Il l'invita à venir, et elle se rendit tout droit à la Golden Dawn Institution. Les souvenirs jaillirent, comme à l'habitude : quand elle grimpait dans le vieil érable pour s'asseoir sur la branche et regarder les autres enfants jouer dans le bac à sable, son amie Justine, qui se mordait le mollet jusqu'au sang dès que l'infirmière avait le dos tourné, le petit garçon chauve qui se balançait indéfiniment d'avant en arrière...

L'ancienne vision d'horreur la frappa de plein fouet, sans avertissement. La jeune femme dut faire halte au milieu du parc, évacuer de toutes ses forces l'image du masque mortuaire de sa mère. Elle se tenait toujours immobile près du bac à sable déserté lorsque son oncle s'approcha à grands pas. Elle esquissa un sourire forcé.

— Bonjour, ma petite puce ! Comment vas-tu, mon Ellie ? Je dois t'avouer que ça a été un choc de t'entendre au téléphone. Il m'a fallu un moment pour être sûr que c'était bien toi. Quel est donc l'honneur qui me vaut le privilège de ta présence, ma chérie ?

— Que d'emphase, Onc'Harry ! Je t'adore. Mais l'honneur est pour moi, toujours. Tu as une seconde à m'accorder ?

— Pour toi, j'ai toujours plus d'une seconde, ma petite puce. Faisons quelques pas.

— Où sont tes gardes du corps ? demanda Eleanor en jetant un regard aux alentours.

— Je m'en suis débarrassé. Ils coûtent trop cher au contribuable.

— Mais... Et les menaces de mort que tu as reçues ?

Ils entamèrent une promenade dans le parc.

— J'ai pris la décision de les ignorer. Leur nombre s'est considérablement réduit. Je me suis dit que si quelqu'un voulait vraiment me tuer, gardes du corps ou pas, il trouverait un moyen. Tu as goûté aux nouveaux bonbons ?

— Pas encore. J'ai l'intention de m'empiffrer ce soir au dessert.

— Entièrement bio, pas un seul produit chimique, que des colorants naturels. Tu verras, ils sont tout à fait mâchouillables.

— Ça n'existe pas, ce mot.

— Je sais. Alors, qu'est-ce que tu as en tête ?

— Des caoutchoucs.

– Des caoutchoucs ? répéta Harold en lançant à sa nièce un regard amusé.

– Oui. (Elle reprit d'une voix éraillée :) Tu te souviens quand tu as donné à Daphné une paire de bottes en caoutchouc, il y a des années de ça ?

La perplexité se peignit sur le visage de son oncle.

– Elle m'a dit que tu les lui avais données quand vous étiez à Stinson Beach.

– Ah... Cela me rappelle vaguement quelque chose. Cela remonte à une éternité ! Pourquoi diable... ?

– Quelle année ?

– Seigneur, Ellie, je ne m'en souviens pas !

– Était-ce avant ou après la mort de Maman ?

Harold s'arrêta et regarda sa nièce.

– Je ne m'en souviens vraiment pas.

– Ma mère était-elle avec vous ce jour-là ?

– Attends que je réfléchisse... Il me semble... C'était une espèce de sortie avec d'autres amis psychologues... des employés de l'institut, des gens comme ça. Je suppose que Neal et Abby nous ont accompagnés.

– Pourquoi Daphné était-elle présente ?

– Je n'en sais rien ! Ils avaient dû l'inviter. Qu'est-ce que c'est que toutes ces histoires à propos d'une paire de bottes en caoutchouc ? Ma petite puce, tu m'étonneras toujours.

– Rien. Ce n'est rien.

– C'est impossible. Dis-moi.

– Ça n'a pas d'importance, vraiment. En revanche, je dois te demander pour la dernière fois qui aurait pu vouloir... éliminer Maman, à ton avis ?

– Cette histoire t'obsède toujours ? Il se trouve que j'ai réfléchi. Non pas que je croie à tes soupçons, pas une seconde ! Mais je veux que tu épuises toutes les hypothèses, ainsi tu pourras oublier toutes ces bêtises, et reprendre le cours de ta vie. D'ailleurs, il me semble qu'il y a dans celle-ci une nouveauté très agréable, non ? Je ne me trompe pas ?

– Oui. Il est... merveilleux. Je suis amoureuse... je suis amoureuse.

Harold contempla sa nièce avec affection.

– Vezzani est un chirurgien remarquable. Il m'a l'air d'un homme très gentil, en plus, et je soupçonne qu'il a quelque chose à voir dans ce miracle de ta voix. Je suis réellement très heureux pour toi, ma chérie, je ne peux que te le répéter.

Le téléphone d'Eleanor sonna à point nommé. Elle jeta un œil au nom de son correspondant, s'excusa et s'écarta de quelques pas.

– Salut... Je serai là ; oui, pas avant dix heures... Moi aussi.

La jeune femme glissa son bras sous celui de son oncle. *Mince, rien que le son de sa voix me donne des genoux en coton.*

— J'ai réfléchi, depuis que tu as évoqué cette... théorie, déclara Harold tandis qu'ils reprenaient leur déambulation. Ton père t'a-t-il jamais parlé de cette étudiante qui était folle de lui, c'est le moins que l'on puisse dire ?

Eleanor s'arrêta brutalement.

— Non ! Quelle étudiante ?

— Une étudiante en psychopédagogie qui a effectué un stage de deux mois à l'institut.

— Et ?

— Et un jour, elle a rencontré ton père, et elle est tombée raide amoureuse de lui.

— À quelle époque était-ce ?

— Attends que je réfléchisse... début 1994.

— 1994 ? C'est l'année où Maman est morte ! Et comment étais-tu au courant ?

— C'était flagrant. Elle... l'étudiante... m'a posé des tas de questions à son sujet. Je me souviens qu'elle voulait savoir s'il était marié, ce qu'il faisait, elle était vraiment totalement éprise !

— Comment s'appelait-elle ?

— Je ne m'en souviens pas.

— Il te resterait un dossier de stage ?

— Non, nous ne gardons les dossiers que cinq ans.

— Et que s'est-il passé, alors ?

— ... Il ne s'est rien passé, Ellie, répondit Neal.

Ils étaient tous les quatre installés pour déjeuner à la table de la cuisine, ce qui arrivait rarement. Lorsque Eleanor les avait appelés, Neal et Daphné avaient accepté de rentrer pour le repas, et Sidney, enrhumée, était restée à la maison.

— Alors, tu n'as jamais couché avec elle ? demanda Sidney la bouche pleine de pâtes bolognaise réchauffées.

— Non, répondit-il à sa fille cadette, mais j'ai été tenté. Elle était sacrément appétissante.

— Papa ! s'exclama Sidney, ravie.

— Neal ! fit Daphné en écho.

— Que s'est-il passé ? poursuivit Eleanor. Je veux dire, pour que ce soit resté quelque part dans le souvenir d'Onc'Harry, il a bien dû se passer quelque chose. Sinon, il n'aurait jamais évoqué le sujet.

— Eh bien, elle a débarqué un jour à la maison. J'étais absent, et elle a affronté Abby. Elle lui a sorti un paquet de mensonges... qu'elle et moi avions une liaison, que nous étions amoureux, qu'Abby devait m'accorder le divorce, des choses de ce genre.

— Wow ! jeta Sidney tout en se mouchant. Et Abby, qu'est-ce qu'elle a fait ?

— Rien. Elle a poliment remercié la fille pour l'information — elle avait un sacré sens de l'humour —, a refermé la porte, et le soir même, m'a pris entre quat'z'yeux. Elle me connaissait parfaitement. Nous n'avions pas de secrets l'un pour l'autre, et elle savait que la fille fantasmait.

— Et ensuite, que s'est-il passé ? demanda Daphné.

— Elle s'est montrée persistante, c'est le moins qu'on puisse dire. Elle était cinglée. Elle était vraiment persuadée que j'allais quitter Abby, alors que nous ne nous étions même jamais embrassés !

— Jamais ? demanda Daphné en haussant les sourcils.

— En tout cas, moi, je ne l'ai jamais embrassée. Elle m'a coincé un soir que je sortais tard du bureau — oui, elle me harcelait ! Elle m'a saisi et embrassé avant que j'aie pu l'en empêcher.

— Vraiment ? Un homme grand et fort comme toi ? lança Daphné à son mari avec un sourire narquois.

— Elle m'a pris par surprise.

— Ha, ha ! Et tu as aimé ?

— J'étais flatté, mais non, je n'ai pas aimé. C'était un pot de colle, et elle me flanquait la frousse.

— La frousse ? releva Eleanor.

— Oui. Elle a campé dans sa voiture devant la maison deux nuits d'affilée. Elle ne nous laissait pas en paix. Nous avons été obligés d'appeler la police. Et elle a même suivi Abby, jusqu'à ce que les flics la prennent *in flagrante delicto*.

— Qu'est-ce que ça veut dire ? demanda Sidney.

— En train de commettre un crime ou un délit. Abby a appelé la police quand elle a vu la fille rôder autour de la maison. Ils sont arrivés et l'ont arrêtée.

— Et que s'est-il passé ensuite ? demanda Eleanor. Elle a fait de la prison ?

— Je ne crois pas, répondit son père, mais elle n'est jamais revenue finir son stage à l'institut.

— Tu l'as revue après cela ?

— Une seule fois, quelques mois plus tard. Elle m'attendait un soir à la sortie du bureau.

— Et ?

— Elle voulait me dire qu'elle avait appris la mort d'Abby, qu'elle en était désolée, mais qu'elle était toujours... disponible. Je lui ai dit que si elle s'approchait ne serait-ce qu'encore une fois de moi, je la ferais arrêter. Elle s'est mise à pleurer, et je l'ai abandonnée là. Je ne l'ai plus jamais revue.

— Comment s'appelait-elle ?

— Je ne me souviens que de son prénom, probablement parce qu'il me faisait penser à Hitler. Adolpha.

— Elle possédait une voiture ?

— Ellie, ne me dis pas que tu cours toujours après cette hypothèse idiote, qu'Abby aurait été assassinée ? Pourquoi, ma chérie ?

— Parce qu'elle n'est pas morte de mort naturelle ! Pourquoi personne ne veut me croire !

Eleanor bondit de sa chaise, et se mit à hurler :

— Vous oubliez que je me trouvais là ! Elle allait bien ! Elle me tenait la main, elle respirait normalement, elle me souriait du regard ; toutes ses fonctions vitales étaient normales ! Elle n'avait pas de fièvre, pas de problème cardiaque, elle était jeune et solide ! Alors, putain, que quelqu'un m'explique pourquoi elle est morte brutalement ! Pourquoi a-t-elle hurlé de douleur, comme si on la poignardait dans le dos ! Dites-moi POURQUOI ?

L'expression qui se peignit sur leurs visages lui montra que sa fureur et la réalité de ce qu'elle décrivait avaient fini par percer le mur de leur déni. Mais il lui restait encore beaucoup à dire, elle était trop submergée d'émotions :

— Je sais que c'est vrai. Je l'ai su toute ma vie, mais j'étais trop petite pour le comprendre. Le visage de Maman à l'instant où elle est morte hante toujours mes cauchemars — non, mes terreurs éveillées. Cette image ne disparaît pas de mon esprit, impossible d'effacer son cri de souffrance, un cri qui signifiait qu'elle savait qu'elle allait mourir, et je ne peux pas oublier le dernier regard qu'elle m'a lancé ! Ce regard, aussi clairement que si elle avait prononcé ces mots, m'a dit qu'elle allait mourir, et que quelqu'un était responsable. Et jamais je ne trouverai la paix, jamais, tant que je n'aurai pas retrouvé cette personne ! Jamais !

Eleanor éclata en sanglots. Sa sœur la prit dans ses bras avec force :

— Je te crois, Ellie, je te crois.

Neal les étreignit toutes les deux :

— Ma chérie, je n'ai jamais compris. Je n'ai jamais pris la mesure de ce que tu avais souffert toutes ces années. Je n'ai pas été suffisamment attentif, mais... il ne m'est tout simplement jamais venu à l'esprit que quelqu'un ait pu vouloir... éliminer Abby. Jusqu'à ce que tu nous fasses part de tes soupçons, l'idée ne m'a jamais traversé l'esprit. Je ne sais tout simplement pas quoi penser... Comment puis-je t'aider ?

Daphné demeurait là, impuissante.

— Je veux emporter ses cendres à la maison avec moi.

La voix d'Eleanor était tellement rauque qu'elle pouvait à peine parler, et sa gorge était en feu.

— Donne-moi ses cendres, Papa.

L'urne, un récipient laqué vert jade avec un couvercle hermétique, était toute simple, et étonnamment lourde. Eleanor parvint à maîtriser ses émotions jusqu'au moment où elle réintégra son appartement, l'urne serrée contre sa poitrine. Berçant les cendres de sa mère, elle pleura pour la seconde fois de la journée, avant de les déposer par terre à côté du violoncelle d'Abby, avec une infinie tendresse.

Je te garderai avec moi jusqu'à ce que j'aie découvert qui t'a fait ça. Et ensuite, j'irai te disperser aux quatre vents.

Elle expédia un message à Deven Montague, lui demandant de tenter de retrouver une certaine Adolpha, qui avait peut-être suivi des cours de psychopédagogie dans la région de San Francisco à l'automne 1993 ou au début de 1994. Puis elle prit une douche, et enfila un négligé de soie crème sans rien dessous. Contemplant son reflet dans le miroir de la salle de bains, elle décida de ne pas se maquiller, et se dit à voix haute : « Tu es une fille sacrément vernie. Dans moins d'une heure, tu seras dans ses bras. Egbert Archibald Vezzani, je suis follement amoureuse de toi. »

Elle alluma trois bougies, qu'elle disposa autour de sa chambre à coucher. Le réveil sur sa table de nuit indiquait 9:47.

Elle se rendit dans le salon, écarta le rideau dont elle se servit pour dissimuler son corps peu vêtu, et jeta un œil à l'extérieur. Son cœur battait d'excitation. Elle alla régler au plus bas le CD de John Coltrane.

La lumière rouge clignotante du répondeur attira son attention. Elle le mit en route. Au fur et à mesure de son écoute, elle sentit la fougue et la vitalité qui l'animaient mourir petit à petit, jusqu'à ce que son cœur soit transformé en pierre.

— Ici Patrick Lawrence. Vous ne m'avez pas laissé une occasion de vous dire la vérité, l'autre jour. J'ai bien remplacé Vezzani cette nuit-là, mais bien après minuit. Lorsque je suis arrivé à la clinique, votre mère était déjà décédée. Vezzani a très largement acheté mon silence. C'est sans doute une des raisons pour lesquelles ma fiancée Laura s'est suicidée, en plus du fait que j'avais rompu avec elle... ce qui est une autre histoire. Elle m'a trompé — avec

Vezzani dans la douche – et elle n'était pas là pour votre mère. Une vraie salope. Maintenant, vous connaissez la vérité. Si vous ne me croyez pas, et que vous me créez d'autres ennuis, j'irai à la police. Ce que vous avez fait hier était illégal. Je peux vous faire mettre au trou pour ça. Alors, ne venez plus jamais me chercher des crosses.

Deux jambes surmontées d'un gigantesque bouquet de roses rouges se tenaient devant la porte d'Eleanor. Une main sortie du bouquet appuya sur la sonnette. Le nuage de fleurs écarlate pencha sur le côté, dévoilant les traits radieux d'Egbert.

— Eleanor ? appela-t-il en frappant au battant. Eleanor !

Il colla amoureusement son oreille sous l'œilleton, et sonna de nouveau, percevant l'écho de la sonnerie à l'intérieur de l'appartement.

Il se recula, interloqué. Il l'appela sur son portable, mais tomba sur le répondeur et le message enregistré par Georgia. « C'est moi, Egbert, je suis devant chez toi, il est… (il consulta sa montre) dix heures et quart, tu es peut-être dans la douche ? Je suis là ! »

Il déposa un autre message sur le répondeur de la ligne fixe, patienta encore un quart d'heure, posa le bouquet par terre près de la porte, sonna de nouveau, ressortit de l'immeuble. Il alla jeter un coup d'œil au parking des résidents à l'arrière, sans voir la voiture d'Eleanor. Il regagna son propre véhicule, garé juste devant le bâtiment, et s'appuya sur le capot. Il attendit une bonne heure. Il se rendit ensuite chez les parents de la jeune femme, mais la maison était plongée dans l'obscurité, et la Volkswagen d'Eleanor ne se trouvait pas dans les parages.

Inquiet et déçu, il repartit en direction des deux ponts de la baie, et de son appartement.

Sidney faillit écraser les roses, et les écarta du pied. Elle s'assura qu'aucun mot sur la porte n'indiquait qu'Ellie était « occupée ». Le rayon de sa lampe de poche encerclait parfaitement le trou de la serrure. Elle inséra la clé, ramassa le bouquet et entra.

— Ellie ? Tu es là ? N'aie pas peur, c'est moi, Sidney ! chuchota-t-elle en refermant la porte derrière elle.

Elle traversa le salon en s'aidant de sa torche, déposa en chemin le bouquet sur la table en merisier, et se dirigea vers la porte ouverte de la chambre de sa sœur.

Celle-ci était vide, mais une odeur de bougie éteinte y flottait encore. Elle alluma la lumière.

Un bol de céramique bleu débordant d'énormes confiseries multicolores l'attira comme un aimant vers la table de nuit. Elle en ramassa une pleine poignée. Puis, les joues gonflées de friandises, mâchant avec extase, elle ôta son pull et son jean, les abandonna par terre et se coula dans le lit de sa sœur. Elle glissa un second oreiller sous sa tête, s'empara d'une nouvelle poignée de bonbons, puis éteignit la lumière.

La somnolence la gagna, son cerveau s'embruma, et elle sombra brusquement dans un sommeil profond. Sa tête roula sur le côté, des mèches de cheveux sombres dissimulant ses traits.

La porte d'entrée s'ouvrit, puis se referma. Une silhouette pénétra furtivement dans la chambre.

Guidée par la faible lumière projetée par un réverbère à travers la fenêtre, une main gantée de blanc tenant une seringue s'approcha du bras nu de Sidney pendant sur le côté du lit, très commodément exposé.

Chapitre 27

Le lendemain matin à neuf heures et quart, Mike Angelo chargea Georgia d'aller interviewer un coiffeur connu de la ville. La jeune femme s'apprêtait à partir lorsque le poste de téléphone de son bureau retentit.

— Georgia Simonet, que puis-je faire pour vous ?

— Bonjour, Georgia, je suis Egbert Vezzani. J'espère que je ne vous dérange pas, mais peut-être pouvez-vous m'indiquer où se trouve Eleanor ? On vient de me dire qu'elle ne travaillait plus là.

— Bonjour ! Heu, oui, elle ne vous l'a pas dit ? Elle a démissionné.

— Quand ?

— Avant-hier.

— Pourquoi ?

— À cause de vous.

— À cause de moi ?

— Mr. Vezzani, je suis un peu pressée..., souligna Georgia en jetant un œil à Mike Angelo, qui la foudroyait du regard en tapotant sa montre. Vous essayez de contacter Eleanor ?

— Oui. Nous étions censés nous retrouver hier soir, et elle n'était pas chez elle. Je n'arrive pas à la joindre, elle ne répond pas.

— Ça, elle ne peut pas, rétorqua Georgia avec son humour habituel.

— Vous n'êtes pas au courant ?

— Au courant de quoi ?

— Qu'elle a retrouvé sa voix.

— Quoi ?

Angelo se dirigeait maintenant vers elle d'un pas nonchalant.

— Écoutez, je ne veux pas vous retarder, reprit Vezzani, pouvez-vous simplement me dire si vous avez eu de ses nouvelles, ou bien où je peux la trouver ? Peut-être pouvez-vous me communiquer le numéro de ses parents ?

Le portable de Georgia sonna.

— Ça tombe à pic, sa belle-mère est en train de m'appeler sur mon portable. Donnez-moi votre numéro, je vous rappelle dès que possible.

Elle prit rapidement note, ramassa prestement ses affaires et quitta son poste au moment où Angelo arrivait.

— Bonjour Daphné, comment va ? demanda-t-elle, ignorant Angelo tout en se dirigeant d'un pas vif vers la sortie du journal. Elle ajouta avant que Daphné ait pu répondre : C'est vrai que El a retrouvé sa voix ?

— Oui, c'est un miracle, mais vous ne sauriez pas où elle se trouve, Georgia ?

— C'est incroyable ! Merde, c'est fabuleux, qu'elle ait retrouvé sa voix ! Mais vous êtes la deuxième personne à me poser la question aujourd'hui ; que se passe-t-il ?

— Sidney n'a pas dormi là. Nous pensions qu'elle était à la maison, elle nous a dit bonsoir et est montée dans sa chambre, mais ce matin, elle ne s'est pas levée pour aller à l'école, et sa chambre était vide. J'ai appelé sur son portable, mais elle ne répond pas. Elle a une clé de l'appartement d'Eleanor, donc, j'ai appelé, mais même chose, personne ne répond. Je suis vraiment très inquiète.

— Vous avez essayé de joindre ses amis ? demanda Georgia, maintenant dehors. Son petit ami ?

— Ils sont tous à l'école.

— Ça, c'est vraiment bizarre, qu'elles aient toutes les deux disparu... Qu'est-ce que vous allez faire ?

— J'y vais, j'ai un double de la clé.

— D'accord, appelez-moi, Daphné, tenez-moi au courant ! Je dois y aller.

Georgia héla un taxi et rappela Egbert.

— Je viens de parler à Daphné. Sidney aussi a disparu. Daphné a une clé de l'appartement d'Eleanor, elle s'y rend tout de suite. Elle a promis de me rappeler, je vous tiens au courant.

— Merci, Georgia. Si jamais je ne peux pas répondre, laissez un message. Je suis très inquiet.

— Vous savez quoi ? Moi aussi.

Egbert avait achevé sa tournée matinale à l'hôpital. Il avait trois consultations à partir de seize heures, et une opération prévue à dix-sept. Il avertit Pénélope, l'infirmière en chef du service de neurochirurgie, qu'il s'absentait et que bien entendu, en cas d'urgence, on pouvait le biper.

Ayant gardé sa blouse blanche et oublié de retirer son stéthoscope pendu autour de son cou, il partit au pas de course pour le parking, et sauta dans sa voiture.

Daphné s'introduisit dans l'appartement sans sonner, et se précipita dans la chambre. À la vue de Sidney, le bras toujours pendant hors du lit telle une fleur fanée, elle hurla le nom de sa fille :

— SIDNEY ! Mon Dieu, oh non, non, non…

Prise de panique, elle posa deux doigts sur la gorge de l'adolescente, et détecta un faible battement. Collant son oreille sous son nez, elle perçut également un léger souffle.

– Mon bébé, mon bébé... Pas toi...

Elle tenta de soulever sa fille dans ses bras, mais Sidney pesait une tonne, sa tête pendait, bouche ouverte.

Daphné la reposa et composa le 911.

Vezzani fonça sur le Bay Bridge à 120 km/h, et se fit arrêter par une voiture de police. Descendant sa vitre, il annonça du ton péremptoire d'un acteur chevronné, « C'est une urgence ! » À la vue de son uniforme et du macaron médical sur son pare-brise, les agents le laissèrent repartir.

Il ne se doutait pas qu'il s'agissait *effectivement* d'une urgence.

Il propulsa à toute vitesse son véhicule le long de la rue la plus pentue de Berkeley, et atteignit l'immeuble d'Eleanor en un temps record. Une ambulance au gyrophare rougeoyant était garée devant, en double file. L'angoisse lui nouant les tripes, Egbert s'arrêta juste derrière et se précipita dans l'immeuble.

Cette fois-ci, la porte d'Eleanor était ouverte. Il faillit trébucher sur une civière en fonçant dans la chambre, où il découvrit deux auxiliaires médicaux, l'un pratiquant le bouche à bouche, l'autre, une femme, installant une intraveineuse au bras de la femme inerte reposant sur le lit. Le visage défait, Daphné se tenait à côté.

– Eleanor ! chuchota-t-il.

— Ce n'est pas Eleanor, mais ma fille, Sidney.

L'homme interrompit les premiers soins et se releva.

— Il faut emmener cette gamine à l'hôpital.

À la vue de Vezzani, la surprise, accompagnée d'un éclair de méfiance, se peignit sur les traits de l'homme.

Egbert dévisagea Patrick Lawrence avant de l'écarter. Il se pencha sur Sidney, lui appliqua le stéthoscope sur la poitrine.

La femme entrait avec le chariot.

Egbert examina les yeux de Sidney, puis remarqua de minuscules traces colorées de salive séchée sur son menton et aux commissures de ses lèvres. Sur l'oreiller, il trouva un bonbon rouge vif, puis deux autres par terre, un bleu et un rose. Le bol de confiseries était aux deux tiers plein.

Il inspecta son bras nu, et son œil exercé détecta instantanément une trace de piqûre infinitésimale sur la peau bleuie du pli de son coude.

— Où l'emmenez-vous ? demanda-t-il à Patrick Lawrence.

— Alta Bates.

— Amenez-la en quatrième vitesse, et faites-leur vérifier cette trace de piqûre. Faites pratiquer un lavage d'estomac. Vous avez du charbon activé ou du sirop émétique dans votre ambulance ?

– Nous avons du sirop. Je connais mon boulot, mon vieux...

– Allez le préparer. Vous allez devoir l'intuber, vous savez ça, non ? Elle est inconsciente, si vous ne l'intubez pas, elle risque de s'étouffer. Vous allez peut-être enfin pouvoir sauver une vie.

Patrick Lawrence vira à l'écarlate, et fit un pas en direction de Vezzani, poings serrés.

– Ce n'est pas le moment ! Allez-y ! Tout de suite !

Lawrence sortit en courant. Egbert et l'autre auxiliaire transportèrent Sidney sur la civière, puis Egbert poussa le chariot dehors tandis que la femme tenait la perfusion. Daphné leur emboîta le pas.

– Elle va s'en sortir ? demanda-t-elle d'une voix tremblante.

– Je ne peux pas répondre. Je pense, dit Egbert, mais je n'en suis pas certain.

– Mon Dieu..., gémit Daphné, qui n'était pas loin de perdre tout sang-froid.

Elle les suivit tandis qu'ils descendaient le chariot dans la cage d'escalier, tournant autour lorsqu'ils le montèrent dans l'ambulance où Patrick Lawrence se tenait prêt avec le matériel d'intubation.

– Je peux venir avec vous... dans l'ambulance ? demanda Daphné.

— Il ne vaut mieux pas, répondit Egbert, ce qu'ils vont lui faire n'est pas un spectacle très agréable à contempler.

— Vous feriez mieux de nous suivre en voiture, recommanda la femme, qui alla s'installer au volant.

— Qu'est-ce que tout cela signifie ? demanda Daphné à Egbert tout en cherchant ses clés de voiture.

— Je l'ignore, mais je crois que quelqu'un vient d'essayer de tuer Eleanor, et il a confondu Sidney avec sa sœur. Il faut à présent retrouver Eleanor, elle est en danger !

Sans tenir compte du choc qui se peignait sur les traits de Daphné, il griffonna quelque chose sur un bloc d'ordonnances, puis déchira la page et la lui fourra dans les mains tandis qu'elle montait dans sa voiture.

— Voici mon numéro. Appelez-moi ! Je dois retourner à l'hôpital. Et contactez la police. Il y a une scène de crime là-haut.

Daphné se contenta d'opiner de la tête, et se lança dans le sillage de l'ambulance.

Egbert remonta en courant dans l'immeuble. Il se souvenait que la porte de l'appartement d'Eleanor était restée ouverte : Daphné ne l'avait pas refermée derrière elle. Pour la seconde fois ce jour-là, il pénétra dans les lieux, sans savoir véritablement ce qu'il cherchait. Il remarqua le bouquet sur la table ovale, jeta un œil dans la cuisine, propre et bien rangée, revint dans la chambre, où il prit bien soin de ne toucher à rien.

Le collier avec sa petite hirondelle dorée paraissait avoir été jeté avec colère sur l'étagère chromée sous le miroir de la salle de bains, à côté d'un verre à dents vide et d'un flacon de parfum. Il souleva le pendentif, et le petit oiseau se balança au bout de sa chaîne finement ouvragée. Il le reposa au même endroit, puis décrocha le peignoir en éponge d'Eleanor, et enfouit son visage dans le matériau moelleux.

La douleur et l'angoisse croissante étaient quasiment insupportables.

Il consulta sa montre. Il lui restait deux heures avant de devoir rejoindre l'hôpital. En trente secondes, il dénicha le numéro du détective privé Deven Montague sur son smartphone.

Pendant qu'Egbert fonçait sur le Bay Bridge en direction de San Francisco, le personnel des urgences de l'hôpital d'Alta Bates pratiquait un nouveau lavage d'estomac à Sidney, toujours inconsciente. Le contenu fut expédié en urgence au laboratoire d'analyse.

Daphné avait prévenu son mari, et le couple attendait à cet instant dans le couloir, le plus près possible du service des urgences. Daphné ne bougeait pas, appuyée avec raideur contre le mur d'un vert d'eau blafard, tandis que Neal arpentait le corridor en faisant les cent pas.

Un jeune médecin fit son apparition. Lorsqu'elle vit le sourire peint sur son visage, Daphné se sentit défaillir de soulagement, et Neal se précipita pour la soutenir.

— Votre fille va s'en sortir, elle est robuste. Nous pensons qu'elle a ingéré une grosse quantité de somnifères très puissants.

— Pourquoi... Comment... Que lui avez-vous fait ?

Neal était sidéré.

— Nous avons procédé à un nouveau lavage gastrique. Normalement, celui-ci doit être pratiqué une heure après l'ingestion, et les infirmiers l'avaient déjà fait, mais nous devions nous assurer qu'il ne restait aucun vestige de produit. Heureusement, elle avait dû faire un repas conséquent. Nous ignorons encore la nature de celui-ci, mais cela aide, car un gros repas met six à huit heures à évacuer l'estomac. Il en restait encore. Sinon, avec un repas léger digéré en une ou deux heures, votre fille aurait pu être dans un état bien pire. Nous avons également effectué une prise de sang, et tout envoyé au labo, avec les prélèvements de l'ambulancier.

— Avez-vous vu, enfin, trouvé quoi que ce soit d'anormal dans son estomac ?

— Des morceaux colorés, comme une sorte de friandise. Elle a dû les avaler largement après minuit.

— Vous lui avez fait mal ? Elle est consciente ?

— Pas encore, et non, elle n'a rien senti. (Le médecin fit une pause avant de les interroger :) Votre fille se drogue-t-elle ?

— Non ! se récrièrent en même temps Daphné et Neal.

— Elle porte sur le bras une marque de piqûre d'aiguille.

— Je sais, je l'ai vue, mais je peux vous assurer qu'elle ne se drogue pas, protesta Daphné d'une voix faible. Quelqu'un a dû lui injecter quelque chose...

— Je vous prie de m'excuser, j'ai d'autres patients à voir. Votre fille va être transportée en réanimation. Attendez ici, vous pourrez l'accompagner.

Neal rattrapa par le bras le médecin qui s'éloignait.

— Quand va-t-elle se réveiller ?

— Bientôt. Rassurez-vous, elle va s'en tirer.

Il eut à peine disparu que Neal dit à sa femme :

— Je ne peux pas y croire.

— Moi non plus. J'ai l'impression d'un mauvais rêve. Mais ça va aller, mon Dieu, Neal..., gémit-elle en se jetant dans ses bras avec des pleurs de soulagement. Des friandises de couleur, ajouta-t-elle d'une petite voix, toujours pressée contre sa poitrine. Des bonbons. Harold en a donné à Eleanor le soir de notre anniversaire de mariage, non ?

— Quoi ?

Daphné se redressa.

— Tu ne te souviens pas qu'il a parlé d'une nouvelle marque, ou du fait qu'ils étaient plus gros, quelque chose comme ça ?

— Non. Bon sang, Daphné, que se passe-t-il ?

– Qui d'autre aurait pu y introduire quelque chose ?

– Daphné !

Elle le fixa, les yeux écarquillés.

– Je suis désolée. Tu as raison, c'est impossible. Ce n'était peut-être pas ceux que lui a donnés Harold. Il y en a toujours qui traînent partout chez elle... Mais nous devons découvrir qui s'est trouvé dans l'appartement d'Ellie avant cette nuit-là. Elle a peut-être fait entrer quelqu'un, ou bien...

– Ou bien quoi ?

– Je ne sais pas, mais nous devons la retrouver, Neal ! Je crois que nous devrions appeler la police. C'en est trop. Quelqu'un a tenté de la tuer, et elle a disparu. Je prie pour que tout aille bien. Peut-être a-t-elle raison depuis le début à propos d'Abby, et quelqu'un essaye de l'empêcher de découvrir la vérité.

– Mais qui, pour l'amour de Dieu ?

– Quelqu'un qui la connaît bien, et qui sait qu'elle est accro aux bonbons.

Daphné lança brusquement à Neal un regard pénétrant.

– Quoi ? demanda-t-il.

– Comment s'appelait son dernier petit ami, le prof de gym ?

– Elliot. Tu as raison ! Il n'a rien à voir avec Abby, mais... c'est un violent. Souviens-toi qu'il a presque assommé Jeff, le soir où il se trouvait chez Ellie avec Sidney ? Et Ellie n'a-t-elle pas dit qu'il la harcelait ?

— Si. Il est peut-être devenu fou de jalousie. Peut-être qu'il la suit toujours, et qu'il l'a vue avec Vezzani.

— Mais la personne qui s'est introduite chez Ellie hier soir devait disposer d'une clé. Elliot en avait-il une ?

— Comment le saurais-je ? Ils sont restés ensemble plusieurs mois, il a largement eu l'occasion de faire faire un double. Un samedi où elle répétait, il aurait parfaitement pu prétexter qu'il allait chercher une pizza, et se rendre chez un serrurier...

— À propos de clé, comment se fait-il que tu en aies eu une ?

Sa femme se préparait à lui répondre lorsqu'elle vit s'ouvrir la porte des urgences, d'où sortit un chariot sur lequel reposait Sidney.

Le couple se précipita d'un même mouvement.

Heureusement, les bureaux de Deven Montague se trouvaient sur le chemin de l'hôpital. La secrétaire du détective, une femme élégante et charmante qui devait avoir depuis longtemps dépassé l'âge de la retraite, introduisit Egbert.

Deven se leva pour l'accueillir.

— Docteur Vezzani, ravi de vous rencontrer. Que puis-je faire pour vous ? dit-il en tendant la main sans sourciller à la vue de la blouse blanche et du stéthoscope pendu au cou du chirurgien comme un appendice permanent.

— Eh bien, euh, je suis neurochirurgien. D'habitude, nous n'examinons pas nos malades comme les généralistes, mais j'aime bien m'assurer moi-même de tout... d'où le stéthoscope...

— Vous deviez être extrêmement pressé, se contenta de répondre Deven, qui en profita également pour jeter un œil aux pieds du médecin, et constata que sous son pantalon blanc trop court, il portait des chaussettes dépareillées, l'une noire et l'autre marron.

Il capta immédiatement le bouleversement du chirurgien.

— Asseyez-vous.

— Impossible. Je veux dire, je ne peux pas, je suis trop agité. J'espère que vous ne m'en voudrez pas.

Deven patienta poliment.

— Heu... Eleanor a disparu.

Le détective haussa les sourcils.

— Sa petite sœur a été empoisonnée.

Deven écarquilla davantage les yeux.

— La nuit dernière, dans l'appartement d'Eleanor. Elle a mangé une tonne de bonbons.

— Pourriez-vous vous montrer un peu plus explicite, Mr. Vezzani ?

Egbert tournait en rond sans interruption, jetant toutes les deux secondes des regards nerveux à sa montre.

— Désolé, je dois me trouver dans très peu de temps à l'hôpital. Oui… Oui. Heu… Sidney dispose d'une clé de l'appartement de sa sœur. Nous pensons – Daphné et moi – qu'elle – Daphné est sa belle-mère ; je veux dire la mère de Sidney – que Sidney est entrée avec sa clé. Eleanor était absente, alors qu'elle était censée se trouver chez elle, parce que nous avions un rendez-vous. Je lui ai même apporté un gros bouquet de fleurs… Mais elle n'était pas là, elle ne m'a pas attendu, j'ignore pourquoi, nous sommes…

Egbert s'interrompit pour reprendre son souffle.

— D'accord, laissez-moi poser les questions. OK ?

— OK.

Deven fit quelques pas.

— Quelqu'un a trafiqué les bonbons ?

— J'en suis quasiment certain. Probablement avec des somnifères.

— Je commence à y voir plus clair. Sidney a mangé les friandises destinées à Eleanor ?

— Oui, oui !

— Elle va bien ?

— Je ne sais pas encore, Daphné doit m'appeler. Ils l'ont emmenée à l'hôpital.

– Prions pour qu'elle s'en sorte. Donc, Eleanor n'a disparu que depuis cette nuit ?

– Oui.

– Cela fait à peine...

– Mr. Montague, elle est en danger ! Nous devons la retrouver. Avez-vous été en contact avec elle ces derniers temps ? Vous êtes au courant de son... son enquête, du fait qu'elle est convaincue que la mort de sa mère n'était pas un accident ?

– Oui, je suis au courant. Mais je n'ai pas le loisir de discuter des affaires de ma cliente avec vous.

– Bon Dieu, elle pourrait véritablement courir un danger ! répéta Egbert tout en regardant de nouveau sa montre. D'accord, je vous engage pour la retrouver. Combien vous faut-il ?

– Inutile de vous demander si vous avez tenté de l'appeler ? Je veux dire, lui envoyer un texto, laisser un message, ce genre de chose ?

– Un million de fois ! À propos, elle a retrouvé sa voix.

– Comment ? Vraiment ?

– Oui, oui, mais elle n'a jamais répondu, ne m'a jamais rappelé ! Je sais qu'il y a quelque chose qui ne va pas. Elle et moi, nous sommes... Elle ne disparaîtrait pas comme ça !

– Quelqu'un a appelé la police ?

— Je crois que Daphné allait le faire.

— Vous avez contacté le magazine où elle travaille ?

— Ce matin, j'ai appelé sa meilleure amie, Georgia Simonet. Elle non plus n'a aucune nouvelle d'Eleanor. Vous saviez qu'elle avait démissionné ?

— Non. Décidément, vous m'apportez des nouvelles surprenantes, ce matin, docteur Vezzani.

Le détective regagna son bureau, s'empara de son petit calepin et de son crayon parfaitement taillé.

— Vous êtes sûr de ne pas vouloir vous asseoir ? demanda-t-il en s'installant dans son confortable fauteuil de cuir.

— Non, je...

Le portable d'Egbert l'interrompit. Il farfouilla dans la poche de sa blouse, examina le numéro de son correspondant, sans le reconnaître.

— Oui, Vezzani... Georgia ?... Quoi ?

Un large sourire se dessina sur son visage. Il appuya sur la touche haut-parleur de son téléphone avec un signe de tête à l'adresse de Deven, et se laissa tomber sur le siège en face de lui en laissant échapper un énorme soupir de soulagement.

— ... Oui, elle va bien, résonna parfaitement la voix de Georgia dans le bureau.

— Dieu merci ! murmura Egbert. Comment l'avez-vous retrouvée ?

— Je me suis contentée de l'appeler. Je dois avouer que c'était hallucinant d'entendre sa voix. Je ne savais même pas à qui je parlais quand elle a décroché !

— Et pourquoi n'a-t-elle pas répondu à *mes* appels ?

— Je ne sais pas...

Egbert décela une ombre de gêne dans le ton de la jeune femme, qui poursuivit :

— Elle m'a dit... Écoutez, c'est gênant...

— Que vous a-t-elle dit ? la pressa Egbert le cœur serré, en se levant, coupant le haut-parleur et tournant le dos à Deven.

— Qu'elle ne voulait plus jamais vous revoir.

Il eut l'impression qu'une tonne de briques venait de lui dégringoler sur la tête. Il demanda, ahuri :

— Elle a dit ça ? Mais pourquoi ?

— Écoutez, Mr. Vezzani, je dois y aller...

— Attendez, Georgia, une seconde... Elle est au courant pour Sidney ?

— Oui, elle est partie à l'hôpital. Daphné a réussi à la joindre. Elle avait éteint son portable, cette nuit... À propos, la petite est tirée d'affaire.

— C'est merveilleux, merveilleux.

— Mr. Vezzani, qu'avez-vous fait à Eleanor ?

– Rien, je n'ai rien fait. Où était-elle la nuit dernière ?

– À l'hôtel.

– À l'hôtel ? Seigneur ! Merci de m'avoir rappelé, miss Simonet.

Egbert referma son téléphone d'un claquement.

– J'en déduis que vous n'avez plus besoin de mes services ? demanda Deven Montague.

Continuant de lui tourner le dos, Egbert se contenta de secouer la tête.

– Puis-je vous demander quelque chose ?

Egbert se retourna, avec la tête d'un homme qu'on venait de passer à la lessiveuse.

– Les téléphones mobiles sont-ils susceptibles de provoquer des tumeurs du cerveau ? Est-ce la raison pour laquelle vous avez mis le vôtre sur haut-parleur ?

– Euh... il n'y a rien d'avéré, mais je vois de plus en plus de tumeurs cérébrales, en ce moment... on ne sait jamais.

– Qu'est-ce qui est merveilleux ?

Egbert tenta de dissiper le cafard qui s'était emparé de lui.

– Quoi ? demanda-t-il, le regard empli d'une immense tristesse.

– Vous avez dit au téléphone, « c'est merveilleux ».

— Oh oui, Sidney est hors de danger.

— C'est merveilleux, en effet, répondit Deven en attendant la suite.

— Elle m'a dit qu'Eleanor ne voulait plus jamais me revoir.

— Voilà qui est regrettable. Puis-je vous demander pourquoi ?

— Vous pouvez demander, mais je n'ai pas la réponse.

Chapitre 28

D'abord floue, la vision de Sidney s'éclaircit, et elle finit par découvrir trois visages anxieux penchés au-dessus de son lit d'hôpital : sa mère, son père, puis, petit à petit, Ellie. Elle avait mal à la gorge, sa tête était très douloureuse et ramollie, et elle avait la nausée.

Eleanor était en état de choc. Le tourbillon d'émotions mêlées qui agitait son esprit était presque impossible à supporter : la trahison d'Egbert, l'accident de Sidney, le soulagement de savoir qu'elle était indemne... Et la prise de conscience d'une brutalité inouïe, suivie de la peur glacée qui dévala dans ses veines : *Quelqu'un a tenté de me tuer.*

Incapable de retenir ses larmes, Daphné serrait de toutes ses forces la main de Sidney, dont l'autre bras était sous perfusion.

Le bras de Maman... je tombe... l'aiguille est arrachée... sa bouche s'ouvre en un hideux...

Eleanor s'écroula sur le sol.

Neal se précipita sur sa fille aînée, et berça sa tête sur ses genoux.

On frappa à la porte. Un nouveau médecin, plus âgé, en tenue d'hôpital verte, pénétra dans la chambre avec deux agents de police.

Le médecin s'agenouilla et prit le pouls d'Eleanor, qui rouvrit les yeux.

Les deux enquêteurs demeurèrent poliment sans bouger.

Neal et le médecin aidèrent Eleanor à se remettre sur pied, tandis que Daphné, émotionnellement vidée, n'avait pas lâché la main de sa fille.

Celle-ci eut un haut-le-cœur, sans rien vomir.

On installa Eleanor sur une chaise.

— Il y avait dans l'estomac de cette jeune fille, annonça le médecin en désignant Sidney, des traces de sédatifs puissants, en même temps que des restes de sucre, de sirop de maïs, d'amidon et de colorants artificiels : des bonbons.

Des bonbons ? Eleanor leva la tête.

— Nous avons également retrouvé une grande quantité de... (Il s'interrompit, et regarda tour à tour Neal, agenouillé près du siège d'Eleanor, puis Daphné :) Vous êtes les parents ?

Daphné et Neal acquiescèrent.

— Votre fille a fait une overdose. Elle avait dans le sang une énorme, ou plutôt une spectaculaire dose d'héroïne, ce qui, mélangé aux somnifères, ne forme pas une combinaison idéale. Vous avez de la chance, elle est de constitution robuste ; statistiquement, elle n'avait pas beaucoup de chances de s'en sortir.

Daphné devint livide, et vacilla. Neal abandonna Eleanor pour se précipiter vers sa femme.

— Excusez-nous, intervint un des agents en s'éclaircissant la voix, je suis l'enquêteur Johnson, et voici l'agent Stavinsky. Désolés de vous déranger en un moment pareil, mais Eleanor Wilder est-elle présente ?

— Je suis Eleanor Wilder, parvint à articuler la jeune femme.

— Si vous n'y voyez pas d'inconvénient, nous aurions besoin de jeter un coup d'œil à votre appartement.

— Maintenant ?

— Si possible. Pour vérifier un certain nombre de choses.

— Pouvez-vous m'accorder une minute avec ma sœur ?

— Nous attendrons dehors, répondit l'enquêteur Johnson, et les deux hommes quittèrent la chambre.

— Réveillée ? Parfait, annonça le médecin au chevet de Sidney. Ça va aller, petite. Nous allons la garder un jour ou deux, poursuivit-il à l'adresse des autres, puis, tirant Neal à l'écart, il lui confia à voix basse : J'espère que vous comprendrez que nous avons dû faire un rapport officiel.

Il prit congé, et Neal soutint Eleanor au côté du lit de sa sœur.

— Qu'est-ce que c'est que ce bazar... Est-ce que quelqu'un va m'expliquer ce qui se passe ? articula Sidney d'une voix rauque.

D'un ton encore plus faible accompagné d'un petit sourire, Eleanor s'assit sur le lit de Sidney et remarqua :

— Ta voix ressemble à la mienne. Ton père et ta mère vont t'expliquer. Je dois y aller, mais je reviendrai cet après-midi, promis. OK ?

Elle se pencha pour l'embrasser, et lui chuchoter à l'oreille :

— Je t'aime, mieux encore, je t'adore.

Son téléphone retentit, mais après avoir jeté un œil à l'identité de son correspondant, « Egbert », elle le referma.

Ce fut au tour du téléphone de Daphné de sonner. Celle-ci répondit tandis qu'Eleanor sortait, accompagnée de son père :

— Il est impossible que Sidney ait absorbé ces drogues, affirma-t-il d'un ton hagard. Quelqu'un a tenté de lui faire du mal, et maintenant, c'est toi qui es en danger, Ellie. Sois prudente, ne reste pas seule, et ne dors pas chez toi ce soir. Viens avec nous à la maison pour quelque temps... Moi, je vais passer la plus grande partie de la journée ici ; à tout à l'heure. Je t'aime, Ellie, conclut-il tendrement.

Mais l'attention d'Eleanor s'était fixée sur la conversation téléphonique de Daphné :

— Elle va se rétablir, merci, Mr. Vezzani... Oui, attendez, elle est sur le point de partir...

De la tête et de l'index, Eleanor fit vigoureusement signe que « non » à Daphné, avant de quitter la pièce. Elle eut le temps de saisir en s'éloignant :

— Ah non, je me suis trompée, elle est déjà partie... Oui... Non, désolée ; je n'en ai aucune idée...

Le cœur battant à se rompre, la tête lui tournant toujours, Eleanor remonta le corridor de l'hôpital entre les deux agents, quasiment prête à les supplier : *Arrêtez-moi et emmenez-moi dans un endroit sûr ! Derrière les barreaux, c'est parfait. J'ai peur. Vraiment peur.*

Lorsqu'elle pénétra dans son appartement, la première chose qu'elle vit fut l'énorme bouquet de roses rouges s'étalant sur les trois quarts de la table en merisier, les pétales écarlates en train de dépérir sur leur coussin de plastique transparent. Leur parfum enivrant embaumait la pièce, et emplit Eleanor d'un désir et d'une tristesse infinis. L'espace d'un instant, elle oublia l'horreur de ce qui s'était produit chez elle la nuit précédente, et la présence des deux agents derrière elle. Un court instant, elle oublia la trahison d'Egbert, sans rien ressentir d'autre que ses lèvres sur les siennes... Sa rêverie fut brisée par l'un des policiers :

— Ne touchez à rien, s'il vous plaît, mademoiselle. Nous attendons une équipe de techniciens médico-légaux pour passer votre appartement au peigne fin. Asseyez-vous, ils ne devraient pas tarder.

Eleanor aperçut alors le clignotement rouge du répondeur, indiquant un message. L'agent Stavinsky lui fit signe qu'elle pouvait le consulter.

La voix d'Egbert emplit la pièce : « C'est moi, Egbert, je suis devant chez toi, il est... dix heures et quart, tu es peut-être dans la douche... Je suis là ! » Le bip-bip, puis un second message, « Eleanor, il est minuit, je suis rentré chez moi, je suis inquiet, j'ai essayé ton portable, tu es vivante ? Appelle-moi dès que tu auras ce message, je... tu sais ce que je veux te dire, je... j'ai envie de toi, de ton corps nu près du mien, je veux t'embrasser partout, partout, je veux te faire tellement de choses, appelle-moi, où es-tu, Eleanor ? »

La jeune femme demeura tétanisée, gênée et blessée au plus profond d'elle-même. Les deux policiers avaient détourné le regard. Un troisième message s'éleva : « Ici Deven Montague. Votre "Adolpha" est mariée et vit dans le New Jersey, elle s'appelle maintenant Bolshovo, elle a trois enfants et un cabinet de psychiatre. Je vous envoie son adresse et son numéro de téléphone par e-mail. J'espère que tout va bien pour vous. À propos, cela m'intéresserait de savoir comment progresse votre... enquête personnelle. Si vous avez besoin de moi, vous savez où me trouver. »

L'enquêteur Johnson prit des notes, puis suivit Eleanor qui pénétrait dans sa chambre. La literie avait été repoussée, et sur la table de nuit, une lampe de poche avait remplacé le bol de bonbons.

— Ils ne sont plus là, remarqua-t-elle à l'attention de l'agent. Les confiseries ont disparu.

Il la regarda poliment.

— Quelqu'un a dû les enlever, le pressa-t-elle.

« L'équipe » de techniciens médico-légaux fit irruption : elle se réduisait à une personne, une femme mince d'âge moyen à l'allure masculine, aux cheveux grisonnants hérissés. Elle demeura sur le seuil de la pièce, ne tenant pas en place, cramponnée à sa large mallette noire de scène de crime qui devait peser une tonne, pendant que Johnson interrogeait Eleanor :

— Quelle est donc cette « enquête personnelle » à laquelle vous vous livrez ?

— C'est… trop long à vous expliquer. Une affaire personnelle, rien à voir avec tout cela.

— Bien. Donc, vous étiez absente hier soir, et votre sœur est entrée chez vous ?

— Oui, elle a une clé.

— Qui d'autre dispose d'une clé ?

— Sa mère, Daphné Wilder, que vous avez vue à l'hôpital.

— Personne d'autre ?

— Non, pas à ma connaissance.

— D'où tenez-vous ces… bonbons ?

— Mon oncle me les a donnés.

— Comment s'appelle-t-il ?

– Harold Wilder.

– Vous plaisantez ? *Le* Harold Wilder ?

– Oui.

– Quand vous les a-t-il donnés ?

– Avant-hier. Mardi.

– Vous en avez consommé ?

– Non.

– Ils étaient emballés ?

– Oui.

– Qu'avez-vous fait de l'emballage ?

– Il doit encore se trouver dans la poubelle à recyclage bleue, celle destinée au papier, dans la cuisine, enfin, dans le garde-manger, derrière le réfrigérateur.

Johnson fit un geste en direction de Stavinsky, qui quitta la chambre.

– Hé, j'ai une journée chargée, qu'est-ce que je suis censée foutre ici, les mecs ? aboya la technicienne en tapant du pied comme si elle voulait faire fuir d'invisibles microbes.

Stavinsky revint les mains vides :

– Rien dans la poubelle. Elle est vide.

– C'est impossible ! Je ne l'ai pas encore descendue !

La panique gagnait Eleanor.

Johnson finit par adresser la parole à la technicienne :

— Gloria, il n'y a qu'un truc à chercher, de l'héroïne. Retourne tout l'appartement, uniquement pour ça.

— Quoi ? protesta Eleanor, indignée.

— Écoutez, mademoiselle, rétorqua l'agent d'un ton d'ennui, nous ne faisons que notre boulot.

Gloria entreprit de sortir son matériel, et enfila des gants de latex.

Eleanor rétorqua d'un ton calme :

— Mais il n'y a pas d'héroïne ici. Je ne me drogue pas.

— Sortez d'ici, les mecs, annonça Gloria en commençant ses recherches, et ne touchez à rien.

— Alors la petite a apporté sa dose, assena Johnson à Eleanor tandis qu'ils quittaient la pièce.

— Hors de question ! Ma sœur ne se drogue pas ! Attendez un peu : on a essayé de me tuer. Quelqu'un a trafiqué les bonbons, et ce quelqu'un est revenu…

— Miss Wilder, pour l'instant, nous ne pouvons rien prouver. On ne sait pas encore si les bonbons ont été trafiqués. Et si c'est bien le cas, comment déterminer si vous n'êtes pas l'auteur de l'intervention ?

— Quoi ? s'énerva Eleanor, furieuse. Et pourquoi ferais-je une chose pareille ?

— Je ne sais pas. À vous de me le dire. Les gens font des trucs dingues. J'ai été appelé un jour sur une affaire où une fille avait fait un brownie à la coke. Sa grand-mère en a mangé la moitié, elle est morte.

— Et la piqûre au bras de ma sœur ?

— En général, les gens se les font eux-mêmes.

— Ma sœur n'est pas héroïnomane. Vous avez pu le constater vous-même, elle n'avait qu'une seule marque de piqûre. Il s'agit d'une tentative d'assassinat, contre moi, on l'a prise pour moi.

Johnson demanda d'un ton patient :

— Et qui pourrait en être l'auteur ? Vous avez une idée ?

Eleanor demeura muette.

— Nous vous recontacterons, annonça Johnson, qui se dirigeait déjà vers la porte.

— Attendez, mon ex-petit ami n'a cessé de me harceler. Il s'est montré violent...

Johnson s'arrêta net.

— Il a accès à votre appartement ?

— Non. Je ne lui ai jamais laissé de clé mais...

— Comment s'appelle-t-il ?

— Elliot Blake. Il est prof de gym à Berkeley High. Il y a eu un incident... Il doit être fiché.

— Nous allons voir ça. Bonne journée, miss Wilder. Stavinsky, on y va. Gloria, cria-t-il à tue-tête, envoie les résultats au poste, comme d'habitude !

— Ouais, eh bien, s'il y en a ! Jusqu'à présent, pas la moindre fichue trace !

— Attendez ! Comment puis-je vous joindre ? insista Eleanor, dont la voix se teintait de désespoir.

L'enquêteur Johnson tira une carte de visite de son portefeuille avec un soupir et la lui tendit sans un mot.

Lorsque la technicienne de scène de crime fut à son tour partie sans même dire au revoir, Eleanor ferma la porte d'entrée à clé – *pour autant que cela serve à quelque chose* – et se rendit droit dans sa chambre. À quatre pattes, elle inspecta le moindre centimètre carré de moquette, se glissa sous le lit. Elle était sur le point de renoncer lorsqu'elle se retrouva nez à nez avec une friandise rose vif, coincée entre le mur et le pied du lit. *Bonjour l'équipe médico-légale*, se dit-elle en tirant sur la manche de son long T-shirt en coton pour ramasser triomphalement le bonbon.

Elle retourna dans la cuisine, où après avoir fourragé dans un tiroir, elle dénicha un sac à congélation de la plus petite taille possible ; elle y jeta le bonbon et le referma soigneusement.

Elle composa le numéro de la carte de visite de l'enquêteur Johnson. Après avoir tenté d'expliquer l'histoire du bonbon à quelqu'un du poste de police, elle renonça, et demanda à son interlocuteur de transmettre à Johnson le message de la rappeler.

Elle contacta ensuite un serrurier, et prit rendez-vous avec lui pour six heures du soir, ce qui lui laissait deux heures de battement. Elle détacha un fruit du régime de bananes dans un saladier, s'empara d'un paquet de gâteaux dans un placard et grignota en cours de route sur le chemin de l'hôpital. Elle se rendit directement au poste des infirmières de l'étage où était hospitalisée Sidney. Elle présenta à l'infirmière en chef l'histoire du bonbon, mais celle-ci lui répondit qu'il s'agissait d'une affaire de police, et que le laboratoire de l'hôpital ne pouvait rien faire. Son téléphone mobile sonna. Il s'agissait de nouveau d'Egbert. À l'inverse de son cœur, elle ignora l'appel.

Elle trouva sa sœur éveillée et dressée dans son lit, en train de boire du chocolat chaud à l'aide d'une paille. Daphné était présente, mais il n'y avait pas trace de Neal.

Daphné avait une clé. Elle peut m'avoir confondue avec Sidney, dans l'obscurité... Mais pourquoi ?

Daphné se leva pour accueillir sa belle-fille avec un soupir :

– Oh, Eleanor, elle va bien, elle va se remettre... Je suis encore... sous le choc. Nous avons parlé avec Sidney : elle n'a pris aucune drogue, et n'a aucune idée de ce qui a pu lui arriver. Les agents sont revenus l'interroger. Elle ne...

Sidney fondit en larmes.

— Ellie ? Ellie ? Quelqu'un a essayé de me tuer ! Ça veut dire...

Les sanglots lui coupèrent la parole. Eleanor lui retira doucement des mains le gobelet en carton, et s'assit à côté d'elle.

— Viens, je vais procéder à un embrassement.

— Quoi ? gloussa Sidney entre deux sanglots.

— Un embrassement. Je vais t'envelopper, te serrer contre mon sein...

Ce qu'elle fit jusqu'à ce que les pleurs de Sidney se calment.

Celle-ci se redressa, et s'exprima en langage des signes.

— Ne t'inquiète pas, répondit Eleanor, je vais être très, très prudente, bécasse.

— Tu vas venir à la maison, décréta fermement Daphné en s'essuyant les yeux avec un kleenex.

— Merci, Daphné, mais je préfère rester chez moi. Je fais changer mes serrures dans exactement... quarante-cinq minutes, annonça-t-elle après avoir consulté sa montre. Je ferai fabriquer un double de ma nouvelle clé, et un seul, dit-elle à sa sœur. Uniquement pour toi, si tu promets de ne plus jamais manger mes bonbons.

Sidney gesticula en retour.

— Moi ? répondit Eleanor. Oh, je ne sais pas, je suis accro... mais dorénavant, je les achèterai moi-même.

— Qui donc a pu faire une chose pareille, à ton avis ? Harold te les a donnés, mais il est impossible que... Jamais de la vie ! Nous... ton père et moi... nous pensions à ton ex-petit ami, Elliot ? Tu crois qu'il serait capable de ça ?

— Je l'ignore, mais j'ai également envisagé cette éventualité. J'ai parlé de lui aux flics, ils vont vérifier.

— Il disposait d'une clé ?

— Non, mais il aurait parfaitement pu la faire dupliquer... Il en a largement eu l'occasion. Il a souvent passé des week-ends à la maison, quand j'avais du travail, il sortait faire un jogging, ou quoi que ce soit de ce genre... Il aurait aisément pu prendre la clé sans que je m'en aperçoive, et la remettre ensuite.

— Ce doit être lui. Sinon, je ne vois personne d'autre ?

Eleanor la regarda fixement.

— Je ne sais pas. Écoute, je dois y aller. Combien de temps vont-ils garder Sidney ?

— Sans doute jusqu'à demain.

Eleanor s'adressa à sa sœur en langage des signes.

— Moi aussi, répondit Sidney.

— Appelle-moi, demanda Eleanor à sa belle-mère.

— Sois prudente, conseilla celle-ci.

Le serrurier était à l'heure. Eleanor choisit un système de fermeture sophistiqué avec une clé encore plus compliquée que la précédente, accompagnée d'une serrure à pêne dormant et de la chaîne de sûreté la plus chère.

— Vous avez été cambriolée ? demanda l'artisan, qui poursuivit sans attendre de réponse : Pas étonnant, avec ce vieux truc que vous avez, n'importe qui peut entrer, pourvu qu'il dispose de l'outil adéquat.

— Vraiment ? Il ne serait pas nécessaire d'avoir la clé ?

Il examina la serrure avant de commencer son intervention.

— Eh bien... Il ne semble pas qu'on ait essayé de forcer celle-ci. Il est presque certain que le cambrioleur avait une clé.

— Vous pouvez me commander une seconde clé pour la nouvelle serrure ?

— Vous en avez deux automatiquement.

— Tout cela sera suffisant pour empêcher l'intrusion d'un cambrioleur professionnel ?

— Il lui faudra des outils sacrément puissants pour ouvrir, et il réveillera tout l'immeuble.

— Génial. Vous en avez pour combien de temps ?

— À peu près une heure.

Eleanor décida qu'après les événements intenses des deux derniers jours, elle avait besoin de se changer les idées. Elle téléphona à Nelly puis lui demanda, après les salutations et bavardages d'usage, ainsi que les questions sur sa nouvelle voix :

— Tu peux amener Debbie demain après l'école pour sa première leçon ?

Elles se mirent d'accord sur dix-sept heures le lendemain.

La jeune femme s'installa ensuite à son bureau pour entamer son papier sur le harcèlement sexuel, qu'elle titra : « Le harcèlement sexuel aujourd'hui : la fin d'un tabou ». Elle ouvrit le dossier contenant toutes les notes prises depuis deux ans, depuis le moment où Mike Angelo avait pour la première fois effleuré son corps de ses doigts, le tout premier jour de son boulot chez *HOMINIDES*.

Exercer de nouveau son cerveau lui fit du bien. C'était bon de sentir ses dix doigts courir sur le clavier, et d'écrire sur un sujet qui lui tenait passionnément à cœur. Elle présenta celui-ci sous les deux angles : hommes harceleurs, et inversement. Elle ne cita pas nommément Mike Angelo, mais n'importe qui dans le milieu pouvait le reconnaître.

Et elle avait effectivement un acquéreur pour son papier : elle n'avait pas menti en disant que le *New York Times* était intéressé. Depuis la sortie de l'article sur son oncle, sa signature valait de l'or.

Le carillon d'un message entrant brisa sa concentration. Elle découvrit en cliquant un nouveau message d'Egbert, le quatrième. Elle les effaça tous sans les lire, repoussant la douleur au fin fond d'elle-même, et refermant le tiroir de sa mémoire. Elle excellait à cela.

Elle revint à son document, mais d'un seul coup, l'écran se brouilla, et elle sentit l'imminence d'un de ses « rêves éveillés ». Ses pouces se mirent à peser des tonnes. L'écho métallique du bruit fait par le serrurier résonna tellement fort qu'elle dut se couvrir les oreilles. Elle se força à inspirer profondément, à garder les yeux ouverts, car elle savait que, sinon, le masque mortuaire de sa mère allait lui apparaître encore une fois. Elle se concentra sur son grand cahier, sur lequel elle avait pris de nombreuses notes manuscrites. Lentement, les symptômes se mirent à régresser, puis s'évanouirent. Lorsqu'elle distingua de nouveau clairement la page de son cahier, le mot « paisible » lui sauta aux yeux, coincé dans une phrase qui disait combien il était agréable de travailler dans une ambiance de travail « paisible » dépourvue de tension sexuelle ou sexiste.

« Paisible ». *Ce mot essaye de me dire quelque chose, mais quoi ?* Brusquement, elle comprit : il se trouvait dans la lettre laissée par Laura Faven avant son suicide. Ce n'était pas le mot en lui-même qui avait fait réagir son inconscient. Eleanor éprouvait simplement la sensation que quelque chose ne collait pas.

Elle alla se verser un verre de jus de fruit dans la cuisine et revint ensuite dans le salon, pensive.

Le serrurier acheva son travail, puis lui tendit les deux clés, lourdes et ouvragées. Elle lui régla la facture conséquente, ferma puis verrouilla tout, engagea la chaîne de sûreté, et pour la première fois depuis des jours, se sentit en sécurité.

D'un seul coup, elle eut conscience de ce qui la troublait. Elle composa le numéro de téléphone de Mrs. Faven, qui décrocha à la première sonnerie. Eleanor se présenta, expliquant tout de suite qu'elle avait recouvré sa voix, puis demanda sans même attendre la réaction de Mrs. Faven :

— Laura vous envoyait-elle des lettres ?

— Oh, oui, quand nous n'étions pas là, ou qu'elle s'absentait, elle nous écrivait toujours... Elle gardait toujours le contact... Elle...

— Quelle sorte de papier à lettres utilisait-elle ?

— Ah... vous savez, ces jolis blocs couleur crème... Hallmark... Elle appréciait les objets de qualité... J'avais l'habitude de lui offrir des cartes Hallmark à Noël...

— Le mot laissé après son suicide se trouvait-il dans une enveloppe ?

— Mais non !

— Il n'y avait donc que le mot, sans aucune enveloppe, sans rien portant votre nom et celui de votre mari ?

— Non.

— Vous ne pensez pas qu'elle aurait écrit « Pour Papa et Maman, et Barbara », un terme affectueux, au moins en haut du mot ? Et le fait qu'elle ne l'a pas signé, cela ne vous a pas paru étrange ?

— Je suppose… Maintenant que vous le faites remarquer… Qu'est-ce que vous essayez de me dire, miss Wilder ?

— Attendez, encore une question. Savez-vous si elle avait jamais utilisé un de ces blocs jaunes auparavant ? Semblable à celui sur lequel elle a écrit ?

— Pour autant que je sache, c'était la première fois. Vous avez raison, reprit Mrs. Faven après un silence, je ne l'ai jamais vue utiliser ce type de papier jaune auparavant, et je n'en ai jamais vu dans son appartement. Qu'est-ce que cela pourrait signifier ?

— Je l'ignore. Mais je me demande si quelqu'un ne l'a pas obligée à écrire ce mot, d'une manière ou d'une autre.

— Mon Dieu… si vous ne vous trompez pas, alors…

La ligne demeura silencieuse.

— Mrs. Faven, ce n'est que spéculation de ma part. Mais si je découvre quoi que ce soit, je vous tiendrai informée, ainsi que je vous l'ai promis, conclut Eleanor dont la voix faiblissait.

— Merci, miss Wilder, merci, n'oubliez pas. Bonsoir.

Un « bonsoir » rauque s'éleva de la gorge d'Eleanor en retour.

Je me demande… Patrick Lawrence pourrait-il être responsable de ça ? Si Laura Faven a craqué, et lui a dit qu'elle allait révéler leur impardonnable comportement… Seigneur, tout se complique tellement, je ne sais plus quoi penser…

Elle décida de se calfeutrer chez elle pendant les vingt-quatre heures à venir. Elle dénicha de la soupe de légumes et de poulet maison surgelée. Pendant que celle-ci réchauffait dans une casserole à feu doux, elle savoura une généreuse rasade de whisky et écrivit fiévreusement. Son téléphone fixe sonna à plusieurs reprises, mais elle avait laissé le répondeur branché. Elle ne répondit pas aux deux appels d'Egbert, mais décrocha pour son père, et le rassura : elle était en sécurité, enfermée chez elle. Elle demanda des nouvelles de Sidney, qui devait quitter l'hôpital le lendemain.

À huit heures du soir, l'enquêteur Johnson la rappela. Ils avaient interrogé Elliot Blake au poste de police, mais celui-ci disposait d'un alibi solide pour la veille. Il jurait n'être pour rien dans ce qui s'était passé, et ne pas posséder de clé de l'appartement d'Eleanor. Ils l'avaient laissé filer. Eleanor lui parla du bonbon qu'elle avait trouvé sous le lit. Le policier lui demanda de le déposer au poste, mais la jeune femme comprit à demi-mot qu'il traiterait cela par-dessus la jambe.

Une fois qu'elle eut raccroché, la réalité lui apparut dans toute sa crudité : *Personne ne va m'aider. Je ne sais pas si qui que ce soit me croit véritablement. Je ne sais où aller, que faire. Maman a raison, je suis seule, à présent.*

Le whisky l'avait réchauffée, mais elle se sentait à la fois bien et déprimée. Elle se servit un bol de soupe et un verre de gigondas, de la bouteille ouverte avec Egbert. Le téléphone sonna de nouveau, et le répondeur se déclencha : « Salut, beauté ! Je suis inquiète, je suis désolée, je n'ai pas pu t'appeler avant, je…

Eleanor décrocha :

— Je suis là.

— El, que se passe-t-il, qu'est-ce que tu fais, j'étais tellement inquiète, qu'est-il arrivé à Sidney ? Eleanor ?

— Tout va bien, je suis à la maison.

Elle raconta tout en détail à son amie. Sa soupe refroidit, sa voix se rouilla, et lorsqu'elle eut achevé son récit, Georgia déclara :

— Je viens.

— Non, j'ai besoin d'être seule. Tout va bien, je suis en sécurité. J'ai besoin de réfléchir à tout ça.

— Le docteur Vezzani m'inonde de coups de téléphone. Je ne sais plus quoi lui dire.

— Ne réponds pas.

— Comment peux-tu croire que ce type, ce Patrick, dit la vérité ? Que te souffle ton intuition ?

— Je ne sais pas, Georgia, je suis perdue, fatiguée, désorientée... et je meurs de trouille. Je ne sais plus rien de rien.

— J'arrive.

— Non. Je te remercie, non. Mais tu me donnes l'impression de ne plus être aussi seule. Est-ce que tu me crois, Georgia ?

— Est-ce que je crois quoi ?

– Quand je dis que... que quelque chose ne va pas du tout, et que ça ne date pas d'hier ?

– Mon cerveau dit non, je ne te crois pas, parce que c'est tellement tiré par les cheveux, bon sang, l'idée que quelqu'un a tué ta mère il y a tant d'années paraît tellement irréelle... Mais mon instinct me souffle de faire confiance au tien. Alors oui, je te crois.

– D'accord. C'est tout ce dont j'avais besoin.

– Tu fais attention à toi, hein ? Je laisse mon mobile allumé, tu peux m'appeler n'importe quand cette nuit. Je te soutiens, d'accord ? Tu me manques, El, j'ai tant de choses à te dire... Mais nous aurons le temps. Si je n'ai pas de nouvelles de toi cette nuit, je t'appelle demain à la première heure.

– D'accord.

– Tiens bon.

– OK.

– Je t'embrasse.

– Moi aussi.

Eleanor réchauffa de nouveau sa soupe au micro-ondes, mangea ensuite une pomme, puis travailla encore une heure.

Dans la salle de bains, la chaîne et le pendentif étaient soigneusement posés en long sur l'étagère sous le miroir.

Quelqu'un est venu dans ma salle de bains, et a touché à ça. Sidney ?

Elle se brossa les dents et alla se coucher. Avant d'éteindre, elle tira le tiroir de sa table de nuit en pensant, *Je vais sortir le revolver et le poser à côté de moi.* Au même instant, elle se revit en train de le confier à Egbert. *Mince.*

Chapitre 29

À l'issue d'une nuit agitée et de deux tasses de café serré, Eleanor se remit au travail sur son article le lendemain matin. Elle continua toute la journée d'ignorer les e-mails, les messages et les texto d'Egbert, tentant d'écarter les doutes qui commençaient à germer dans son esprit. Pourquoi croyait-elle Patrick Lawrence, sans donner à Egbert une chance de se défendre, ne cessait-elle de se répéter ? Parce qu'il lui avait déjà menti une fois. Et elle savait que son cœur la trahirait, l'influencerait, brouillerait sa capacité à juger de façon objective. Elle avait besoin de davantage de temps.

À dix-sept heures tapantes, Nelly déposa sa petite-fille Debbie. Sa mère viendrait la rechercher une heure plus tard. Eleanor sentit immédiatement que quelque chose préoccupait Nelly. Elle ne se trompait pas, car lorsqu'elles s'embrassèrent, celle-ci lui chuchota à l'oreille : « Il faut que je te parle. »

Eleanor avait posé sur la table un verre de lait et une assiette de cookies. Tandis que Debbie goûtait, Eleanor entraîna Nelly dans la cuisine pour l'interroger sur le champ :

– Que se passe-t-il ?

Nelly-les-pieds-sur-terre se montra égale à elle-même :

– Tu te souviens quand tu as fait l'interview de ton oncle ? Eh bien, je ne sais pas si ça te reviendra, mais quand je suis entrée avec mes gâteaux au fromage, Mrs. Wilder parlait de son enfance ? Elle disait qu'elle venait d'une famille très heureuse, qu'elle était fille unique ?

– Oui, et alors ?

– Eh bien, je ne sais pas si c'est important, mais j'ai trouvé une photo d'elle petite fille. Elle tenait la main d'un petit garçon, et derrière elle, il y avait un couple, mais leurs têtes avaient été découpées, et on ne voyait rien d'autre. Le mot « sorcière » était gribouillé sur la poitrine de la femme. Et tu sais quoi, Ellie ? Au dos, il y avait écrit : « arrivés dans notre foyer d'accueil en juillet 1956 ». Comme il manquait le haut de la photo, il n'y avait pas le nom des gamins, mais qu'est-ce que tu crois que cela peut bien signifier ?

Stupéfaite, Eleanor contemplait Nelly.

– Comment sais-tu qu'il s'agissait de Rosemary ?

– C'était évident. Même visage, mêmes cheveux, et ce grain de beauté sur la joue. Ça ne pouvait pas être quelqu'un d'autre que ta tante Rosemary.

– Mince. Je me demande qui était le petit garçon ?

– Il lui ressemblait sacrément. Et je parierais sur la tête de mon défunt mari que c'était son petit frère.

— Mince ! répéta Eleanor.

— Je ne veux pas d'ennuis, Ellie. Je ne sais pas si tu as l'intention de faire quelque chose à ce propos, mais la vieille Nelly n'a jamais entendu parler de ça, d'accord ?

— Ne t'inquiète pas, je trouverai une explication.

La jeune femme exécuta un air très simple sur le violoncelle pour Debbie. Ensuite, elle tint l'instrument bien droit, et elles éclatèrent toutes les deux de rire parce qu'il était bien plus grand que la petite fille. Elle laissa Debbie l'explorer, lui apprit le nom des notes tandis qu'elle pinçait les cordes. Eleanor fit des gammes, composant les accords et laissant Debbie pincer les cordes. Ensuite, elle plaça le violoncelle sur son support et tendit l'archet à la petite fille. Elle passa dix minutes à lui apprendre la bonne position, faisant semblant de jouer. Elle s'était placée derrière Debbie, lui tenait la main et guidait ses mouvements.

Puis elle laissa Debbie s'habituer à la position de jeu, violoncelle entre les genoux, main gauche sur le manche, pendant un quart d'heure. De nouveau, penchée derrière elle, guidant l'archet en même temps qu'elle, elle effectua plusieurs va-et-vient sur chaque corde.

Le temps fila comme l'éclair. Le carillon de la porte d'entrée retentit, et Eleanor découvrit à travers l'œilleton la fille de Nelly, Caroline, devenue dentiste, et qu'elle n'avait pas revue depuis au moins deux ans.

Celle-ci la salua avec chaleur :

– Hello, Eleanor ! D'abord, laisse-moi te féliciter pour avoir recouvré ta voix, et ensuite, désolée d'être un peu en retard ; notre dernier patient a eu un petit problème avec la Novocaïne... je ne te donne pas de détails, c'est préférable !

– Maman, on peut rester encore un peu ? supplia Debbie. Eleanor a promis de jouer un morceau pour moi.

– Ce ne sera pas long, dit Eleanor, qui demanda ensuite à la petite fille : Va choisir une partition sur le pupitre.

– Qu'est-ce que c'est, une partition ? demanda-t-elle en ouvrant un livret au hasard.

– Un morceau de musique. C'est comme un livre, mais pour noter la musique. Ce que tu regardes est uniquement pour le violoncelle ; chaque autre instrument dispose de sa propre partition pour le même morceau. Alors, qu'est-ce que tu as trouvé ?

– Heu... *Quatuor numéro 2 en do majeur...*

– L'un des six *Quatuors du Soleil* de Haydn. Inutile de me donner la partition, je la connais par cœur. Je vais jouer les deux premières minutes.

Eleanor s'installa, ferma les yeux et entama l'exécution du morceau. Caroline s'assit sur le canapé tandis que Debbie demeurait debout, le livret ouvert toujours à la main. Lorsque Eleanor eut terminé, il y eut un moment de silence, puis Caroline se leva.

– Eleanor, je ne connais rien à la musique, mais lorsque tu joues, j'éprouve le sentiment que c'est avec toute ton âme. J'ai tout oublié pendant ces deux minutes, tu m'as entraînée dans un moment divin, je t'en remercie.

— Je t'en prie, protesta Eleanor en replaçant le violoncelle sur son support, pour moi aussi, c'est un plaisir. Alors, Debbie, tu veux continuer ?

— Et comment ! s'exclama la petite fille en refermant le livret.

Thomas qui referme le livret d'un coup sec... Bon sang, je sais qu'il y a là un message, si seulement je parvenais à m'en souvenir !

— Tiens, voici le titre d'un ouvrage pour débutants, dit-elle en l'inscrivant sur un papier, je veux que pour la prochaine fois, tu mémorises les noms des différentes parties du violoncelle. Je te poserai des questions, d'accord ?

Elles fixèrent un rendez-vous pour la leçon suivante, puis se quittèrent.

La mère et la fille étaient à peine parties que les pensées d'Eleanor retournèrent immédiatement à Rosemary. Pourquoi diable celle-ci aurait-elle été inventer une histoire à propos de son enfance ? Plus rien n'a de sens ; suis-je en train de devenir folle ? se demanda-t-elle. À l'exception de Sidney et de Georgia, tous les gens que j'aime semblent dissimuler des secrets... Même Papa n'est pas clair... Mais Rosemary ?

Il fallait qu'elle sache. Elle décida de tenter le coup et de se rendre sans prévenir chez son oncle.

Sa tante répondit à son coup de sonnette, s'essuyant les mains sur son tablier, les traits illuminés de son habituel sourire joyeux :

— Eleanor, quelle bonne surprise ! Juste à temps pour le dîner, tu peux rester ?

La jeune femme perçut que le sourire était un peu forcé, de même que ses paroles.

— Non, merci, Rosemary, puis-je juste te dire un mot ?

— À moi ? Tu ne veux pas voir Harold ?

Eleanor en était maintenant certaine, Rosemary était mal à l'aise. De petites volutes rouge-brun s'échappaient de façon un peu comique de ses oreilles, et la jeune femme éprouva l'envie de rire.

— Pas aujourd'hui. Tu peux me consacrer une minute ?

— Bien entendu ! Entre.

— Où est Onc'Harry ? J'aimerais te parler seule à seule.

— Oh, il est là-haut dans son bureau... Il ne descendra que lorsque je l'appellerai pour le dîner. Viens dans la cuisine, poursuivit-elle, on discutera là-bas.

Un délicieux fumet flottait dans le couloir.

— Je lui prépare un de ses mets favoris, côtelettes d'agneau aux oignons et aux pruneaux. Tu savais qu'il adorait les pruneaux ? Tu es sûre que tu ne peux pas rester ? insista Rosemary. Il y a largement assez à manger !

— Non, merci. Parle-moi de ton petit frère.

La question prit totalement au dépourvu Rosemary, qui s'affairait devant la cuisinière. Elle se retourna lentement.

— Quel petit frère, Eleanor ? De quoi parles-tu ?

— Ne me demande pas comment, mais j'ai découvert que tu avais menti à propos de ton enfance. Je ne t'accuse de rien, Rosemary, je voudrais juste savoir pourquoi, car à cet instant précis de ma vie, tout semble s'effondrer autour de moi, et... tu étais un des piliers de mon enfance, et je ne veux pas que ce pilier s'écroule. J'ai besoin de croire en toi, d'avoir confiance en toi. Dis-moi la vérité, je t'en prie.

— Viens ici, répondit Rosemary en tapotant la table de la cuisine, attendant que la jeune femme s'asseye à côté d'elle. J'ai menti, poursuivit-elle d'une voix douce. Je viens d'une famille en miettes. Mon père a abandonné ma mère alors que mon frère et moi étions tout petits. Il la battait, de même que mon frère et moi. Ma mère s'est suicidée, et nous avons été placés en famille d'accueil. Je sais que tu vas me demander pour quelle raison j'ai menti. Pourquoi ? À cause de Harold. Je voulais qu'il soit persuadé que je venais d'une famille convenable. Eleanor, toute mon enfance a été tellement terrible, effroyable, que j'ai préféré que personne n'en sache rien, je suppose.

— Mais Harold t'aime tellement, il aurait parfaitement compris !

— Peut-être, mais il est trop tard, aujourd'hui. Je lui ai dissimulé cela dès le début, il pourrait ne pas me le pardonner.

— Et... qu'est devenu ton frère ?

— Il est toxicomane, dealer, il passe son temps à entrer et sortir de prison... Tu imagines le scandale, si cela se savait ? Harold n'aurait plus aucune chance d'être élu.

— Mais... comment t'es-tu débrouillée pour garder son existence secrète auprès d'Onc'Harry ? Où vit donc ton frère ?

— À Oakland. Oui, très près, renchérit-elle devant la stupéfaction d'Eleanor. Mais nous avons un pacte, expliqua-t-elle. Je l'aide financièrement, et il se tient à l'écart. Il respecte ce pacte. Tu sais, nous étions très proches, Eleanor, vraiment très proches.

— Et Harold ne soupçonne rien ? Je veux dire, il ne s'aperçoit pas que tu dépenses de l'argent... Comment te débrouilles-tu ?

— Harold ne pose jamais de questions. J'ai mon propre compte bancaire, et il se montre extrêmement généreux avec moi. Je fais ce que je veux de mon argent, conclut-elle en regardant franchement la jeune femme dans les yeux.

Celle-ci se leva.

— Merci, Rosemary. Rien de tout cela ne sortira d'ici. Il fallait simplement que je sache.

Rosemary se leva à son tour, et parut brusquement très âgée à la jeune femme. Elle ramassa sur la table un gros livre de cuisine qu'elle fit semblant de consulter avant d'ajouter :

— Tu es la seule personne au monde qui soit au courant de mon secret. Cela m'a fait du bien de parler, tu sais, conclut-elle en refermant l'ouvrage d'un coup sec.

... J'ouvre la porte de la bibliothèque. Maman est assise sur sa chaise de violoncelle, et tient sur ses genoux une partition ouverte, qu'elle tripote nerveusement. « Maman ? » Elle lève les yeux et la referme sèchement. Elle se lève vivement, comme si elle se sentait coupable de quelque chose. Elle me sourit, mais je vois bien qu'elle est très, très préoccupée...

Eleanor referma sa porte, la verrouilla, puis se précipita vers l'étagère, dont elle retira la pile de partitions découvertes dans la valise de sa mère. Le paquet était encore ficelé, avec un triple nœud qu'elle fut obligée de couper aux ciseaux.

Le téléphone sonna, et le répondeur se mit en marche. La voix désespérée d'Egbert s'éleva dans la pièce : « Eleanor, pourquoi ? Pourquoi ? Bon sang, pourquoi ne me réponds-tu pas ? Que se passe-t-il, bon Dieu ? Je deviens fou ! Parle-moi, Eleanor, décroche ! (Un silence, puis :) Eleanor, je... Tu dois avoir une bonne raison pour ça. Explique-moi, d'accord ? Eleanor, explique-moi... »

Elle repoussa Egbert de ses pensées, et s'attacha à examiner méthodiquement chaque page de chaque partition.

Il s'agissait de ces livrets imprimés de célèbres compositeurs que l'on trouvait dans le commerce.

À l'exception d'un seul : la couverture grise était identique aux autres, mais ne portait pas de titre : c'était un cahier de portées destiné à la composition musicale. Au-dessus des cinq premières lignes de la première portée, elle reconnut l'écriture de sa mère dans le titre : « Mélodie envoûtante », et en dessous : « Pour Eleanor, ma belle enfant si envoûtante. Abby Wilder, 12 octobre 1993 ».

Eleanor tourna lentement la page. Les notes avaient été écrites au stylo à plume noir, mais elle distinguait en dessous des traces de crayon.

Maman composait ? Maman a composé cela pour moi ?

Eleanor installa la partition sur le pupitre et prit son violoncelle. Elle entama l'exécution de la création de sa mère, et sa vue se troubla, les larmes lui brouillèrent les yeux. Le morceau était magnifique. Une mélodie envoûtante. Elle la joua jusqu'au bout, tournant chaque page comme s'il s'agissait de l'aile d'un ange. Et lorsqu'elle eut fini, elle pressa le livret contre elle, le serra contre sa poitrine, le caressa...

Elle sentit une bosse. Un renflement sous le dernier rabat de couverture.

Eleanor rouvrit le cahier, et découvrit une disquette scotchée à l'avant-dernière page. Une disquette noire HD 1.40 formatée Mac.

Le cœur battant, elle décolla le scotch et examina la disquette des deux côtés. Elle ne portait aucune inscription, aucune étiquette, rien.

Elle avait besoin de quelqu'un qui puisse lui convertir pour en lire le contenu sur son iMac. Elle consulta sa montre : il était déjà vingt heures passées. Les magasins d'informatique étaient ouverts vingt-quatre heures sur vingt-quatre, mais ne vendaient que le matériel le plus récent, elle n'allait pas perdre de temps à les appeler. Elle se creusa les méninges, et trouva une solution : Thomas. Le jeune homme était un fondu de l'informatique. Un jour qu'ils avaient répété chez lui, dans son appartement à San Francisco, il avait montré à tout le monde son bureau, où il entassait une collection du moindre accessoire informatique paru depuis sa création...

Elle composa son numéro sur son portable. Jusqu'à présent, elle ne lui avait jamais envoyé que des texto, uniquement en rapport avec les répétitions et les concerts. Ce soir-là, lorsqu'il l'entendit prononcer : « Thomas, ici Eleanor, j'ai retrouvé ma voix... », il mit un moment à rassembler ses esprits, et sa première pensée fut : « Elle a peut-être changé d'avis, elle veut peut-être être avec moi... »

La nuit était profonde, et Eleanor traversa la baie aussi rapidement que possible, inconsciente de ce qu'Egbert se dirigeait à l'opposé, en direction de son appartement. Les deux voitures se croisèrent au milieu du pont.

Dès qu'il ouvrit la porte, Eleanor distingua le halo de désir rose frissonnant au-dessus de sa tête.

— Je n'en croyais pas mes oreilles, au téléphone, lui dit-il tandis qu'elle le suivait dans son bureau. Mais maintenant... C'est fabuleux, que tu aies retrouvé ta voix... incroyable !

— Moi-même, j'ai encore du mal à m'en persuader. Peux-tu simplement me transférer ceci sur ma clé USB, sans l'ouvrir ? lui demanda-t-elle en lui tendant la disquette et la clé. C'est personnel.

Elle lui avait déjà expliqué son problème par téléphone, et il lui avait demandé des détails sur la disquette et sa date approximative.

— Pas de problème. J'ai déjà un lecteur de disques HD de 1993 connecté à mon ordinateur. Il devrait être compatible. Ça ne prendra pas plus d'une minute.

Eleanor patienta avec nervosité. Thomas inséra la disquette jusqu'à ce qu'un « clic » retentisse.

— Avec ce modèle – un Super Drive – il faut enfoncer la disquette jusqu'au bout. Il ne les avale pas, comme les autres.

L'icône se matérialisa sur l'écran de l'ordinateur de Thomas, dépourvue de titre. Il inséra ensuite sa clé USB. L'icône « Sans nom » apparut. La jeune femme retint son souffle tandis que Thomas faisait glisser l'icône de la disquette sur celle de la clé. La petite fenêtre avec le bâton de sucre d'orge bleu et blanc tournoyant qui lui rappelait toujours les vieilles enseignes de barbier apparut. Il s'écoula à peine cinq secondes, et le contenu fut transféré.

Thomas éjecta les deux appareils et les tendit à Eleanor. Lorsque la main du jeune homme effleura la sienne, elle distingua de nouveau les couleurs.

— Tu veux un verre, manger quelque chose ? demanda-t-il avec espoir.

— Non merci, Thomas, je dois rentrer. Tu es sûre que je vais pouvoir l'ouvrir sur mon ordinateur ? L'année dernière, quand j'ai changé de Mac, il y avait d'anciens fichiers que je ne pouvais plus ouvrir. Celui-ci remonte vraiment loin, et c'est important.

— Qu'est-ce que tu as comme nouvel ordinateur ?

— Un iMac, comme le tien.

— Tu veux essayer de l'ouvrir sur le mien avant de partir ? Pour être sûre ?

— Oui.

— Vas-y, fit-il avant de s'éclipser.

Eleanor inséra de nouveau la clé, puis cliqua sur l'icône. Une page de texte dépourvue de titre s'ouvrit. Le cœur battant, elle parcourut la première phrase : « Je m'appelle Abby Wilder, je suis journaliste. Nous sommes le 19 mars 1994. Les découvertes qui suivent ont été vérifiées par... »

Eleanor cliqua sur le disque rouge dans le coin supérieur gauche du fichier. Difficile, très difficile, mais elle devait vraiment être seule pour déchiffrer la suite.

« ... par un analyste en linguistique du département d'informatique de l'université de San Francisco. »

Eleanor était à présent assise devant son propre ordinateur, dans son salon de Berkeley. Avec une incrédulité et une horreur grandissantes, elle lut la déclaration de sa mère :

« Pour l'instant, il/elle demeurera anonyme. Si besoin est, l'analyste en question a accepté de témoigner.

« Avant de poursuivre, je tiens à préciser que la personne en cause, Harold Wilder, n'est pas seulement un pédopsychiatre respecté, et le maire de Piedmont, Californie, mais également mon beau-frère. Mes découvertes me placent donc dans une situation extrêmement délicate. Je vais donc enregistrer tout cela noir sur blanc, puis le mettre de côté pour y réfléchir soigneusement, car les répercussions en seraient énormes, pas seulement pour Mr. Wilder, mais pour la Californie, ainsi que pour ma famille.

« Il y a maintenant plusieurs semaines que je travaille sur un document consacré à Mr. Wilder et à son institut pour enfants handicapés mentaux, le Golden Dawn Institute de Piedmont. Du premier au dernier, j'ai lu tous les articles qu'il a écrits. Les premiers, basés sur les transcriptions de ses innombrables entretiens avec des enfants perturbés, leurs parents et les membres de la famille, lui ont valu non seulement le prestige et l'admiration de ses pairs, mais lui ont permis de récolter les fonds nécessaires pour la création de cet institut, aujourd'hui de renommée internationale.

« Ces transcriptions ont été compilées sur une période de quatre ans, et un grand nombre d'entre elles ont été citées dans les articles mentionnés ci-dessus. Mr. Wilder lui-même a passé de longues heures à recopier sur support informatique les bandes audio des entretiens. J'ai lu tous ces fichiers. Je n'ai pas eu accès aux bandes originales, qui sont bien entendu confidentielles. Les noms des patients et de leurs familles ont été remplacés par des pseudonymes.

« Au fur et à mesure que j'étudiais son travail, au cours de ces semaines, un élément a commencé à me troubler. Qu'il s'agisse d'un enfant ou d'un adulte, d'un individu sain ou au contraire instable, tous ces entretiens paraissaient se ressembler — non pas dans le contenu, fascinant et extrêmement intime, mais dans la langue. Dans le rythme de la langue. Je ne suis pas experte en la matière, mais il me semblait que, et l'interviewer, Harold Wilder, et les interviewés, s'exprimaient de façon similaire. J'ai commencé à soupçonner l'impensable.

« Au cours d'une de mes visites à Mr. Wilder à l'institut, j'ai commis un délit. Il a été appelé pour une urgence, et m'a demandé de patienter, me disant qu'il serait de retour dans la demi-heure. Dès qu'il a été parti, j'ai fouillé dans son bureau, et trouvé la clé du coffre dissimulé derrière un tableau, dans lequel il conserve ses bandes. Je l'avais déjà vu ouvrir ce coffre, lorsqu'il avait recherché la date d'un entretien qui avait particulièrement retenu mon attention.

« Je l'ai ouvert, et j'ai pris au hasard deux cassettes au milieu des douzaines d'autres que contenait un des tiroirs métalliques. Je les ai écoutées une fois rentrée chez moi.

« Médecin et patient ne faisaient qu'un. Harold Wilder s'interrogeait lui-même, créait des centaines de cas inexistants.

« Pour être certaine que je n'avais pas choisi deux bandes sur lesquelles il effectuait une pseudo-étude, j'ai apporté une trentaine de retranscriptions à un linguiste, bien entendu sans mentionner le nom de Harold Wilder, et en effaçant son nom au début et à la fin des articles. En utilisant un programme informatique sophistiqué d'analyse linguistique, cet expert a rendu en trois heures son verdict, qui confirmait sa première opinion : questions et réponses provenaient sans aucun doute possible de la même personne.

« Aujourd'hui, à cet instant, le samedi 19 mars 1994 à 11 h 15 du matin, je ne sais que faire. Je ne sais vers qui me tourner. Je vais transférer ce fichier sur une disquette, et l'effacer de mon ordinateur. Je pense que je vais attendre que Neal, mon mari, rentre de Thaïlande dans environ une semaine pour en discuter d'abord avec lui. Lui et son frère Harold sont très proches, mais j'ai confiance en l'intégrité de mon mari.

« Encore une fois, les répercussions sont incalculables. Dieu me donne le courage d'agir.

« Abby Wilder »

Eleanor demeura abasourdie. Son cerveau se refusa pendant plusieurs minutes à admettre ce qu'elle venait de découvrir. C'était tout simplement renversant.

Lentement, petit à petit, remontèrent à la surface des images, des incidents : les bottes en caoutchouc de Harold sous le lit d'hôpital. Les noix mastiquées avec nervosité tandis qu'il — s'il s'agissait bien de Harold — ôtait la vie à sa mère — ne lui avait-il pas raconté récemment qu'il avait toujours quelque chose à grignoter dans sa poche, pour se calmer ?

Harold était médecin, il disposait d'un accès facile aux médicaments, il savait pratiquer une intraveineuse.

Le docteur Holmes lui avait appris que c'était Harold qui avait refusé l'autopsie au nom de son frère. Harold lui-même lui avait répété que le décès d'Abby s'expliquait facilement, à cause du traumatisme, de ses problèmes cardiaques. Des problèmes cardiaques ? Le docteur Holmes n'avait conservé aucun souvenir, aucune note faisant allusion à ce syndrome... Comment s'appelait-il, déjà ? Le Luciani-Wenckebach.

Harold. *Onc'Harry ?*

Eleanor se redressa sur ses jambes tremblantes, et s'aperçut qu'elle n'avait pas dîné. Il était onze heures passées. Elle ouvrit un pot de beurre de cacahuètes, qu'elle dévora avec une cuiller. Elle engloutit directement au goulot le reste du vin rouge, puis mangea une pomme. Elle sortit de la corbeille dans laquelle elle l'avait jeté le mot qu'Egbert avait glissé sous sa porte et le défroissa, puis le relut : « Eleanor, je t'aime. » Elle s'endurcit le cœur, tourna en rond dans son salon.

D'une façon ou d'une autre, il a dû s'apercevoir de ce qu'avait découvert Maman. Il a peut-être constaté qu'il manquait deux bandes. Peut-être a-t-il senti, dans la façon dont elle lui a parlé au cours du dernier entretien, qu'elle soupçonnait quelque chose. Peut-être même Maman a-t-elle fait une réflexion sur la similitude de quelques transcriptions pour voir sa réaction... Maman était un bulldozer, rien ne lui faisait peur. Peut-être lui a-t-elle dit, la dernière fois qu'elle l'a vu, qu'elle allait jouer au tennis avec Daphné. Peut-être a-t-il proposé de venir la chercher après le match et de l'emmener dîner quelque part pour célébrer la quasi-fin de son portrait, et peut-être a-t-elle répondu : « Merci, Harry, je rentre toujours à pied après le match... »

La tête tournait à Eleanor. Les implications – répercussions, ainsi que l'exprimait sa mère – étaient hallucinantes. La candidature de Harold au poste de gouverneur, son célèbre institut, fondé sur des recherches falsifiées, sa réputation sans tache, tout cela allait voler en éclats. Ses méprisables secrets, sa malhonnêteté, sa trahison et son crime absolu, le meurtre, seraient révélés au grand jour, et le réduiraient à néant.

« Je ne sais que faire. Je ne sais vers qui me tourner. » Eleanor relut les mots taraudés d'angoisse de sa mère. Une étrange osmose parut s'opérer, comme si elle était devenue sa mère en ce jour fatidique, tant d'années auparavant. Il lui paraissait presque sentir l'esprit de sa mère s'insinuer dans son corps, lui communiquant sa force. *Non, Maman, je ne suis pas encore seule.* Brusquement, elle sut ce qu'elle avait à faire.

Chapitre 30

— D'accord, rendez-vous à seize heures, je réserverai le court. Tiens, je te passe Sidney, annonça Daphné en tendant le combiné à sa fille pelotonnée sur le canapé avec Jeff, en train de regarder la première version de *King-Kong*.

— Salut, fit l'adolescente en faisant signe à Jeff de mettre le film sur pause. Je vais bien, je t'assure... Oui, je retourne à l'école lundi prochain. Ellie, tu peux venir ici après votre tennis ? Il faut que je te voie... Je me suis souvenue d'un truc... un truc sacrément bizarre, il faut que je te parle. D'accord, à tout à l'heure, conclut-elle en ignorant le regard inquisiteur de sa mère, et en arrachant la télécommande des mains de Jeff pour remettre le film.

— Qu'as-tu à raconter à Eleanor ? Quelque chose dont tu veux qu'on discute d'abord ? demanda Daphné à sa fille.

— Non, mais tu pourras rester, si tu veux. Elle vient après votre match. Et puis, j'ai peut-être rêvé.

Ayant enfilé un survêtement et des tennis, Eleanor sonna à la porte de son oncle, qui l'attendait car elle l'avait au préalable appelé. Grâce à un effort surhumain, elle afficha un grand sourire, et se laissa embrasser.

— Tout va bien ? demanda-t-il d'un air inquiet en la tenant à bout de bras. Neal m'a raconté ce qui était arrivé à Sidney dans ton appartement. Que se passe-t-il ?

— Quelqu'un a essayé de lui faire du mal, enfin, plutôt à moi d'ailleurs, mais je vais bien, et Sidney aussi. Je n'ai pas beaucoup de temps, je te raconterai tout plus tard, promis.

Il demanda si elle voulait du café, du thé, un verre de jus de fruit ?

— Non merci, Onc'Harry. J'ai juste besoin de te demander quelque chose d'important pour ma carrière, j'en ai pour une seconde.

Il la fit pénétrer dans la maison et referma la porte.

— Entre au moins cinq minutes, viens t'asseoir, ma petite puce.

Le terme d'affection fit grimacer intérieurement la jeune femme. *Le salaud, l'hypocrite...*

— Non, je suis vraiment pressée. Je vais jouer au tennis avec Daphné, et le court n'est libre qu'une heure. En plus, je veux d'abord rentrer déposer ma voiture à la maison, puis ensuite retourner chez Papa, je vois Sidney après. Cela me fera du bien. Je suis restée enfermée deux jours à finir un article, je me sens comme une vieille pâte à pizza ramollie.

– OK ! Qu'est-ce que tu as en tête ? Tu sais que je ferais n'importe quoi pour t'aider dans ta carrière.

Il est en terrain familier. Il est spécialiste dans le domaine.

– J'aimerais faire un autre portrait de toi, mais consacré cette fois-ci à tes débuts... et à ton ascension jusqu'à aujourd'hui. Tu pourrais me laisser consulter tes transcriptions, toutes ces années que tu as compilées dans tes articles sur la psychologie infantile ?

Harold hésita. Il la prit par le coude, ils descendirent le couloir et s'arrêtèrent devant la porte du salon.

– C'est de l'histoire ancienne, ça, ma petite puce... Ça n'intéresse personne, de nos jours.

– Je ne suis pas d'accord. Je sais que tu as ouvert la voie à de nombreuses nouvelles approches, dans le traitement de l'autisme, ou d'autres désordres psychologiques... Par exemple, je suis fascinée par ta théorie sur l'écriture en libre association chez les enfants. Celle-ci a fait sensation, je veux dire, tu as été le premier à briser l'idée préconçue suivant laquelle l'écriture spontanée chez les enfants n'a pas d'implications sérieuses. La manière dont tu as mis cette théorie en pratique me fascine. Je pourrais écrire un nouvel article qui permettrait de rajeunir l'image du professionnel de la santé. Cela permettrait d'éveiller encore davantage l'intérêt, et peut-être même de stimuler ta campagne électorale. Les gens ont envie d'en apprendre davantage sur toi, Onc'Harry. Nous avons besoin de raviver tes débuts, incroyablement intéressants et admirables.

— Eh bien ! Je devrais t'embaucher comme directeur de campagne. Maintenant que tu as retrouvé ta voix, tu ferais un formidable agent de relations publiques. Tu es très convaincante, Eleanor. Si tu insistes, je peux te donner des revues médicales qui ont publié mes articles, j'en ai une collection conséquente. Tu peux aussi aller à la bibliothèque municipale, ils ont les archives complètes de mes articles.

— Génial. Tu peux aussi me prêter un ou deux de tes enregistrements originaux ? De tes premiers entretiens ?

Cette fois-ci, Harold réagit différemment. Non seulement il hésita, mais la jeune femme perçut un léger raidissement de son corps et des traits de son visage, accompagnés d'une brume rouge sombre qui se matérialisa lentement autour de sa tête.

— Pas de problème, désolée de t'avoir posé la question, je sais que c'est strictement confidentiel. Tu peux me préparer quelques revues, alors ? Avoir entre les mains un véritable objet à toucher, à renifler, c'est excitant, et très important pour mon inspiration. Et merci du tuyau, les jours qui viennent vont me trouver enfermée à la bibliothèque. Tu me donnes ton feu vert, n'est-ce pas ?

— Tout à fait, acquiesça Harold, dont le sourire pas si chaleureux que cela se diluait sous la brume sombre. Alors, tu vas jouer au tennis ? Tu veux que je te raccompagne après ? Je peux venir te chercher et te ramener. Je sais que tu aimes marcher, mais... Nous pourrions discuter de ton projet plus en détail.

— Merci, mais j'ai vraiment besoin de prendre l'air. Je peux revenir demain, vers la même heure ? Rosemary peut me préparer un bon dîner ?

— Je suis sûr qu'elle en sera ravie.

Au moment où elle lui déposait un rapide baiser sur la joue, le salon apparut directement dans le champ de vision d'Eleanor, et le manteau de cheminée sur lequel étaient posées les photos du mariage de Harold et Rosemary. Sauf que cette fois-ci, il y avait quatre photos au lieu de trois, remarqua Eleanor. Et la deuxième à gauche représentait les mariés à côté d'une voiture enveloppée de larges rubans blancs. Le véhicule était noir.

Je n'avais jamais remarqué cette photo-là...

— Je n'avais jamais vraiment remarqué ces photos, Onc'Harry ! Vous étiez vraiment radieux. Vous êtes toujours heureux, n'est-ce pas ? Heureux homme. (Elle lança un regard pénétrant à son oncle, puis ajouta :) Et heureuse femme

Harold sourit :

— Rosemary est la meilleure chose qui me soit jamais arrivée

Il la raccompagna vers la porte d'entrée.

— À propos, demanda nonchalamment Eleanor, ma mère t'a-t-elle jamais interviewé ?

Son oncle demeura imperturbable.

— Si, mais elle n'a pas eu le temps d'écrire son papier, ma petite puce.

L'oncle et la nièce échangèrent un regard grave, puis Eleanor remonta l'allée en direction de sa voiture.

Chapitre 31

— Avantage Daphné ! annonça Eleanor.

Daphné la surprit avec un petit service qui atterrit juste de l'autre côté du filet sur la ligne de court. Eleanor courut comme une dératée et la rattrapa d'un revers du bout de sa raquette. Daphné était prête, et exécuta un lob parfait.

— Bravo ! Jeu, set et match.

Eleanor applaudit son adversaire, et les deux femmes se serrèrent la main.

— Tu n'étais pas au meilleur de ta forme, Eleanor. Tu m'as laissé la victoire facile... Tu vas bien ?

— Très bien, juste un peu stressée. Ces deux derniers jours ont été rudes.

— À qui le dis-tu ! Rien de nouveau ? La police a découvert quelque chose ?

Comme c'est agréable de ne plus soupçonner Daphné, si agréable ! Elle est tellement... agréable !

— Non. Je vous raconterai quand nous serons rentrées.

Elles remirent leurs survêtements, rangèrent leurs raquettes et récupérèrent les balles sur le court.

— Tu es sûre que tu ne veux pas que je te ramène en voiture ?

— Non merci, Daphné, j'ai besoin de me rafraîchir.

— D'accord, mais fais attention à toi. Je persiste à penser que ton ex-petit ami Elliot a quelque chose à voir avec tout ça. Sois prudente, hein ? Je peux te suivre en voiture, si tu veux.

— Non merci, tout va bien, je t'assure. Elliot a été cuisiné deux fois par les flics ; il avait un alibi pour cette nuit-là. Dorénavant, il gardera ses distances.

Daphné se dirigea vers sa voiture, et Eleanor la héla :

— Sidney a quelque chose à me dire ? Tu sais de quoi il s'agit ?

— Aucune idée. Elle a parlé d'un rêve... Mais elle a dit que je pouvais rester. Rendez-vous dans un quart d'heure, alors ?

— OK, répondit Eleanor, qui se mit en route, jetant des regards inquiets de gauche et de droite, puis derrière elle.

Daphné lui fit signe de la main en la dépassant.

Un panneau d'affichage annonçait : « Harold Wilder Gouverneur », avec le slogan « Le candidat auquel on peut faire confiance ». Eleanor jeta un coup d'œil à son expression sérieuse, à ce visage auquel on pouvait faire confiance. Elle poursuivit son chemin.

Elle croisa deux voitures venant d'en face. Elle approchait de Crescent Drive. Le ronronnement d'un moteur s'éleva derrière elle. Elle se retourna pour voir une voiture de sport rouge qui se déplaçait à la vitesse limite, et qui la dépassa.

Elle tourna à gauche, dans la rue où sa mère avait fait ses derniers pas avant de se faire renverser par un chauffard. Crescent Drive était vide et silencieuse. Incapable de comprendre comment ses jambes la portaient encore, faisaient un pas après l'autre, encore, Eleanor sentit une présence, mais résista à l'envie de regarder derrière elle. *Quelqu'un me suit.* Elle dépassa les deux maisons aux pelouses bien tondues et aux jardins soigneusement entretenus, puis ralentit son allure en approchant des deux résidences qui demeuraient en vente. Au creux du tournant, elle se força à s'arrêter devant le numéro 29.

C'est alors qu'elle perçut le crissement des pneus et l'écho menaçant d'une voiture fonçant dans sa direction. Un véhicule noir se matérialisa, ralentit puis s'arrêta, moteur tournant. Il s'agissait d'un vieux modèle bas et large, qui lui rappela la voiture du film *Christine*. Elle distinguait sur les larges calandres le mot « Plymouth » étalé en capitales chromées. On aurait dit un sourire de requin. *Une Barracuda*, pensa-t-elle, *je connais cette voiture, je l'ai déjà vue...* Le ronronnement du moteur faisait naître la même chair de poule que celle qu'elle avait éprouvée à la vue du film. Impossible de distinguer le conducteur. Elle laissa lentement tomber son sac de tennis sur le trottoir.

Surgie de nulle part, une seconde voiture, couleur argent, déboula dans le virage dans une embardée, en provenance du côté opposé, et fonça droit sur elle.

Eleanor demeura pétrifiée, comme si ses pieds venaient de prendre racine dans le trottoir. Elle reconnaissait la voiture de son oncle, toute neuve, la Lincoln Town Car argentée. Onc'Harry trouvait ce nom très chic. *Town, la ville, le patron de la ville, lui avait-il dit un jour en riant...*

La voiture était presque sur elle. Elle eut à peine le temps d'apercevoir la chevelure blonde du chauffeur avant que quelqu'un ne la saisisse par-derrière, ne la soulève, l'emporte et l'aplatisse contre le portail en bois, le corps collé au sien.

La Lincoln fonça sur eux en trombe, heurtant de plein fouet son bouclier humain, qui fut éjecté et projeté dans les airs, atterrissant de l'autre côté de la clôture, sur un rosier mal taillé.

La voiture fit une embardée, bascula sur deux roues pendant un moment qui parut durer une éternité, se redressa, tournoya dans un hurlement de protestation des pneus, puis fonça de nouveau sur Eleanor.

De nouveau, la jeune femme se sentit tétanisée, plaquée contre le portail, bras en croix, les deux mains agrippées à la clôture de planches de bois brut.

Tout se passa très vite. Le conducteur de la Barracuda enfonça la pédale d'accélérateur, prit le virage et percuta de plein fouet la Lincoln dans un fracas infernal, juste à temps. Comme deux monstres luttant à mort, l'arrière des deux voitures se souleva, et les deux véhicules effectuèrent plusieurs tonneaux. Sous la puissance de l'impact, la voiture de son oncle voltigea en direction d'Eleanor, la frôlant avant d'enfoncer la clôture, de rouler dans la roseraie abandonnée, manquant de peu le corps inerte, d'écraser une autre clôture et de finir sa course sur le côté au milieu du terrain voisin déserté.

La Plymouth noire glissa sur le toit en tournoyant dans une gerbe d'étincelles, et s'immobilisa une centaine de mètres plus loin au milieu de la rue.

Eleanor réalisa à peine qu'une troisième voiture pilait devant elle dans un crissement de pneus. Hébétée, elle vit bondir hors du véhicule Egbert Vezzani, qui agitait frénétiquement un revolver. *Mon revolver* : ce fut tout ce que son cerveau traumatisé enregistra.

Une déflagration retentit. Egbert la tira vers lui, et par-dessus son épaule, elle vit que la première voiture, la Plymouth Barracuda, avait explosé. Des flammes s'élevèrent en grésillant des fenêtres pulvérisées du véhicule retourné. *Un requin agonisant.* Il y eut une seconde déflagration assourdissante, et toute la voiture devint la proie des flammes.

Egbert la serra contre lui.

Une famille de quatre personnes jaillit de l'une des maisons voisines, ahurie. « Appelez le 911 ! » leur hurla Egbert. La mère rentra en courant dans la maison, pendant que le père empêchait ses deux jeunes fils de s'approcher de la voiture en flammes.

Toujours serrée contre la poitrine d'Egbert, Eleanor tourna la tête pour contempler la Lincoln arrêtée à une cinquantaine de mètres de là, pneus fumants, sur le terrain vide. Elle ouvrit la bouche pour dire, *C'est la voiture d'Onc'Harry*, mais aucun son ne sortit. Elle se dégagea pour dire à Egbert, en désignant le corps inerte, *Occupe-toi de lui*, mais rien ne sortit.

Comme un zombie, elle tituba vers la clôture défoncée. Egbert la saisit par la main, et ils marchèrent ensemble sur les planches brisées.

Egbert s'agenouilla près du corps de l'homme qui avait sauvé Eleanor.

C'était Elliot. Il ouvrit les yeux, regarda Eleanor, esquissa un faible sourire et chuchota : « Heureux d'avoir été là », avant de s'évanouir.

Egbert composa le 911 sur son mobile.

— Oui, je sais qu'on vous a prévenu, mais je crois que nous avons besoin d'une autre ambulance. Nous avons trois victimes. . OK.

Il ôta sa veste, dont il recouvrit Elliot.

Onc'Harry, répéta encore une fois Eleanor en regardant la voiture couleur argent, sans qu'aucun son sorte de sa bouche. Ils franchirent les restes de la seconde clôture, puis le terrain, jusqu'à la portière du conducteur, totalement broyée. La joue penchée sur le volant, la tête blonde était tournée en sens opposé. Eleanor contourna lentement le véhicule et jeta un coup d'œil là où s'était trouvée la portière passager, arrachée et projetée contre un arbre à quelques mètres de là.

Egbert l'écarta doucement et se pencha à travers le siège.

Elle le vit poser un doigt sur la gorge de Harold.

— Vivante. Elle respire encore.

« Il » est vivant. C'est mon Onc'Harry.

Egbert repoussa les mèches blondes recouvrant le visage de Harold. Sous la perruque de travers, Eleanor distingua les mèches blanches tachées de sang. Elle découvrit un visage.

Ce n'était pas Harold Wilder.

Mais Rosemary.

C'est impossible, Rosemary ne sait pas conduire, fut la première pensée qui lui traversa l'esprit.

La seconde fut : *Rosemary a essayé de me tuer. Rosemary, pas Onc'Harry. Celui qui se trouvait dans la voiture noire a tenté de l'en empêcher...*

La jeune femme se précipita vers la Plymouth Barracuda en feu.

Chapitre 32

La journée était magnifique. Le soleil haut dans le ciel, les vagues surmontées d'une légère écume. Les mouettes tournoyaient autour du petit voilier. Des chapelets de nuages d'un blanc pur aux formes diverses traversaient le ciel d'hiver bleu pâle. Un vent froid soufflait avec force.

À la poupe, Eleanor regardait s'éloigner la côte nord de la Bretagne, avec ses longues plages désertes et ses majestueuses formations rocheuses déchiquetées. D'une main, elle serrait l'urne contre son gilet de sauvetage, de l'autre, elle tenait celle d'Egbert dans la sienne.

Deux semaines auparavant, à la suite des événements de cet effroyable samedi, lorsqu'Elliot avait été transporté à l'hôpital, ne souffrant miraculeusement de rien de plus qu'un bras cassé et une légère commotion, que Rosemary se trouvait sur une table d'opération, blessée beaucoup plus gravement, et que la Plymouth brûlait encore avec son chauffeur carbonisé et non identifié, Eleanor avait été conduite au poste de police pour effectuer une déposition écrite, puisqu'elle n'avait pas encore retrouvé sa voix. Elle n'avait donné que les faits concernant l'accident, mais avait écrit qu'elle avait bien davantage à raconter, et qu'elle reviendrait au poste le lundi suivant.

Egbert l'avait ramenée à son appartement de Sausalito qui surplombait le port.

Ils étaient d'abord demeurés silencieux sur le trajet. Eleanor regardait par la fenêtre. Elle sentait presque l'odeur de son chagrin, discernait les teintes contrastées qui flottaient autour de sa tête, les rouges de la passion et les noirs du désespoir. Au bout d'un moment, il avait pris la parole : « Je ne sais par où commencer. Alors, je me lance. Tout d'abord, je comprends maintenant pourquoi tu ne voulais plus me voir. Georgia a fini par me parler du message que t'avait laissé Patrick Lawrence. Il ne faut pas lui en vouloir : je l'ai tellement pressée qu'elle a fini par lâcher le morceau. Eleanor, c'est faux. Je te jure que c'est faux. Je ne me trouvais pas à la clinique quand ta mère est morte. Je suis revenu après minuit, comme je te l'ai dit. Patrick t'a menti pour sauver sa peau. Alors, je lui ai rendu visite, ce matin, et pour faire court, nous avons eu une petite conversation. Je lui ai dit que s'il s'obstinait dans sa version, je le dénoncerais. Et que s'il te racontait ce qui s'était réellement passé, sans rien écrire de compromettant pour lui, alors toi et moi, nous le laisserions en paix. Il va t'appeler. »

Egbert prit plusieurs profondes inspirations, et poursuivit :

— J'ai également retrouvé un témoin... Oui, je regrette de ne pas y avoir pensé plus tôt, quand tu en avais si désespérément besoin... Un autre patient de la clinique, un jeune homme. Son nom m'est brusquement revenu, comme ça, d'un seul coup. Sans doute est-ce mon amour pour toi qui a ramené ce nom à la surface.

Eleanor tourna lentement la tête pour le dévisager.

— Ronald Greentree. Il se trouvait en traction, les deux jambes brisées. Je l'ai retrouvé. Il boite toujours. Il se souvient de cette nuit-là, et il se souvient que j'étais absent, parce que nous nous étions promis de jouer aux échecs. Il se souvenait de Patrick Lawrence, à cause de sa stature. J'ai son témoignage écrit, dans ma poche, là, fit-il en tapotant celle-ci.

Eleanor tendit la main, et la posa sur celle d'Egbert sur le volant.

— Tu veux savoir comment je me suis retrouvé là aujourd'hui ? J'ai rappelé Daphné. Oui, j'ai passé mon temps à harceler tout le monde à cause de toi. J'ai dû me montrer persuasif, parce que Daphné a fini par me dire que vous alliez jouer au tennis ensemble. Elle a refusé de me dire où, mais je me suis débrouillé pour le trouver. J'étais désespéré, parce que je savais que ce devait être au même endroit que là où ta mère avait joué avec Daphné avant son accident. J'éprouvais comme une prémonition, le sentiment que quelque chose d'horrible allait t'arriver. Alors, pour la centième fois, j'ai retraversé la baie, et à quelques pâtés de maisons du court de tennis, j'ai entendu le fracas de l'accident. Quelque chose m'a soufflé de foncer là-bas, quelque chose me disait que c'était toi. Oh, Eleanor...

« Oh, Eleanor... » Ils montèrent dans son appartement surplombant le port, et firent l'amour. Ils sortirent dîner dans un restaurant de poissons, rentrèrent, et firent de nouveau l'amour. Ils dormirent enlacés. Et aux premières lueurs de l'aube, Eleanor murmura à son oreille, dans un souffle de voix : « Je t'aime, Egbert Archibald Vezzani. »

Un dentiste médico-légal identifia le corps carbonisé comme celui de Harold Wilder. La Plymouth appartenait au fils de son voisin. Le gamin effondré raconta que Mr. Wilder lui avait demandé s'il pouvait lui emprunter pour une urgence. Neal promit de rembourser tout ce que l'assurance ne couvrirait pas.

Rosemary survécut à ses blessures, mais elle ne remarcherait plus jamais : le bas de son corps demeura paralysé. En soins intensifs pendant une semaine, elle fut ensuite placée en réanimation sous surveillance policière, puisqu'accusée de tentative de meurtre à la suite de la déposition plus détaillée d'Eleanor. Que deux agents surveillent sa porte alors qu'elle ne pouvait et ne pourrait plus jamais se déplacer parut ironique à Eleanor.

Mais ce ne fut que lorsque Eleanor fut autorisée à lui parler, en présence d'un représentant de l'ordre qui enregistra toute la conversation, que tous les faits émergèrent.

La jeune femme s'était assise près du lit. La tête bandée, l'inévitable perfusion en place, Rosemary était calme, et répondit très clairement. Eleanor, pour sa part, tenta de se dissocier de l'aspect terriblement personnel de cet échange, se forçant à repousser l'horreur et la tristesse. En bonne journaliste, elle avait préparé ses questions sur son grand cahier.

Eleanor adressa un signe de tête à l'agent, qui enclencha son magnétophone.

— Rosemary, avant de commencer, je voudrais être sûre que tu maintiens ta décision de ne pas demander la présence d'un avocat.

— Ceci ne concerne que toi et moi, Ellie.

La jeune femme demeura de marbre, mais l'usage du petit nom affectueux lui fit serrer les dents. Le regard rivé à celui de Rosemary, elle marqua un temps d'arrêt.

Sa première question fit l'effet d'une bombe :

— Es-tu la responsable de l'accident avec délit de fuite du 21 mars 1994 sur Crescent Drive, à Berkeley ?

— Oui.

— Avec la voiture de Harold ?

— Oui.

— Tu m'as pourtant dit que tu n'avais jamais passé ton permis de conduire ?

— C'est exact. Mais je savais conduire, mon petit frère m'a appris quand j'étais enfant.

— Ensuite, t'es-tu... (Eleanor prit une profonde inspiration avant de poursuivre :) ... t'es-tu rendue à la clinique privée Hilltop à Piedmont, et as-tu administré à Abby Wilder, par intraveineuse, une dose létale de... De quoi, Rosemary ?

— De chlorure de potassium.

Eleanor ferma brièvement les yeux.

— Où te l'es-tu procurée ?

— Dans les stocks de pharmacie de mon fiancé.

— Ton fiancé était Harold Wilder ?

— Oui.

— Pourquoi Harold Wilder conservait-il du chlorure de potassium dans ses réserves ?

— Un de ses patients souffrait d'hypokaliémie... Le cas nécessitait une supplémentation en chlorure de potassium prescrite par son médecin généraliste.

— Pourquoi as-tu assassiné Abby Wilder ?

Rosemary ne répondit pas. Eleanor jeta un vif regard à l'agent, qui intervint :

— Mrs. Wilder, vous allez être inculpée de meurtre avec préméditation. Vous n'avez plus rien à perdre.

— Parce qu'elle avait découvert que Harold avait falsifié ses bandes, ses transcriptions, ses années d'études et de travail... Les entretiens avec ses patients étaient... n'ont jamais existé, expliqua Rosemary.

— Tu devais donc la tuer ?

– Oui.

– Pourquoi ?

En dépit de son admirable maîtrise d'elle-même, la question d'Eleanor résonna comme un cri d'angoisse.

– Parce que la réputation et la carrière de mon fiancé auraient été ruinées.

– Et elles avaient plus de valeur qu'une vie humaine ?

Pas de réponse.

– Comment t'es-tu aperçue de la découverte d'Abby ? Elle n'en a soufflé mot à personne. Je le sais parce que j'ai lu son témoignage.

– Où l'as-tu trouvé ? cracha Rosemary. J'ai retourné le moindre recoin de cette putain de maison ! J'ai pris son ordinateur, j'ai dépouillé tous ses fichiers, toute sa putain de corbeille... J'ai tout mis en pièces ! Je n'ai jamais rien trouvé ! En revanche, j'ai découvert les deux cassettes qu'elle avait volées, je les ai trouvées celles-là... la salope !

Eleanor esquissa le geste de se lever, mais l'agent de police lui posa doucement la main sur l'épaule, et elle se rassit.

– C'est donc toi l'auteur du cambriolage, la nuit où je suis restée chez Daphné ? Le lendemain du jour où tu as tué ma mère ?

– Oui.

– Comment es-tu entrée ?

— Harold avait un jeu de clés. Les deux frères gardaient chacun les clés de leurs maisons respectives.

— Tu n'as pas répondu à ma question. Comment as-tu appris la découverte d'Abby ?

— L'analyste en linguistique du département de cette même spécialité à l'université, à laquelle Abby a apporté les transcriptions, collaborait à l'entreprise dans laquelle je travaillais. Cette analyste m'avait prise sous son aile : cette salope condescendante me trouvait très intelligente, et voulait m'aider à grimper dans la hiérarchie. Elle m'a communiqué ses découvertes.

Eleanor tombait des nues.

— Et ma mère ne t'a croisée à aucun moment ?

Une ombre de sourire se dessina sur les lèvres de Rosemary.

— De toute façon, elle ne me connaissait pas. Elle ignorait même que Harold était fiancé. Nous n'étions ensemble que depuis quelques semaines, mais je savais qu'il allait me demander en mariage.

— Mais ces transcriptions ne portaient pas son nom, elles étaient anonymes. Comment en as-tu conclu qu'il s'agissait de lui ?

— Je l'ignorais. Il y a d'innombrables pédopsychiatres dans tout le pays. Je ne connaissais pas suffisamment mon fiancé pour être capable de reconnaître ses articles. Ces premières semaines, nous avons surtout... joué ensemble.

Nous étions amoureux, nous n'avons guère abordé de sujets professionnels.

— Alors ?

— Alors, en rentrant ce soir-là, j'ai remarqué quelques revues scientifiques qui se trouvaient probablement sur la table basse depuis des semaines. Quelque chose — peut-être un sixième sens ? — m'a fait feuilleter la page qui reprenait un des anciens articles de Harold. Il se trouve qu'il s'agissait de l'un de ceux qu'Abby avait fait analyser. Tu peux imaginer le choc que j'ai éprouvé.

— Tout à fait, répondit Eleanor d'un ton glacial.

Un silence.

— Pourquoi portais-tu les bottes en caoutchouc de Harold, ce soir-là ?

— Il s'était mis à pleuvoir. Tu ne te souviens pas ?

— Non. Tu connaissais Laura Faven, l'infirmière de garde ?

L'agent de police, qui s'était assis sur l'autre siège de la chambre, parut dérouté.

— Tu es intelligente, ma chérie, ma petite puce. Je t'ai sous-estimée.

Eleanor comprit instantanément :

— Pourquoi l'as-tu éliminée ?

— Parce qu'elle m'a vue, ce soir-là. À l'instant où je débouchais de l'escalier de secours et où j'ouvrais la porte battante, elle a regardé droit dans ma direction. Elle s'apprêtait à entrer dans le poste d'infirmerie.

— Mais tu portais une perruque blonde. Et la porte d'accès à la sortie de secours est loin dans le couloir. Il est impossible qu'elle ait pu te distinguer clairement.

— Je ne pouvais pas courir le risque. Elle a hésité une seconde. Elle paraissait — comment dire ? — troublée à la vue de quelqu'un qui débarquait si tard dans la soirée, et pas par l'ascenseur.

— C'est toi qui es intelligente, Tante Rosemary. Comment as-tu procédé ? Comment es-tu entrée dans l'appartement de Laura Faven ? Comment l'as-tu amenée à écrire ce mot ?

— J'ai tout simplement téléphoné et pris rendez-vous avec elle. Je lui ai raconté que je faisais une étude de graphologie, et que j'avais choisi cinquante personnes au hasard pour récolter de petits exemples. Je le lui ai dicté, en lui disant que quarante-neuf autres sujets recopiaient le même texte.

— Elle n'a montré aucune curiosité à son propos ?

— Bien sûr que si ! Je lui ai expliqué que tout le monde avait la même réaction, qu'il s'agissait d'une véritable lettre de suicidé, et que j'avais besoin de ce genre d'exemple, car il démontrait comment une émotion déclenchée inconsciemment pouvait modifier l'écriture ordinaire. Je lui ai ensuite demandé d'écrire deux phrases supplémentaires, ce qui lui passait par la tête, sur un autre papier, naturellement.

– Comment l'as-tu persuadée d'avaler les somnifères ?

– Ça aussi, tu le sais ? Ma petite Ellie, tu as mené une enquête approfondie, bravo !

Eleanor contempla cette femme sur son lit d'hôpital, qui s'était montrée si bonne pour elle lorsqu'elle était enfant, qui l'avait accueillie chez elle, élevée et aimée comme sa propre fille. Elle ne voyait plus qu'une étrangère.

Rosemary paraissait se repaître de ses souvenirs, et expliqua avec fierté :

– Je lui ai apporté une bouteille de champagne français. Le champagne français, ça rend les gens dingues, surtout quand on le sert avec du sirop de cassis, c'est irrésistible. Je lui ai raconté que j'ouvrais une bouteille pour chaque sujet, après qu'ils m'avaient donné leurs modèles d'écriture, en remerciement. Nous étions installées en train de faire connaissance – elle était un peu pompette –, je lui ai demandé si elle pouvait me montrer des photos de son enfance, un album de famille… on devenait très copines. Lorsqu'elle s'est levée pour aller le chercher, j'ai prestement versé une solution déjà diluée de somnifères puissants dans son verre de champagne, avec une bonne dose de cassis. Elle n'a rien senti.

– Et ensuite ?

– Elle a sombré dans l'inconscience. Je n'ai plus eu qu'à la tirer dans la cuisine et lui trancher les poignets. J'ai essuyé le manche du couteau, refermé ses deux mains dessus pour les empreintes, et abandonné l'ustensile à côté d'elle. Lavé, essuyé et rangé les verres de champagne... Simple comme bonjour.

Eleanor dut se lever et faire quelques pas pour reprendre ses esprits.

— Mon oncle était au courant de tout ça ?

— Bien sûr que non, ne sois pas stupide ! Il n'a jamais rien su.

— Alors, pourquoi a-t-il tenté de me sauver ?

— Il a deviné. Il s'est probablement douté que j'avais surpris votre conversation. Tu sais, je me trouvais dans le salon, j'ai tout entendu. D'ailleurs, tu as failli me voir, j'étais dans un coin derrière la porte. Il m'a trouvée juste après ton départ, et il savait que j'avais tout entendu. Il a dû me voir prendre sa voiture. Il était là-haut en train de travailler dans son bureau – il a peut-être jeté un œil par la fenêtre – pas de chance – et m'a vue monter dans la voiture. Il savait que je ne conduisais pas, il a dû en tirer les conclusions... Comprendre que toutes ces années, j'avais été au courant de son imposture. Mon petit canard était tellement intelligent !

Rosemary s'interrompit un instant, puis reprit :

— Courir le risque que quelqu'un menace une seconde fois nos existences, c'était impossible ! J'allais devenir l'épouse du gouverneur de Californie. Ni rien ni personne ne pouvait se mettre en travers de mon chemin.

— Comment t'es-tu procuré une clé de mon appartement ?

Rosemary mit un moment à se concentrer sur cette nouvelle perspective.

— Sidney l'a oubliée dans la cuisine, le soir du dîner d'anniversaire. Je m'en suis emparée, j'en ai fait faire un double, puis je l'ai balancée le lendemain sur la pelouse.

— Futé. Il semble que tu aies pensé à tout. À l'exception du fait que tu as failli tuer ma petite sœur.

— Tu sais, j'en suis vraiment désolée, Eleanor. J'ai éprouvé un grand soulagement quand j'ai appris qu'elle avait survécu.

— Comme c'est gentil ! C'est donc toi qui es revenue chez moi le lendemain et qui as tout nettoyé ? Emporté les bonbons et vidé la poubelle ?

— En personne.

— Et l'héroïne ? C'est ton frère qui te l'a fournie ?

Rosemary ferma les yeux.

— Rosemary ?

Silence.

Eleanor adressa un signe de tête à l'agent, qui éteignit le magnétophone et murmura :

— Elle va passer le restant de sa vie dans un hôpital de prison. Les gens comme elle coûtent un sacré paquet d'argent au contribuable. Dommage qu'on ne soit pas au Texas, elle écoperait de la peine de mort, sûr et certain.

Rosemary souleva les paupières, et transperça Eleanor du regard.

— Il a tenté de te sauver, Eleanor, chuchota-t-elle. Parce qu'il t'aimait. Je suppose qu'il t'aimait plus qu'il ne m'aimait.

Une dernière fois, la jeune femme soutint son regard.

— Alors, pourquoi ne m'as-tu pas dit que tu avais démissionné de *HOMINIDES* ?

— Je ne sais pas. Trop de choses en même temps. Celle-là paraissait insignifiante.

— Que vas-tu faire ?

— J'ai déjà cinq propositions.

— Vraiment ? À San Francisco ?

— Une d'entre elles, oui, les autres sont à New York.

— New York ? Tu vas déménager à New York ?

— Tout dépend.

— De quoi ?

— Devine, fit-elle en accompagnant ses paroles d'un baiser profond avec la langue.

— Oh, mon Dieu, Eleanor, pas ça, je t'en prie..., gémit-il en lui rendant son baiser. Alors, où as-tu appris à naviguer ? haleta-t-il lorsqu'ils eurent réussi à se détacher l'un de l'autre.

— Avec un petit ami.

— Un petit ami ? Lequel ? Tu as eu combien de petits amis ?

Elle lui lança un regard froid.

— Pardon, fit-il en lui jetant son plus charmant sourire.

Le voilier tangua dans la houle. Eleanor perdit l'équilibre et il la rattrapa d'une main ferme, cramponné de l'autre à la barre. Il poursuivit :

— Il y a une chose qui m'intrigue. Pourquoi ton oncle a-t-il conservé toutes ces bandes compromettantes ?

— Je ne sais pas. Par pure vanité ? Il les avait créées, imaginées. Peut-être en était-il fier ? Je l'ignore.

Trois bateaux de pêche aux moteurs poussés à fond, les uns à côté des autres, croisèrent leur chemin.

— Merci d'être venu avec moi voir les parents de Laura Faven. Le moment a été un des plus pénibles à vivre. Apprendre qu'elle avait été assassinée a complètement ravivé leur chagrin.

— Je serai à tes côtés chaque fois que tu auras besoin de moi.

— Même en pleine opération, plongé dans un cerveau, alors que la vie de quelqu'un d'autre est en jeu ?

— Non.

– Bien. Bonne réponse. La vieille Mrs. Lillian Massol était ravie, elle, ça, c'était un moment agréable. Tu te souviens, je t'ai raconté que j'étais retournée la voir avec Deven ? Elle était assez morbide, quand même, elle a voulu connaître tous les détails.

– Deven ? Vous vous appelez par vos petits noms, maintenant ?

Eleanor lui jeta un nouveau regard froid.

– Pardon.

– Egbert, je ne peux pas t'épouser.

Celui-ci afficha instantanément un air malheureux.

– Pourquoi ?

– Parce que tu ne sais pas cuisiner.

Il se détendit :

– Je peux apprendre.

– Ensuite, parce que tu vas mourir avant moi. Tu es tellement plus vieux que moi ! Et je ne pourrais pas le supporter.

– Je te promets que non.

– Tu n'es pas très beau.

– Non ?

– Tu as les oreilles décollées.

– C'est vrai ?

— Je t'aime trop. La vie à deux gâchera tout ça.

— Alors, je me tiendrai à l'écart autant que possible. J'irai dormir à l'hôtel trois nuits — non, deux, enfin, une nuit par semaine.

— Non ! Tu me manquerais trop.

— Alors, qu'est-ce qu'on fait ?

— Épouse-moi.

— Tu viens de dire que tu ne voulais pas m'épouser.

— Tais-toi. Et si quelque chose ne tourne plus dans notre relation ? Dans ce cas-là, l'un de nous doit se montrer assez fort pour s'en aller sans demander d'explications. Explications ou pas, ça ne change rien. En même temps, s'il y a un malentendu, alors nous devons nous donner mutuellement une chance de nous expliquer. Je ne comprends pas ce que je viens de raconter. Tu as compris, toi ?

— Non.

— Je t'ai raconté que Sidney a cru qu'elle avait rêvé voir Tante Rosemary la nuit de la tentative d'assassinat ? Sauf que ses cheveux n'étaient pas pareils, ils étaient blonds. Seigneur ! Le nom de Rosemary Wilder est devenu populaire. Deux meurtres et deux tentatives de meurtres... La mort spectaculaire de Harold Wilder... Tu te rends compte qu'elle avait menti sur son enfance ? Le FBI a fouillé dans son passé, et tout retrouvé. Son frère est dealer à Oakland... On dirait un scénario de cinéma ! Elle était tellement manipulatrice, Egg — oh, quel magnifique diminutif, je vais t'appeler comme ça, maintenant ! —, tellement maligne. Elle a réussi à sortir de son milieu sordide, à séduire et à tromper celui qui allait devenir le maire de Piedmont. Tu sais, c'est elle qui a semé dans l'esprit de Harold cette idée de syndrome de Luciani-Wenckebach, je ne sais pas comment, mais elle a réussi. Elle l'a poussé à refuser une autopsie de Maman, au nom de Papa, puisqu'il était absent. Harold était tellement amoureux qu'il aurait fait n'importe quoi. L'amour rend vraiment aveugle.

— Je suis aveugle.

Eleanor éclata de rire.

— Tu es aveugle, et je suis heureuse. Je crois que je suis heureuse pour la première fois depuis… Je suis heureuse parce que tu appartiens à ma vie, et parce que… parce que tu m'as amenée à l'extrémité nord de la terre. Maman m'avait toujours promis de m'y emmener. C'est ici qu'elle reposera.

Eleanor ouvrit l'urne funéraire, et répandit les cendres de sa mère dans la mer et le vent, à l'extrémité nord de la terre.

À Tina, Allan et Nine

L'auteur tient à remercier :

Andrea H. Japp, une fois de plus, pour son cadeau immense.
Hélène Amalric pour sa traduction sublime.
Terence Griffen pour son idée géniale.
Tana Sommer Belin pour son coup d'œil précieux.
Yann Apperry pour la même raison.
Sigrid Lonnberg pour son expertise en milieu médical.
Allan Lonnberg pour sa connaissance de la région de Santa Cruz.
Ellen Singer Vine pour sa connaissance de Berkeley et les alentours.
Sharon Siegel pour son aide concernant la politique en Californie.
Mister Me Too pour ses conseils sur la voile.
Amanda Galsworthy pour avoir partagé son rêve.
Robert Nadeau pour ses conseils sur les armes à feu.
Et enfin et surtout, Hélène Gédouin et son équipe chez MARABOUT d'avoir donné vie à ce deuxième roman.

Pour l'éditeur, le principe est d'utiliser des papiers composés de fibres naturelles, renouvelables, recyclables et fabriquées à partir de bois issus de forêts qui adoptent un système d'aménagement durable.

En outre, l'éditeur attend de ses fournisseurs de papier qu'ils s'inscrivent dans une démarche de certification environnementale reconnue.

Photocomposition Nord Compo
Imprimé en France par CPI Bussière en janvier 2012
pour le compte des Éditions Marabout.
Dépôt légal : février 2012
ISBN : 978-2-501-07371-4
40.6987.8
N° d'impression : 113949/4
Édition 01

Découvrez le premier roman
d'Anne de Pasquale :